杜甫诗学论

党康伊 著

西北大学出版社
·西安·

图书在版编目(CIP)数据

杜甫诗学论 / 党康伊著. -- 西安 : 西北大学出版社, 2025. 1. -- ISBN 978-7-5604-5536-5

Ⅰ. I207.22

中国国家版本馆 CIP 数据核字第 2024FE3390 号

杜甫诗学论 DUFU SHIXUE LUN

党康伊　著

出版发行	西北大学出版社	
地　　址	西安市太白北路 229 号	
邮　　编	710069	
电　　话	029-88303940	
经　　销	全国新华书店	
印　　装	西安日报社印务中心	
开　　本	889 毫米×1194 毫米　1/32	
印　　张	14.25	
字　　数	314 千字	
版　　次	2025 年 1 月第 1 版　2025 年 1 月第 1 次印刷	
书　　号	ISBN 978-7-5604-5536-5	
定　　价	68.00 元	

如有印装质量问题，请与本社联系调换，电话 029-88302966。

前言

（一）

唐代是中国古代诗歌创作的黄金时代，这已是举世公认；唐代又是一个少有大思想家出现的时代，这也是学界共识。

诗人西川认为，唐诗的繁荣是有代价的，这代价就是大思想家的缺席。

不过，我们也可以这样说，在诗人和思想家之间，唐代士人毫不犹豫地选择了前者。在他们眼里，成为诗人比成为思想家重要得多。

让我们想象一下吧：当中华民族的历史发展到唐代，两百多年间，诗歌创作的天空群星闪烁、争相生辉，诗歌吟诵、诗歌创作渗透到人们生活的每个场合、每个时刻、每个角落。从春夏到秋冬，从黎明到深夜，诗歌就是生活，生活就是诗歌。每隔十几年或几十年，中国大地上就会诞生一个诗歌创作的天才（这样的天才通常是上百年，甚至几百年才出现一个）；第二流、第三流的诗人，更是一批一批地涌现。呵，真是太不可思议了！在人类历史上，像这样的诗歌繁荣时代，仅此一个，没有第二！

与此相应，诗性思维的空前活跃与理性思维的相对沉寂，形成极为强烈的反差。也许，诗性精神与哲学精神，如"鱼与熊掌"般不可兼得。形象化、感情多彩的语言与抽象、概括甚至枯燥的语言形同水火,难以共处。《歌德谈话录》中有这样的话:"一切事物都衰退下去的时代是主观的。反之,一切事物都在进步的时代却是有客观的倾向的。"①唐代人的精神太饱满、太有力了,他们一心关注的是现实的功业和悲欢,不喜欢陷入枯燥、主观、沉静的思辨,更不喜欢那种概括化的、抽象的、干巴巴的语言。

与思辨理性的沉寂相联系,唐代的文学理论和文学批评,几可一言以蔽之:贫乏。这个中国古代诗歌创作的黄金时代,竟然没有产生一部与之相称的文学理论或文学批评巨著。

查《新唐书·艺文志》所载唐代诗文评论著作,仅得以下十七种:

孟棨《本事诗》一卷

李嗣真《诗品》一卷

元兢《宋约诗格》一卷

王昌龄《诗格》一卷

昼公《诗式》五卷

皎然《诗评》三卷

王起《大中新行诗格》一卷

姚合《诗例》一卷

贾岛《诗格》一卷

元兢《古今诗人秀句》二卷

李洞集《贾岛句图》一卷

---

① 段宝林:《西方古典作家谈文艺创作》,春风文艺出版社,1980年,151页。

张仲素《赋枢》三卷

范传正《赋诀》一卷

浩虚舟《赋门》一卷

倪宥《文章龟鉴》一卷

刘蘧《应求类》二卷

孙郃《文格》二卷

明人胡应麟所著《诗薮》，也对唐人文学批评理论著作作了介绍，云：

> 唐人诗话，入宋可见者：李嗣真《诗品》一卷，王昌龄《诗格》一卷，皎然《诗式》一卷、《诗评》一卷，王起《诗格》一卷，元兢《诗格》一卷，倪宥《龟鉴》一卷，徐蜕《诗格》一卷、《骚雅式》一卷、《点化秘术》一卷、《诗林句范》五卷、《杜氏诗格》一卷、《徐氏律诗洪范》一卷，徐衍《风骚要式》一卷、《吟体类例》一卷、《历代吟谱》十卷、《金针诗格》三卷。今惟《金针》、皎然《吟谱》传，余皆不睹，自宋末已亡矣。近人见宋世诗评最盛，以为唐无诗话者，非也。

胡应麟所能做到的，不过是为"唐无诗话"辩解。到了清修《四库》，经过历史风雨的淘汰，唐诗文评更显可怜。《总目》中仅两种：《本事诗》一卷；《二十四诗品》一卷（唐司空图撰）。《诗文评类存目》中仅有四种：《乐府古题》二卷，《诗式》一卷，《诗法源流》三卷，《二南密旨》一卷。

数量如此之少，质量又如何呢？这里我们只要听听明清之际思想家王夫之的评论就可明白："诗之有皎然、虞伯生……皆画地成牢以陷人者，有死法也。死法之立，总缘识量较小。"

"门庭一立,举世称为'才子'、为'名家'者有故……又其下,更有皎然《诗式》一派,下游印纸门神待填朱绿者,亦号为诗。"(《姜斋诗话》)否定之语,如此尖刻!

一个诗歌创作空前繁荣的伟大时代,诗歌理论、诗歌批评却如此单调、贫乏,这种现象太难以理解了!

(二)

现代学人经过长期搜罗、整理,对唐代文学理论、文学批评有了更全面、更系统的认识。这里作简略阐述。

初唐的诗文批评,对象为魏、西晋、六朝诗文,通过对已经成为历史的文学现象的评说,为唐代的诗文创作提供参照、指出方向。其批评主体多为历史学家,评说文字则是这些人在修史时对前代文学状况进行批评,表达他们对文学(包括诗)的观点。历史学家念念不忘的是国家、朝廷的兴亡,因此,他们对前代文学的批评,突出的倾向是"重质轻文"。例如:

> 文之为用,其大矣哉!上所以敷德教于下,下所以达情志于上。大则经纬天地,作训垂范;次则风谣歌颂,匡主和民……
>
> (魏徵《隋书·文学传序》)

> 经礼乐而纬国家,通古今而述善恶,非文莫可也。是以君临天下者,莫不敦悦其义;缙绅之学,咸贵尚其道,古往今来,未之能易。
>
> (姚思廉《梁书·文学传序》)

> 原夫两朝叔世,俱肆淫声,而齐氏变风,属诸弦管;梁时变雅,在夫篇什。莫非易俗所致,并为亡国

之音。

(李百药《北齐书·文苑传序》)

奇怪的是,到具体评论某个诗人、文学家时,这些历史学家却开始"重文轻质"。例如:

(谢)灵运高致之奇,(颜)延年错综之美,谢玄晖之藻丽,沈休文之富溢,辉焕斌蔚,辞义可观。

(魏徵《隋书·经籍志·集部总论》)

文藻宏丽,独步当时……远超枚马,高蹑王刘,百代文宗,一人而已。

(李世民《陆机传论》)

暨永明天监之际,太和天保之间,洛阳江左,文雅尤盛。于时作者,济阳江淹、吴郡沈约、乐安任昉、济阴温子升、河间邢子才、巨鹿魏伯起等,并学穷书圃,思极人文,缛采郁于云霞,逸响振于金石。英华秀发,波澜浩荡,笔有余力,词无竭源,方诸张蔡曹王,亦各一时之选也。

(魏徵《隋书·文学传序》)

显然,这种宏观认识和微观评价之间的矛盾,并不仅仅是历史学家个人的失误。它反映出初唐时期,从诗文创作到诗文批评,都还处于一种不成熟的状态。魏晋末流的"江左遗风"已经到了必须退出历史舞台的时候,而新的文学、新的文风还处于孕育之中。

历史进入盛唐时期,一种新的、具有"唐音"特征的诗歌观出现了,这就是陈子昂在《与东方左史虬修竹篇序》中提出的"兴寄说"。短短几十个字,却有如一声号角,预言了唐诗大繁荣时代的来临。

陈子昂进士及第于文明元年（684），杜甫（字子美，号少陵）辞世于大历五年（770）。这八十多年，唐诗创作百花齐放，无比璀璨。诗坛上出现的创作理论，罗根泽经过仔细梳理，在其《中国文学批评史》一书中详加揭示，大致有：

  李白的提倡古风说

  元结的反对声律、提倡规讽说

  芮挺章的诗宜婉丽、顺泽说

  殷璠的诗应声律、风骨兼备说

  高仲武的诗应体状风雅、理致清新说

  杨绾、贾至的诗应厚人伦、美教化说

  崔融的对偶说

  王昌龄的诗格说和意境说

  刘知幾的文宜简约、质直说

  卢藏用的文贵载道说

  萧颖士、李华的宗经、尚简说

这些有关诗文创作的理论观点，在表述上都极为简约，三言两语。即使把这些理论观点综合到一起，也无法为我们提供对唐诗繁荣的理论解释。但无论如何，较之初唐，这已是很大的进步。

进入中唐以后，唐代诗学理论迎来了第三个时期——分化时期。一端是白居易的"为社会"的诗论，另一端则是皎然的"为艺术"的诗论。

白居易提出"文章合为时而著，歌诗合为事而作"（《与元九书》），并自称"志在兼济，行在独善，奉而始终之则为道，言而发明之则为诗"(同上)。这是明确的"诗以载道"论。他还批评杜甫:"然撮其《新安吏》《石壕吏》《潼关吏》《塞芦子》《留花门》之章,'朱门酒肉臭,路有冻死骨'之句,亦不过三四首。"(同上)这些虽然也有正确、积极的一面,但毕竟是片面的。反之,皎然的《诗式》把探讨重点放在诗歌创作的形式法则方面,如"明四声""诗有四不""诗有四深""诗有二要""诗有二废""诗有四离""诗有六迷""诗有六至""诗有五格"等。严肃的诗歌创作理论,在他这里变成了烦琐、生拼硬凑的教条,被王夫之无情地斥为"死法"。显然,一个真正的诗人绝不会接受这种"死法"的指导,因为这只能扼杀性灵。在诗歌创作上,皎然最推崇南朝诗人谢灵运;在艺术风格上,最推崇"高"("风韵切畅")和"逸"("体格闲放");在艺术境界上,最推崇"但见情性,不见文字"。凡此,都可以窥见他的理论倾向,而这些与当时唐诗的创作实际相距甚远。

此时的唐代诗坛,名家辈出,佳作如云,已形成独特的艺术风貌,积累了极其丰富、宝贵的创作经验。时代在呼唤杰出的文学(诗学)理论巨匠,呼唤优秀的文学(诗学)理论巨著。但是,这样的巨匠,这样的巨著,没有出现。

进入晚唐,更是每况愈下,一时之间,"诗格"理论盛行。如王叡《炙毂子诗格》、李洪宣《缘情手鉴诗格》等,这些著作连皎然的水准都达不到。只有司空图的《二十四诗品》可谓这一时期的一道异彩。但此诗品,严格地说,只限于诗歌创作风格,且其真伪尚存争议。司空图的诗味说、意境说,作为一家言尚可,但作为全面揭示、全面总结唐诗创作的理论成果,则尚不够火候。清人许印芳在其《诗法萃编》中这样评论:"自表圣首揭味外之旨,逮宋沧浪严氏,专主其说,衍为诗话,传教后进。初学之士,无高情远识,往往以皮毛之见,窥测古人,沿袭摹拟,尽落空套。诗道之衰,常坐此病。"言辞十分严厉。

一个诗歌繁荣的伟大时代,在其行将终结之时,竟然以"诗格"说、"诗味"论"总结",实在太不相称了。

以上大略观察,再一次印证了我们对唐代诗学理论和诗歌批评的总印象:贫乏。要说这些就是唐诗创作经验的理论概括,或者唐诗的创作就是依靠这些理论的指引、支撑,实在太荒谬了。

那么,唐诗的繁荣难道完全是自发、偶然地形成的吗?能够称为唐诗创作经验的"理论"总结,或者说,唐人自己的"诗学",难道真的是一片空白吗?

发人深思!

(三)

为了回答以上问题,这里郑重推出"杜甫诗学"。

当然,人们会问:杜甫一介诗人,连散文都很少写,或写得不尽如人意,他有"诗学"吗?"杜甫诗学"是否纯属杜撰?

唐代诗歌,相对于其"前辈"六朝诗歌,是一场伟大的"革新",这一点已是学界共识。这一"革新",这一巨大进步,在诗歌创作上又以杜甫为最杰出、最鲜明的代表,也是不争的事实。

首先,从诗歌体制上看,六朝诗歌多为五言,七言绝少,至于"律诗",还尚未形成。而唐诗在体制上的革新,至杜甫始臻完全的成功。杜甫的五七言律诗,开阖变化,巧夺天工,堪称"样板";五古、七古更是远超六朝和初唐水平,或叙事,或议论,纵横盘曲,惟意所之。

其次，在诗歌表达内容方面，初唐诗人已日渐冲破六朝诗歌之藩篱，至杜甫更予以大胆开拓，海阔天空，意境恢宏，民生国事，皆发为篇章。正因如此，人们赋予杜甫诗歌一个美称——"集大成"。

但这样认识杜甫，仍远远不够。这里介绍学者胡小石的一种观点：在诗歌创作艺术上，杜甫是真正的革新派，与之相比，连一向被人们认为"飞扬跋扈"的李白，都反而成了"保守派"。胡小石认为：

> 李守着诗的范围，杜则抉破藩篱。李用古人成意，杜用当时现事。李虽间用复笔，而好处则在单笔；杜的好处，全在排偶。李之体有选择，故古多律少；杜诗无选择，只讲变化，故律体与排偶都多。李诗声调很谐美，杜则多用拗体。李诗重意，无奇字新句，杜诗则出语惊人。李尚守文学范围，杜则重散文化与历史化。从《古诗十九首》至太白作个结束，可谓成家；从子美开首，其作风一直影响至宋、明以后，可云开派。杜甫所走之路，似较李白为新阐，故历代的徒弟更多。总而言之，李白是唐代诗人复古的健将，杜甫是革命的先锋。①

"革命的先锋"！读了胡小石这段话，我们对杜甫真应刮目相看。仅仅说"集大成"，似乎还有点低估，不妨说，从诗歌创作到诗学理论，杜甫都是从深厚的文化传统中走来，而又自出新意，开拓出一片崭新的天地。对"杜甫诗学"，我们还是不要

---

① 胡小石：《胡小石论文集》，上海古籍出版社，1982年，114页。

轻率地说"不可能"。

在中国诗歌史上,在中国文学批评史上,杜甫以其天才的创造,首开"以诗论诗""以诗说艺(术)"的风气。那么,杜甫"论"得如何呢?我们不妨听听几位大家的评论。

关于"精微穿溟涬,飞动摧霹雳",著名美学家宗白华在《中国艺术意境之诞生》一文中指出:"诗人杜甫形容诗的最高境界说:'精微穿溟涬,飞动摧霹雳。'前句是说沉冥中的探索,透进造化的精微的机缄,后句是指着'大气盘旋'的创造,具象而成飞舞。深沉的静照是飞动的活力的源泉。反过来说,也只有活跃的具体的生命舞姿、音乐的韵律、艺术的形象,才能使静照中的'道'具象化、肉身化。"① 宗白华在这里对杜甫这两句诗的内涵作了极好的阐述,这无疑是对杜甫"以诗论诗"的高度赞许。

关于"意惬关飞动,篇终接混茫",钱锺书认为:"长短乃相形之词。沧浪不云乎'言有尽而意无穷';其意若曰:短诗未必好,而好诗必短,意境悠然而长,则篇幅相形见短矣。古人论文,有曰'含不尽之意,见于言外';有曰'读之惟恐意尽'。果如是,虽千万言谓之辞寡亦可,篇终语了,令人惘惘依依。少陵排律所谓'篇终接混茫'者,是也。"② 又云:"少陵《寄高适岑参三十韵》有云'意惬关飞动,篇终接混茫'。'终'而曰'接',即《八哀诗·张九龄》之'诗罢地有余',正沧浪谓'有尽无穷'之旨。"③ 钱锺书于纵横联系之中揭示中国古典诗学意旨,不仅能让人更好地领会杜甫诗句的深刻内涵,而且显

---

① 宗白华:《美学散步》,上海人民出版社,1981年,67页。
② 钱锺书:《谈艺录》,中华书局,1984年,199页。
③ 钱锺书:《谈艺录》,中华书局,1984年,309页。

示出杜甫"以诗论诗"在中国古典诗学中的独特风韵和重要地位。

美学家王朝闻在论述"美学见地"、美学观点,以及生活现象与艺术现象的关系时,特地把杜甫的"白也诗无敌,飘然思不群"作为范例,强调"白也诗无敌"是杜甫对李白诗歌的美学判断,而这一判断的根据则是"飘然思不群"。但就判断形成的过程来看,首先必须有"飘然思不群"这一感性认识,然后才可能产生"白也诗无敌"这样的理性判断。不仅如此,王朝闻还认为,杜甫《春日忆李白》的前四句既可作为诗艺的美学观来读,又有助于人们克服那种脱离实际的教条主义学风。[①]这段话,一方面是对杜甫论诗诗句极巧妙的阐释,另一方面也是对杜甫"以诗论诗"的高度评价。

以上数例充分说明,杜甫"以诗论诗",言简,却蕴含着独到的理论见解与深刻的理论内涵,是极其成功的创造。

杜甫"以诗论诗""以诗论艺(术)",又是一种杰出的形式创造。尤其是杜甫首创的论诗绝句,意精词简,灵活犀利,易诵易记,含蓄耐读,富有民族文化特色。此体一出,效法者绵绵不绝,蔚然成风。其代表者如:

(宋)吴可《〈学诗〉诗》

(宋)戴复古《论诗十绝》

(金)王若虚《论诗诗》

(金)元好问《论诗三十首》

(清)王士禛《戏仿元遗山论诗绝句》

---

① 文艺美学丛书编委会:《美学向导》,北京大学出版社,1982年,7—8页。

（清）袁枚《仿元遗山论诗》

（清）赵翼《论诗五绝》

（清）洪亮吉《道中无事偶作论诗截句二十首》

（清）姚莹《论诗绝句六十首》

进入现代，学者们仍然延续此风。如郭绍虞有《题〈宋诗话考〉效遗山体二十首》，进而由"论诗"发展到"论词"；夏承焘、缪钺、叶嘉莹均有"论词绝句"。影响真是既深且远。

鉴于杜甫是唐代号称"集大成"的杰出诗人，可以说，杜甫"以诗论诗"，不仅仅是个人创作心得的表述、个人创作经验的总结，其观点和认识亦具有无可否认的普遍性与重要性，从中可窥唐代诗歌创作成功的原因和"秘密"。而且，杜甫"以诗论诗"不是偶一为之，其数量颇多，涉及诗歌创作、诗歌批评的方方面面。把杜甫所有"以诗论诗"的篇、句组合到一起，就形成了从内容到形式自成一家的"杜甫诗学"。

（四）

现在，我们顺着前面的思路，再作一些考察。

综观杜甫一生，他对于诗歌创作艺术、诗歌创作理论的探讨，极为热诚，极为自觉，锲而不舍，一以贯之。"杜甫诗学"的形成绝不是偶然的。

开元、天宝年间，杜甫先是漫游吴越、齐赵，然后到达长安，困居长安。在这段时间，一方面，杜甫诗歌创作逐步走向成熟；另一方面，杜甫与前辈、同辈广泛切磋诗艺，纵论文坛，从而初步形成其独具特色的诗学理论。他与友人探索诗艺的情景，从他的诗歌中不难察觉痕迹。

在济南,他与李邕"论文":

> 伊昔临淄亭,酒酣托末契。重叙东都别,朝阴改轩砌。论文到崔苏,指尽流水逝。近伏盈川雄,未甘特进丽。是非张相国,相扼一危脆。争名古岂然,键捷欻不闭。例及吾家诗,旷怀扫氛翳。慷慨嗣真作,咨嗟玉山桂。

(《八哀诗·赠秘书监江夏李公邕》)

李邕当时名气很大,一般不轻易许人,却与杜甫谈得极为投机,这显然是因为当时还很年轻的杜甫有与他对话的才华。二人所谈涉及诗人颇多,如果杜甫对诗坛没有深入了解,对诗歌创作没有自己独到的见解,是无法参与对话的。

在齐鲁,他与李白"论文":

> 渭北春天树,江东日暮云。何时一樽酒,重与细论文。

(《春日忆李白》)

此时的李白已是名满天下的大诗人,加之李白是旷世天才,其审美能力远非一般人可比。此时的杜甫几乎还没写出什么震动诗坛的作品。二人"差距"如此之大,李白却能放下身段,与杜甫"论文",说明此时杜甫的审美能力、创作见解足以与李白相颉颃。

在齐赵,他与高适"论文":

> 自失论文友,空知卖酒垆。平生飞动意,见尔不能无?

(《赠高式颜》)

"平生飞动意",不难想象,当年两位诗人"论文"是多么激昂慷慨、意气风发！

在长安，他与郑虔、苏源明"论文"：

> 老罢知明镜，悲来望白云。自从失词伯，不复更论文。

（《怀旧》）

郑虔是精通诗、书、画的艺术家，苏源明是被韩愈称赞"以其所能鸣"的散文家。杜甫与他们"论文"，当非泛泛空谈。

在长安，他还与毕曜"论文"：

> 同调嗟谁惜，论文笑自知。流传江鲍体，相顾免无儿。

（《赠毕四曜》）

毕曜并非著名诗人，与他"论文"倒更足以说明杜甫切磋诗艺的非凡热情与谦虚胸怀。

杜甫喜"论文"，绝非一般的文人习气。明人王嗣奭说得很中肯：

> 公素以文自负，如"文章千古事"，则内信于心；"斯文忧患余"，则窃比于圣。故亦不轻与人论文。"重与细论文"，则须李白；"佳句法如何"，则询高适。二人皆高品也。如吴侍御辩释无辜，宁拂上官而甘迁斥者，乃公心契，论文不愧，岂泛言者哉！

（《杜臆》）

从齐鲁到长安，这一时期杜甫偶有评诗之句，却发语不凡。如"清新庾开府，俊逸鲍参军"用之李白，此语一出，几成定论。又如"思飘云物动，律中鬼神惊"，王士禛赞曰"十字尽学诗之秘"（转引自《杜诗镜铨》）。只是从整体上看，杜甫这一时期对诗歌艺术的思考还没有达到完全成熟的程度。

离开长安后，杜甫在成都浣花草堂生活了六年（唐肃宗上元元年至唐代宗永泰元年，即760—765年）。这段时光一方面是杜甫诗歌创作进一步发展的时期，另一方面则是杜甫文学批评活动最重要的阶段——辩难、立论时期。正是在这一时期，杜甫写成了他诗学理论最有名的代表作——《戏为六绝句》。名曰"戏为"，实则严肃之至。一组诗有破有立，从思想到形式，充满创新精神，是杜甫对中国古代诗学理论的重大贡献。

唐代宗大历元年（766）到大历五年（770），是杜甫生命的最后岁月。正是在贫苦、老病的困扰下，杜甫完成了其诗学理论的总结和深化。在夔州，他对自己一生的创作活动进行了全面回顾和思考，既写了《壮游》《昔游》《遣怀》这些自传性长诗，又写了《偶题》这样全面阐述自己诗学见解的诗。王嗣奭认为："少陵一生精力，用之文章，始成一部诗集，此篇乃一部杜诗总序。"（《杜臆》）虽是"总序"，却写于晚年，其反思、总结的意图十分明显。特别值得注意的是，虽然贫病交加，杜甫的诗歌批评活动却极为活跃。如对元结《箧中集》的评论，在《咏怀古迹》中对宋玉、庾信的评论，《八哀诗》中对李邕、郑虔、张九龄的评论，《解闷十二首》中对王维、孟浩然、孟云卿的评论，都语短而韵长。这一时期，"杜甫诗学"既为最后，又最为成熟、最富成果。

通过以上简略回顾，不难看出，杜甫从事诗学理论探讨活动和诗歌评论活动，既有其明显的自觉性，又有其清晰的一贯性。

这里就杜甫的诗歌评论活动多说几句。在这一活动中，就广泛性和重要性而言，杜甫的表现简直罕有其匹，至少在唐代以前的诗人中，找不到一个人，像他那样，在诗中评论了那么多的诗人：

先秦、西汉：屈原、宋玉、贾谊、司马相如、扬雄……

魏晋南北朝：王粲、阴铿、鲍照、庾信、陶渊明、阮籍、谢灵运、谢朓、何逊……

初唐：王勃、杨炯、卢照邻、骆宾王、宋之问、杜审言、陈子昂……

唐开元、天宝年间：贺知章、张九龄、孟浩然、王维、李白、高适、储光羲、岑参、裴迪、元结、孟云卿、薛据、郑虔、贾至、苏源明、苏涣……

杜甫是有旷世之才的大诗人，但他从不轻视他人。他在评论时，总是不遗余力地肯定他人的长处，对年轻诗人更是热情扶持。我们来看看前人对此的评说：

杜公为诗家宗祖，然于前辈如陈拾遗、李北海，极其尊敬；于朋友如郑虔、李白、高适、岑参，尤所推让。白固对垒者，于虔则云"德尊一代""名垂万古"；于适则云："美名人不及，佳句法如何？"又云："独步诗名在。"于参则云："谢朓每篇堪讽颂。"未尝有竞名之意。晚见《舂陵行》，则云："粲粲元道州，前贤畏后生。"至有"秋月""华星"之褒。其接引后辈又如此。名重而能谦，才高服善，今古一人而已。

（刘克庄《后村诗话》）

公自谓"语不惊人死不休"，又云"沉郁顿挫，随时捷给，扬枚可企"。平日自负如此，定应俯视一切。

今听许诗,实心推服,不啻口出。其称他人诗,类此尚多。生平好善怀贤,诚求乐取,从来词人所少……

(王嗣奭《杜臆》)

高达夫五十始作诗,为少陵所推;苏老泉三十始读书,为庐陵所许……杜、欧二公,负当世盛名,而能虚怀乐善,奖励人才如此,真足为千古则矣。

(仇兆鳌《杜诗详注》卷三《寄高三十五书记》注)

当然,杜甫仅是谦虚为怀,绝非无原则的推许。杜甫的谦虚以批评的客观性、严肃性为前提,因而他的评论具有极高的权威性。

"初唐四杰"生前身后遭不少人嘲讽。杜甫《戏为六绝句》一出,"四杰"之历史地位霎时明朗。清人刘熙载指出:"唐初四子源出子山。观少陵《戏为六绝句》专论四子,而第一首起句便云'庾信文章老更成',有意无意之间,骊珠已得。"(《艺概·诗概》)对杜甫评"四杰"作了充分肯定。

杜甫评李白曰"清新"、曰"俊逸"、曰"飘然",自评则曰"沉郁顿挫"。宋人严羽《沧浪诗话》称:"子美不能为太白之飘逸,太白不能为子美之沉郁。"此说实以杜甫之评语为祖。

要评论别人,自己一定要有坚实的理论基础和明确的理论标尺。诗歌评论,正是杜甫诗学理论的运用和延伸。

综上所述,"杜甫诗学"并不是耸人听闻的虚言、杜撰,而是存在于杜甫诗歌中的确凿事实。只不过,它似乎是一个"隐性"存在,需要通过整理、发掘,才能变得明晰、完整、系统,彰显其全部面貌和宝贵价值。

（五）

"杜甫诗学"的形成，当然不是偶然的。首先应该注意的是其时代背景。

杜甫生于唐玄宗先天元年（712），逝于唐代宗大历五年（770）。尽管他在生命的中后期亲历了社会的大动荡，但他的少年、青年以至壮年，都处于唐代社会最繁荣的年代。陶冶、培育他成长的，是极其繁盛、浓郁、璀璨的盛唐文化。

这是一个文化全面繁荣的时代，在文学、艺术各个领域，都创造出非凡的成就。绘画艺术、音乐艺术、书法艺术、舞蹈艺术均异彩纷呈、美不胜收。诗坛更是群星璀璨，竞相唱和。题材之广泛，诗风之绚烂，形式之多样，诗语之精警，这些都使唐代成为中国诗史上无与伦比的时期。

这是一个文化上充满创新精神的时代。由于社会开放，中外交流频繁、活跃，异域风情进入中原，多元文化相互碰撞、融合，加之统治者对文化艺术创作的干预较少，整个社会富裕、繁荣，民族充满进取心和自信心，所以文学家、艺术家的活动天地空前广阔，创作条件也空前优越。这一时期的文学艺术也充满了创造活力，洋溢着创新精神。

这是一个文化集大成的时代。唐朝紧承南北朝。南北朝固然是一个混战不息的时代，但又是中华民族广泛吸收外来文化、在精神领域进行多方面探索、理性思维活跃的时代。不同民族文化之间的交融、吸收、探索，到唐代结出了硕果。所谓集大成，一是由中外文化交流引起的融汇，集中国本土文化、印度佛教文化、西域文化以及波斯、阿拉伯文化之大成；二是就中国本土而言，集南朝的秀美娟丽与北朝的刚健壮美两种风格迥异文化之大成；三是就文学艺术自身而言，历史传统与现实创造融为一体，集唐之前历代传统文化与唐代文学艺术创造之大成。从整体上看，这一时期的文学艺术和诗人有一种恢宏的胸襟和雄健的气度，以及酣畅淋漓的创造精神。

正是这样一个时代，哺育了杜甫，培养了杜甫，激励了杜甫，丰富了杜甫。没有这样一个时代，没有这样的土壤，杜甫诗歌、杜甫诗学都是不可能诞生的。

其次，我们还应该强调一下杜甫诗歌、诗学的家学渊源。京兆杜氏家族从汉代起就地位显赫、人才辈出。杜甫远祖杜预，京兆杜陵人，因功勋卓著，封征南大将军，当阳侯，其所注释的《左传》已成经典。杜甫的祖父杜审言，则天朝任修文馆学士尚书、膳部员外郎，以善诗著名，以至杜甫曾自豪地称"诗是吾家事"。

这里应该特别指出一点，即杜甫出自巩县杜氏。这一支系源自杜预第三子杜耽，有六代在南朝做官，到杜叔毗，入后周，成为北朝大臣，后转入隋唐。这一支系处于南北文化交汇点，因而既具有精深的南朝文化元素，又接受北朝文化精华的影响，最终熔二者于一炉。这一点在杜审言身上已初露端倪。我们先来看看前人对杜审言的评论。

> 唐人句律有全类六朝者……杜审言"啼鸟惊残梦，百花搅独愁"……初唐无七言律，五言亦未超然。二体之妙，杜审言实为首倡。唐七言律自杜审言、沈佺期首创工密……
>
> （胡应麟《诗薮》）

杜审言浑厚有余。

（陆时雍《诗镜总论》）

近体梁、陈已有，至杜审言始叶于度。

（王夫之《姜斋诗论》）

再来看看前人关于杜甫与乃祖杜审言关系的评论。

今观必简之诗，若"牵风紫蔓长"，即"水荇牵风翠带长"之句也；若"鹤子曳童衣"，即"儒衣山鸟怪"之句也；若"云阴送晚雷"，即"雷声忽送千峰雨"之句也；若"风光新柳报，宴赏落花摧"，即"星霜玄鸟变，身世白驹催"之句也。予不知祖孙之相似，其有意乎，抑亦偶然乎？

（杨万里《杜必简诗集》序）

审言诗虽不多，句律极严，无一失粘者，甫之家传有自来矣。

（陈振孙《直斋书录解题·诗集类》）

审言"楚山横地出，汉水接天回""飞霜遥度海，残月迥临边"等句，闳逸浑雄，少陵家法婉然。初唐四十韵惟杜审言，如《送李大夫作》，实自少陵家法，杜《八哀李北海》云"次及吾家诗，慷慨嗣真作"是也。

（胡应麟《诗薮》）

杜审言排律皆双韵，《和李大夫嗣真》四十韵，沈雄老健，开阖排荡，壁垒与诸家不同。子美承之，遂尔旌旗整肃，开疆拓土，故是家法。

（施闰章《蠖斋诗话》）

由以上评论不难看出，首先，杜审言的诗歌创作，既承继了南朝律对精切、精工典丽的诗风，又吸取了北朝浑厚刚健、清新遒劲的特点，从而为开一代新风作出了巨大贡献。其次，杜审言致力于律诗创作，对其具体创作法则、规律进行了深入思考和实践，堪称律诗发展的功臣。这两方面正是杜审言留给杜甫的宝贵遗产。不妨说，杜甫的"集大成"正是在更宏大的规模、更高的水平上完成了祖父开创的艺术事业；杜甫热衷诗艺、倾心诗学，正是在实现祖父的夙愿。没有如此深厚的家学渊源，就不会有后来的杜甫。

优越的时代环境，深厚的家学渊源，这些都是客观因素，必须通过主观因素才能起作用。说到杜甫自身，这里只想强调杜甫人生态度的一个特点——真。"不爱入舟府，畏人嫌我真。"（《暇日小园散病将种秋菜督勒耕牛兼书触目》）"由来意气合，直取性情真。"（《赠王二十四侍御契四十韵》）杜甫对自己的评价是"真"，他理想的人格是"真"，他衡量一个人的尺度也首先是"真"。这种求真意志、求真精神，是杜甫诗歌创作、诗学探索取得成功的重要保证。

在诗歌创作、诗学理论领域深耕，重要的固然是有才能，但更需"苦力"，西西弗斯式的"苦力"。具有强烈的求真意志，才能无悔无怨地做这样的"苦力"，才有可能"凌绝顶"。杜甫当然是天才，但他不是理论型天才，而是艺术型天才；他不是那种灵感奔放、纵心所如的天才，而是执着、一丝不苟的天才。锲而不舍、顽强努力是他成功的重要秘诀，也是他不仅在创作方面，而且在诗学理论探索方面取得伟大成功的秘诀。

（六）

杜甫"以诗论诗",故其诗学理论并非集中、整体式呈现,而是散见于他的千百首诗歌中。杜甫诗歌就是杜甫诗学理论的最好体现。要完整地呈现杜甫诗学,必须下一番细密、繁重的整理功夫。

我无力完成这样的工作,只能选出杜甫诗歌中自己认为最重要、最具杜甫个人特色、最有普遍和恒久意义的诗句,分别予以阐释和解读。在进行这些工作时,既尽量做到"我注六经",又在一些情况下"六经注我",以最大限度地展示杜甫"以诗论诗"的潜在魅力。

仅以此《杜甫诗学论》就教于大方之家。

本书的出版得到了西北大学出版社马来社长、张莹编辑的热情支持,谨致以最诚挚的谢意。

目录

上篇　杜甫诗学论

一　文章千古事　得失寸心知
　　——杜甫诗学之总论　　　　　　　　2

二　思飘云物动　律中鬼神惊
　　——杜甫诗学之"诗"论　　　　　　21

三　精微穿溟涬　飞动摧霹雳
　　——杜甫诗学之"意境"论　　　　　33

四　不爱入州府　畏人嫌我真
　　——杜甫诗学论"诗与'真'"　　　45

五　宽心应是酒　遣兴莫过诗
　　——杜甫诗学论"诗与兴"　　　　　65

六　挥翰绮绣扬　篇什若有神
　　——杜甫诗学论"诗与'神'"　　　77

七　遣词必中律　利物常发硎
　　——杜甫诗学论"诗与律"　　　　　92

八　毫发无遗憾　波澜独老成
　　——杜甫诗学论"诗歌美学"　　　113

九　诗尽人间兴　兼须入海求

　　　——杜甫诗学论"诗歌意象"　　　125

十　万国皆戎马　酣歌泪欲垂

　　　——杜甫诗学论"诗歌功能"　　　141

十一　或看翡翠兰苕上　未掣鲸鱼碧海中

　　　——杜甫诗学论"诗歌风格"　　　160

十二　为人性僻耽佳句　语不惊人死不休

　　　——杜甫诗学论"诗歌语言"　　　176

十三　别裁伪体亲风雅　转益多师是汝师

　　　——杜甫诗学论诗歌创作的继承与创新　　　204

十四　痛饮狂歌空度日　飞扬跋扈为谁雄

　　　——杜甫诗学之"李白论"　　　236

十五　法自儒家有　心从弱岁疲

　　　——杜甫诗学之"杜甫自我论"　　　259

下篇　杜甫诗论汇编

甲　编　　　291

乙　编　　　334

丙　编　　　385

上篇 杜甫诗学论

一 文章千古事 得失寸心知
——杜甫诗学之总论

（一）

"文章千古事，得失寸心知。"这两句诗出自杜甫《偶题》。

如果分开来看，这两句诗并非杜甫原创。三国时期的曹氏兄弟文学天分极高，政治境遇却截然不同：一个如愿称帝，一个郁郁而终。二人的文学主张也颇不相同。曹丕认为："文章者，经国之大业，不朽之盛事。"（《典论·论文》）曹植却说："昔丁敬礼常作小文，使仆润饰之，仆自以才不过若人，辞不为也。敬礼谓仆：'卿何所疑难。文之佳恶，吾自得之，后世谁相知定吾文者邪？'吾常叹此达言，以为美谈。"（《与杨德祖书》）这两段话，当是杜甫所本。

如果把话题扯得远一些，那么，"文章千古事"反映了儒家对文学的一贯看法，而"得失寸心知"则反映了道家对文学创作规律的认识。儒家以"立德，立功，立言"为"三不朽"。孔子认为"诗可以兴，可以观，可以群，可以怨。迩之事父，远之事君"（《论语·阳货》）。荀子更强调："凡言不合先王，不顺礼义，谓之奸言；虽辩，君子不听……赠人以言，重于金石珠玉；观人以言，美于黼黻文章；听人以言，乐于钟鼓琴瑟。"（《荀子·非相》)《毛诗序》更是认为:"正得失,动天地,感鬼神,莫近于诗。先王以是经夫妇,成孝敬,厚人伦,美教化,移风俗。"凡此,都与"文章千古事"有着明显的内在联系。

道家则侧重于对文学创作自身规律的认识和探索。《庄子》中的多则寓言故事,道出的正是艺术创作的真谛。如《庄子·天道》中轮扁关于斫轮"得之于手而应于心,口不能言,有数存焉于其间"的一番表白,《庄子·达生》中吕梁大夫关于蹈水"始乎故,长乎性,成乎命""不知吾所以然而然"的一番议论,都与艺术创作中个体的内在甘苦有相通之处,其中的"得失"确乎只有轮扁、吕梁大夫的"寸心"可知。

如果杜甫所言只是如此,那这两句诗就毫无新意可言。令人叹为观止的是,这两句诗,作为两个不同的命题,经杜甫巧妙地融合,立刻产生了"1+1>2"的效果,可使我们从新的角度领悟诗的本质。

(二)

关于"诗",人们说得实在太多了。那么,杜甫的"文章千古事,得失寸心知"又告诉了我们什么呢?

"蒹葭苍苍,白露为霜,所谓伊人,在水一方。"这首《蒹葭》的作者是谁?写于什么年代?诗中的"伊人"是谁?诗人为什么要这样咏唱?……这些问题的答案我们统统不知道,且不需要知道。这些问题,与真正的诗毫无关系。我们只要一读这十六个字,就会进入一种莫可名状的境界,我们的心就与诗句融为一体。从情感上,我们和这十六个字是零距离的,"蒹葭"就在眼前,"白露"就在脚下,美丽的"伊人"就在水的那边,若隐若现……

这是谁写的话语?这话语出自谁的诗篇?这诗篇写于哪一个国度?这些问题,我们也许不能回答,但也无须回答。从读到这些诗句的那一刻起,我们的心灵就沉浸其中,我们的思绪和诗句一起起伏,我们的热血和诗句一起奔流。

黑格尔认为,诗的对象是"精神的无限领域"[①]。著名美学家乔治·桑塔亚那在《诗歌的基础和使命》中这样说:"诗的最高意义恰恰在于:在利用生动的现实材料时,理解感受的实际,并透过流行观念的表层;而后,他用这一生动的但不成形的材料创造出更丰富、更美、更接近于人类本性的内在倾向,更忠实于心灵的最高希望的新的结构来。"[②]荷尔德林也认为:诗,是哲学的始与终。

而就穿越"千古"而言,诗更居于哲学之上,因为它更"接近于人类本性",更能表达人类"心灵的最高希望"。

这种穿越"千古"的情感和力量,正是诗的真谛,是诗存在的真正理由。

但是,诗又是最独特、最个性化的精神创造。

"蒹葭苍苍,白露为霜,所谓伊人,在水一方。"这里所展示的情景、情感,都是一次性、不可重复、不可复制的。这里所发出的声音,只属于那位不知名的创造者,后来者无法模仿,也无法超越。这声音一旦出现,就凝聚为永恒,凝聚为经典。甚至那一句"在水一方",都已成为永远不可企及的典范。它是如何被"寸心"创造出来的,这秘密也只有那"寸心"自知,

---

① 王治明:《欧美诗论选》,青海人民出版社,1990年,110页。
② 王治明:《欧美诗论选》,青海人民出版社,1990年,295页。

旁观者无法揭开。

"浮士德"的故事流传于欧洲，而长诗《浮士德》则是歌德的天才创造。只有歌德这样兼具浪漫气质与崇高理想的天才，这个跨越了十八世纪欧洲多个不同时代、不同潮流的天才，这个既神思飞扬又能忍受艰苦劳动的天才，才能创造出来。

> 我已熟悉这尘世人间，/我们不许任何对于彼岸的向往。/是痴人才眨眼望着青天，/幻想云雾中有自己的同伴！/人要站立稳固，观望四周！/这世界对有为者并没有沉默。/他何必在永恒中漫游！/凡是认识到的一定能把握。/让他生存的日日夜夜如此行动吧，/纵有妖魔出现，他坚定地走着自己的道路。
>
> （歌德《浮士德》）

英国著名诗人华兹华斯在《抒情歌谣集·序言》中这样说："诗人是以一个人的身份向人们讲话。他是一个人，比一般人具有更敏锐的感受性，具有更多的热忱和温情，他更了解人的本性，而且有着更开阔的灵魂……他高兴观察宇宙现象中的相似的热情和意志，并且习惯于在没有找到它们的地方自己去创造……他还有一种气质，比别人更容易被不在眼前的事物所感动，仿佛这些事物都在他的面前似的；他有一种能力，能从自己心中唤起热情……能更敏捷地表达自己的思想和感情，特别是那样的一些思路和感情，它们的发生并非由于直接的外在刺激，而是出于他的选择，或者是他的心灵的构造。"[①]

---

① 刘若端：《十九世纪英国诗人论诗》，人民文学出版社，1984年，13—14页。

华兹华斯说得很好，但又似乎意犹未尽。因为诗人——这个人类群体中太过特殊的个体，是宇宙的骄傲；而真正的诗人，伟大的诗人，诗歌创造的天才，对一个民族来说，往往百年，甚至几百年才出现一两个。关于诗歌创作本身，人们说了很多，却仍有很多没有说出，或者说不出，因为诗歌创作这种精神创造太个性化了。

"得失寸心知。"正因为如此，我们才以无限的崇敬之心，礼赞那些大诗人，把那些百年一遇的真正诗人称为"天才"。

"文章千古事，得失寸心知。"诗歌的本质是什么？杜甫这十个字，真是胜过理论家的千言万语。

（三）

专门研究杜诗的明人王嗣奭认为：

> 少陵一生精力，用之文章，始成一部诗集。此篇（《偶题》）乃一部杜诗总序，而起二句乃一部杜诗所胎孕者。文章千古事，便须有千古识力为之骨；得失寸心知，则寸心具有千古。此乃文章家之秘藏，而千古立言之标准。
>
> （《杜臆》）

王氏此言有理。要而言之，"文章千古事，得失寸心知"，从诗歌创作角度看，"乃一部杜诗所胎孕者"；从诗学理论的角度看，则是杜甫诗学的总纲。

一部人类文学艺术（包括诗）创作发展的历史，一部人类对文学艺术（包括诗）创作规律认识的历史，说得偏激一点，就是在一种二元对立中发展的历史。如古代希腊，一方面有"模仿说",另一方面又有"天才说"。前者强调文艺(包括诗)客观性的一面,后者则强调文艺(包括诗)主观性的一面。二者要统一,谈何容易!著名学者王国维在其《人间词话》中指出,有两种诗人——"客观的诗人"和"主观的诗人"。这分法让人生疑:"客观的诗人"有没有其"主观"的方面?"主观的诗人"有没有其"客观"的方面?

这种生硬的"二分法",被杜甫作了彻底的消解。"文章千古事,得失寸心知"确切地揭示了文学艺术(包括诗)创作所面对的基本矛盾——社会客观性与个体主观性,并对这一矛盾作出统一和解决。

诗歌的"社会效应"本是一个并不复杂的问题。诗人总希望自己的诗歌能有广大的读者群。那些真正伟大的诗歌,其读者数量是以万、百万甚至亿为单位的。没有一个诗人只为"自己"创作,希望自己诗歌的读者只有"自己"一人。但是,有人却出来"搅局",说好诗就应该像"天书"一样,谁也读不懂的诗才是好诗。真是匪夷所思!对这种荒唐的说法,必须明确指出:"文章千古事",诗歌有自己严肃的使命,不容亵渎!

首先,必须明确,从整体上看,文学艺术(包括诗)具有不可否定的社会客观性。从原始群落到现代文明社会,人类在每个时期从事的文学艺术(包括诗)创作活动,都是一种"社会"事业,或者说具有社会意义的事业。正因如此,人类(社会、国家、民族等)才如此重视文学艺术(包括诗)创作活动,一代一代,延续不断,并把那些优秀的文学艺术作品当成全人类的宝贵财富,使其获得不朽的意义。

其次,文学艺术(包括诗)植根何处?当然是植根于社会生活。作家、诗人的创作灵感，总是来源于社会生活，或者至少与社会生活有关。一般而言，创作灵感植根于社会生活越深，其作品生命力就越是强大，这样的作品才能超越个体局限，超越社会表层某些思想、风尚的局限，甚至超越时空局限，获得不朽的意义。

每个诗人、作家都会接受某种世界观、人生观、艺术观，或时代倾向、时代思潮的影响。它们都反映了一定时代、阶层、集团或群体的意志、主张、要求，因而是一种"公共产品"，具有社会客观性。那些正确反映历史、反映人民、反映先进阶级要求的世界观、人生观、艺术观，无疑会有力地指导、帮助诗人、作家把握时代脉搏，认识生活底蕴，从而创作出具有不朽价值、不朽意义的作品。

文学艺术（包括诗）必须要有社会效应，要有读者、观众的欣赏，这样才能称为"作品"。"作品"按照一定的流传规律走向社会，走向群众。作品能否取得社会的承认，取得群众的认可，取得历史的肯定，并不取决于作家、诗人的一厢情愿，而是遵从严酷的客观法则。"大浪淘沙"，被历史和社会发展所淘汰的"文章"不可计数，最后流传千古的只是极少数。也正是因为有这种淘汰法则，文学艺术（包括诗）创作才可能成为"千古事"，才更加彰显其神圣意义。

显然，杜甫以"文章"为"千古事"，正是强调文学艺术（包括诗）创作有着无可否认的社会客观性这一面。作家、诗人必须认真地把自己的创作活动当作社会事业来对待，必须具有严肃的使命感和社会责任感，从而使自己的作品具有不朽的历史价值。俄罗斯伟大诗人普希金说："我的永远正直的声音，是俄罗斯人民的回声。"①德国诗人海涅写道:"我现在知道,我要做什么,应该做什么,必须做什么……递给我琴,我唱一首战歌……语言像是燃烧的星辰从高处射下,他们烧毁宫殿,照明茅舍……我全身是欢悦和歌唱,剑和火焰。"②这些话和"文章千古事"可谓异曲同工。

"得失寸心知。"文艺创作又是一种特殊的精神劳动,一种带有强烈的个人色彩、精细而复杂的精神劳动,一种极端纯粹化的个体精神劳动。

首先,作为"精神劳动",文学艺术(包括诗)在劳动方式上是最典型的个体化劳动,且这种"个体"极具个性特色,与"众"不同。即使是民歌,其创作方式归根到底仍然是"个体"的,是由某个人先唱出来的。群体的七拼八凑,决然产生不出真正杰出的文艺作品。从这个意义上说,"文章"的"得失"只能"寸心知"。

其次,稍微复杂一些的文学艺术(包括诗),其创作过程也必然是个性化的。刘勰把文艺创作过程概括为"三准":"履端于始,则设情以位体;举正于中,则酌事以取类;归馀于终,则撮辞以举要。"(《文心雕龙·熔裁》)可以看出,"设情"只能发自个人胸臆,其他任何人都不可能代庖;而"酌事",也必然取决于作家、诗人个人的艺术积累、艺术想象,其他任何人也不能代其捉刀;至于"撮辞",更是要求作家、诗人运用具有个性特色的艺术语言,来不得半点虚假,更不能说那种"千人

---

① 张耀辉:《文学名言录》,湖南人民出版社,1985年,39页。
② 张耀辉:《文学名言录》,湖南人民出版社,1985年,38页。

一面"式套话。这一过程,旁观者的无端介入,只能给创作带来伤害,给作家、诗人带来痛苦。从这一过程来看,"文章"的"得失"也只能"寸心知"。

精神产品需要欣赏者。奇妙的是,文艺作品(包括诗)的欣赏活动也是"寸心知"。有一千个读者,就有一千个"哈姆雷特",说的就是这一点。这种欣赏活动,表现出鲜明的个体主观性,具有强烈的个性特征。作家、诗人常常慨叹"知音"难寻。一个杰出、伟大、具有真知灼见、能深入欣赏并批评文艺作品(包括诗)的文艺批评家,甚至比作家、诗人更少见、更难得。

"百年歌自苦,未见有知音。"(《南征》)不难想象,所谓"得失寸心知",确实是杜甫深有感触的肺腑之言。文学家、诗人是一种特殊的"苦力",他们只能在"寸心知"的孤寂状态中,艰难地编织创作之网,深沉地耕耘创作之田。从根本上说,他们只能依靠自知和自信,只能依靠"寸心"在创作之路上跋涉。即使有热心人想帮忙,也是徒劳。"六十馀年妄学诗,工夫深处独心知。夜来一笑寒灯下,始是金丹换骨时。"(《夜吟》)陆游此诗道出了此中甘苦。法国小说家福楼拜也这样慨叹:"艺术!艺术!你究竟是什么恶魔,要咀嚼我们的心血呢?为着什么呢?"[①]也许正因如此,作家、诗人这个职业才显得格外耀眼、格外崇高。

不过,主要问题还不在于杜甫看到了文学艺术创作这两个不同的侧面,看出了二者之间的对立,而在于杜甫同时看出了

[①] 段宝林:《西方古典作家谈文艺创作》,春风文艺出版社,1980年,400页。

这两者之间的相互联系、相互渗透、相互补充。诚然，小小"寸心"，要写成"千古"文章，谈何容易！但"千古"文章又偏偏只能来自"知得失"的"寸心"。这是作家、诗人面临的艰难处境——困难在这里，痛苦在这里，希望也在这里。历史昭示我们，文学艺术创作的社会客观性只能寄寓于创作的个体主观性之中，而文学艺术创作的个体主观性也必须依附创作的社会客观性。离开"得失寸心知"，文章创作倒易如反掌，但文章的"千古"又从何而来？文章如果没有"千古"意义、"千古"价值，那"知得失"的"寸心"又有什么意义？

著名文学评论家梁宗岱认为："诗人是两重观察者，他的视线一方面要内倾，一方面又要外向。对内的省察愈深微，对外的认识也愈透彻。"[1]英国诗人雪莱也说："诗人是那种感化别人性格的内在力量和那种激发及支持这类力量的外在影响的共同产物；两者在他的身后合为一体。"[2]这些话的精神和杜甫所言是相通的。

"千古"和"寸心"，忽视任何一个侧面，都是文学艺术创作的歧途。只有以"寸心"写"千古"，才能别具只眼、戛戛独造；只有为"千古"而重"寸心"，才能襟怀阔大、高人一筹。杜甫自身的伟大成功，正是"文章千古事，得失寸心知"这两句诗的完美实践。

---

[1] 梁宗岱:《诗与真·诗与真二集》，外国文学出版社，1984年，91页。
[2] 山东师范学院中文系文艺理论教研室:《外国作家谈创作经验》(上)，山东人民出版社，1980年，138页。

（四）

《偶题》是杜甫晚年的作品，"文章千古事，得失寸心知"是杜甫毕生创作实践的经验概括和深刻总结。对杜甫来说，"千古"与"寸心"完全有机地统合为一。

"文章千古事"在杜甫创作中有突出的体现。

写"千古"之史事。在民族兴衰、祖国命运、人民苦痛面前，一个正直、有良心的诗人，没有权利闭上眼睛。法国大诗人雨果说得很中肯："天才的诗人，请你把脚给我看看，让我看看你是不是像我一样脚跟沾着地上的尘土。如果你没有这种尘土，如果你从来没有像我一样走过这条径道，你就不认识我，我也不认识你。你滚吧，你自以为是一个天使，你其实只是一只鸟儿。"[1]雨果这段话，是对那些"只给自己歌唱"的人的有力嘲讽。杜甫的脚跟上，沾满了那个时代祖国大地上的尘土。一部杜甫诗集，有如苦难时代的一面镜子。有唐一代，从天宝到大历，从杜甫诗歌中，可对国家、社会、百姓作深度透视。

写"千古"之人性。一提"千古"，有人往往以为人性、人情区区小事，不值一提。其实，这是严重的误解。一句"床前明月光"，在流传"千古"上，与伟大史诗相比毫不逊色。杜甫是人情味极浓、极纯真的伟大诗人，他善于体察人性深处的细微之情，并化人情为诗情。如他的《赠卫八处士》：

---

[1] 段宝林：《西方古典作家谈文艺创作》，春风文艺出版社，1980年，376页。

> 人生不相见，动如参与商。
> 今夕复何夕，共此灯烛光。
> 少壮能几时，鬓发各已苍。
> 访旧半为鬼，惊呼热中肠。
> 焉知二十载，重上君子堂。
> 昔别君未婚，儿女忽成行。

平易自然的叙述，把相别相见之情、人生易老之情、怀旧感伤之情，表现得淋漓尽致。短短数行，充满人生感慨，有发掘不尽的底蕴，流传千古，不知感动了多少人！

写"千古"之世态。世态是变易不息的，但又有其稳定性。各个时代、各个社会有不同的世态。伟大诗人笔下的世态，能帮助人们认识一个时代的世风人心，认识一个国家、一个民族的精神风貌，因而具有"千古"意义。例如杜甫的《饮中八仙歌》，虽是写八个活跃于开元、天宝年间以善饮著称的"名士"，但从中可窥见唐人独特的精神风采，窥见中华民族的审美心态，读后让人赞叹：斯风"千古"，斯人"千古"，斯诗"千古"！

写"千古"之物"理"。宇宙、自然、人心、物"理"，在深层次上是相通的。伟大的哲学家、诗人，总是以顽强的追求，探寻其中的奥秘。杜甫在诗中常拈出"物理"一词，如"我何良叹嗟，物理固自然"（《盐井》）、"我行何到此，物理直难齐"（《水宿遣兴奉呈群公》）。杜甫的诗以深沉的思力，揭示了宇宙、人生至精至微之"理"。

这里试举一例。《舟前小鹅儿》在杜甫诗集中可谓一首地道的"小诗"："鹅儿黄似酒，对酒爱新鹅。引颈嗔船逼，无行乱眼多。翅开遭宿雨，力小困沧波。客散层城暮，狐狸奈若何！"

几只小鹅儿，竟然引起诗人如此深沉的感慨，"民胞物与"之情被表达得如此感人，物"情"、物"理"被诗人体察得如此深透。诗中所刻画的弱小者的命运，更令人唏嘘不已！

"千古"是一个诱人的字眼。在文学艺术创作之路上，多少人以"千古"为鹄的，获得的却是灰飞烟灭。真正伟大、真正幸福的诗人就是那赢得"千古"的诗人。巴金说："人说生命是短促的，艺术是长久的，但我却始终相信还有一个比艺术更长久的东西。那个东西迷住了我。为了它，我甘愿舍弃艺术，舍弃文学生活，而没有一点留恋。"（《写作生活的回顾》）杜甫正是找到了那"比艺术更长久的东西"，为其歌哭，为其呼号，为其呐喊，为其长吟短叹，为其生，为其死。因此，他才被赞以"千古诗人，诗人千古"。

杜甫之所以能取得如此辉煌的创作成就，是因为一诗一语都出自他的"寸心"。

他以诗写"寸心"之妙悟。文学创作（尤其是诗）的独创性，首先表现在作家、诗人能从生活中"悟"到其他人没有发现的生活真谛。"悟"此真谛，写此真谛，方称得上面对生活而有所"得"。对诗人来说，得此妙悟，心灵为之升华；对读者来说，赏此妙悟，思想步入新境界。我们不妨以杜甫的一首七律为例：

> 常苦沙崩损药栏，也从江槛落风湍。
> 新松恨不高千尺，恶竹应须斩万竿。
> 生理只凭黄阁老，衰颜欲付紫金丹。
> 三年奔走空皮骨，信有人间行路难。

（《将赴成都草堂途中有作先寄严郑公》）

这里的"新松"一联是千古名句，它所表现的鲜明的爱憎，蕴含着杜甫在长期苦难生活中"悟"到的人生真谛。"悟"得特别深刻，"悟"得格外真切，诗句才如此有力。它向人们提供的是一种神圣的感情，在这种感情之中，闪耀着千古不灭的真理光辉。

他以诗写"寸心"之妙想。没有想象就没有诗、没有艺术。诗人的才能，首先就是想象的才能。由诗人"寸心"所知艺术之"得失"，从根本上说，就是创作时的想象是否具备应有的独创性和丰富性。杜甫具有极为卓越的生发想象、选择想象、丰富想象、表现想象的才能。例如有名的《绝句》：

两个黄鹂鸣翠柳，一行白鹭上青天。

窗含西岭千秋雪，门泊东吴万里船。

表面上看，这首诗似乎是在写实，其实全诗表现的是极其美妙的艺术想象。一些看似平常的景物，诗人运用想象力重新加以组合，构成崭新的艺术时空，合为一幅意境开阔、优美的艺术图画。由于这一想象太巧妙、太新颖，以至显得比写实还要真实。如此妙想，方称得上艺术的成功、成功的艺术。

杜甫以诗写"寸心"之妙语。语言对诗的重要性毋庸赘语。二十世纪西方文学理论大师雅各布森甚至把诗歌定义为"超美学作用的语言"。唐代诗人没有一个不视语言为神圣之物，而杜甫在语言的选择、提炼、创造、运用方面更具杰出才能。在他的诗中，出自"寸心"、具有创造性的诗句俯拾皆是。清人赵翼赞叹道："盖其思力沉厚，他人不过说到七八分者，少陵必说到十分，甚至有十二三分者。其笔力之豪劲，又足以副其才思之所至，故深人无浅语。"（《瓯北诗话》）离开"语不惊人死不休",如何显示杜甫那超人的知艺术得失之"寸心",又何来"千古诗人"之美名?

"寸心"似乎人皆有之,其实大不然。真正拥有知艺术得失之"寸心"的诗人、作家,在人类历史上屈指可数。这就是为什么能进入"经典"行列的诗文,少之又少。拥有这片"寸心",又是历史上那些具有独创精神的大诗人、大艺术家,往往总要与强大的传统、强大的社会偏见对抗,甚至冒着终生不得世人理解的危险,特立独行,最终有所建树的主要原因。

杜甫一生既坚决维护诗歌创作的严肃性、神圣性,又勇于坚持诗歌创作的独创性、个体性。"文章千古事,得失寸心知"为我们提供了一把理解杜甫诗歌的钥匙,也为杜甫诗学立起了强有力的基石和支柱。

(五)

杜甫既是伟大的诗人,又是诗歌批评大师。"文章千古事,得失寸心知"就是他进行诗歌批评时遵循的总原则。周振甫的《杜甫诗论》中有这样一段话:

> 杜甫认为创作是流传千古的事业,要凭流传千古的观点来看,这只是自己的寸心知道。这个寸心知,就不同于令狐德棻和陈子昂的所见。他们两位是就他们所处的时代着眼,提出救弊的意见。令狐德棻根据扬雄说的,"诗人之赋丽以则,词人之赋丽以淫",主张"摭六经百氏之英华",用正则的思想来写,批评庾信的淫放轻险。陈子昂要提倡风骨兴寄,批评晋宋以来的追求辞采。这只是针对当时来看,不是从流传千

古的作品来看的。从杜甫的推重陈子昂看,他对陈子昂救弊的诗论是尊崇的。但他从作品的流传千古来看,他的看法跟他们两家又有不同,只是寸心知而已。他认为著名的作家都有特殊的成就,他们的得名不是随便的。①

不难看出,周振甫是把"文章千古事,得失寸心知"作为杜甫诗歌批评的根本原则加以评价的。

杜甫这一诗歌批评原则,是历史尺度与美学尺度的统一。应该承认,"千古事"和"寸心知"之间毕竟存在矛盾。以"寸心"知"千古",借"千古"观"寸心",岂非臆想?然而,杰出文学作品、伟大诗歌的微妙、奥秘也就在这里。正是依赖二者之间的张力,文学艺术作品(包括诗)才有可能成为既深刻反映现实,又超越时空限制的特殊存在。"文章千古事"强调的是历史尺度。这一尺度要求文艺作品,要求诗歌经得起社会生活、经得起时间、经得起历史的检验,从而拨动一代又一代读者的心弦。"得失寸心知"强调的是美学尺度。这一尺度要求文艺作品(包括诗)是作家、诗人惨淡经营、饱含个人心血、具有个性特色的美的创造。把这两个尺度完全统一,即"千古"中有"寸心","寸心"中有"千古";唯其"寸心知",方能"千古";唯其为"千古事",方求之于"寸心知"。这是美学化了的历史尺度,又是历史化了的美学尺度。

这一批评原则又是社会需求尺度与个体喜好尺度的统一。既然是"千古事",当然体现为社会、历史对文学艺术创作的需

---

① 周振甫:《杜甫诗论》,《草堂》1984年第1期,2页。

求。要满足这一需求，作家、诗人必须担当起崇高的社会使命，圆满完成国家、民族、社会，乃至人类给自己提出的任务。既然是"寸心知"，当然体现为作家、诗人对自己作品艺术质量、艺术得失的把握与追求。不同的创作个体自有其不同的追求标准、追求目标，这二者之间又存在着尖锐的矛盾。然而，正是依靠这二者之间的张力，文艺作品（包括诗）才能既是高度个性化、具有个人风格，又是为社会、为千百万读者所肯定和喜爱、赞赏的特殊存在。当这两个尺度高度统一时，一方面，作为"文章千古事"的社会、历史需求，必须由富有个性特色的作品来体现、来满足；另一方面，作为"得失寸心知"的个体要求，又是一种最大限度的包蕴、满足社会与历史需求的个体要求。"寸心"贵在知"千古"，"千古"务求入"寸心"。一人之"心"，即亿万人之"心"；亿万人之"心"，统合于一人之"心"。能达到这一境界，对作家、诗人来说，是莫大的荣耀，也是莫大的幸福。

这一批评原则同时又表现为长时段（宏观）美学尺度与短时段（微观）美学尺度的统一。每个作家、每个诗人都是活在当下的，总是作为特定时代、特定社会的一员而存在，他的"寸心"必然受一定社会氛围、时代氛围、文化氛围的影响与限制，他的创作也必须首先满足当下社会、时代的需要。衡量这一需要的美学尺度必然是短时段的。但他又不能满足于这种短时段，他总希望自己的作品能获得长久的生命力。那些真正卓越、真正伟大的文学作品一诞生，便似乎获得了永恒的价值，百年、千年依然为人们所喜爱。由此可见，长时段美学尺度的存在是一个不争的事实。长时段与短时段这两种美学尺度的统一，对作家、诗人而言，是严酷的考验。正是依赖这二者之间的张力，文学艺术创作才能，也只能以"寸心"写"千古"，以"寸心"赢得"千古"，以当下表现永恒，以短暂的生命去征服无限。诗人歌德对此深有体会，他这样说：

> 现实生活应该有表现的权利。诗人由日常现实生活触动起来的思想情感都要求表现，而且也应得到表现……我所有的诗歌都是应景即兴的诗，都是由现实激发出来的。①

同时，歌德又提出，诗人要把由现实激发的感情"铸造出一个优美而又有生气的整体"(《同爱克曼的谈话》)，"从这特殊中表现一般"(《歌德谈话录》)，从而使自己的诗歌获得强大的生命力。既然要从特殊中表现一般，"寸心"中就要有"千古"，"寸心"就应知"千古"。评价文学作品，既要从"千古"的一面评价其不朽意义，又要从"寸心"的一面体味作者的苦心孤诣，才能得出比较全面、妥帖的结论。

杜甫自己正是在"千古"与"寸心"的统一中观察、评价诗歌作品的。在《偶题》中，他写道：

> 作者皆殊列，名声岂浪垂。骚人嗟不见，汉道盛于斯。前辈飞腾入，余波绮丽为。后贤兼旧制，历代各清规。

"前辈"与"余波"各有其特殊的历史条件、历史使命，其存在价值、存在意义是不能等同的，即各有其"千古"之处。

---

① 爱克曼：《歌德谈话录：1923—1932》，朱光潜译，人民文学出版社，1987年，4—6页。

但凡千古留名的作家，自有其留名之原因，批评家应根据其"殊列"的特征，揭示其名垂千古的奥秘。"旧制"与"清规"，一为古，一为今，"兼"属于继承，"各"则属于发展。"旧制"为"后贤"所兼，因为其中自有"千古"；"清规"为各代所创设，当然蕴含"寸心"的追求。一部文学艺术发展的历史，就是"千古"与"寸心"、"寸心"与"千古"在矛盾中不断碰撞、不断交融、不断渗透、不断创造的历史。杜甫对初唐四杰的评价，更是他运用自己这一批评原则的范例。"王杨卢骆当时体"与"不废江河万古流"，多么尖锐的矛盾！然而在杜甫诗中，却奇妙地统一在一起，令人叹为观止。

"文章千古事，得失寸心知。"

这十个字，意蕴深刻、丰富！

这十个字，值得我们牢牢记取！

这十个字，值得我们认真思考、深入探讨！

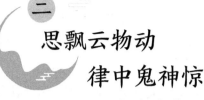

二 思飘云物动 律中鬼神惊
——杜甫诗学之"诗"论

（一）

什么是诗？

千百年来，古今中外，对"诗"的定义丰富多彩、不胜枚举。正因见解纷纭，以至鲍斯威尔的《约翰生传》中有这样一段奇文：

  那么，先生，什么是诗呢？

  嘿，要说什么不是诗倒容易得多。我们都知道什么是光，可要说明它却不那么容易。

因为太难定义，所以有人就绕着弯说。明人徐渭曰："试取所选者读之，果能如冷水浇背，陡然一惊，便是兴、观、群、怨之品。"（《答许口北》）美国诗人埃米莉·狄金森也说过类似的话，大意为：要是我读一本书，果然使我全身冰冷，无论烤什么火都不觉得暖和，我便知道这就是诗。

也许你会觉得，这样定义诗，太不准确，太不科学，仍然要追问不休。那么，这里不妨提供几个答案作为参照。

意大利著名诗人但丁说："诗……是写得合乎韵律、讲究修辞的虚构故事。"①

意大利美学家维柯指出:"诗不是别的,就是模仿。"②

英国诗人柯尔律治认为:"诗就是人的全部思想、热情、情绪、语言的花朵和芳香。"③

美国美学家桑塔雅纳将诗歌定义为:"诗歌是一种方法与涵义有同样意义的语言。诗歌是一种为了语言,为了语言自身的美的语言。"④

中国明代诗歌理论家严羽认为:"诗者,吟咏情性也。"(《沧浪诗话》)

中国当代诗人艾青认为:"诗是由诗人对外界所引起的感觉,注入了思想感情,而凝结为形象,终于被表现出来的一种'完成'的艺术。"⑤

这样的"定义"可以列出许多。不过,在这里最重要的是,杜甫如何为诗"定义"。

(二)

杜甫《敬赠郑谏议十韵》一诗,中间数句特别精彩:

> 谏官非不达,诗义早知名。破的由来事,先锋孰敢争,思飘云物动,律中鬼神惊。毫发无遗憾,波澜独老成。

---

① 王治明:《欧美诗论选》,青海人民出版社,1990年,15页。
② 王治明:《欧美诗论选》,青海人民出版社,1990年,51页。
③ 王治明:《欧美诗论选》,青海人民出版社,1990年,146页。
④ 王治明:《欧美诗论选》,青海人民出版社,1990年,292页。
⑤ 艾青:《诗论》,人民文学出版社,1980年,172页。

这里的"思飘云物动,律中鬼神惊",清人王士禛认为:"十字尽学诗之秘。"(《杜诗镜铨》注引)此言可谓慧眼识珠。清人仇兆鳌认为:"云物动,言思穷高远;鬼神惊,言巧夺化工。"(《杜诗详注》)这些观点肯定了这十个字内涵之丰富、重要。

要而言之,这十个字精辟地道出诗作为"诗"的根本特征,或者说,这是杜甫给出的"诗"的"定义"。

"思"即"诗思","思飘"即想象飞腾。这就揭示出"诗思"的根本特征,即想象,最丰富、最活跃的想象。古今中外,言诗者皆不离"想象"。

中国著名诗人何其芳认为,诗"饱和着丰富的想象和感情"[1]。

艾青指出:"没有想象就没有诗。"[2]

英国著名诗人雪莱说:"在通常的意义下,诗可以界定为'想象的表现'。"[3]

英国诗人赫列斯特则说:"诗歌,严格地说,是想象的语言……诗歌是幻想和感情的白热化……它赋予感官印象以幻想的形式。"[4]

有人会说:把想象说得如此重要,那么"言志""抒情"呢?其实,在诗歌中,"想象"与"情""志"可以说是一回事。诗歌之"情"非一般之"情",它必须是能激发想象并与想象一体的"情";诗歌之"志"非一般之"志",它必须是能激发想

---

[1] 北京大学文艺理论研究室:《文学理论学资料》(第2版),北京大学出版社,1982年,49页。

[2] 艾青:《诗论》,人民文学出版社,1980年,31页。

[3] 王治明:《欧美诗论选》,青海人民出版社,1990年,170页。

[4] 王治明:《欧美诗论选》,青海人民出版社,1990年,154页。

象并与想象一体的"志"。

但"想象"不论如何飞动，却必须凝固为语言，凝固为严格受韵律支配但又优美动听的如歌的语言。"思飘云物动，律中鬼神惊"就是飞腾、跳跃的想象和严格、合度的韵律的统一，也就是闻一多精辟道出的"戴着镣铐跳舞"。

"云物动"是视觉画面，"律中"是听觉感受。人们普遍认为，最早的诗是与音乐、舞蹈合为一体的。后来，诗虽与音乐、舞蹈分离，但它天然地保留了自己的原始印记，因此也始终保持着曾是其根本的与视觉、听觉融为一体的特征。"思飘云物动，律中鬼神惊"正是表现了视觉与听觉的高度统一。

这里要特别强调"律中鬼神惊"。杜甫太懂"诗"了，太知道"律"的重要了。从根本上说，无律则无"诗"。"律"是"诗"从"娘胎"里带来的，它与音乐、舞蹈相通、相依的特征正是"律"。"律"又与天地、宇宙运动息息相关，它的"神秘"性直到现在人类也不能"完全"解释。如此神秘的"律"，诗人如果掌握得得心应手，"鬼神"也要为之心"惊"！

当然，也有人想把"诗"与"律"分开，写所谓"自由"无"律"的诗。这样的"诗"，这样的"诗人"，结局如何，历史为证，这里无须赘述。

综上所述，不难看出，"思飘"告诉人们，诗歌的内在精神必须是飞动的，必须是感发人心的。正如托尔斯泰所言："诗是人们心里烧起来的火焰。这种火焰燃烧着，发出热，发出光。"[①]是"火"，才能使人热血沸腾，才能给人以强大的感染力量。但

[①] 王治明：《欧美诗论选》，青海人民出版社，1990年，256页。

这"火"要燃烧得"美",燃烧得使人想拥抱它,就必须有"美"的状态、美的形式,即具有文字之美、语言之美、节奏之美、音律之美、韵味之美,即必须"律中"。"思飘云物动,律中鬼神惊"道出了诗最根本的奥秘。

(三)

对于"诗思",对于诗歌创作中诗人的创造性想象,杜甫用"飘"字使其高度概括化、简约化。"飘"的特点包括两个方面:一是对于一切思维束缚(时间、空间、程度等)的超越和突破,达到飞扬不羁;二是对于一切思维规律的超越,达到瞬息万变。"云物动"的"云物"二字,以"云"为主,而"云"变化,是任何束缚都不存在的。当然,由于"想象"是精神创造过程(尤其对文学艺术而言)的核心问题,早在杜甫之前,中国文学艺术理论已在这方面多有阐述。例如陆机的"精骛八极,心游万仞""观古今于须臾,抚四海于一瞬"(《文赋》);又如刘勰的"寂然凝虑,思接千载,悄焉动容,视通万里""神思方运,万涂竞萌,规矩虚位,刻镂无形,登山则情满于山,观海则意溢于海"(《文心雕龙·神思》)。

"思飘云物动"与刘勰所说的"神与物游"意义相近,但在表达上更积极、更明确、更有力。"思"属于诗人主观世界的心理活动,是发生在诗人头脑中的艺术想象活动;"云物"属于客观的现象世界,是诗人头脑之外的客体。在诗歌创作活动中,诗人运用艺术想象能力使二者交融为一体:"云物"变为"思"之中的"云物","思"表现为对"云物"的"思";由"思飘"而"云物"飞动,因"云物"飞动而"思",遂表现为"飘"。

在这种想象活动中,"思"与"云物"一刻也不分离,"飘"与"动"之间连为一体,艺术的概括化与形象的具体化同时进行。"飘""动"二字,在这里是互文足义,生动地表现出诗歌创作过程中,主观方面之"神"与客观方面之"物"须臾不离、相互生发的关系。无"飘"无"动",无强烈而丰富的艺术想象,即无"诗"。

如果说"思飘云物动"是杜甫对前人见解的精练、深刻、创造性阐发,那么"律中鬼神惊"五字则更多地凝聚着杜甫个人的独到心得。在中国文学理论史上,杜甫无疑是最早把"律"自觉地作为诗的根本要素而予以突出强调的诗人之一。

广义地说,"律"是诗的自然天性。"断竹,续竹,飞土,逐肉。"这不过是再现原始猎手狩猎活动的情景,意义简单,更无文采可言,但它有"律",而且是强有力的"律",因此成为一首真正的"诗"。"一去二三里,烟村四五家。亭台六七座,八九十枝花。"旧时私塾儿童最早接触的这首歌谣,就内容而言,属于文字游戏,毫无深意;但它给儿童以"诗"的启蒙,因为它饱含鲜明、活泼的"律"。为什么"律"对于"诗"如此重要?有"律"方有"动",而且是一种有规律、合乎美感要求的"动"。因此,"诗"从诞生之日起,就以"律"为自身最重要的生命原素。诚然,从原始歌谣中的"律",到后来复杂、精细、系统、具有审美意义的"律",经历了极为漫长的过程,但凡有"诗"之处必有"律",则是毫无疑义的。

狭义地说,"律"在中国古典诗歌创作中具有特别重要的地位。与欧美诗歌相比,中国古典诗歌走过了一条独特的道路,即不断地强化"律"对"诗"的重要性。国风、楚辞演变为乐府五言，是"律"的一大强化。从此，变化多端的章法、句法、韵法，凝聚为整齐、和谐、节律鲜明的五言古诗。由乐府五言到律诗，是"律"的又一次强化。从此，意义讲排偶，声音讲对仗，诗的句式、音节、音调、韵脚，无处不讲"律"，无处不要求合"律"。"律中鬼神惊"就是对律诗之美的高度评价和肯定。

中国古典诗歌走过的这一道路，有其内在原因，是一种必然性历史趋势，不是任何人心血来潮的产物。这里有民族文化心理的原因，也有中国语言文字自身特点的原因。从总体上看，律诗把中国语言文字所具有的形态之美、音调之美、韵味之美、整齐与变化相互错落之美发展到了极致。

杜甫所说的"律"，主要指狭义的"律"。唐代是律诗完全成熟并在创作上取得辉煌成就的时期。音节的平仄变化，意义的对仗排偶，经过一代一代诗人苦心孤诣的努力，终臻至精至美之境。正是在历史的这一关节点上，杜甫高扬"律中鬼神惊"，使人们进一步认识到"律"的重要、"律"的力量、"律"的审美高度、"律"的审美意义。杜甫自己在律诗写作上所达空前绝后之成就，更是"律中鬼神惊"的绝好注脚。作为一个集大成的诗人，杜甫虽兼擅诸体，但他对唐代诗坛贡献最大的，他自己最为喜爱、热衷的，无疑是律诗。杜甫一生创作，重"律"喜"律"，"老来渐于诗律细"，简直达到沉迷的程度。

"律"意味着严整的形式美，意味着极为苛刻的要求。这当然是一种约束。然而，真正伟大的诗人，不怕约束，正视约束，并最终超越约束，化约束为"自由"。他们正是以对严谨的形式美的追求，以对严整、苛刻形式的驾驭自如，来显示自己非凡的才力。闻一多说得好："越有魄力的作家，越是要戴着脚镣跳舞才跳得痛快，跳得好……对于不会作诗的，格律是表现的障碍物；对于一个作家，格律便成了表现的利器。"(《诗的格律》)多么奇妙的辩证法！

最让人感叹不已的是，诗歌的"律"正是起始于人的理性思维能力终止的地方，是无法用"理论"完满解释的。以中国古诗为例，从汉语"四声"的形成，到"平""仄"的出现，再到律诗中"平""仄"错综变化而又和谐、对称形式的形成，这中间的每一次变化与"进步"，不是任何一个"天才"的发明，但又让人感到它确乎是"天才"的创造，其神妙真是超越了"鬼神"的智慧和能力。

然而，这还只是第一步。这整整一套严格、严密的规则，到了实际写作时，何处用何字，何处用何词，又呈现千变万化。诗人对"律"的运用，心领神会，处处合辙合度，即达到"律中"，达到听觉、视觉两方面的合度，以至在诗句的长短、音节的安排、平仄的变化、韵脚的和谐、对仗的工整等方面，既合辙合度，又浑然天成，不带任何斧凿之痕，有如"美人细意熨帖平，裁缝灭尽针线迹"(《白丝行》)。这样的精神创造结晶，让人有鬼斧神工之叹。"律中鬼神惊"，何等难能可贵！

（四）

如果说"思飘云物动"向诗人提供的是无限，那么"律中鬼神惊"向诗人提供的则是有限；如果说艺术想象要求的是摆脱束缚，那么"律中"要求诗人的则是接受束缚、服从束缚。这是诗的"二律背反"。这种"二律背反"是一块试金石，考验着每一个诗人。杰出的诗人总是善于化相反为相成。"思飘"正是要在法度森严的"律中"显示存在,并得到淋漓尽致的表现。否则,飞动的诗思将化为杂乱散漫的风中飞絮,无法凝聚为艺术品。"律中"正是要借助飞动的"思飘",显示自己的力量,显示自己的美。否则,"律"不过是无生命的规则,是一些无所用的构件,毫无价值可言。

"思飘云物动,律中鬼神惊。"唐诗难以企及的魅力正在这里。令人惊奇的是,德国大诗人歌德的作品也有类似的特征。英国评论家墨垒指出:凡是读过歌德抒情诗的读者都会感受到,诗中不仅表达了歌德奔放的思想和情感,而且具有强烈的音韵和节奏。德国著名诗人席勒也说过这样的话:"如果要使一种诗的表现成为自由的……被表现的对象必须从表现的媒介中自由地胜利地显现出来,不管语言的一切桎梏,仍能以它的全部的真实性、生动性、亲身性(亲自的身份)站到想象的面前。总而言之,诗的表现的美就在于自然(本性)在语言桎梏中自由的行动。"①

强烈的音韵和节奏,不就意味着"律中"吗?奔放的思想和情感,不就意味着"思飘"吗?"在语言桎梏中自由的行动",不正是"律中"和"思飘"的统一吗?

天才诗人的心,息息相通。

《送路六侍御入朝》在杜甫诗集中不算有名。我们以这首诗为例,来领略一下杜甫笔下的"思飘"和"律中"。

童稚情亲四十年,中间消息两茫然。

---

① 段宝林:《西方古典作家谈文艺创作》,春风文艺出版社,1980年,182—183页。

更为后会知何地,忽漫相逢是别筵。

不分桃花红胜锦,生憎柳絮白于绵。

剑南春色还无赖,触忤愁人到酒边。

首联看似平平写来,实则诗思高远。从"童稚情亲"的往昔到"别筵相逢"的如今,时间跨度为"四十年"。"四十年"中的人生悲辛、万千痛苦,又以"两茫然"加以概括。短短十四字,涵盖了数不清的岁月、道不尽的思念。第三句,杜甫一反惯常思路,不写相逢的喜悦,不写送别之关切,而以倒插承上,以"更为后会"逆摄下句,把诗思伸向无尽的未来。还会有下一次相逢吗?如果还有"后会",那么是在更遥远的他乡、更生疏的异地,还是在地府、天国?这是何等沉痛!至第四句,诗思方收至眼前,"相逢"之处竟是"别筵"!相见何痛!相见何难!四句诗不是遵照过去—现在—未来的时序,而是过去—未来—现在,因而感情显得格外起伏腾挪、复杂万分。加上"忽漫"二字,更突出地使人们感受到人生的飘摇、命运的无常、惊喜的偶然、苦痛的难去。四句诗极其工整,又因倒插而显出变化之神妙。

颈联转入写景,看似脉断,实则紧承。桃花、柳絮皆筵前所见,冠之以"不分""生憎",则情景交融、主客一体。客人于主而使人生恼,主移情于客而倍见别愁,诗思在这里从纵横两面开拓,既扩展了全诗内容,又使送别之情更见深度。尾联以"剑南春色还无赖"回扣颈联,以"触忤愁人到酒边"回扣颔联,淋漓尽致地抒发了感时伤乱,相别难、相见更难的无奈。全篇既诗思飞动,又浑然一体。收尾处忽将诗思指向"剑南春色",把"到酒边"之悲苦归因于"无赖"的"春色",既显跳荡，又巧妙含蓄。挥之不去的恼人春色，反而给离别增添了难言的苦痛。

纵观全诗，寥寥五十六字，诗人驾驭着艺术的想象，驰骋于广阔的时空。诗中有深情的回忆，有惊喜的相逢，有感伤的离别，更有茫然的别后；忽而写难言的内心历程，忽而写眼前的剑南春色，忽而是人憎桃柳，忽而是桃柳"触忤愁人"。全诗的整体结构，一反先景后情、触景生情的惯例，先情后景，以情驭景，可谓极尽"思飘"之能事。全诗法度严整、对仗工稳、章法井然，"更为""忽漫""不分""生憎"等词语的运用，更增添了气韵的生动，充分体现出"律中"的功力。前人评论此诗云："始而相亲，继而相隔，忽而相逢，俄而相别，此一定步骤也。能翻覆照应，便觉神彩飞动。及细按之，后会无期，应消息茫然，忽漫相逢，应童稚情亲。无赖，即花锦絮绵；触忤，即不分生憎，脉理之精密如此。"（仇兆鳌《杜诗详注》）这里所说的"神彩飞动"，不就是"思飘云物动"吗？这里所说的"脉理精密"，不就是"律中鬼神惊"吗？

不仅如此，清人杨伦《杜诗镜铨》在此诗注中还征引了明人王世贞的一段话："七言律篇法，有起有束，有放有敛，有唤有应，大抵一开则一阖，一扬则一抑，一象则一意，无偏用者；句法有直下者，有倒插者，倒插最难，非老杜不能也。篇法之妙，有不见句法者；句法之妙，有不见字法者；此是法极无迹，人犹能之，至境与天会，未易求也。有俱属象而妙者，有俱属意而妙者，有俱作高调而妙者，有直下不偶对而妙者，皆兴诣而神合气完使之然。"杨伦把这段话放在《送路六侍御入朝》之后，显然，他认为这首诗在创作艺术上达到了王世贞所说的"兴诣而神合气完";而要达到"兴诣而神合气完",必须做到"思飘"与"律中"相统一,别无他途。

(五)

"思飘云物动,律中鬼神惊"是杜甫对诗歌本质特征的精辟揭示,也是唐诗创作艺术成功经验的精要总结。值得我们深思的是,这一"学诗之秘"在今天还有没有意义?有没有价值?

诚然,新时代诗人的"诗思"不会雷同于古代诗人的"诗思",新时代诗人也不会照搬古代诗人的诗律。但是,诗歌作为人类最精美的精神创造,有自身的基本规律,有自己的基本特质,有自己独特的美学规范。"思"可以不同,却必须"飘";"律"可以不同,却必须"中"。从中国古代诗歌走过的道路,到今天中国新诗在探索、创新中的成功、挫折、困惑,都在向我们说明:离开了"思飘",离开了"律中",诗歌必然会降低自身的魅力,甚至不成"诗"。诗歌的创新,只能是对新的诗思、新的诗律的寻觅和创造。如果从根本上否定二者,或者否定其中之一,那么,我们将会面对一个可悲的无"诗"时代,一个诗坛荒芜的时代,一个精神贫乏的时代。

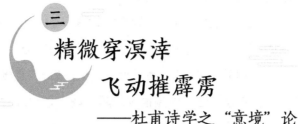

三 精微穿溟涬
飞动摧霹雳
——杜甫诗学之"意境"论

（一）

唐代著名诗人王昌龄与杜甫大体处于同一时代。王昌龄有一本诗学理论著作《诗格》。尽管人们对这本著作总体评价不高，甚至怀疑此书并非王昌龄所著，但此书提出一个极为重要的美学观念——意境。《诗格》认为：

> 诗有三境：一曰物境。欲为山水诗，则张泉石云峰之境，极丽绝秀者，神之于心，处身于境，视境于心，莹然掌中，然后用思，了然境象，故得形似。二曰情境。娱乐愁怨，皆张于意而处于身，然后融思，深得其情。三曰意境，亦张之于意而思之于心，则得其真矣。

这段话本意是说明三种不同内容的诗歌的创作方法。"物境"对应山水诗的创作，"情境"对应抒情诗的创作，"意境"则对应以表意为主的诗的创作。不难看出，王昌龄这段话实质上很肤浅。他绝不会想到，这里说的"意境"后来竟会产生巨大的历史影响。

王昌龄之后，刘禹锡、皎然、司空图分别提出一些理论观点,对"意境"说作了发展和丰富,如"境生于象外""思与境偕""象外之象""景外之景"等。特别是司空图,他的《二十四诗品》对诗歌创作中的不同意境作了全面、缜密的区分,实质上揭示了诗歌"意境"的本质、奥妙所在。宋以后,"意境"这一概念的运用越来越广泛,内涵也越来越明确。直到最后,王国维在其《人间词话》中,以"境界"说为"意境"作了总结性的收挽。

对于"意境"说,现代美学家是如何评述的呢?

朱光潜在《诗论》中认为:"每首诗都自成一种境界。无论是作者或是读者,在心神领会一首好诗时,都必有一幅画境或是一幕戏景,很新鲜生动地突现于眼前,使他神魂为之勾摄,若惊若喜,霎时无暇旁顾,仿佛这小天地中有独立自足之乐,此处偌大乾坤宇宙,以及个人生活中一切憎爱悲喜,都像在这霎时间烟消云散去了。""诗的境界是理想境界,是从时间与空间中执着一微点而加以永恒化和普遍化。它可以在无数心灵中继续复现,虽复现而却不落于陈腐,因为它能够在每个欣赏者的当时当境的特殊性格与情趣中吸取新鲜生命。诗的境界在刹那中见终古,在微尘中显大千,在有限中寓无限。"[①]

吴战垒在《中国诗学》中提出了自己对"意境"的看法:"意境是由意象群组合而成的,它浑融诸意象,而又超越于意象之和……意境所显示的不仅是一幅具体生动的画面('境'内之'象'),更是一个能激活欣赏者想象的艺术空间('象'外之

---

① 朱光潜:《朱光潜美学文集》(第二卷),上海文艺出版社,1982年,49—50页。

'境')。"吴战垒还对"意境"是如何生成的作了详尽分析。

叶朗在《中国美学史大纲》中明确指出"意境"的美学本质:"'意境'不是表现孤立的物象,而是表现虚实结合的'境',也就是表现造化自然的气韵生动的图景,表现作为宇宙的本体和生命的道(气)。"①

不难看出,从古代到现代,在中国美学、诗学理论领域,在中国古典诗歌的创作领域,"意境"说占据着极其重要(甚至核心)的地位,具有极其重要的意义。

(二)

对于"意境",杜甫没有提供什么理论说明,但他用诗的语言,为"意境"提供了一个堪称"典范"的形象描绘。这个"典范"对于诗歌创作和诗歌欣赏都极富启示意义。

杜甫在长安结识了一位善于诵诗的友人许十一,并写下《夜听许十一诵诗爱而有作》:

诵诗浑游衍,四座皆辟易。
应手看捶钩,清心听鸣镝。
精微穿溟涬,飞动摧霹雳。
陶谢不枝梧,风骚共推激。

这段诗先描绘许十一诵诗声态浑厚自如、效果非凡,然后盛赞其诵诗技艺的高超。"精微""飞动"二句,更是形象地展示出许十一诵诗所创造的深邃、磅礴的艺术美之境界。

许十一诵何诗,诵何人的诗,这些我们都无法知道。许

---

① 叶朗:《中国美学史大纲》,上海人民出版社,1985年,276页。

十一诵诗技艺非凡,"精微穿溟涬,飞动摧霹雳"这一境界固与其诵诗技艺有关,却绝对是杜甫的一种理想化创造,绝不仅仅适用于诵诗。著名美学家宗白华对这两句诗作了精辟阐释:

> 前句是写沉冥中的探索,透进造化的精微的机缄,后句是指着大气盘旋的创造,具象而成飞舞。深沉的静照是飞动的活力的源泉。反过来说,也只有活跃的具体的生命舞姿,音乐的韵律,艺术的形象,才能使静照中的"道"具象化、肉身化。①
>
> (《中国艺术意境之诞生》)

宗白华这里所说的以"活跃的具体的生命舞姿,音乐的韵律,艺术的形象""使静照中的'道'具象化、肉身化",恰好可以与叶朗的话相呼应:"'意境'……是表现虚实结合的'境',也就是表现造化自然的气韵生动的图景,表现作为宇宙的本体和生命的道(气)。"杜甫所言"精微穿溟涬,飞动摧霹雳"意指什么,至此一清二楚。不妨说,杜甫这两句诗把"意境"的本质特征表现得淋漓尽致。

为了更好地理解这两句诗,有必要先作词语考释。

"精微"二字,意义非同一般。《书·大禹谟》中著名的十六字云:"人心惟危,道心惟微,惟精惟一,允执厥中。"在这里,"精""微"二字地位极重要,实质是"道"的同义词。在汉语系统中,"精深微妙"属于最高等级的形容词。因此,只有滋生万物、统摄万事、幽深奥秘的宇宙之"道",才能当之无愧

---

① 段宝林:《西方古典作家谈文艺创作》,春风文艺出版社,1980年,10页。

地冠以"精微"。

"溟涬"二字，更是意义独特。东汉张衡在其《灵宪》一文中这样阐述："太素之前，幽清玄静，寂漠冥默，不可为象。厥中惟灵，厥外惟无。如是者永久焉，斯谓溟涬，盖乃道之根也。"这样说来，"溟涬"就是万古洪荒时代之前、宇宙尚未形成之前的那一团弥漫无际、莫可名状的大自然元气。要"穿"，即洞察、洞见这"道之根"，需要多么明澈的目光，多么高远的智慧！

"霹雳"，是宇宙间最磅礴、最壮伟的力量。在人们眼里，"霹雳"所向无敌，可以摧毁一切、扫荡一切。然而，在诗人想象的世界中，却可以有一种"飞动"之力，它比霹雳更气势万千，以超越霹雳之力，磅礴于宇宙之间。

在杜甫笔下，诗歌所创造的"意境"，竟如此壮阔、雄伟！

要完美地领略杜甫这两句诗的确很难。也许，司空图《二十四诗品》中的一些诗句可以帮助我们稍作品味：

具备万物，横绝太空。荒荒油云，寥寥长风。
虚伫神素，脱然畦封，黄唐在独，落落玄宗。
天风浪浪，海山苍苍。真力弥满，万象在旁。
行神如空，行气如虹。巫峡千寻，走云连风。
前招三辰，后引凤凰。晓策六鳌，濯足扶桑。
超超神明，返返冥无。来往千载，是之谓乎！

（三）

"精微穿溟涬，飞动摧霹雳"向人们展示的是由哲理的精神与形象的飞动完美统一而构成的诗歌美学意境，是由思通造化的深度与势压雷霆的力度完美统一而构成的诗歌艺术意境。

以"鲸鱼碧海"为理想风格的杜甫,突出地追求诗歌境界的阳刚之美、崇高之美。他重视诗歌艺术的力度,要求自己的作品具有驰魂夺魄的力量,表现真、善、美所具有的伟岸气度。在他那个时代,著名的诗人无不追求这种阳刚之美,李白、高适、岑参……哪一个是"浅斟低唱"呢?不是连王维都写出了"大漠孤烟直,长河落日圆"这样雄浑豪壮的诗句吗?力度表现着艺术旺盛的生命精神,因此大诗人的创作宁可失之粗犷,而不失之纤巧;宁可失之"野",而不失之"文"。罗丹说得好:"力与美往往结合在一起,而真正的美总是有力的。"①

当然,艺术作品仅有"飞动摧霹雳"的力度毕竟是不够的。伟大的诗歌作品更需要思透造化,洞照宇宙人生,揭示蕴藏于生活深处、心灵深处的"道",揭示无质无形而又无处不在的生命真谛,从而使艺术产生永恒的魅力。这种艺术的深度,就其重要性而言,比力度更有过之。英国大诗人雪莱说得好:"一切崇高的诗都是无限的,它好像第一颗橡实,潜藏着所有橡树。"②连以多产著称的巴尔扎克也强调:"艺术作品就是用最小的面积惊人地集中了最大量的思想。"③那足以穿透"溟涬"的"精微",自身就是无限;它是一,却包蕴着"万有"。艺术家必须探求、寻觅、领悟、把握这"精微",让这"精微"化为自己作品的灵魂,其作品才可能是深刻的,才足以不朽。

---

① [法]罗丹:《罗丹艺术论》,沈琪译,人民美术出版社,1978年,112页。

② 王治明:《欧美诗论选》,青海人民出版社,1990年,172页。

③ 段宝林:《西方古典作家谈文艺创作》,春风文艺出版社,1980年,313页。

"精微穿溟涬,飞动摧霹雳"所道出的正是盛唐艺术的特色,是杜甫对盛唐艺术鲜明特征的精辟总结。李白之诗,吴道子之画,张旭之书,无不体现"穿溟涬"之"精微"与"摧霹雳"之"飞动"二者的完美结合。

这里,我们不妨看看杜甫笔下的公孙氏之舞:

> 昔有佳人公孙氏,一舞剑器动四方。
> 观者如山色沮丧,天地为之久低昂。
> 㸌如羿射九日落,矫如群帝骖龙翔。
> 来如雷霆收震怒,罢如江海凝清光。

(《观公孙大娘弟子舞剑器行》)

公孙氏的舞无疑是一种充满刚健气魄的艺术,它的"㸌",它的"矫",它的"来",它的"罢",处处展现出一种蕴蓄深厚而又飞动有势的活力。但最足以动人的并不仅仅在于这种活力,而是这种活力所体现出的那种内在的生命韵律、宇宙韵律。正是这种韵律,使"天地为之久低昂"。这种韵律,是人们感受到的一种鼓动万物、统摄万物的宇宙伟力。正是这种韵律,使人们感受到天地之大美、生命之大美。这种韵律贯穿、充溢在公孙氏的每一个动作上。正是因为有这种韵律,才有公孙氏舞剑器的"飞动"。公孙氏的舞和许十一的诵诗,不正是完全相通的吗?张旭观公孙氏舞,草书大进,不也正是学到了这舞的精髓——"精微穿溟涬,飞动摧霹雳"吗?这不也正是中国古典美学所一贯高扬的"思通造化""力侔天地"吗?杜甫在这里,恰恰是用诗的语言形象而精要、精确、精辟地道出了中国古典艺术、古典诗歌的根本精神。

正是这种精神,成就了唐诗的繁荣、伟大。

（四）

杜甫的诗以集大成著称，这就决定了其诗歌在意境创造上也是多彩的。他虽写有"细雨鱼儿出，微风燕子斜"（《水槛遣心二首》）这样明丽轻快、颇具阴柔之美的诗句，但他更醉心追求的是充满阳刚气质的艺术境界。

这里，我们读一读他的《古柏行》：

> 孔明庙前有古柏，柯如青铜根如石。
> 霜皮溜雨四十围，黛色参天二千尺。
> 君臣已与时际会，树木犹为人爱惜。
> 云来气接巫峡长，月出寒通雪山白。
> 忆昨路绕锦亭东，先主武侯同閟宫。
> 崔嵬枝干郊原古，窈窕丹青户牖空。
> 落落盘踞虽得地，冥冥孤高多烈风。
> 扶持自是神明力，正直原因造化功。
> 大厦如倾要栋梁，万牛回首丘山重。
> 不露文章世已惊，未辞剪伐谁能送？
> 苦心岂免容蝼蚁，香叶终经宿鸾凤。
> 志士幽人莫怨嗟，古来材大难为用！

一株古柏，杜甫写来，洋洋洒洒，曲折万状。本是静态的古柏，在杜甫笔下，洋溢着无限的生命力。"霜皮溜雨四十围，黛色参天二千尺"，真是气势非凡。"扶持自是神明力，正直原因造化功"，古柏身上，凝聚着天地的精华，何等崇高伟大！不过，最令我们神往的，是杜甫如此礼赞古柏，他最深层、最核心的寓意到底是什么？

《庄子·逍遥游》中有这样一段妙文：

> 惠子谓庄子曰："吾有大树，人谓之樗，其大木拥肿而不中绳墨，其小枝卷曲而不中规矩，立之途，匠者不顾。今子之言，大而无用，众所同去也。"庄子曰："子独不见狸狌乎？卑身而伏，以候敖者，东西跳梁，不辟高下；中于机辟，死于罔罟。今夫犛牛，其大若垂天之云。此能为大矣，而不能执鼠。今子有大树，患其无用，何不树之于无何有之乡，广莫之野，彷徨乎无为其侧，逍遥乎寝卧其下。不夭斤斧，物无害者，无所可用，安所困苦哉！"

庄子在这里所表达的要旨是才大无用，其可贵之处恰在以无用为用，"物无害者"，无困苦可忧，逍遥于天地之间，使精神达于自在。庄子以审美的态度对待人生，强调的是个体享有的"逍遥"与自由。他的理论逻辑可以这样表述："才大"—无用—安于无用—乐见无用—以无用为用—"逍遥"。

庄子的这种人生哲学是杜甫所不能认同的。《古柏行》一诗宣示的是另一种人生哲学。"古柏""材大难为用"，但它绝不安于无所用。"大厦如倾要栋梁"，它渴望扶正"大厦"，因而要成为"栋梁"，因为这是社会发展的需要，是人类幸福的需要。它"未辞剪伐"，一心渴望献出自己的力量，甘愿"赴汤蹈火"，甘愿牺牲自己。"谁能送"，它因得不到献身机会而万分惋惜、万分焦灼。这种"古柏精神"，就是一种积极用世的精神，一种伟大的献身精神，一种崇高的自我牺牲精神。为了高尚的理想，为了人类的进步，为了社会的繁荣，粉身碎骨，在所不辞。这种人生哲学的逻辑是："材大"—"难为用"—不甘无用，热切盼望"谁能送"——以被"剪伐"为自己的归宿,为自己的幸福。

这里还应该特别强调,对《古柏行》的最后两句"志士幽人莫怨嗟,古来材大难为用"有必要做深入思考。显然,这里有着深刻的言外之意。杜甫在告诉那些"志士幽人"们,面对"材大难为用",不要长吁短叹,不要怨天尤人。正因为"难为用",所以,当你得不到施展才能的机会时,要善于等待;当你得到施展才能机会时,要全力以赴,不辞"剪伐";而当你面对挫折、困局时,应"知其不可而为之",得失成败,在所不计。与此相对应的,是诸葛亮的"生命三部曲":躬耕南阳,那是他在孤独中等待的时期;追随先帝,那是他如鱼得水的时期;辅佐后主,那是他"鞠躬尽瘁,死而后已"的时期。诸葛亮的"生命三部曲",为"志士幽人"直面"难为用"提供了一个光照千秋的榜样。从成都武侯祠到夔州武侯庙,从成都武侯祠中的古柏到夔州武侯庙中的古柏,杜甫如此倾心,意味深长。

如果说王维是在山水中观照人生,李白是在精神中观照人生,那么杜甫就是在崇高的伦理中观照人生。《古柏行》所言,已远远超越区区感怀。全诗贯穿始终的沉郁、阳刚之气,以古柏的悲剧写出人生命的悲剧,以古柏的精神写出人生命的精神,使人油然而生敬仰之心,凛然而生坚毅奋起之志。全诗既有"飞动摧霹雳"的雄伟气势,又有"精微穿溟涬"的深远寄托。二者的完美结合,构成全诗既"思通造化"又"力俨天地"的宏伟艺术境界。

(五)

清人刘熙载云:"杜诗高、大、深俱不可及。"(《艺概·诗概》）这话有两层意思，一方面是说杜甫诗歌创作艺术所达到的"高、大、深"，成就非凡，后人难以企及；另一方面则是一种批评，指出杜甫以后，诗歌创作艺术能达到"高、大、深"境界的，难以寻觅。

从整体趋势看，在中国古代诗歌创作领域，宋、元、明、清各朝，虽然代有其诗，但其成就和境界都无法达到唐诗的水准，更谈不上超越。有人主张"诗必盛唐"，有人主张"诗不必盛唐"。其实，从主观出发，二者都希望超越盛唐，只是这种主观愿望最后都未能实现。在诗歌理论领域，宋、元、明、清各朝倒是新说迭出、学派林立，一家比一家新颖、精致，但这些学术成就未能促成与李白、杜甫比肩的伟大诗人的出现。对"意境"一语的解释、阐述也越来越丰富，但大多似乎还不如杜甫的"精微穿溟涬，飞动摧霹雳"更能道出"意境"说的本质特征。

出现这一现象并不奇怪。马克思早就说过："关于艺术，大家知道，它的一定的繁盛时期决不是同社会的一般发展成比例的，因而也决不是同仿佛是社会组织的骨骼的物质基础的一般发展成比例的……当艺术生产一旦作为艺术生产出现，它们就再不能以那种在世界史上划时代的、古典的形式创造出来；因此，在艺术本身的领域内，某些有重大意义的艺术形式只有在艺术发展的不发达的阶段上才是可能的。"①（《政治经济学批判》导言）唐诗，特别是李白、杜甫的诗，一出现就成为一种"划时代的、古典的形式"，无法被复制，也无法被超越。

---

① 中共中央马克思恩格斯列宁斯大林著作编译局：《马克思恩格斯选集》（第二卷），人民出版社，1972年，112—113页。

当然，后来者也无须妄自菲薄。诗歌艺术的美学境界，是一个十分复杂的理论和实践问题，"意境"创造更是一个广阔的天地。"不着一字，尽得风流""遇之匪深，即之愈希""羚羊挂角，无迹可求""莹彻玲珑，不可凑泊"……所有这些，都是一种境界，在创作理论领域都应有它们的地位。但是，如果要真正认识唐诗的风貌和灵魂，探究唐诗中那些伟大作品难以企及的奥秘，那么，杜甫"精微穿溟涬，飞动摧霹雳"这两句诗，无疑是一把极为重要的钥匙。

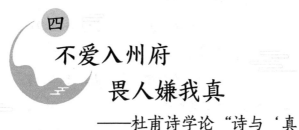

四 不爱入州府 畏人嫌我真
——杜甫诗学论"诗与'真'"

（一）

梁宗岱在其《谈诗》一文中这样说：

> 有些字是诗人们最隐秘最深沉的心声，代表他们精神的本质或灵魂的怅望的，往往在他们凝神握管的刹那有意无意地流露出来。这些字简直就是他们诗境的定义或评语……陶渊明诗里的"孤"字，"独"字，杜工部底"真"字，都是能够代表他们人格的整体或片面的。①

杜甫性格的突出特点是"真"，杜甫诗学智慧的核心也是"真"。清人刘熙载指出："杜诗云'畏人嫌我真'，又云'直取性情真'。一自咏，一赠人，皆于论诗无与，然其诗之所尚可知。"（《艺概·诗概》）此言极是。

"畏人嫌我真"出自《暇日小园散病将种秋菜督勒耕牛兼书触目》一诗。"直取性情真"出自《赠王二十四侍御契四十韵》一诗。在杜诗中，"真"字出现得极频繁：

---

① 梁宗岱：《诗与真·诗与真二集》，外国文学出版社，1984年，93页。

薛公十一鹤,皆写青田真。

(《通泉县署屋壁后薛少保画鹤》)

甚愧丈人厚,甚知丈人真。

(《奉赠韦左丞丈二十二韵》)

蕴真惬所遇,落日将如何。

(《陪李北海宴历下亭》)

疏懒为名误,驱驰丧我真。

(《寄张十二山人彪三十韵》)

天涯喜相见,披豁对吾真。

(《奉简高三十五使君》)

早岁与苏郑,痛饮情相亲。二公化为土,嗜酒不失真。

(《寄薛三郎中据》)

物白讳受玷,行高无污真。

(《敬寄族弟唐十八使君》)

吾兄吾兄巢许伦,一生喜怒长任真。

(《狂歌行赠四兄》)

笑接郎中评事饮,病从深酌道吾真。

(《赤甲》)

将军得名三十载,人间又见真乘黄。

(《韦讽录事宅观曹将军画马图》)

斯须九重真龙出,一洗万古凡马空。

(《丹青引赠曹将军霸》)

这些诗句,多非直接论诗,但无疑与诗有着某种联系。英国著名诗人济慈说过:"每个诗人,都是和蜘蛛一般用自己的本质来织就自己的空中楼阁的。"①杜甫——不论是作为一个诗人，还是作为一个人——本质就是"真"。他一生执着地要求人品的"真"，也执着地要求诗品的"真"。"文章千古事，得失寸心知"，失去了"真"，谈何"千古事"？失去了"真"，"寸心"又有何"知"的价值？

一个"真"字，既是诗人的灵魂，又是诗人之诗的灵魂。

（二）

"真"，是诗的第一要素，是诗人的第一要事。这是由诗的使命、诗人的使命决定的。

"诗"何为？"诗人"何为？我们的古人认为："天之文三光首之，地之文五材首之，人之文六经首之。就六经言，《诗》又首之。何者？圣人感人心而天下和平。感人心者，莫先乎情，莫始乎言，莫切乎声，莫深乎义。诗者，根情，苗言，华声，实义。上自圣贤，下至愚骏，微及豚鱼，幽及鬼神，群分而气同，形异而情一，未有声入而不应，情交而不感者。"（白居易《与元九书》）"诗"之使命，"诗人"之使命，何等崇高！

当然，有些人觉得这些话已经陈旧。那么，我们来听听现代学者的说法。

海德格尔是二十世纪西方最负盛名、最富原创性的哲学家。海氏认为："诗人就是听到事物之本然的人。"诗的本质，即在于使人进入神圣的"澄明"之境。这些评价，在人类思想史上前所未有。海氏为什么如此推崇诗，推崇诗人？他是如何作出

---

① 梁宗岱：《诗与真·诗与真二集》，外国文学出版社，1984年，174页。

自己的论断的?

在人的存在层面,海氏提出"遮蔽说"。他认为,存在者整体本来处于遮蔽状态之中,只是通过人,这种遮蔽状态才能去蔽,成为敞开状态。但是,由于人以自己为主体,人只在个别行为中给存在者解蔽,这样反而"遮蔽了存在者整体",造成"遮蔽的遮蔽"。因此,海氏断言:"人愈是把自己唯一地当作主体,当作所有存在者的尺度,他就愈益迷误。"①

主客二分是长期主宰西方世界的哲学世界观。这种世界观造成了人与宇宙万物的疏离,也造成了人的本真存在的迷失。在日常生活中,社会、政治、职业的种种原因及人的功利性追求等,造成了人与他人的疏离,甚至与自身的疏离。现实生活中的人,往往处于种种迷误之中。

针对人的存在本身被遗忘、被遮蔽的现实,在美学层面,海德格尔彻底颠覆了西方美学史上长期占统治地位的再现说和典型说,提出具有新意的"显隐说"。

黑格尔是西方主客二元哲学的集大成者,也是西方以主客二分观点建立美学体系的思想家。海德格尔一反黑格尔的观点,强调对"人与存在的契合的领悟或感悟",强调人一旦有了这种感悟,就能聆听到"存在"的呼唤,从而进入"令人惊异"的万物一体的境界。诗人正是这种能"听到事物之本然"的人。

何谓"显"?"显"即"去蔽""敞亮",即把隐蔽的东西带到当场、带到眼前。何谓"隐"?"隐"即"隐蔽""遮蔽"。

---

① 张世英:《中西哲学对话:不同而相通》,东方出版中心,2020年,71页。

真正的诗意，真正的诗，恰恰是无穷无尽的未看到、未说到的东西，即"隐蔽"了的东西，而这些才是生活最本真的存在。诗人和一般人最大的不同，在于他们能够真正聆听到宇宙和生活中原始、本能地发生的东西，或者一切的一、一的一切。诗恰恰要使这被遮蔽的、不可穷尽的东西，通过艺术想象，达到"敞亮"。一首诗中所表达的"敞亮"的东西愈多、愈深刻，留给人们想象的空间愈广阔，这首诗就愈是"美"，愈是成功。

尤其重要的是，在海德格尔看来，这种本源意义上的存在的显现，只有艺术、只有诗才能完成。科学技术只能帮助人们实现"物"之"用"，而"物"的本体，其根本特性，却处于被"遮蔽"的状态。只有艺术，只有诗，才能使本体"显现"。这样，诗和艺术品就成了海氏所说的"真理的场所"。真与美，实际上是一而二、二而一。或者说，正是诗，正是艺术品，提供了真理得以显现、显耀的场所。

由此看来，诗人、艺术家正是最真实的世界、最深刻的真理的"代言人"。当然，这里所说的是"真正的诗人""真正的艺术家"。根据海德格尔这一理论，"真"很自然地成了诗人最本质、最本真的特征。离开"真"谈诗、谈诗人，无异于痴人说梦。

当然，理论和实际不可能完全合一。诗必须"真"，诗人的人品必须"真"，这是毋庸置疑的。在现实生活中，又必然会有冒牌诗人、冒牌"诗"招摇过市，玷污诗坛。也正因为这样，"真"的诗，以"真"为毕生追求的诗人，才更加可贵，更值得敬仰。

（三）

"诗"的真，源于"诗人"的真。

"不爱入州府，畏人嫌我真。"杜甫一生，做人处处求"真"，因此与当时的官场格格不入。官场失意，恰好表明杜甫的人品、性格是何等高洁、纯真！

稍微了解杜甫生平的人都知道，杜甫在安禄山叛军占领长安期间，有过两次极为冒险的行动。一次是在长安沦陷后，杜甫不得已，携全家流离到鄜州（今陕西富县）羌村。此时，他的正式职务不过是"右卫率府胄曹参军"，一个职"闲"位低的小官员。但是，一听说唐肃宗已在灵武（今宁夏灵武）即位，杜甫立即北上，经延川（今陕西延安）绕道奔赴灵武，结果半路上被叛军抓获，押送至长安。幸好由于真实身份未暴露，到长安后不久，被叛军释放，保住了性命。

过了几个月，他又听说唐肃宗的行在移至凤翔（今陕西凤翔）。于是，"蜗居"长安的杜甫立即偷偷潜出长安，穿过重重封锁，冒死奔赴凤翔。其间的九死一生，杜甫在诗中写道"眼穿当落日，心死著寒灰"（《喜达行在所三首·其一》）、"生还今日事，间道暂时人"（《喜达行在所三首·其二》）、"死去凭谁问，归来始自怜"（《喜达行在所三首·其三》）。历经千难万险到达凤翔的杜甫，竟是"麻鞋见天子，衣袖露两肘"（《述怀》），穷饿成这样！

两次冒险，杜甫有责任这样做吗？没有！他只是一个无名小官，像他这样的人，长安有成千上万。王朝的生死存亡，他又能有什么决定性影响？有人强使他这样吗？没有！在麟州，在长安，他与外界、与朝廷失去一切联系。当他到达凤翔时，唐肃宗只授给他一个有责无权、可有可无的朝中微官——左拾遗。那么，杜甫为什么要这样自觉、自愿地冒死奔赴肃宗行在呢？原因只有一个——"性情真"。他那颗拳拳报国之心、忠君爱国之心，决定了他只能这样做。

拾遗，顾名思义，职责就是向皇帝和朝廷建言，以弥补当政者决策之不当或不足。当了拾遗没几天，杜甫就因为替宰相房琯说话，得罪了唐肃宗，闯了大祸。房琯为人正派，忠于朝廷，随玄宗入蜀，后受玄宗之托，到灵武传达诏令，被任命为宰相。可惜在陈涛斜（今陕西咸阳东）一仗中，指挥失当，官军惨败，遂被罢免。杜甫认为，当国家危难之际，宜珍惜有才之人，因此上书唐肃宗，"觊望陛下弃细录大"（《奉谢口敕放三司推问状》），不要罢免房琯。唐肃宗大怒，幸亏时任宰相的张镐认为杜甫所言"不失谏臣体"，这才免于三司推问。自此，杜甫完全失去朝廷的信任。朝廷先是让其回家探亲，继而外放华州，任司功参军，更加位卑职微。杜甫一生短短的政治生涯，就此结束。

杜甫和房琯有什么特殊的个人关系吗？没有。上书救房琯能给杜甫带来什么特别好处吗？没有。上书有什么严重错误吗？没有。原因只有一个——"性情真"，不计个人得失，认真履行拾遗的责任。多年以后，杜甫写了《别房太尉墓》一诗，"对棋陪谢傅，把剑觅徐君"，表达了对房琯的尊敬，而对自己当年所遭受的不公正待遇，却只字不提。

诗人贺贻孙在《诗筏》中称："唐之才子，自李、杜数人而外，其他人品多有可议者。"杜甫的人品，杜甫的"性情真"，在有唐一代诗坛上，堪称第一人！

（四）

真诚的人生品质，真切的人生追求，真挚的人生态度，没有这些，就没有千古诗人杜甫。

"性情真"对诗人固然重要，但诗品之"真"对诗人尤具意义。诗人以"诗"来显示自己作为"诗人"的存在，而"诗"一旦问世，就会成为人类的精神财富。正因如此，"不真无诗，矫饰情感者乃伪诗"①。"伪诗"，是对诗坛的污染，是对"诗"的亵渎。

"一生喜怒常任真。"杜甫的诗，是发自肺腑的歌哭，是披肝沥胆的倾诉，是"墨痕"，更是"血痕"。"斯须九重真龙出""人间又见真乘黄"……在"真"字中，凝聚着杜甫诗学的审美理想。对杜甫诗歌，人们冠之以"现实主义"，这是一顶过于现代化的"帽子"。"真"，诗品之"真"，诗情之"真"，才是地地道道的杜甫诗歌之骨，杜甫诗歌之魂！

遍览古今中外，"真"几乎为所有伟大诗人所顶礼膜拜。

德国诗人席勒："诗人之所以成为诗人，就在于努力使自己的灵魂摆脱一切与虚伪世界相像的东西……他是纯洁的，他是天真的。"②

英国诗人雪莱："诗是生活的惟妙惟肖的表象，表现了它的永恒的真实。"③

---

① 吴战垒：《中国诗学》，东方出版社，1991年，5页。
② 王治明：《欧美诗论选》，青海人民出版社，1990年，94页。
③ 刘若端：《十九世纪英国诗人论诗》，人民文学出版社，1984年，125页。

德国诗人诺瓦里斯:"诗歌是真正绝对的真实。这是我的哲学的核心。愈有诗情,就愈加真实。"①

中国诗人艾青:"诗人必须说真话。"②

中国现代文学批评家、诗人梁宗岱:"真是诗底唯一深固的始基,诗是真底最高与最终的实现。"③

杜甫的每一首诗,几乎都可作为"性情真"的证明。也许正因如此,梁启超曾称杜甫为"情圣",并在《中国韵文里头所表现的情感》一文中,盛赞杜甫的《闻官军收河南河北》,话说得透彻极了:

> 凡诗写哀痛、愤恨、忧愁、悦乐、爱恋,都还容易;写欢喜真是难,即在长短句和古体里头也不易得。这首诗是近体,个个字受"声病"的束缚,他却做得如此淋漓尽致,那一种手舞足蹈的情形,读了令人发怔。据我看,过去的诗没有第二首比得上了……凡这一类都是情感突变,一烧烧到"白热度",便一毫不隐瞒,一毫不修饰。照那情感的原样子,迸裂到字句上。我们既承认情感越发真越发神圣,讲真,没有真得过这一类了。这类文学,真是和那作者的生命分劈不开——至少也是当他作出这几句话那一秒钟的时候,语句和生命是迸合为一。

读完这段话,关于杜甫诗歌的情感之"真",我们几乎再也

---

① 王治明:《欧美诗论选》,青海人民出版社,1990年,136页。
② 艾青:《诗论》,人民文学出版社,1980年,3页。
③ 梁宗岱:《诗与真·诗与真二集》,外国文学出版社,1984年,5页。

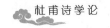

用不着补充什么了。杜甫诗歌的伟大成就,是以"真"为生命和灵魂的杜甫诗学的胜利,是以"真"为最高审美理想的杜甫诗学的胜利!

(五)

杜甫诗歌被誉为"诗史",对此,有人曾不以为然。当然,诗与史毕竟有严格的区别。但从另一个角度看,一个诗人,要忠实地"记录"他所经历的战乱不息的时代,既要有真实的经历、感受,又要有真实的书写;既要有现实图卷的广度,又要有透视现实的深度。真是谈何容易!"诗史"之称,在中国古典诗歌史上,也就杜甫一人当得起。这也从另一方面证明了杜甫诗品之"真"。

愁苦之辞易工。这话是就一般而言,但杜甫不在此列。痛苦,他要写出别人写不出的强度;悲伤,他要写出别人写不到的深度。《无家别》,单看这个诗题,就非同一般。"无家别",与谁相别?有何可"别"?但杜甫偏要写"无家"之"别"。社会动荡,国家战乱,被他写得力透纸背、刻骨铭心。

"寂寞天宝后,园庐但蒿藜……贱子因阵败,归来寻旧蹊。"这是一位从军多年,在与安史叛军的战斗中不幸战败,历经千难万险,侥幸保全性命的归来者。在残酷的厮杀中,他的伙伴都丧失了生命。他终于回来了,他唯一的愿望,就是回到故里,过几天平安日子。

故里!故里已经面目全非!"久行见空巷,日瘦气惨凄。但对狐与狸,竖毛怒我啼。四邻何所有? 一二老寡妻。"昔日的人声笑语,已无影无踪!昔日的群居之处,成了野兽横行之

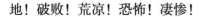

地!破败!荒凉!恐怖!凄惨!

然而,故里毕竟是故里,老百姓毕竟是老百姓。"宿鸟恋本枝,安辞且穷栖。方春独荷锄,日暮还灌畦。"秉承朴实的农民本性,这位"贱子"在一片荒凉的土地上开始劳作。但是"县吏知我至,召令习鼓鞞"。一点点安于劳动生活的企盼,被完全粉碎!又要告别故里了,但是连个告别的对象都没有。曾经有一个老母亲,已经病逝五年。"生我不得力,终身两酸嘶。"为人之子,让老母凄惨地离开人世;母亲临死之日,该是如何痛苦!今天,"贱子"已"无家",却仍然要"别"。"人生无家别,何以为蒸黎?"生而为老百姓,是因为有一个"家",才能成为"国"之"民"。"家",是老百姓的根本。有"家",生活才有希望、有安慰、有意义。"家破"尚且悲痛万分,"无家"之苦,更胜过"家破"十倍、百倍。为人而"无家",算什么老百姓?为人而"无家",连离别之苦都无法享有!"无家"仍要"别","别"而"无家",这是何等悲惨的世界!这是何等悲苦、荒谬的人生!

一首《无家别》,其苦痛让人肝胆碎裂。战乱之苦,百姓之痛,在杜甫笔下,达到令人难以想象的深沉的"真实"。

欢愉之辞难工。这也是就一般而言。平平凡凡的社会生活场景,却被杜甫写得生动入微、妙趣横生。

《夏日李公见访》是杜甫诗集中一首普普通通的诗。诗中写道:

远林暑气薄,公子过我游。贫居类村坞,僻近城南楼。

旁舍颇淳朴,所愿亦易求。隔屋唤西家,借问有酒不。

墙头过浊醪,展席俯长流。清风左右至,客意已惊秋。

巢多众鸟斗，叶密鸣蝉稠。苦道此物聒，孰谓吾庐幽。

水花晚色静，庶足充淹留。预恐尊中尽，更起为君谋。

这是长安城中一个偏僻之处，主人公的生活贫而安乐。朋友突然来访，家中的酒不够招待，于是隔墙呼问邻居："王哥，你家还有没有酒，能不能给一点儿？"邻居热情地回答："要酒，有好几瓮，够你们喝的！来，接着点！"说着，就把酒从墙头上递了过来。

喝酒得选个好地方。从屋子里拿出一张席子，铺在门前的河渠边。两人对坐，一边听着河水欢快的歌声，一边举杯对饮。"老伙计，你这儿真是个神仙地方，清风徐徐，我都觉得有点儿秋意了。""哪里哪里，这里往来人少，你看头顶上鸟窝一个接着一个，从早到晚，鸟儿不停地叽叽喳喳。树叶这么稠，上面是一只一只的蝉，叫个不停，聒死人了！"

天色晚了，朋友却越喝兴致越高。主人公回头一看，瓮中酒快没了，赶忙起身道："老伙计，慢慢喝，我再去给咱们弄两瓮酒来！"诗到此戛然而止，留下的情节让读者去想象。

国家大事，固然是"史"；百姓生活，也无疑是"史"。这幅富有原生态气息的社会风俗画告诉人们：这就是当年长安平民的风貌，质朴，淳厚；这就是当年长安百姓的生活，友善，和睦。

（六）

杜甫一生写了大量咏物诗。"物微意不浅，感动一沉吟。"（《病马》）物"真"意"真"，是杜甫咏物诗的突出特征。

"诗难于咏物"（张炎《词源》），杜甫的咏物诗却获得了极

高评价。明人胡应麟云:

> 咏物起自六朝。唐初沿袭,虽风华竞爽,而独造未闻。唯杜公诸作,自开堂奥,尽削前规,如咏月则"关山随地阔,河汉近人流",咏雨则"野径云俱黑,江船火独明",咏雪则"暗度南楼月,寒深北渚云",咏夜则"重露成涓滴,稀星乍有无",皆精深奇邃,前无古人,后无来者。
>
> (《诗薮》)

杜甫咏物诗为什么如此成功?我们来读一下《病马》:

乘尔亦已久,天寒关塞深。尘中老尽力,岁晚病伤心。
毛骨岂殊众,驯良犹至今。物微意不浅,感动一沉吟。

尾联两句,发人深思。一匹多年效力于主人的老马,生命之火即将燃尽,确乎"微"不足道。但它那效忠主人的"意",尽力不苟之"意",眷恋主人之"意",深厚至极。正是这微贱之"物"身上的不浅之"意",点燃了诗人的创作灵感;正是由于揭示出微贱之"物"身上的不浅之"意",才有咏物诗创作的成功。

无"感动"则无诗。但是,仅有感动无"沉吟",则诗人之"感动"无以化为诗。"感动"是灵机初萌,"沉吟"则是酝酿、联想、构思,使"感动"化为诗的意象、诗的意境、诗的语言。朱光潜在《诗论》中说:"英国诗人华兹华斯曾自道经验说:'诗起于在沉静中所回味得来的情趣。'人人都能感受情绪,感受情绪而能在沉静中回味,才是文艺家的特殊修养。"[1]

---

[1] 朱光潜:《朱光潜美学文集》(第二卷),上海文艺出版社,1982年,3页。

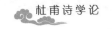

"感受情绪而能在沉静中回味",这句话和"感动—沉吟"何其相似!

"感受"和"回味"都必须有对象。咏物诗的感受对象和回味对象是"物",而"物"自身多是微小、平凡的。促使诗人为之歌唱的,是这平凡之"物"身上的不浅之"意"。但这"意"从何而来?这个问题杜甫未给出答案。但这恰恰是诗学领域、美学领域中一个令人感兴趣的重要问题。

一方面,"物"是"意"产生的前提,无此"物"即无此"意"。另一方面,"物"自身并无所谓"意",有此"物"未必有此"意","意"毕竟只有人有,不仅必须有此"物",而且必须有此人、此情与此"物"之结合,方有此"意"。因此,杜甫所说的"意",实质上是诗人基于外物的触发,经由观察、体认达于感悟,使外物通过自己主观世界的联想、思考,最终在主客相融的形态上所形成的一种情与理相结合的认识,一种对物的本质、精神的独特的、全新的认识。这种认识一旦形成,诗人又会用这种认识,以全新的眼光、全新的态度、全新的角度去看待眼前之"物",从而使眼前之"物"升华为审美对象。一旦成为审美对象,眼前之"物"遂化为诗的"意象"。这个"意象"形成过程,是一个双向往复的过程,直到"意象"升华至"意境",直到诗歌创作完成,这一过程才告结束。

这个"意象"形成过程,用哲学语言说,前半截重在"自然的人化",即观物动情,观物生"意";后半截则重在"人化的自然",即以"意"观物,物"意"无间。物和意的交融,实质上是人和自然统一、结合、交融的一种表现。

在物、意这二者之中,在"意象"的构成过程中,"意"当然是更重要的方面。咏物诗成功的关键不在"物"而在"意"。杜甫每咏一物，总能使物情、物理毕现，传达出一种独特而感人的"意"，其中凝聚着杜甫对宇宙人生的深刻体察和心中高尚、真切的意趣情态。明人钟惺这样赞叹杜甫的咏物诗：

> 少陵如《苦竹》《蒹葭》……于诸物有赞美者，有悲悯者，有痛惜者，有怀思者，有慰藉者，有嗔怪者，有嘲笑者，有劝戒者，有计议者，有用我语诘问者，有代彼语对答者；蠢者灵，细者巨，恒者奇，嘿者辩，咏物至此，神佛圣贤、帝王豪杰具此难着手矣。
>
> （《杜诗详注》卷七引钟惺语）

"蠢者"何以能"灵"？"细者"何以能"巨"？"恒者"何以能"奇"？"嘿者"何以能"辩"？这些原因在"蠢者""细者""恒者""嘿者"身上是无法找到的，只能到诗人身上去找。是诗人的"慧眼"发现了"灵""巨""奇""辩"；是诗人的情感借"物"外化为"灵""巨""奇""辩"；是诗人把自己的思想感情投射于"物"，从而使"物"变得"灵""巨""奇""辩"；如此等等。但所有这些，必须有一个总的前提，即"真"。观物必须是真切的，情感必须是真诚的，物、意的交融必须是真确的。

杜甫有一首七古《瘦马行》。一匹曾经驰骋沙场的老马，如今已是"骨骼硉兀如堵墙"。它的命运使杜甫无限感慨："见人惨澹若哀诉，失主错莫无晶光。天寒远放雁为伴，日暮不收乌啄疮。"并对其倾注了满腔的同情："谁家且养愿终惠，更试明年春草长。"

叶嘉莹在分析此诗时写道：

> 杜甫的一些佳作，都往往一方面是写实，而另一方面却又是感情与人格之意象化的表现……以一种深挚的感情投射，使所写的现实中之事物成为象喻着感情与人格的一种意象，这是杜甫诗虽多为写实之作，而同时也极富于意象化之表现的缘故。①

如果说"写实"是一重的"真"，那么"象喻着感情与人格的一种意象"则是加倍的"真"。敏锐的观察能力与真切的描摹能力保证第一重的"真"。杜甫自身"民胞物与"的深厚情感与正直崇高的以"真"为人生信条的人格，保证加倍地"真"。这是杜甫咏物诗成功的根本原因。

（七）

山水诗在杜甫的诗歌创作中位置并不突出。杜甫一生饱经战乱流离，既没有徜徉山水的条件，又没有隐居山水之间的可能。然而奇怪的是，不多的山水诗，却赢得"少陵诗卷是图经"的美誉。这是为什么？

唐肃宗乾元二年（759），杜甫携全家由秦州奔赴成都，途中写了两组纪行诗，共二十四首，内容为记录沿途历经之山水。这两组诗所写的山水，可以说已与杜甫的生命融为一体。因为跨越每一道山、每一道水都惊险万分，其中饱含着深刻的生命体验，故备受前人推崇：

> 苏轼："老杜自秦州赴成都，所历辄作一诗，数千

---

① 叶嘉莹：《迦陵论诗丛稿》，中华书局，1984年，385页。

里山川在人目中,古今诗人殆无可拟者。"(《风月堂诗话》)

江盈科:"(《发秦州》等诗)独能象景传神,使人读之,山川历落,居然在眼。所谓春蚕结茧,随物肖形,乃为真诗人、真手笔也。"(《杜诗详注》引)

蒋弱六:"少陵入蜀诗,与柳州柳子厚诸记,别险搜奇,幽深峭刻,自是千古天生位置配合,成此奇地奇文,令读者应接不暇。"(《杜诗镜铨》引)

钟惺:老杜入蜀诗,非徒山川阴霁,云日朝昏,写得刻骨;即细草败叶,破屋危垣,皆具性情,千载之下,宛若身历。(《杜诗镜铨》引)

综合地说,杜甫的山水诗之所以能超越前人,获得巨大成功,是因为他笔下的山水充满"个性","写得刻骨",绝无泛泛之语;是因为他笔下的山水,是生命体验的结晶,其中又饱含他的"性情"。正因如此,杜甫笔下所写,是名副其实的"真"山水;杜甫的山水诗,以"真"冠之,当之无愧。杜甫的山水诗写作,是他以"真"为核心的人生准则、审美理想的辉煌实践。

但是,把理想化为成功的实践,毕竟是要有正确方法、正确途径的。杜甫晚年写有《次空灵岸》一诗,其结尾两句"回帆觊赏延,佳处领其要"也许能帮助我们回答这个问题,因为这两句诗透露出杜甫观察山水、欣赏山水、描绘山水所信守之要诀。王嗣奭认为:"领要一语,此别具只眼者。公每经一处,必即景赋诗,无不夐绝,盖所领得其要也。"(《杜臆》)

"领其要"强调了审美主体在欣赏山川景物时的关键地位和能动作用。马克思说过,如果你想要得到艺术享受,你本身就必须是一个有艺术修养的人。对于缺乏能欣赏音乐的耳朵的人，音乐是不存在的。同样，我们也可以说，对于一个不能领略山川景物之美的人，或者说面对山川景物不能"领其要"的人，山水之美也是不存在的。显然，审美主体对山水之美具有心"领"的能力、达到心"领"的境界，是山水诗创作，尤其是写出"真"山水诗的必要前提。

心"领"，"领"什么？山水景物作为客观存在，其特点是空间的广延性、形态的多样性、构成的复杂性。同时，并非任何山水或山水的任何部分，都能成为审美对象。审美主体在欣赏山水景物时，从自己的审美心境、审美能力、审美需要出发，也必然会对审美对象进行必要的选择。"领其要"则要求排除各种可能的干扰，最终把握的是山水景物的真面目、真特征、真精神。

再进一步说，"领其要"道出了杜甫山水诗创作的独特道路和成功要诀。山水诗创作由来已久，六朝以谢灵运最为有名。但谢笔下的山水多流于一般化，失之泛泛。唐朝诗人的山水诗极多。例如王维，善写山水，但"山中一夜雨，树杪百重泉"，谁能说清它是何处之景物？"明月松间照，清泉石上流"，不是在许多山水之间都可领略到吗？杜甫则不同，他是一位写"真"写"实"的巨匠。他笔下出现的，"铁堂峡"就是"铁堂峡"，"白沙渡"就是"白沙渡"。"征实难巧"，诗歌要把诗人欣赏的山川景物真实、惟妙惟肖地描绘出来，不流于虚假，不流于空泛，"领其要"确乎是一条必由之路。

这里，我们来读读《剑门》一诗：
惟天有设险，剑门天下壮。连山抱西南，石角皆北向。

两崖崇墉倚,刻画城郭状。一夫怒临关,百万未可傍。
珠玉走中原,岷峨气凄怆。三皇五帝前,鸡犬各相放。
后王尚柔远,职贡道已丧。至今英雄人,高视见霸王。
并吞与割据,极力不相让。吾将罪真宰,意欲铲叠嶂。
恐此复偶然,临风默惆怅。

关于这首诗,前人有不少评论。据说,宋人宋祁赴成都时路经剑门,口咏此诗前四句,甚为叹服,认为此诗堪称"实录"。的确,只要一读前段数句,何为"剑",何为"门",即现于眼前。剑门之"要",通过前八句已刻画殆尽。当然,人们会觉得:既是山水诗,为何议论那么多?其实,这正是"剑门"的关键所在:"剑门"并非普通的山川景物,它与"并吞与割据"的联系,实在是太频繁、太紧密了。直到"吾将罪真宰,意欲铲叠嶂",诗人对"剑门"这一特定对象的真实感情,喷薄而出。清人邵子湘感慨地说:"大山水诗须得此气概。"(《杜诗镜铨》引)杜甫笔下的剑门,既是属于大自然的剑门,又是属于历史人文的剑门,是富有个性色彩的剑门。

基于"佳处领其要",基于以"真"为核心的审美理想,杜甫的山水诗实现了观赏的主观性与山川景物的客观性的统一,对山水景物的共性把握与个性把握的统一,摹形与精神的统一,实写与虚写的统一。"领其要"之"要",就是山水的"真"面目、"真"精神。

(八)

现在,我们再回到本章开头梁宗岱的话:"真",是杜甫"最隐秘最深沉的心声",是杜甫"精神的本质""灵魂的怅望",是杜甫"诗境的定义或评语",代表了杜甫"人格的整体或片面"。

这里,我们再补充一句:"真",也是杜甫诗学的核心、本质、灵魂。

"真",是人类对"诗"的第一要求!

"真",是人类对诗人人品的第一要求!

"真",是人类对诗人诗品(抒情、叙事、咏物、咏山水……)的第一要求!

五 宽心应是酒 遣兴莫过诗
——杜甫诗学论"诗与兴"

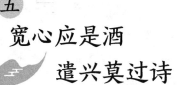

（一）

一部杜甫诗集，"兴"字随处可见。

诗题中有《遣兴》《绝句漫兴》《秋兴》《至日遣兴奉寄北省旧阁老两院故人》《水宿遣兴奉呈群公》……

诗序中有：

《假山》序：天宝初，南曹小司寇舅，于我太夫人堂下，垒土为山……乃不知兴之所至，而作是诗。

《八哀诗》序：伤时盗贼未息，兴起王公、李公，叹旧怀贤……

诗句中更是频频出现：

感激时将晚，苍茫兴有神。

（《上韦左相二十韵》）

老去才难尽，秋来兴甚长。

（《寄彭州高三十五使君适虢州岑二十七长史参三十韵》）

宽心应是酒，遣兴莫过诗。

（《可惜》）

道消诗发兴,心息酒为徒。

(《哭台州郑司户苏少监》)

胜绝惊身老,情忘发兴奇。

(《宴戎州杨使君东楼》)

诗尽人间兴,兼须入海求。

(《西阁》二首)

兴来犹杖屦,目断更云沙。

(《祠南夕望》)

时清非造次,兴尽却萧条。

(《奉赠卢五丈参谋》)

老夫平生好奇古,对此兴与精灵聚。

(《题李尊师松树障子歌》)

老去悲秋强自宽,兴来今日尽君欢。

(《九日蓝田崔氏庄》)

东阁官梅动诗兴,还如何逊在扬州。

(《和裴迪登蜀州东亭送客逢早梅相忆见寄》)

愁极本凭诗遣兴,诗成吟咏转凄凉。

(《至后》)

曾为掾吏趋三辅,忆在潼关诗兴多。

(《峡中览物》)

"兴"字出现得如此频繁。那么,在杜甫诗学中,"兴"的意义是什么?"兴"这一诗学概念的地位如何?

（二）

"兴"，是中国古典诗学的重要概念之一，在中国古代文学理论发展史上，地位极其重要。

先秦时代言"兴"。孔子曰："诗可以兴。"（《论语·阳货》）又云："兴于诗。"（《论语·泰伯》）

汉人言"兴"。《毛诗序》云："故诗有六义焉：一曰风，二曰赋，三曰比，四曰兴，五曰雅，六曰颂。"郑玄《周礼·大师》注云："兴，见今之美，嫌于媚谀，取善事以喻劝之。"

六朝人言"兴"。刘勰《文心雕龙》专立《比兴》一章，认为"比显而兴隐"，并把"兴"的特征概括为"依微以拟议""环譬以托讽"。

唐人言"兴"。陈子昂《与东方左史虬修竹篇序》云："文章道弊五百年矣……观齐、梁间诗，彩丽竞繁，而兴寄都绝。"

杜甫笔下的"兴"，既承继前人，又在内涵上作了进一步扩展。其含义一是诗歌抒情本体意义上的"兴"，二是诗歌创作灵感意义上的"兴"，三是诗歌创作手法意义上的"兴"。这三个方面都需要深入研究、探讨。

（三）

什么是"诗歌抒情本体"？对此，李壮鹰在《中国诗学六论》中作出以下论述：

> 古人在提到诗歌表现的"情"时，总是强调它"感物"而动的性质……"情"，实指主体受客体的偶然触发而产生的心灵感动。也正因为如此，所以他们在谈

到诗歌的"情"时,又往往以"兴"字代之……《二南密旨》云:"兴者,情也。"……"兴",作为心物相触时的那一个"感动",从创作论的角度上说,它是诗之源起。诗人触物而心动,于是就有了"诗兴"。杜甫《和裴迪》"东阁宫梅动诗兴",《陪李北海宴历下亭》"云山已发兴,玉佩仍当歌",《题郑县亭子》"户牖凭高发兴新"。从本体论的角度上说,这个"兴"本身也就是诗所要表现的根本内容。①

李壮鹰的这段话很有说服力。加之所举数例,均选自杜甫诗,更有助于佐证我们的论述。要注意,这里所说是"抒情本体",以叙事为主的诗另当别论。

这里必须强调,以"兴"为"诗歌抒情本体",即"兴"本身就是诗本身,或者诗本身就是"兴"本身,二者浑然一体。清人薛雪《一瓢诗话》中有一段引横山先生的话:"必先有所触而兴起,其意、其辞、其句,劈空而起,皆自无而有,随在取之于心,出而为情、为景、为事,人未尝言之,而自我能言之。故言者与闻其言者,诚可悦而永也。"这段话的独到之处,在于指出一旦"有所触而兴起",诗的"意""辞""句"便一一涌现于诗人心中,不可阻挡,亦不可分割。

"兴者,起也。"这一解释当然是对的。但"起"仅是"兴"的一项功能。在许多诗中,"兴"并非一完成"起"的任务便悄然而退。实际上,"起"者与被领"起"者是不可分的,"起"为被领"起"者服务,在诗人心中,它们是一体的。"关关雎

---

① 李壮鹰:《中国诗学六论》,齐鲁书社,1989年,57—60页。

鸠，在河之洲。窈窕淑女，君子好逑。"在诗中，"雎鸠""君子""淑女"是绝对不可分割的。若强行分割，那么，一首生动活泼的诗，就变成了生拼硬凑的死物。有人考证，"雎"与"鸠"，都与古代人民的鸟图腾有关，"雎"是男性的象征，"鸠"是女性的象征。这样看来，"雎鸠"与"君子""淑女"的关系就更密不可分了。

"兴者，象也。"这种解释当然也是对的。但必须强调，"兴"即"象"，"象"即"兴"，在诗歌中，它们是一体的，密不可分。绝不是有了"兴"才去觅"象"，抑或是有了"象"才生发"兴"。在《关雎》中，"雎鸠"既是"兴"，又是"象"；或者说，既是"象"，又是"兴"。"兴""象"一体，共同构成诗歌本身，共同构成诗歌抒情本体。

最典型的莫过于杜甫《秋兴》一题中对"兴"字的运用。在这里，"秋"固然重要，意义也极为丰富：秋天秋色，秋地秋气，秋景秋情，秋雨秋风……举凡与"秋"有关的，均可供诗人驱使，均可引起诗人的感情起伏。但这些，毕竟还不是诗。只有这些与"秋"有关的人、事、物、情，以及联想、想象、回忆等等，在"兴"的总摄下，经过诗人苦心构思，构成一个严密、多彩的乐章，构成一个抒发诗人心中深沉情思的乐章，这时诗才诞生。在这里，"秋"只是对"兴"的一个限定，在于说明这个"兴"是由"秋"触发的，是关于"秋"的，是与"秋"紧密联系的，是与"秋"处处相关、处处相通的。在"秋兴"的这个"兴"字中，鲜明地体现了"兴""起"一体，"兴""象"一体。不仅全诗是由"秋"的触动而生发的，而且全诗中的"象"也是与"秋"有关联的。这样，这个"兴"就既非纯主观的，也非纯客观的，而是诗人心灵与"秋"撞击的产物，是融主客于一体，而又超越主体、客体的一个崭新的、活生生的、渗透着杜甫一片忧思的抒情本体存在。

（四）

每当诗人"感物造端""兴会淋漓"之际，就是诗歌形成之时。因此"兴"又常用来表达诗歌创作的灵感。在杜甫诗中，这一含义不乏其例，如：

老去才难尽，秋来兴甚长。

（《寄彭州高三十五使君适虢州岑二十七长史参三十韵》）

道消诗兴废，心息酒为徒。

（《哭台州郑司户苏少监》）

兴来犹杖屦，目断更云沙。

（《祠南夕望》）

这几例中所说的"兴"，更多地是指一种创作冲动、创作欲望、创作要求，因而和抒情本体意义上的"兴"不同，具有如下特点：

一是模糊性。这种"兴"会带来什么，会孕育出什么，诗人心里还没有明确答案。"秋来兴甚长"，只是说进入秋天，诗人的创作欲望格外强烈。"道消诗发兴"，也只是说随着"道消"，诗人萌生了强烈的创作意愿。"兴来犹杖屦"则表现了诗人内心的躁动。这种"兴"，本质上是创作灵感的同义语，与形成了的抒情本体存在之间还有一定距离。

二是冲动感。这种"兴"实际上是一种心理状态。由于某种原因，诗人的心灵高度兴奋，"长""发""来"都是这种兴奋状态的显示。这种兴奋，这种冲动，使诗人的精神陷入难以抑制的激动之中，陷入躁动不安之中，而创作灵感正是产生于这种兴奋与躁动之中。但是，仅仅有"灵感"，还不是成熟的作品。从灵感状态到创作，再到作品完成，还有很长一段路。

三是创造力。冲动一旦产生，就会成为一种力量，模糊的萌芽力求变成确定的形态。因此，灵感意义上的"兴"变成一种进行精神创造的欲望，诗人要求表现自身，表现自身的创造才能。杜甫有不少诗以"遣兴"为题。显然，"兴"被"遣"的过程，就是一种精神产品的创造过程，而这种创造所需的力量显然与"兴"有关。"秋来兴甚长"，这蓬勃有力的"兴"是无法压制的，它必然要求得到表现，促使诗人投入精神产品的创造。

从艺术心理学的角度看，灵感的来袭是一种强有力的心理活动，是艺术创造的心理动力。这种心理动力使诗人内心如春江潮涌，这种心理动力推动着诗人实现由艺术创作需要到艺术创作动机，再到艺术创作活动的连续飞跃，直到最后艺术作品形成，灵感结出果实，取得凝固的形态。

上述几例杜诗中的"兴"，就是对这种心理动力的揭示，只不过用语极简而已。

（五）

在古代，"兴"常常在创作手法的意义上被运用。严格地说，用"创作手法"来称呼"兴"，是需要商榷的，但由于前人习用，这里姑且从之。

《毛诗序》论《诗经》"六义"云："故诗有六义焉：一曰

风,二曰赋,三曰比,四曰兴,五曰雅,六曰颂。"《毛诗序》只对"风""雅""颂"作了解释,却未解释"比""兴""赋"。"比""兴""赋"的解释是后人给出的。郑玄认为:"比者,比方于物也。""兴,见今之美,嫌于媚谀,取善事以劝谕之。""赋之言铺陈今之政教善恶。"(《周礼·大师》注)朱熹则这样解释:"比者,以彼物比此物也。""兴者,先言他物以引起所咏之词也。""赋者,直书其事,体物写志。"(《诗集传》)这些解释当然都是一家之言。如朱熹所说,"先言他物",为什么要"先言"这一个"他物",而不"先言"另一个"他物"?为什么偏偏这一个"他物"可以"引起所咏之词"?"他物"与"所咏之词"之间是否仅是简单的"引起"关系?这些问题都应作进一步思考。

刘勰在《文心雕龙·比兴》篇中说:"《诗》文弘奥,包韫六义;毛公述《传》,独标兴体,岂不以风通而赋同,比显而兴隐哉?""兴之托谕,婉而成章,称名也小,取类也大。"为什么毛公要"独标兴体"?为什么"比显而兴隐"?这一显一隐,差别甚大,发人深思。简单地说,"比"主要有修辞性意义,而"兴"不仅具有修辞性意义,而且具有象征性意义、联想性意义、讽喻性意义等,其内涵较之"比"深广得多。

"比显而兴隐。"什么叫"隐"?按刘勰的解释,"情在词外曰隐"(《文心雕龙·隐秀》)。"情在词外"就是"意在言外""言约旨远"。这正是诗、诗性语言最根本、最可贵的特征。

现代语言学认为,日常语言在表达意义时要受具体生活环境、用语环境的制约,因而"遮蔽"了许多应说而未能说出的东西。人在日常生活中处于种种不自由的状态,因而人的"本真的存在"也往往处于被"遮蔽"状态。从存在论的角度看，由于诗人要超越人的日常存在，凸显人的本真存在，因而诗性语言一定要超越日常语言的局限，要从说出的东西中传达出种种未说出的、难以说出的东西，也就是以"有尽之言"说出或暗示未说出、难以说出的"无穷之意"。从这一观点看，"兴"正是最确切的诗性语言。也只有从这一角度观察，才能领会"兴"这一概念在诗学理论中的特殊重要性。因此，仅从创作手法论"兴"，显然把问题简单化了，而刘勰所说的"比显而兴隐"，一个"隐"字，万勿小觑。

我们再来看看杜甫对这一概念的运用。《同元使君〈舂陵行〉序》云："览道州元使君结《舂陵行》兼《贼退后示官吏作》二首……不意复见比兴体制，微婉顿挫之词。"这里称"比兴"为"体制"，令人深长思之。《诗》为中国千古诗歌之源头，"兴"既是《诗》"六义"中最重要的一项，又是最难解的谜。从某种意义上说，离"兴"即无《诗》。因此，以"体制"称"比兴"，绝非过甚其辞，倒是足以启示我们对"兴"作进一步的思考。

结合《诗经》与中国古典诗歌创作的实际，可以推断，"比兴体制"的"兴"至少有三个层次的意义。

首先，在"兴起"这一意义上，"兴"可释为"起也"。朱熹所说"先言他物以引起所咏之词"揭示了"兴"在这个层面上的特征。不过，即使在这一方面，朱熹的解释也似显浅薄。宋人李仲蒙有言："触物起情，谓之兴，物动情者也。"应该说，这更能显示"兴"在这一层面的本质。前人之论与此相关者甚多，如：

兴者，起也。取譬引类，起发已心。

（孔颖达《毛诗正义》）

感物曰兴……外感于物，内动于情，情不可遏，故曰兴。

（贾岛《二南密旨》）

由此可见，释"兴"为"起"，主要应从情物关系上去理解，即感物而动，情随感发，诗随情生。朱熹的说法抽去了情物关系这一关键，把"兴"变成了一个纯技巧问题。

其次，在"兴象"意义上，"兴"是指一组完整的象征。如果说"比"是相似联想，那么"兴"则是相关联想。联想离不开"象"。诗人流沙河在《十二象》一书中曾专论"兴象"，认为"兴"具备了三个必要条件，现摘录如下：

（一）总是出现在一篇的起头或一章的起头。

（二）这个起头总是象。

（三）这个象后面总有征。象在前面呼，征在后面应，前后联成一组象征。

《诗经》那些取材于自然界的兴象，都是象在自然，征在人事，一象一征，前呼后应。

唐代以来，讨论兴象，蔚然成风，诸家多有创见。唐人殷璠最早使用"兴象"一词，批评齐梁以来不健康的诗风。"理则不足，言常有余，都无兴象，但贵轻艳。"批评得很中肯。宋人罗大经在《鹤林玉露》中说："盖兴者，因物感触，言在于此而意寄于彼，玩味乃可识。"如果改言字为象字，改意字为征字，把那句话变成"象在于此而征寄于彼"，便捉稳了。

这几段话清楚地阐明了"兴象"是一组象征。当然还可以进一步追问，何以此"象"而"征"彼呢？这里就涉及中华民族的"原始意象"问题，非本文所能评论。总之，《诗经》里的那些象征绝非诗作者们一时心血来潮的产物，而是蕴含着深刻的民族心理原因。

"兴象"这个层面揭示的是事、象关系。"兴"在这里的意义是即事取象、借象"征"事，"象在于此而征寄于彼"。较之于"起"，这个层面的意义深化了，更具重要性。

最后，在"兴寄"这一层面上，"兴"指的是"象"与"意"的关系，即"象"有所"托"，"意"有所"寄"。刘勰《文心雕龙·比兴》中说："观夫兴之托喻，婉而成章，称名也小，取类也大。"孔颖达《毛诗正义》中也说："诗文诸举草木鸟兽以见意者，皆兴辞也。"这些说的都是"寄托"，即诗人把"意"寄托于某种象征体。殷璠和陈子昂批评齐梁间诗，从反面说明了"兴"与寄托的关系。清人方东树《昭昧詹言》云："有魄无魄，言外无余味，取象而无兴也。"刘熙载《艺概》言："重象尤宜重兴，兴不称象，虽纷披繁密而生意索然。"这些话从正面道出"兴"与寄托的关系。杜甫在说明"比兴体制"时，用了"微婉顿挫之辞"这句话，"微"即词微而旨远，"婉"即语婉而多讽。这不正是"兴"与寄托关系的极好注脚吗？

基于以上分析，所谓"比兴体制"，主要应从"兴"的角度来认识，可视之为"兴起""兴象""兴寄"三个层面的含义的综合。这不仅符合《诗经》实际，而且凸显了"兴"在中国古典诗学理论中无比重要的意义。

（六）

　　杜甫言"兴"，没有理论家所言那般明确而具理论性，由于传达的是他自身对"兴"的真切感受和体验，故生动、具体、耐人寻味。杜甫重视"兴"，说明他对"兴"这一诗歌理论的重要概念有着深切的真知，也显示出其诗学的特色。

　　"兴"完全是中国化的诗学理论概念，西方诗学理论中没有与之相对应的概念。美国现代诗人艾伦·金斯堡说过这样一句话："使用迥然不同的意象去捕捉那掠过心头的闪电般的思绪是诗歌写作的基本方法。"（《诗人的追求》）这句话可以说与"兴象"较为接近，可仍略嫌生硬。"捕捉"二字把"意象"和"思绪"分成了两截，其实这二者在真正天才诗人的创作过程中是浑然一体的。"羚羊挂角，无迹可求"，哪里有"捕捉"的痕迹？

六

挥翰绮绣扬
篇什若有神
——杜甫诗学论"诗与'神'"

（一）

"神"作为理论术语，在先秦经典中，主要用于哲学思维领域。如《易·系辞》："阴阳不测谓之神。"西汉扬雄称赞司马相如的赋"不似从人间来，其神化所至邪"。这可以看作中国文学理论史上运用"神"这一概念的滥觞。到南朝，刘勰在其《文心雕龙》中专立《神思》一章，用"神思"表达"艺"术想象，树立"神"的典范用法。其中如此描绘：

> 文之思也，其神远矣。故寂然凝虑，思接千载，悄焉动容，视通万里。吟咏之间，吐纳珠玉之声；眉睫之前，卷舒风云之色；其思理之致乎？

这段话，已成为中国文学理论的"经典"。

唐代文人对"神"更为重视。殷璠在其《河岳英灵集》序中称："夫文有神来、气来、情来，有雅体、野体、鄙体、俗体。编纪者能审鉴诸体，安详所来，方可定其优劣，论其取舍。"把"神"与"气""情"相提并论。杜甫和殷璠是同时代人，但杜甫对"神"这一概念的运用，在广度、深度上都远超殷璠。

杜甫诗中与"神"有关的诗句如下：

读书破万卷,下笔如有神。

（《奉赠韦左丞丈二十二韵》）

感激时将晚,苍茫兴有神。

（《上韦左相二十韵》）

醉里从为客,诗成觉有神。

（《独酌成诗》）

草书何太古,诗兴不无神。

（《寄张十二山人》）

诗应有神助,吾得及春游。

（《游修觉寺》）

挥翰绮绣扬,篇什若有神。

（《赠太子太师汝阳郡王琎》）

赋诗宾客间,挥洒动八垠。乃知盖代手,才力老益神。

（《寄薛三郎中（据）》）

义方兼有训,词翰两如神。

（《奉贺阳城郡王太夫人恩命加邓国太夫人》）

文章有神交有道,端复得之名誉鲞。

（《苏端薛复筵简薛华醉歌》）

临颍美人在白帝,妙舞此曲神扬扬。

（《观公孙大娘弟子舞剑器行》）

焉能终日心拳拳,忆君诵诗神凛然。

（《逼仄行赠毕曜》）

看画曾饥渴,追踪恨森茫。虎头金粟影,神妙独难忘。

(《送许八拾遗归江宁觐省……》)

在这些诗句中,杜甫有时从诗歌创作的角度言"神",有时则从艺术欣赏的角度言"神",用法灵活,内涵丰富,需要深入梳理。

(二)

"诗成觉有神""诗兴不无神""苍茫兴有神",这些诗句是从诗歌创作的角度运用"神"这一概念的。诗人、艺术家在其临近创作状态或进入创作状态之际,心身达于"神",实质上就是进入精神高度自由的境界。在这种境界中,他们自如地按照美的规律,得心应手,甚至似乎不由"自"主地进行观照、构思、创造。这是一种充满灵感、充满创造愉悦的境界。这种境界,往往是飘然而来、倏然而去,来之则不可遏,去之则不可留,难以名状,故名曰"神"。

值得注意的是,杜甫常常把"神"和"兴"同时用在一句诗中,因此有必要对二者略作区分。

"神"和"兴"都与艺术灵感有关。"兴"是灵感的发轫,是创作冲动、创作激情的点燃和发动;"神"则是灵感的升华和飞动,是创作冲动化为创作实践,是创作激情的奔泻不息。由于客观世界所提供的创作契机与诗人主观情感的积累达于交融、合拍,经"兴"的生发、点燃,艺术想象立即如火山岩浆之喷发。于是,诗人、艺术家进入高度兴奋的创作状态,不能自已。这种境界即"神",陆机在其《文赋》、刘勰在其《文心雕龙》中都有深刻揭示。杜甫是否读过《文心雕龙》,我们不得而知;

但他熟读过《文赋》则毫无疑问,因为他在《醉歌行》中写有"陆机二十作《文赋》"的诗句,他对收录《文赋》的《文选》更是终生研读。这里,我们不妨借《文赋》中的文句对杜甫所言之"神"略作说明:就艺术想象而言,所谓"神",就是"情曈昽而弥鲜,物昭晣而互进,倾群言之沥液,漱六艺之芳润,浮天渊以安流,濯下泉而潜浸";就谋篇行文而言,所谓"神",就是"罄澄心以凝思,眇众虑而为言,笼天地于形内,挫万物于笔端";就遣词造句而言,所谓"神",就是"播芳蕤之馥馥,发青条之森森,粲风飞而猋竖,郁云起乎翰林"。

对诗人、艺术家而言,"神"无疑是他们梦寐以求的一种"高峰"体验。经历这种状态给他们带来的精神满足,是最难忘的审美享受,是无上的喜悦、幸福,而作品本身往往倒在其次。席勒有句名言:"通过自由给予自由是这个国家(审美王国)的基本法则。"① 审美王国的这种"自由",即"神",是最高的"自由",是人类最宝贵的"自由",无论是在重要性上,还是在满足程度上,都远在现实社会自由之上。

(三)

这种艺术创造中的"神"之境界,的确美妙无比。但必须消除一种误解,即以为这种境界对诗人、艺术家来说,获取很容易,或者它只与"天才"有关,属于"天"纵之"才",似乎只要是"天才"诗人,这种"神"的状态就可呼之即来,唾手可得。对此我们需要认真考辨。

---

① [德]席勒:《审美教育书简》,北京大学出版社,1985年,152页。

《庄子·达生》中有一则发人深思的寓言：

> 梓庆削木为鐻，鐻成，见者惊犹鬼神。鲁侯见而问焉，曰："子何术以为焉？"对曰："臣工人，何术之有？虽然，有一焉。臣将为鐻，未尝敢以耗气也，必齐以静心。齐三日，而不敢怀庆赏爵禄；齐五日，不敢怀非誉巧拙；齐七日，辄然忘吾有四枝形体也。当是时也，无公朝，其巧专而外骨消；然后入山林，观天性；形躯至矣，然后成见鐻，然后加手焉；不然则已。则以天合天，器之所以疑神者，其是与！"

类似的故事很多。宋人费衮的《梁溪漫志》中有一则《画水》："东坡作《文与可画筼筜谷偃竹记》云：'画竹必先得成竹于胸中，执笔熟视，乃见其所欲画者，急起从之，振笔直遂以追其所见，如兔起鹘落，少纵则逝矣。与可之教予如此。'此固作画之法，然不惟竹也，画水亦然，坡尝记：蜀人孙知微欲于大慈寺寿宁院壁作湖滩水石四堵，营度经岁，终不肯下笔。一日仓皇入寺索笔墨甚急，奋袂如风，须臾而成，作输泻跳蹙之势，汹汹如崩屋也。以此言之，则心手相应之际，间不容发，非若楼台人物，可以款曲运笔经日而成也。"

梓庆的"齐以静心""入山林，观天性"，文与可的"先得成竹于胸中"，孙知微的"营度经岁"，都说明艺术家灵感状态的获得，达于"神"的状态的获得，有一个十分艰辛的孕育、寻觅过程。一旦进入灵感状态，一旦进入"神"的状态，艺术创造的奇迹就会展现。在文学艺术史上，这样的实例很多：

托尔斯泰写中篇小说《克莱采奏鸣曲》，竟花了两年功夫。

达·芬奇的名画《最后的晚餐》，竟"画"了十二年。

歌德写《浮士德》，二十多岁就开始动笔，八十二岁才最终完成，这首长诗竟花了他六十年工夫。

苏轼撰写《潮州韩文公庙碑》，苦苦思索，一直无法动笔，直到得"匹夫而为百世师，一言而为天下法"二句，方落笔疾书，一气呵成。

这些实例都足以说明，艺术创作进入"神"的状态是多么艰苦、困难。杜甫对"神"的认识，是十分全面的，即既包含对艺术灵感的充分重视、充分肯定、充分赞誉，又包含对艺术创作中灵感状态获得的艰巨性的充分认知。这从杜甫写的《戏题王宰画山水图歌》一诗中即可得到证明。诗云：

十日画一水，五日画一石。

能事不受相促迫，王宰始肯留真迹。

壮哉昆仑方壶图，挂君高堂之素壁。

"十日画一水，五日画一石"，何其慢也！是王宰没有能力画得快吗？当然不是。"能事不受相促迫"，这说明王宰是深谙艺术创作之"道"的。作为一种特殊的精神劳动，文学艺术创作绝不能急于求成。这里最困难、最关键的，是创作前期的素材积累、情感积累，以及创作初始阶段的艺术构思。积累和构思，不仅牵涉这种积累和构思本身，还牵涉艺术创作者的心境状态和精神状态。当心境状态、精神状态还没有达到与创作对象、创作素材、创作目的的高度契合时，即未进入"有神"的状态时，贸然下笔，必然失败；而一旦"神"来，一旦进入"有神"的状态，诗人、艺术家就似乎完全不是原来的自己了。他们似乎受某种"神秘"力量所支配，奋笔疾书。这时他们又是最清醒的自己。这种状态，人们有时用"入醉""发狂"来形容。这正是艺术精品诞生之时,也是诗人、艺术家千呼万唤方才得来的最幸福的时刻。

"十日画一水,五日画一石",何其少也!在诗歌创作、艺术创作过程中,进入"神"的状态极为艰难,常常是"踏破铁鞋无觅处"。这就决定了人类精神世界的诗歌精品、艺术精品必然少之又少。但诗歌创作、艺术创作如果一味追求数量,最后的收获将是零。托尔斯泰感慨万分地说,伟大作家是蘸着生命的鲜血来创作的。唐代著名诗人王之涣流传至今的只有三首诗,但正是这三首诗,奠定了他在唐代诗坛上不可替代的地位。中国人有谁不知道"羌笛何须怨杨柳,春风不度玉门关""欲穷千里目,更上一层楼"这些名句呢?反之,清代的乾隆皇帝据说作诗在万首以上,但又有谁承认乾隆是一个诗人呢?人类精神生产领域优胜劣汰的法则就是这样残酷无情。但正是这一法则,保证了人类精神领域的纯洁和神圣,保证了人类精神发展不断向前、向上。这一事实说明:"神"这种精神现象,意义何等重要!

这里有必要对"能事不受相促迫"作一些探索,因为这对能否进入"神"的状态至关重要。

诗歌创作、艺术创作是诗人、艺术家一种有目的、有追求的创造性活动,又是一种精神处于高度自由状态的活动。这二者当然是有矛盾的。"促迫",即外在压力或内在压力重重,急功近利,这无疑是对艺术创作自由心境的扼杀。从艺术创作心理学的角度看,"促迫"则艺术想象无法生发,艺术灵感无处萌动,艺术创造心境无从形成。"不受相促迫",即要超乎功利,忘乎荣辱,进入一种精神自由境界。关于这种精神境界,《庄子·达生》中的寓言说得很精彩。梓庆从"不敢怀庆赏爵禄"到"不敢怀非誉巧拙",进而"忘吾有四枝形体",正是一个向精神自由境界不断升华的过程,一个抛弃功利、荣辱对精神自由干扰、压抑的过程。直到"无公朝,其巧专而外骨消",即到达精神自由境界的标志,种种"促迫"被消解的标志。正是在这一心境状态中,梓庆自身融入了艺术创造,达到了"以天合天",以至艺术产品"见者惊犹鬼神",实质上即"神"。

陆机在《文赋》中这样描写艺术创造活动:"其始也,皆收视反听,耽思傍讯,精骛八极,心游万仞。"这里的"收视反听,耽思傍讯",就是排除各种"促迫",创设条件,以进入精神自由境界,然后才有"精骛",才有"心游",即艺术想象活动的发生。刘勰《文心雕龙·神思》中也有类似的话:"文之思也,其神远矣。故寂然凝虑,思接千载;悄焉动容,视通万里。"所谓"寂然凝虑""悄焉动容",显然是一种超然物外、专一不二的自由心境。这种自由心境与"促迫"完全对立,是在"促迫"中无法获得的。

当代美学家宗白华对此有更精到的论述:"艺术心灵的诞生,在人生忘我的一刹那,即美学上的所谓'静照'。静照的起点在于空诸一切,心无挂碍,和世务暂时绝缘。这时一点觉心,静观万象,万象如在镜中,光明莹洁,而各得其所,呈现着它们各自的充实的、内在的、自由的生命,所谓'万物静观皆自得'。这自得的、自由的各个生命,在静默里吐露光辉。"他又指出:"精神的淡泊,是艺术空灵化的基本条件。欧阳修说得最好:'萧条淡泊,此难画之意,画家得之,览者未必识也。故飞动迟速,意浅之物易见,而闲和严静,趣远之心难形。'萧条淡泊,闲和严静,是艺术人格的心襟气象。这心襟、这气象能令人'事外有远致',艺术上的神韵油然而生。"①一个处于"促迫"境地的人,何谈"静照"?何谈"空诸一切"?又如何能"萧条淡泊""闲和严静"呢?

"空诸一切,心无挂碍""萧条淡泊,闲和严静"是心境自由的具体表现。有了心境自由,才能洞见宇宙万物、人间万事的真谛,才能发现天地、生命之美,才有艺术创作的"神"。德国诗人席勒在其《审美教育书简》中指出:

> 只要人在他最初的物质状态,仅仅是被动地接收感性世界,只是感觉感性世界,他就仍然与感性世界是完全一体的,而且因为他自己只不过是世界,所以世界对他来说还不存在。只有当他在审美状态中把世界置于自己的身外或观赏世界时,他的人格性才与世界分开,对他来说才出现了世界,因为他不再与世界构成一体。

> 观赏(反思)是人同他周围的宇宙的第一个自由的关系。欲望是直接攫取它的对象,而观赏则是把它的对象推向远方,并帮助它的对象逃开激情的干扰,从而使它的对象成为它真正的、不可丧失的所有物。

> 如果说,在权力的动力国家中,人与人以力相遇,人的活动受到限制,而在义务的伦理国家中,人与人以法则的威严相对立,人的意愿受到束缚,那么在美的交往范围之内,即在审美国家中,人与人只能作为

---

① 宗白华:《艺境》,北京大学出版社,1987年,176—177页。

形象彼此相见，人与人只能作为自由游戏的对象相互对立。通过自由给予自由是这个国家的基本法则。①

"能事不受相促迫"，就是进入审美王国，就是创造条件，以便"通过自由给予自由"，因而这七个字实际上是艺术创造的金科玉律。

当然，这里又会产生一个问题："空诸一切""闲和严静"，难道反映沸腾或苦难的现实，也要"空"、也要"静"吗？艺术家的人生追求、艺术理想也要"空"掉、"静"掉吗？这里必须消除一个误解。艺术创作所需的"空"与"静"，并非某些宗教教义所说的"空"与"静"，不是心如枯井、情如死水的"空"与"静"，而是指与世俗功利心态相对立、为进入审美世界所需的一种心理自由的境界。即使反映、书写沸腾或苦难的现实，诗人、艺术家同样需要"空"与"静"，同样需要心理自由的境界。因为只有这样，诗人、艺术家才能使自己以审美的目光，超越现实，升华现实，进入艺术创造，而不仅仅是复写现实。他们在艺术创作过程中可能热血沸腾，也可能痛苦万分，但这是与世俗心态不甚相同的"沸腾""痛苦"，是经过"空"与"静"过滤的审美状态下的"沸腾""痛苦"。一个真正伟大的诗人、艺术家，他的人生追求和审美理想，就是他的灵魂、他的血肉。当他"不受相促迫"的时候，当他获得自由心境的时候，他的人生追求、艺术理想才能进入最广阔的审美天地，获得完全意义上的"解放"，从而有最充分的可能得到最完满的实现。

---

① ［德］席勒：《审美教育书简》，北京大学出版社，1985年，151—152页。

（四）

"神"这一术语在杜甫诗中的运用还有一个角度，即艺术品评与审美感受的角度。

从六朝开始，"神"就被频繁地用于评说人物、评说书法、评说画艺。仅以品藻人物而言，就有"神姿""神明""神隽""神骏""神味""神采"等。杜甫对"神"这一古语的运用，就是对这一传统的发展和延伸。

"将军善画盖有神"，这是对画家绘画艺术的高度赞赏。

"妙舞此曲神扬扬"，这是对舞蹈家舞蹈艺术的高度赞赏。

"篇什若有神"，这是对诗人诗歌作品的高度赞赏。

作为艺术品评用语，"神"是指艺术作品或艺术家的表演在艺术上达到完美高度，其动人的力量如同磁石一般吸引着读者、观者，使读者、观者"神"游于诗人、艺术家所创造的艺术境界之中，获得难言的、难以忘怀的审美快感，获得高度的审美享受、审美愉悦，获得一种精神自由感、升华感。这种至精至妙的艺术欣赏境界，这种艺术所具有的感染力，审美主体几乎无可名状、言语道断，似乎唯有一个"神"字，方能表达这种审美感受的魅力。

当然，在艺术欣赏中，达到这种"神"的境界，必须有两个前提：一是艺术作品（诗、画、舞蹈等）本身是极其成功的精神创造；二是欣赏者自身具有一定的审美感受能力和审美评价能力，能与优秀艺术作品产生高度共鸣。完美的欣赏境界是这二者结合在一起而后形成的。

从艺术欣赏角度所言的"神"，其感受尽管难以言传，但杜甫有些诗仍形象而精妙地刻画出了这种难以言传的感受。例如《奉先刘少府新画山水障歌》中描述观绘画的感受:"得非玄圃裂,无乃潇湘翻?悄然坐我天姥下,耳边已似闻清猿。"又如《观公孙大娘弟子舞剑器行》中描绘的观舞感受:"爥如羿射九日落,矫如群帝骖龙翔。来如雷霆收震怒,罢如江海凝清光。"透过这些诗句,我们不难领略到一种如痴如醉的审美快感。正是在这种堪称神妙的欣赏境界中,审美主体才能受到美的陶冶,领略"大美"的真谛,才有心灵的升华、精神的超越。

宋人严羽论诗云:"诗之极至有一,曰入神。诗而入神,至矣,尽矣,蔑以加矣。"(《沧浪诗话》)一首诗,要达到"入神",严格地说,需要诗人与读者共同完成。诗歌欣赏者达到的"入神"境界,是对诗人在艺术创造上所达到的"入神"境界的呼应和发展。杜甫是严羽极推崇的诗人,严羽以"入神"论诗,其实质是祖述杜甫。

(五)

"神",是艺术创造的极致,也是艺术欣赏的极致。但是,如何在艺术创作、艺术欣赏时进入或获得"神"的境界,在殷璠那里,只有"神来"两个空洞的字;而杜甫在他的诗中,用切身体会告诉人们,怎样才能使"神"成为创作、感受的现实。

"乃知盖代手,才力老益神",这是"才"的积累。

"感激时将晚,苍茫兴有神",这是"情"的积累。

"读书破万卷,下笔如有神",这是"学"的积累。

显然,没有这些"积累","神来"只能是一句空话。郭绍虞在《中国文学批评史上之"神""气"说》一文中指出:"杜甫论诗,很重神化的境界……下笔如有神的境界,即从读书破万卷的功夫中来,所以是切实;而一方面于读书破万卷之后复继以下笔如有神,则亦返于自然,不致为已成的典型所束缚了。'行神如空',杜氏庶几近之。"①苦思力学是"入神"的一条切实可靠的途径。从杜甫的实践看,谁能说这不是一条铸造伟大诗人的道路呢?

杜甫无疑深知读书对诗歌创作的重要意义,他也最大限度地收获了"读书破万卷"给自己诗歌创作带来的助益。杜甫的诗歌,充分而全面地反映了他广博、丰富的知识。古今中外许多大家走过的道路,也充分证明了文艺创作与读书之间的紧密联系。巴尔扎克在成为文学巨匠之前,读哲学书,告诫自己要"先成为深刻的哲学家,再写喜剧";读生理学方面的书,甚至"梦里都想着生理学"。他还自诩为"社会科学博士"。在《人间喜剧》前言中,他将自己小说的宏伟构思归结为居维叶、若夫华·圣伊莱尔、布封、莱布尼茨等一批生物学家、博物学家和哲学家的启示。②英国诗人济慈在写给其弟的信中这样说:"有思想的人需要广泛的知识……有和没有知识伴随的炽热的感情的区别在于后者常使我们坠入万丈深渊,在被浮起之后惊恐地看到是缺了一双翅膀,而前者则使我们肩生双翼,可以无畏地在空间飞翔。"③以唐代诗人而言,李白、王维……谁能说他

---

① 郭绍虞:《民国丛书:第一编》,上海书店,1989年,205—206页。
② 北京大学中文系文艺理论教研室:《文艺理论学习资料》,北京大学出版社,1980年,373—378页。
③ 刘若端:《十九世纪英国诗人论诗》,人民文学出版社,1984年,180页。

们不是"读书破万卷"呢?

当然,有另一种声音,认为书读多了会窒息性灵、妨害创作。宋人严羽就曾说过:"夫诗有别材,非关书也;诗有别趣,非关理也。"不过,他紧接着又说:"而古人未尝不读书、不穷理。"可见他也明白读书穷理绝非等闲小事。他反对"以文字为诗,以议论为诗,以才学为诗"。这些话意在告诉我们,读书与诗歌创作的关系不能简单化,从读书到诗歌创作,二者不可直接关联,必须通过恰当的"中介",即"悟"。一个知识贫乏、眼界狭隘、不通事理的人,又能"悟"到什么呢?对诗人、艺术家来说,关键的问题不在于要不要读书,而在于善于还是不善于读书。杜甫正是一个极善读书的人,"读书破万卷"最终使他实现"下笔如有神"。

杜甫言"神"、重视"神",是与他所追求的"鲸鱼碧海""巨刃摩天"的阳刚之美相联系的。"神"稍加引申,就与"气"相合,达到"神"足"气"完。郭绍虞曾这样分析:"杜甫何以能师法齐梁而不局限于齐梁呢?这由于他在文学批评上指出'神''气'二字之故。"他在这里将"神""气"二字相连,很有见地。正是由于"神""气"相兼,故杜诗形成了其特有的壮健有力的风格,在各类体裁上都达到"典范"的境地。前人评云:

五言律诗:气象巍峨,规模宏远,当其神来境诣,错综幻化,不可端倪。(《诗薮·内编》)

七言律诗:如太史公文,以疏气为主,雄奇飞动,纵姿壮浪,凌跨古今,包举天地。(《昭昧詹言·通论七律》)

五言古诗:飞扬峥兀之气,峥嵘飞动之势,一气

喷薄,真味盎然。(《昭昧詹言》卷八)

七言古诗:如钜鹿之战,诸侯皆从壁上观,膝行而前,不敢仰视;如大海之水,长风鼓浪,扬泥沙而舞怪物,灵蠢毕集。(《说诗晬语》)

这些赞语足以说明,杜甫的诗歌创作已达到严羽所说的"入神"境界,也可从实践的角度说明"神"这一概念在杜甫诗学中的重要地位。

应该补充说明的是,从以上所论不难看出,杜甫所言之"神",与后来"神韵"论者所言之"神",貌同而实异。"神韵"说讲究空灵,而杜甫却讲究切实,讲究才、学、情的积累。《文心雕龙·神思》云:"积学以储宝,酌理以富才,研阅以穷照,驯致以怿辞。"杜甫所言和刘勰所论精神是一致的。"天籁自鸣""天纵之才",那是极少数天才的特权,带有极大的偶然性;而通过点点滴滴的不断积累,"惨淡经营",达到"出神入化",才是一条对诗人、艺术家来说更为切实可靠的途径。

七 遣词必中律 利物常发硎
——杜甫诗学论"诗与律"

（一）

一切诗都离不开"律"。

严格说来，律诗（五律、七律、五绝、七绝、排律）更以"律"为生命与灵魂，并把"律"的妙用发挥至极致。

唐人推崇"律"。殷璠《河岳英灵集·集论》云："昔伶伦造律，盖为文章之本也。是以气因律而生，节假律而明，才得律而清焉。""律"是否为伶伦所造尚存在争议，但说"律"为"文章之本"，却是千真万确。

杜甫于诗，无体不能，其中律诗创作贡献最大。以七言律诗为例，杜甫对其研究、探索、改造、创造的痕迹宛然可见，并在七律创作上取得极辉煌的成就。七律早在初唐就已大体成型，但一直未能取得突破性进展。到了杜甫，"才由于他所禀赋的感性与知性并美的资质，而认识了这种体式的优点和价值，于是杜甫乃以其过人的感受力与思辨力，及其创作的精神与热诚，扩展了七律一体的境界，提高了七律一体的价值，而将他的高才健笔深情博学都纳入了这一向被人卑视的、束缚极严的律体之中,而得到了足以笼罩千古的成就"①(《论杜甫七律之演进及其承先启后之成就》)。在杜甫遗留给我们的一千四百余首诗中,五言律诗有六百三十首,七言律诗有一百五十一首,二者相加,约占杜甫全部诗作的百分之六十。由此可见,杜甫重视"律"、喜爱"律"、研讨"律",以律诗为自己创作的重点,是极为自觉的行动。

杜诗中多处强调"律":

思飘云物动,律中鬼神惊。

(《敬赠郑谏议十韵》)

遣词必中律,利物常发硎。

(《桥陵诗三十韵因呈县内诸官》)

觅句新知律,摊书解满床。

(《又示宗武》)

诗律群公问,儒门旧史长。

(《承沈八丈东美除膳部员外阻雨未遂驰贺奉寄此诗》)

律比昆仑竹,音知燥湿弦。

(《秋日夔府咏怀奉寄郑监李宾客一百韵》)

晚节渐于诗律细,谁家数去酒杯宽。

(《遣闷戏呈路十九曹长》)

音乐性本是诗的本质特征之一。中国古诗最初皆可入乐,当时"律"的问题尚不十分突出。及至诗乐分家,如何保持诗歌的音乐性成为一大难题,诗律问题便自然而然地摆在了诗人

---

① 叶嘉莹:《迦陵论诗丛稿》,中华书局,1984年,71—72页。

面前。这个问题的解决,在中国古代用了千年以上的时间。到唐代,律诗完全成熟,才算完成了中国古代诗歌的一次巨大飞跃。朱光潜在其《诗论》一书中曾指出,律诗的兴起是中国古代诗歌两次转变中最重要的转变。律诗这种形式,最大限度地发掘了汉语言的潜力,体现了汉语言特有的美,发挥了汉语言的优势。杜甫之言"律",恰好适应了中国古诗发展的历史趋势,这是他成为律诗千古功臣的重要原因,也是他"沾丐后人多矣"的重要原因。

杜甫对"律"的重视,对"律诗"创作的热忱,我们可称之为"'律'的自觉"。这种"律"的自觉有什么意义?"律"对诗歌有什么特殊的重要性?"诗律"的内涵是什么?这些都是值得我们认真思考的问题。

(二)

司马迁撰写《史记》,专立《律书》一章,在此章开宗明义:"王者制事立法,物度轨则,壹禀于六律。六律为万事根本焉。"按《索隐》的解释,"律"共有十二,阳六为律,阴六为吕,至于为什么"为万事根本",《汉书·律历志》云:"夫推历生律制器,规圆矩方,权重衡平,准绳嘉量,探赜索隐,钩深致远,莫不用焉。"

《汉书》所言为"律"之"用",并没有说清楚"律"之"道",即为什么"律"为万事之"根本"。直白地说,"律"是一种宇宙现象。我们知道它的神妙作用,也可以模仿它、运用它,甚至"揭示"它的某些奥秘。但是,说到最后,我们仍然只知道它"是这样的",而几乎不可能,或者无法解释它"为什么是这样的"。

以"声"为例。我们的古人知道:"声者,宫商角徵羽也。"这就是人们常说的"五声音阶"。后来又有了"七声音阶",再后来又有了来自西洋的"十二音阶"。就凭这十二个音符,作曲家们不知创作了多少首歌曲,多少首独奏曲,多少支器乐曲,多少支交响乐,无穷无尽,且不会重复。这十二个音符竟有如此巨大的变化潜力,竟有如此神妙的魔力,令人难以想象。这种现象,谁能做出完美的解释?最后,我们只有叹服宇宙的奇妙与完美,并感慨人类智慧的有限。

"声"其实仅仅是"律"这种宇宙现象所开出的一朵小小的奇葩。大而言之,整个宇宙,无处无"律",无时无"律";小而言之,宇宙的一地、一物,无处无"律",无时无"律"。整个宇宙,都在按其自身的神妙之"律"运行着、发展着、变化着。地球每天、每月、每年都按"律"运转着,不会乱,也不能乱。这"律"为什么是"这样",是"谁"让它"这样",无法解释。

种种宇宙现象所呈现的"律",包括"诗律"。我们叹服于它的奇妙。它的生成就是这样,它只能这样,它必须这样,它也不可能不这样。至于更深的"道",那是宇宙的奥秘,人类的智慧到此止步。但人类的聪明和智慧,却能够发现、认识并利用这奇妙无穷的"律"。无数美妙动听的音乐,无数和谐动听的诗歌,就是人类根据"律"创造出来的。

(三)

远古时期,诗、乐、舞三位一体。这三者之所以能结合在一起，最关键的因素在于三者都服从一定的"节律（奏）"，即三者都有强烈的"节律（奏）感"。后来，舞渐渐分离出去，但诗与乐依然紧密相连。《诗经》中的诗，原来都是能歌唱的"乐"，这是学界的共识。孔子带其弟子周游列国，即使遭围困，依然"弦歌不辍"。"歌"的是什么？这里应该是《诗》。

关于"诗"的起源，汉人郑玄在《诗谱序》中说："诗之兴也，谅不于上皇之世。大庭轩辕，逮于高辛，其时有亡载籍，亦蔑云焉。《虞书》曰：'诗言志，歌永言，声依永，律和声。'然则《诗》之道放于此乎？"后来孔颖达认为"诗"之名起于舜世并不可靠。但不管"诗"起于何世，诗、乐、舞的三位一体都是毫无疑议的。欧洲人奈特在其《美之心理学》中指出："诗歌、音乐、舞蹈三者，无论其于个人的或民族的幼稚时代，均相结合而同其根元。言语韵律反复时而诗歌以起。言语反复时，言有节奏，调有变化而音乐以起。身体运动与诗歌、音乐相随伴时而舞蹈以起。"

诗与乐的结合更紧密。汉代国家特设"乐府"这一机构，收集"代、赵之讴，秦、楚之风"，这些"讴""风"当然都是诗、乐一体的。不过，诗与乐最后还是"分手"了。但即便是以文字为诗，不少学者仍然认为，诗的灵魂在"声"（乐）而不在文字。明人李东阳指出："夫文者言之成章，而诗又其成声者也。章之为用，贵乎纪述铺叙，发挥而藻饰；操纵开阖，惟所欲为，而必有一定之准。若歌吟咏叹，流通动荡之用，则存乎声，而高下长短之节，亦截乎不可乱……及乎考得失，施劝戒，用于天下，则各有所宜而不可偏废。"（《春雨堂稿序》）清人姚鼐更是直截了当地指出："诗文要从声音证入，不知声音，总为

门外汉。"(《论文辑要》)

音乐性,或音律,对诗是如此重要,但不自觉地以诗和乐相合与自觉地运用音律以成诗,是完全不同的两回事。在中国古代,发现并认识到音律对诗的重要性,自觉地研究、探索、把握音律,并以其增强诗歌之美,是直到六朝方兴起的。《文心雕龙》一书中专设《声律》篇,云:"……声画妍蚩,寄在吟咏;吟咏滋味,流于字句;字句气力,穷于和韵。异音相从谓之和,同声相应谓之韵。韵气一定,则余声易遣;和体抑扬,故遗响难契。属笔易巧,选和至难;缀文难精,而作韵甚易。虽纤意曲变,非可缕言,然振其大纲,不出兹论。"这种关于声律的理论已经十分成熟了。

沈约更进了一步,提出更明确、更具体的说法。在《宋书·谢灵运传论》中,沈约指出:"夫五色相宣,八音协畅,由乎玄黄律吕,各适物宜。欲使宫羽相变,低昂互节,若前有浮声,则后须切响。一简之内,音韵尽殊;两句之中,轻重悉异,妙达此旨,始可言文。"这段话在中国声律发展史上具有经典的意义。沈约还强调,对于"声律"的"秘密",认识颇为艰难:"至于高言妙句,音韵天成,皆暗与理合,匪由思至。"显然,要更深入地认识声律,尤其是自觉地把声律之美运用于诗歌创作中,还需要一个漫长而艰苦的过程。

六朝诗人的诗句,有的已能极尽声律之妙,但还仅是"暗与理合"。从整体上看,当时的律诗写作尚处于稚拙的起步阶段,律诗的完整形式还未形成。但无论如何,前进的方向已经逐渐明晰了。

（四）

经过隋代、唐初一代又一代人的努力探索，诗和声律紧密而完美地结合。律诗的定型，从客观上看，条件已经完全具备。但客观条件的成熟只是提供了可能性，变可能为现实，历史在召唤这样的天才诗人。杜甫就是这种历史召唤的有力回应者。

在杜甫关于"律"的诗句中，有两句特别重要——"遣词必中律，利物常发硎"。"中律"，就是完全合乎声律的要求。"必"，是毫不含糊的明确肯定，是一种命令，即一定要让自己诗中的一词一句均合乎声律。这要求多么严格！只有把"诗"当作生命与灵魂来热爱的诗人，才会提出这样的要求！只有自觉地意识到"声律"对诗的重要性，自觉地意识到历史要求的诗人，才会给自己下达这样的命令！

"利物常发硎"，这是一个比喻，用来说明"中律"对"诗"的意义。"硎"即磨刀石。锋利的刀刃是在磨刀石上千磨万磨"磨"出来的。只有刀刃锋利，才能削铁如泥。同样，没有对"声律"的千琢万磨，没有对"声律"精巧而恰到好处的运用，好诗就不可能产生。

这两句诗表现了杜甫对"声律的自觉"，表现了杜甫在声律运用上的坚定决心和力量。在唐代，这样具有高度"声律的自觉"的诗人，杜甫虽不是唯一，但无疑是其中的佼佼者。正因为这样，在律诗创作上，杜甫取得的成就不仅超越了前人，而且后来者也很难超过。

也许有人会说："声律"不过是诗歌的"形式"，下这样大的功夫，有必要吗？其实，这样的怀疑，正是不懂"诗"、对

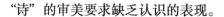

"诗"的审美要求缺乏认识的表现。

这里,我想引用黑格尔的一段话:"诗的特征正在于它能使音乐和绘画已经开始使艺术从其中解放出来的感情因素,隶属于心灵和它的观念。"①这句话道出了诗和音乐(包括绘画)的天然联系。

但是,"诗"毕竟不同于音乐。"乐"的因素,即声律,应如何完美而又巧妙地运用于诗歌创作中,需要诗人深入而长期的探索。"晚节渐于诗律细"。可见,杜甫毕生研究"律",越到晚年,这种研究越深入,对诗中声律运用的要求越高、越严,真是锲而不舍。一个"细"字,尤耐人寻味。

关于"声律",有种种理论、种种说法、种种规则。如果没有对这些理论、说法、规则全面而准确的认识、把握、验证、选择,并建立起自己独到的认识,何以谈"细"?

"声律"是要入"耳"的。如果没有一对拥有敏锐听力、经过严格训练、深谙"声律"之道的耳朵,又如何能辨别一个字、一个词变成声音后的种种细微差别?如何能感受到"声律"的规则具化为每一句、每一首诗之后的音乐性?美妙吗?和谐动听吗?

"细",每个字、每个词、每句诗都不放过,要字字合"律"、句句合"律"、首首合"律"。这样的创作要下多少功夫?这又是多么艰苦的劳动!

(五)

关于"声律",关于"律",说了这么多,那么到底什么是

---

① [德]黑格尔:《美学》(第一卷),朱光潜译,商务艺术馆,1979年,112页。

诗的"律"？什么是"律诗"的"律"？根据杜甫的诗歌创作，根据律诗的特征，参照有关律诗的资料，可以推断，"诗律"大体包括：骈对律；平仄变化律；韵脚和谐律；音节停顿律；字数、句数错落有致律；气韵协调律；结构严整律；不"律"之律。

·骈对律

由对偶至对仗，律诗把汉语言善对的特点定型为严格、严密的规律性法则，使善对的审美意义空前凸显。

对偶，无疑是宇宙间的普遍现象。在汉语言中，对偶句更是早早地出现于远古时代的《书》中。当然，这些还属于"无意之对"。到后来，在诗人、文学家笔下，出现"有意之对"。由一般的"对偶"发展到律诗中工整的"对仗"，"对"也就变得更为严整、严格，更为"美"。

对仗诗句的优点，首先是朗朗上口，富于音乐性，且易诵易记；其次是表意更完整、更显豁，也更富趣味；最后是易成"警策"。汉语中流行的警句，唐诗中为人熟知的警句，绝大多数为对偶句，这绝非偶然。

唐代是诗歌骈对律完整定型并得到充分运用、充分展示的时代。据《文镜秘府论》所载，唐初已出现十一种形式的对仗句：的名对，隔句对，双拟对，联绵对，互成对，异类对，赋体对，双声对，叠韵对，回文队，意对。种类繁多，各具特色。

杜甫诗作尤以"律对精深"闻名，而"当句对"更属其独特创造。宋人洪迈《容斋随笔》云："唐人诗文，或于一句中自成对偶，谓之当句对……杜诗'小院回廊春寂寂，浴凫飞鹭晚悠悠''清江锦石伤心丽，嫩蕊浓花满目斑''书签药裹封蛛网，野店山桥送马蹄''戎马不知归马逸，千家今有百家存'。"钱钱书《谈艺录》亦云:"此体(当句对)创于少陵,而名定于义山。少陵《闻官军收两河》云:'即从巴峡穿巫峡,便下襄阳向洛阳。'《曲江对酒》云:'桃花细逐杨花落,黄鸟时兼白鸟飞。'"①律对至此,可谓登峰造极。所谓"当句对",实际上是一种浓缩形式的对偶,较之一般对仗形式更为活泼。之所以要在对仗句的组成、创作上下如此大的思考、探索功夫,是因为当时的诗人——尤其是杜甫,对骈对律的重视与喜爱。真是如痴如醉!

需要强调的是,两两相对虽说是一种宇宙现象,一种宇宙之"律",但对偶句和诗歌中的骈对律,却是人类的创造、诗人的创造。只不过这种创造的灵感来自宇宙的启发。二者不能混为一谈。

· 平仄变化律

利用汉语言在声调方面的特殊性,将其分为平、仄两大类,然后根据平仄的错综变化创造出一套既整齐和谐又抑扬动听的诗律模式,以强化诗歌语言的音乐性。这是律诗的极大成功。

汉语言有"四声",这是中华民族的智慧创造。发现"四声"这一特性,有意识地对其加以整理,并在诗歌创作中加以运用,则是六朝文人的伟大贡献。隋代刘善经的《四声论》云:"宋末以来,始有四声之目,沈(约)氏乃著其谱论,云起自周颙……萧子显《齐书》云:'沈约、谢朓、王融,以气类相推,文用宫商,平上去入为四声。世呼为永明体。'""四声论"的产生与发展并非一帆风顺,质疑者、反对者大有人在,但终为人们所公认、接受。后来,由"四声"产生平、仄,平、仄又

---

① 钱锺书:《谈艺录》,中华书局,1984年,11页。

发展为律诗中的平仄错综变化的格式,如人们熟知的"平平仄仄平平仄,仄仄平平仄仄平"等。整个律诗系统就建立在这一套严格的规则之上。

紧随"声律"说,又出现"声病"说。当时有所谓"八病":平头、上尾、蜂腰、鹤膝、大韵、小韵、傍纽、正纽。"八病"是对声律之美的一种损伤与破坏。为了避免这"八病",防止、减弱"声病",又出现了"调声"之"术"。唐代由遍照金刚撰写的《文镜秘府论》载有元兢的"调声三术":一曰换头,二曰护腰,三曰相承。唐代文人对此研究极为深入、细致。

律诗的平仄格式,其设计已极尽巧妙之能事。但一种格式流传日久,不免流于平庸浅薄。于是,在"正格"之外,律诗的平仄变化又出现"变格",即"拗体",以打破平常的平仄格式来赢得新鲜感。

杜甫一生精研平仄律,对正格、变格均能驾驭自如。清人黄子云赞:"杜之五律,五七言古,三唐诸家各有一二篇可企及。七律则上下千百年无伦比。其意之精微,法之变化,句之沉雄,字之整练,气之浩汗,神之摇曳,非一时笔舌所能罄。"(《野鸿诗的》)毛奇龄赞杜甫之拗体(变革)云:"杜甫拗体,较他人独合音律,即诸诗皆然,始知通人必知音也。""知音"二字说明,杜甫已深入声律三昧,进而达到"从心不逾矩",无施不宜,无所不可,对四声、平仄的运用,真正达到神明变化的地步。

· **韵脚和谐律**

韵脚和谐整齐,是诗之所以为"诗"的最基本的要求,是使诗歌富于音乐性的重要手段之一。

人类最早出现的诗歌，也许并没有什么深刻的思想、重要的意念、完美的意象，但都有一个特点：押韵，或大体押韵。反之，诘屈聱牙，不合辙合韵，思想再深刻，也难称之为"诗"。

有些人认为押韵是很简单的事，殊不知我们的先祖为了这件"简单事"大费脑筋。种种"韵"书，实际上都是为了解决诗歌的韵脚问题。

进一步说，诗歌用"韵"，并不局限于"韵脚"。对一个天才诗人来说，他绝不仅仅满足于韵脚的和谐。律诗用韵本已十分严格，但杜甫仍要在森严的法度之中，极尽神明变化之能事，以其与众不同的探索和安排，使其笔下的律诗不仅"韵脚"和谐，而且处处用韵和谐，从而使诗歌整体充满音乐性。这里试举一例：

蓬莱宫阙对南山，承露金茎霄汉间。
西望瑶池降王母，东来紫气满函关。

（《秋兴》其五）

先看第一联。"蓬莱""承露"之间存在着明显的声韵对应，即"蓬""承"韵母对应，"莱""露"声母对应。"对南山"与"霄汉间"，从声调上看，前者为"抑扬扬"，后者为"扬抑抑"，既有变化，读起来又和谐动听。

再看第二联。"西望"与"东来"，"望"与"东"韵母音长而响亮，"西"与"来"则极短截。"降王母"与"满函关"之间存在着明显的声韵逆行关系，强化了整体和谐的变化之美。

此外，第一联的"南山""汉间"和第二联的"函关"，皆为叠韵，六字之间存在明显的谐韵关系，如同在押"双韵"，大大加强了四句诗在音律上的和谐感。

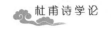

不仅如此,杜甫如此煞费苦心地安排,并非单纯为了表现自己驾驭汉语音韵的高超技巧,更重要的是通过这种通体声韵的和谐完美,再现盛唐社会安定、国家繁荣的辉煌气象。显然,韵脚和谐绝不单纯是一个"形式"问题。

·音节停顿律

节奏是音乐的灵魂。没有鲜明的节奏感,音乐以及语言、诗歌等,如同一潭死水。停顿又是实现节奏明快的主要手段。中国古典诗歌由四言至骚体,进而至五、七言,总的趋势是节奏感愈来愈清晰、鲜明。

从表面看,律诗的节奏似乎很简单,如:

水落/鱼龙/夜,山空/鸟鼠/秋。

(《秦州杂诗》)

无边/落木/萧萧/下,不尽/长江/滚滚/来。

(《登高》)

这是一个颇复杂的问题。诗歌的节奏固然要鲜明,但又不能陷入呆板、单调;节奏固然要有适当变化,但又必须服从表情达意的需要。短短一首律诗,节奏要安排得妥帖,实非易事。大量实例表明,杜甫对诗歌(尤其是律诗)音节的停顿,在安排上极具匠心,做了多方面的创造性探索。这里仅举一例:

信宿/渔人/还/泛泛,清秋/燕子/故/飞飞。

匡衡/抗疏/功名/薄,刘向/传经/心事/违。

(《秋兴》其三)

在这两联诗中,杜甫采用了两种不同的音节停顿安排:2/2/1/2 和 2/2/2/1。这样安排读起来很和谐,在细微的变化之中造成鲜明的情绪跌宕,内含一种张力。前一联有意识地突出

"还""故",感情、心态平静而闲适;后一联却突出"薄""违",感情、心态激动而不安。音节停顿变化上的对比,传达出诗人在表面的闲适状态下内心的痛苦,从而有力地传达了诗歌的主题。正是这种音节停顿上严整与丰富变化的统一,使《秋兴》在音律之美上达到难以企及的高度。

·字数、句数错落有致律

律诗有一个令人瞩目的现象,即每句字数为单数五和七,而诗的句数为偶数,绝句为四句,五、七言律为八句。为什么一定要这样安排?从声律的角度看有无道理?

先说字数。中国古典诗歌最早为四言,但四言诗很快就被五、七言所代替。人们普遍认为,曹操的四言诗为这一诗体的"绝唱"。即使在《诗经》中,也可以看到四言向五言延伸的明显迹象。

诗歌是要歌唱、朗诵的,而四言诗,总体看来,语气局促,不利于歌唱和朗诵。例如,"关关雎鸠,在河之洲",在朗诵时,其语气明显有拖长的要求:关关雎鸠——(呵),在河之洲——(呵)。实际上,在《诗经》中有些"四言"句已不得不变为"五言"句,如"坎坎伐檀兮,置之河之干兮"。这里所加的"兮"字是个虚词,而虚词在表情、表意上的作用是绝不亚于实词的。反之,五、七言在朗诵时则舒畅、自然得多。"床前明月光,疑是地上霜",没有必要把它朗诵为"床前明月光——(呵),疑是地上霜——(呵)"。

还有一个值得注意的现象,即诗歌中句的字数有时会突破五、七言,但突破后仍多为单数,如九言、十一言、十三言等。例如:

地崩山摧壮士死,然后天梯石栈相钩连。上有六龙回日之高标,下有冲波逆折之回川。

(李白《蜀道难》)

弃我去者,昨日之日不可留;乱我心者,今日之日多烦忧。

(李白《宣州谢朓楼饯别校书叔云》)

至于中国古典诗歌最后定型于五、七言,当然更有声律上的深层原因,绝非偶然。

与每句字数为五、七相反,绝句、律诗的句数却定型在偶数上,即四和八。其中原因也值得思考。其实,从《诗经》开始,每一章句数都为偶数,发展至律诗,句数为偶,十分自然。即便是屈原的诗歌,其句数也为偶数。这是因为,无论从音节上看,还是从民族心理的角度观察,"偶"都给人以"全"的感觉、"完美"的感觉、"和谐"的感觉。这方面例子极多,毋庸赘言。

此外,字数与句数的单偶有别,也会给人以错落有致的感觉,不管从视觉还是从听觉角度看,都增强了诗的美感。

·气韵协调律

"气""韵"既可分别阐释,又可合在一起阐释。

以"气"言诗文,在中国古代以曹丕为最先。《典论·论文》云:"文以气为主,气之清浊有体,不可力强而致。"短短数句,却点出三层意思:一为"气"对诗文创作极为关键;二为气分清浊,实即刚、柔,阴、阳;三为具体到每一位诗人、作家,在创作中如何运用"气",取决于诗人、作家的自然资质、性格,不取决于主观愿望,更不能强求。

刘勰在《文心雕龙》中对"气"的论说更具体、更丰富。《体性》篇云:"才有庸俊,气有刚柔,学有浅深,习有雅郑。""气以实志,志以定言,吐纳英华,莫非情性。"《文心雕龙》专立《养气》一章,可见刘勰对"气"的重要性深有见地。此后,论述"气"的人和文章甚多,最有名的当数韩愈,他在《答李翊书》中说:"气,水也;言,浮物也;水大而物之浮者大小毕浮。气之与言犹是也,气盛则言之短长与声之高下者皆宜。"这段话不仅形象、准确地道出"气"与诗文创作的关系,而且特别点出"言之短长""声之高下"与"气"密切相关,亦与声律密切相关。可见韩愈深知"声""声律"对诗文的重要意义。

值得注意的是,有人径直指出杜甫的诗"以气盛"。这不难理解。试想,杜甫的诗动辄数十韵、上百韵,组诗动辄八首、十首,甚至三十首。杜甫胸中之"气"该是何等充沛,诗中之"气"该是何等浩然。杜甫诗歌的感染力和"沉郁顿挫"的风格,无疑与"气"有着极为密切的关系。

"韵"较之"气",难以言说,却更为重要。明人陆时雍《诗镜总论》中有一段话:"有韵则生,无韵则死;有韵则雅,无韵则俗;有韵则响,无韵则沉;有韵则远,无韵则局。物色在于点染,意志在于转折,情事在于犹夷,风致在于卓约,语气在于吞吐,体势在于游行,此则韵之所由生矣。"这段话把"韵"的重要性讲得明白有力,无"韵"之诗,即无生命之诗;又点出与"韵"之有无关联的种种要素,言简意赅。

这里所说的"韵",并非"韵脚"之"韵",而是指一种渗透、流露,甚至弥漫于全诗中的情致、品味、气度,只能体会,难以言传。它是诗中层次最深的一种要素。顾随这样说:"中国诗可以气、格、韵分……韵：玄妙不可言传，弦外馀韵，先天也不成，后天也不成，乃无心的……神韵必须水到渠成，瓜熟蒂落，莫知为而为所得始可。神韵必发自内，不可自外敷粉。神韵应如修行证果，不可有一点勉强。"①这话说得透彻极了。

"气韵"，简而言之，即诗歌自身的美所具有的感染人的力量与风致。

"气韵"与声律密切相关，离开声律，无以言"气韵"。"气韵"之美寄寓于声律。我们只有通过抑扬、动听的诗句，才能感受到一首诗的"气韵"之美。"气韵"是同时兼容、涵摄声律的各个方面而表现、传达出的一种综合性感染力。

"气韵"，难以言说，却必须严格和"度"，增之一分或减之一分，都会变得面目全非。这种"规矩"，这种"度"，只能靠诗人自己去把握、去体会。由于它属于更深层次的"奥秘"，故成了天才诗人的"特权"。李白、杜甫诗歌的那种"气韵"之美，只属于他们自己。

· 结构严整律

一切诗歌都要讲究结构，但绝句、律诗的结构有其自身特点，要求非常严格。

先来看绝句。绝句只有四句，但起、承、转、合四个步骤十分鲜明，构成有序、完整、清晰的链条，形成一种美的结构。

这里需要注意的是，起、承、转、合是一种常规的绝句结构，诗人在实际创作中，有时会有意或无意地突破这种模式，创造新的结构。如杜甫有名的《绝句》：

---

① 顾随：《顾随全集》（卷六），河北教育出版社，2014年，220页。

> 两个黄鹂鸣翠柳,一行白鹭上青天。
> 窗含西岭千秋雪,门泊东吴万里船。

全诗四句,分为上下两部分,各由两个对仗的句子组成。用起、承、转、合往上套,亦无不可,但总觉生硬不妥帖。然而,这种结构仍然严整有序,形成严密的整体。

再如杜甫的绝句:

> 手种桃李非无主,野老墙低还似家。
> 恰似春风相欺得,夜来吹折数枝花。
>
> (《绝句漫兴九首》其二)

一、二两句为对仗句,并无明显的起、承关系,但全诗仍然严整有序。

又如杜甫的绝句:

> 黄四娘家花满蹊,千朵万朵压枝低。
> 留连戏蝶时时舞,自在娇莺恰恰啼。
>
> (《江畔独步寻花》其六)

这首诗一、二两句有明显的起、承关系,但三、四两句是十分自然的对仗句,两句一起承担转、合的功能,很难拆分。

再来看律诗。五、七言律诗的结构,较之绝句,更为严密,也更为严格:八句分为四联,每联平仄皆有要求;双句压韵,一韵到底;颔联、颈联必须是工整的对仗;等等。

匪夷所思的是,有时杜甫似乎觉得已有的要求还令他不够满意,因此他在严密、严格程度上加倍地追求。这里试举一例:

> 蓬莱宫阙对南山,承露金茎霄汉间。
> 西望瑶池降王母,东来紫气满函关。
> 云移雉尾开宫扇,日绕龙鳞识圣颜。

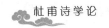

>一卧沧江惊岁晚,几回青琐点朝班。
>
>　　　　　　　　　　（《秋兴》其五）

在这里,尾联也用工整的对仗,使全诗显得更加严整有序。我们再举一例:

>支离东北风尘际,漂泊西南天地间。
>三峡楼台淹日月,五溪衣服共云山。
>羯胡事主终无赖,词客哀时且未还。
>庾信平生最萧瑟,暮年诗赋动江关。
>
>　　　　　　　　　（《咏怀古迹五首》其一）

在这里,首联是工整的对仗句,且极为自然,不仅增添了结构之美,而且使全诗内容更为深沉。

综上所述,绝句、律诗的五、七言结构,既有严格的要求,又有丰富的变化,呈现出近体诗特有的魅力。

诗是最为精练、简练的语言艺术形式。从本质上说,诗要求极精致、极严整的结构。绝句、律诗把诗的结构艺术发挥到了极致,是一代又一代诗人呕心沥血的结晶。

·不"律"之律

律诗的形式之美到盛唐已十分成熟,成为一种典范。但是,习而久之,人们又想突破它的藩篱。也就是说,有意识地在已有的典范形式上打开一些"缺口",使其呈现出新的生命力。但是,这种打破又不能走得太远,以至完全推翻原有的形式。这种努力,这种打破,可称为"不'律'之律"。

这里试举一例:

>城尖径仄旌旆愁,独立缥缈之飞楼。
>峡坼云霾龙虎睡,江清日抱鼋鼍游。

扶桑西枝对断石，弱水东影随长流。

杖藜叹世者谁子？泣血迸空回白头。

(《白帝城最高楼》)

前人明确提出，这首诗为"拗体"。所谓拗体，即有意识地打破律诗的平仄格局，造成某种特殊效果。但前有"拗"，后又必须"救"，显然是一种"不'律'之律"。不仅如此，杜甫这首诗在音节上也极为特殊。"独立缥缈之飞楼"，从音节上看，是一种前二后五式，即"独立/缥缈之飞楼"，这在律诗中是极为少见、极为大胆的创造。更甚者为第七句"杖藜叹世者谁子"，是前五后二式，因一个"者"字，前五个字很难分开。即使是"谁子"，也只能勉强被视作"后二"。这句诗的音节简直就是"杖藜叹世者/谁/子"，即 5/1/1 式。但是，由于第八句音节非常规范，因此音节上的变化虽造成了突兀的效果，却并未破坏全诗的结构之美。

（六）

以上，我们从八个方面极其简略地说明了诗律之"律"。这里的每个方面，都应以专门著述作深入研究。许多古人在这方面孜孜矻矻，下了极深的功夫。现代人对这些似乎已越来越不屑一顾。现代诗人还有谁"遣词必中律"呢？但这也许正是现代新诗的悲剧。

正如"仓颉造字，鬼神夜哭"，"律"揭示的是一种宇宙深层的奥秘，故"律中鬼神惊"，也许它本应只由"鬼神"了解，由"鬼神"掌握。

杜甫一生，以一种一丝不苟、精益求精的态度，一种至精至诚、锲而不舍的热情,一种锐进不息、永不停步的精神,执意于"诗律"的精髓,创造性地发掘并最大限度地利用"诗律"的各种可能性,不断地在"诗律"这片土地上开拓出令人惊奇的新世界。今天,在这一方面,我们还能有些什么作为,这是一个现代人应有勇气回答的问题。

八 毫发无遗憾 波澜独老成

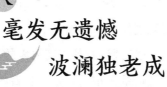

——杜甫诗学论"诗歌美学"

（一）

清人薛雪在其《一瓢诗话》中有一段话说得很精彩：

> 杜诗云："毫发无遗恨，波澜独老成。"最为诗家传灯衣钵。大凡诗中好句，左瞻右顾，承前启后，不突不纤，不横溢于别句之外，不气尽于一句之中，是句法也。起须劈空，承宜开拓，一联蜿蜒，一联崒嵂，景不雷同，事不疏忽；去则辞楼下殿，住则回龙顾祖；意外有余意，味后有余味；不落一路和平，自有随手虚实，是章法也。悟此句法章法，然后读此二句，益信杜公"毫发"字、"波澜"字非泛写，而实是一片婆心，指点后人作诗之法。

"毫发无遗恨，波澜独老成"是杜甫论诗的名句，历来为人所推崇。但如果仅从句法、章法角度来阐释，则显得有所局限。周振甫在《杜甫诗论》中对这两句诗有所阐发："在修辞上恰好地表达情思，毫发无憾，要有才气，所以有波澜。"[1]说得似乎

---

[1] 周振甫：《杜甫诗论》，《草堂》1984年第1期，4页。

简单了些。

"毫发无遗憾,波澜独老成"实际上可视为杜甫的诗歌美学观,其核心思想是要求诗歌创作努力体现"全"而"粹"的诗之美。"全",即完整而完美地实现诗歌各审美要素的精当无瑕;"粹",即精要而真切地发挥诗歌各审美要素所具备的功能。

以"全""粹"为美,或简称"全粹美",在中国古代美学史上,最初是由荀子提出来的。《荀子·劝学》云:"君子知夫不全不粹之不足以为美也。"尽管荀子在这里着重从人的修养的角度来论述以何为"美",但这无疑是一个极重要的关于"美"的论断。杜甫此论当然不一定与荀子有关联,但从实质上看,二者的精神是有相通之处的。

(二)

"毫发无遗憾"要求"全""粹"之美。这是由诗歌的本质特点决定的。

诗,是人类精神诞出的最精美的产品之一。诗歌创作,是诗人对真、善、美的追求。这一追求所达到的精神高度,是超越其他一切艺术门类的。中国现代诗人艾青认为:"(诗人)渴求着'完整',渴求着'至美、至善、至真实',因而把生命投到创造的烈焰里。"[①]连用三个"至"字,发人深思。显然,"至美、至善、至真实"就是构成诗的各个要素,和谐而完美地组成诗的整体,无一缺憾。这正是诗歌美学的应有之义,也是诗歌与其他文学形式的不同之处。以小说为例,"毫发无遗憾"几

---

① 艾青:《诗论》,人民文学出版社,1980年,216页。

乎没有可能,甚至也没有必要。诗歌却截然不同,尤其是抒情诗,尤其是中国古典格律诗。五绝、七绝、五律、七律,篇幅极短,字数极少,一痕一斑,读者立见,因而必须要求整体、纯粹的完美。

诗歌美学的这一"律令",使诗歌创作成为难度最高、要求最严、几乎可以说是最"圣洁"的一种精神劳动,要求诗人在创作时以最严肃的态度惨淡经营、刻意求工。诗歌创作所生产的不是"精品",就是"废品",没有任何含糊。正因如此,古今中外许多诗人都反复诉说着诗歌创作劳动的艰苦:

险觅天应闷,狂搜海亦枯。

(卢延让《苦吟》)

篇成敢道怀金璞,吟苦唯应似岭猿。

(杜牧《酬许十三秀才兼依来韵》)

诗人是潜泳者,他潜入自己思想的最隐秘的深处,去寻找那些高尚的因素,当诗人的手把它们捧到阳光下的时候,它们就结晶了。①

(彼埃尔·勒韦尔迪《关于诗的思考》)

显然,"毫发无遗憾,波澜独老成"是杜甫基于自身对诗歌创作艺术的深刻了解而总结出的见道之语。

(三)

什么叫"毫发无遗憾"?从诗歌美学的角度说,这里包含情思之美、意境之美、意象之美、结构之美、声律之美、语言

---

① 王治明:《欧美诗论选》,青海人民出版社,1990年,380页。

之美等。这些方面要全部展开太费功夫。这里引用顾随的一段话，因为这段话对"毫发无遗憾"的阐释独到而别具新意：

> ……欲求文彩之彰，又必须于文字上具炉锤，能驱使，始能有合。小学家之论小学也，曰形，曰音，曰义……曰义者，识字真，表意恰是，此尽人而知之矣。然所谓识字，须自具心眼，不可人云亦云……曰形者，借字体以辅义是。故写茂密郁积，则用画繁字；写疏朗明净，则用画简字……曰音者，借字音以辅义是。故写壮美之姿，不可施以纤柔之音；而宏大之声，不可用于精微之致。如少陵赋樱桃曰"数回细写"，曰"万颗匀圆"。"细写"齐呼，樱桃之纤小也；"匀圆"撮呼，樱桃之圆润也。以上三者，莫要于义，莫易于形，而莫艰于声。无义则无以为文矣，故曰要。形则显而易见，识字多则能择之，故曰易。若夫音，则后来学人每昧于其理，间有论者，亦在恍兮惚兮、若有若无之间，故曰艰……若夫往古之作，"三百篇"、《楚辞》、《十九首》、曹孟德、陶渊明，于斯三者，殆无不合。李与杜，则有合有离矣。然其离者，亦殆无不合。今姑以杜为例。七言如"风吹客衣日杲杲，树搅离思花冥冥"，如"子规夜啼山竹裂，王母昼下云旗翻"，如"骏尾萧梢朔风起"，如"万牛回首丘山重"；五言如"重露成涓滴，疏星乍有无"，如"露从今夜白，月是故乡明"，如"云卧衣裳冷"，如"侧目似愁胡"等等，皆于形、音、义者，无毫发憾。①

---

① 顾随：《顾随文集》，上海古籍出版社，1986年，54—55页。

这段话真令人无限感慨。

开始读这段话,以为顾随是在讲汉语言文字的运用;及至结穴处,方恍然大悟。顾随对"毫发无遗憾"的分析是如此透彻细微,对"毫发无遗憾"的阐释是如此新颖,令人叹为观止。我们的先贤在作诗时,功夫下得如此缜密细致,更令人叹服不已。

顾随这段话,从论点的阐释、论证的安排,再到论据的选择,详密自然,天衣无缝。关键之处,要言不烦。"表意""须自具心眼,不可人云亦云",这种立意的独创性,岂能轻易做到?又如,"写茂密郁积"用何体字,"写疏朗明净"用何体字,用语极简,但做起来谈何容易!至于"声",顾随强调其"艰",真是千真万确。这番论述表现出对中国文化、中国诗歌的深刻"真知",因而所论切中肯綮。"毫发无遗憾"之艰难、之重要、之美,已尽在顾随的言语之中。中国古典诗歌的"毫发无遗憾",仅从汉字形、音、义着眼,其美的气质就令人万分心仪。

"毫发无遗憾",这五个字的内涵实在太丰富了!这五个字的分量实在太重了!

(四)

"毫发无遗憾"诚然是极令人向往的诗美境界,但如果只着眼于此,精雕细琢,又容易流于纤细弱巧。李白有一首诗,似乎即此而言:

一曲斐然子,雕虫丧天真。棘刺造沐猴,三年费精神。

功成无所用,楚楚且华身。大雅思文王,颂声久崩沦。

安得郢中质,一挥成斧斤 。

(《古风》其三十五)

"三年费精神"造就的艺术精品,"楚楚且华身",应该是"毫发无遗憾"了。如此精美的艺术品却"功成无所用",因为它太事雕琢,反而失去了生命的活力,丧失了艺术品应有的"天真"。"一挥成斧斤",也许粗糙,也许笨拙,却充满生命力,浑然天成,质朴自然,更能呈现出人类精神创造的伟大。诗歌必须有强大的力量。诗歌必须以内在的鲜明节奏、一唱三叹的回荡、起伏跌宕的精致、飞龙走蛇的气势,达到"波澜独老成"。只有这样,才能实现"毫发无遗憾"与"波澜独老成"的结合。这才是诗歌之美的全璧,这才是杜甫诗歌美学观的全璧。

何谓"老成"?这里不妨借用清人薛雪的话来解释:"绮而有质,艳而有骨,清而不薄,新而弗尖;稗官野史,尽作雅音,马勃牛溲,尽收药笼;执画戟莫敢当前,张空弩犹堪转战,如是做法方不愧老成。"(《一瓢诗话》)薛雪这段话内容丰富,包含数层意思。首先,"老成"意味着诗人能够成熟而确切地处理诗歌创作过程中的诸多矛盾,以保证诗歌艺术的完美。影响诗歌质地的因素是多样的,有的相互对立而又相互补充。绮丽与质朴,艳丽与有骨,二者缺一不可,否则会造成艺术上的严重缺失。"清"固然可贵,但容易流于"薄";"新"固然好,但容易流于"尖"。如何处理好这些因素的平衡,如何达到多样与多彩的统一,都是创作中的难题,需要认真对待、完美解决。其次,"老成"意味着诗人善于处理创作所面临的"雅"与"俗"的关系,以保证诗歌品质的端正。"稗官野史""马勃牛溲"看来粗俗,却富有活力。恰当地予以运用,做到以"俗"济"雅"、以"雅"驭"俗",诗歌才能既精致高雅,又充满新鲜的生命力。最后,"老成"意味着诗人熟练而自如地把握创作过程中气脉的贯注,力度合宜,张弛有度。"执画戟"和"张空拳"是两种不同的力度状态,前者摧枯拉朽、雷霆万钧,后者巍然如山、镇定自若。但无论是前者还是后者,都必须出于自然。

薛雪对"老成"的理解,自是一家之言。我们对他的领会,也不算定论。要而言之,"老成"表现的是一种不可端倪的成熟、自如境界。诗中"波澜"之所以必须"老成",是因为"波澜"必须是诗歌自身情感发展的自然产物,是诗歌自身运动的内在动力和内在需要。诗中"波澜",神妙天成,方是诗人的大本领。

"毫发无遗憾"和"波澜独老成",二者内涵各异,但又相互配合、相互补充。诗,必须于严谨之中见飞动,精致之中见生气。诗人的创作活动,既要刻意经营,以达成作品的完美无瑕;又要开阖变化,使作品气象非凡。

诗歌之美,二者缺一不可。

(五)

杜甫诗学,使用的是诗化的语言。这种语言的"模糊性"给理解和阐释带来诸多困难,也给多种阐释留下余地。这里,我们尝试从另一角度,对"毫发无遗憾,波澜独老成"的意旨进行探讨。

朱光潜认为:"每个诗的境界都必有'情趣(feeling)'与'意象(image)'两个要素。"[1]从这一论断可以看出,"毫发无

---

[1] 朱光潜,《朱光潜美学文集》(第二卷),上海文艺出版社,1982年,54页。

遗憾"注重的是对诗的意象的审美要求,"波澜独老成"注重的则是对诗的情趣的审美要求。

"意象"起于外物,由观照得来,因而必须描绘真切、吟咏细致、恰到好处、毫发无憾。"情趣"生自内心,由感发得来,因而起伏跌宕、一唱三叹、自然有致、波澜老成。这二者之间当然会有矛盾,在创作中难免顾此失彼。善于克服二者之间的矛盾,消除意象与情趣之间的隔阂与冲突,使二者水乳交融,相得益彰,这正是无数优秀诗人在创作时孜孜以求的,也是诗歌美学的必然要求。

朱光潜认为,中国古诗,魏晋以前常常是直吐心曲、直抒胸臆,有所感发即脱口而出,不大在意象上下功夫。像"昔我往矣,杨柳依依;今我来思,雨雪霏霏",寓情趣于意象,不大多见。汉魏时期,运用意象的技巧不断进步,但六朝不少诗人特好雕词饰藻,流于"为意象而意象"。这样的诗,当然无情趣、无生气、无波澜。唐代可以说是古代诗歌发展的"否定之否定"阶段,意象与情趣各得其所、各得其宜、融合无间。①唐诗中的佳作几乎无不情景交融、情文并茂,既有意象的"毫发无憾",又有情趣的"波澜老成"。从这个角度看,杜甫的"毫发无遗憾,波澜独老成"不啻为唐代优秀诗人创作经验的精辟总结。

清人杨伦对"毫发无遗憾,波澜独老成"这十个字的评价是"杜老自谓"(《杜诗镜铨》)。这里拣取杜甫《秦州杂诗》中

---

① 朱光潜:《朱光潜美学文集》(第二卷),上海文艺出版社,1982年,66—72页。

的一首略作剖析。原诗为：

莽莽万重山，孤城山谷间。无风云出塞，不夜月临关。

属国归何晚，楼兰斩未还。烟尘一长望，衰飒正摧颜。

首联十字，被清人沈德潜誉为"起手壁立万仞"，确乎气势磅礴、气象壮阔。"莽莽"之雄浑，"万重"之绵延，诗人的目光腾飞于广袤的空间，既写出了山岭的茫远无际，又写出了山势的竞相耸立。"孤城"二字，却将目光瞬间凝聚于一点，描绘出边塞山关的独有风貌；而一"孤"字，更与"万重"形成极其鲜明的对照，边关之"险"尽在不言之中。面的苍茫阔大，点的雄峻孤单，二者结合在一起，刻画出秦州独扼咽喉要道的地理特征，气氛极为严峻、悲壮。

颔联写景，紧承"孤城"，把边塞山关特有的景象描写得入木三分。陇东山地气候不同于平原地带。"无风云出塞"，不仅景象殊异，而且凸显出天际之高远。"不夜月临关"，边城高秋，气候清冷，万象静谧，早早升起的弦月高悬天际，奇异无比。这一联景物描写，诗人观察之细致、目光之敏锐、体察之独到，令人叹服。诗人在景物描写中注入了沉重的心事，诚如清人浦起龙所言："三、四警绝，一片忧边心事，随风飘去，随月照着矣。"（《读杜心解》）

前四句写景，情景交融，已堪称"毫发无遗憾"。及第五句，突现跌宕。"蜀国归何晚"，忧心如焚的追问把情感迅速推向高潮，把诗的主题引向深入。西去的使节为什么还没有回来呀？这可是关乎大唐命运的大事！痛苦、忧伤的心灵是需要安慰的。尽管傅介子的时代早已一去不返，但是诗人仍旧用"楼兰斩未还"，对西北边陲的危险局势表达了谨慎的乐观。诗人的情感至此也暂趋平缓。

进入尾联,又是一个大的跌宕。"烟尘一长望",诗人的目光投向更广阔的空间,投向东方。那里,中原大地战火燃烧,百姓流离,生灵涂炭。战局如何发展?战乱何时平息?诗人的内心更为焦灼、苦痛。五、七两句几乎完整地概括了当时唐王朝的困境。正是这种国家的困境使诗人深感"衰飒"。个人的命运、家庭的命运、国家的命运交织在一起,诗人的心在颤抖,诗人的心在流血,诗人的心在哀叹。"正摧颜"把诗人一片痛心疾首之情、一颗忧国忧民之心和盘托出,于悠悠无尽之中收结全诗。

综观全诗,前半侧重写景,景中有情;后半侧重写情,情中有景;于不断开拓之中呈现出震慑人心的意境,于逐步深化之中展示出深厚的情感。景的描绘,情的抒发,均可谓"毫发无遗憾"。短短四十字,开阖变化,跌宕起伏,结构严整而富有生气,堪称"波澜独老成"的典范。前人曾以"雕鹗盘空"(《杜诗镜铨》)四字评此诗,足见此诗在艺术上的老到与成功。

一首成功的诗来自诗人创作时的刻意追求与惨淡经营。追求什么?经营什么?"毫发无遗憾,波澜独老成"从诗歌美学的高度回答了这些问题。诗无"秘旨"。如果一定要说"秘旨",那么,杜甫通过自己的创作实践总结出来的"毫发无遗憾,波澜独老成",就是创作"秘旨"之一。

(六)

以上我们从几个不同的角度对"毫发无遗憾,波澜独老成"的内涵作了一些阐释。有趣的是,二十世纪人类在哲学、语言

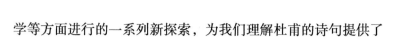

学等方面进行的一系列新探索,为我们理解杜甫的诗句提供了新的视角。

当代西方的一些语言学家、诗学理论家认为:语言是人的家园,但语言也是人的囚笼。语言是珍贵的,因为它能重现原真的事物;语言又是危险的,因为它促成了人与原真事物的疏离。诗人是最杰出的语言运用者,所谓诗,即是对语言的一种重新组合;但诗人又是最痛苦的语言运用者,因为诗最明显地展现着语言的局限。

毫无疑问,"毫发无遗憾,波澜独老成"正是诗人在发掘语言潜力、克服语言局限方面取得的最骄人、最完美的成果。"毫发无遗憾"不仅圆满地重现了原真的事物,而且最大限度地克服了人与原真事物的疏离。实现这一点,是诗人的成功、诗人的骄傲。当然,所谓"无遗憾",所谓"独老成",所谓"全粹美",并不具有最终意义。在诗歌创作领域,在诗歌美学领域,人类永远在不断地探索,不断地进取。杜甫似乎对此早有觉察,所以他又有"意惬关飞动,篇终接混茫"这样的诗句。如果说"意惬"与"无遗憾""独老成"相关联,那么"篇终接混茫"就为诗歌的表现能力留下了广阔的"空白"。但我们必须明白,这种"空白",这种诗中没有道出、无法道出、不能道出的许许多多的话语,留给读者来补充、去想象,不是诗的"缺憾",而是诗的"特权"。一首诗达到这种"篇终接混茫"的境界,不妨说是更好地实现了"毫发无遗憾"。

弗罗斯特是美国著名诗人。余光中的《死亡,你不要骄傲》一文中有这样一段对弗氏的论述:"他的诗'兴于喜悦,终于智慧'。他敏于观察自然,深谙田园生活,他的诗乃往往以此开端，但在诗的过程中，不知不觉，行若无事地，观察泯入深思，写实化为象征，区域性的扩展为宇宙性的，个人的扩展为民族的，甚至人类的。所谓'篇终接混茫'，正合乎弗罗斯特的艺术。"①

这里所谓"观察泯入深思，写实化为象征，区域性的扩展为宇宙性的，个人的扩展为民族的，甚至人类的"，不正是一个诗人追求"毫发无遗憾，波澜独老成"的过程吗？达到"民族的，甚至人类的"这一境界，也恰恰是"篇终接混茫"。在这里，"篇终接混茫"与"毫发无遗憾"是密不可分的。余光中是著名诗人，对于诗，对于诗学理论的内涵、意义和价值，无疑有着极深的感知。他把杜甫论诗的名句运用于对一位异国诗人（而且是一位公认的世界级诗人）诗歌艺术的评价，这就再好不过地说明，杜甫的诗学智慧在今天依然有着强大的生命力。就诗歌美学而言，古今中外的著名诗人，其内心深处完全是息息相通的。

---

① 余光中：《左手的缪斯》，中译出版社，2022年，52页。

九 诗尽人间兴
兼须入海求
——杜甫诗学论"诗歌意象"

（一）

杜甫诗歌以意象丰富著称。宋人张戒《岁寒堂诗话》云：

> 王介甫只知巧语之为诗，而不知拙语亦诗也。山谷只知奇语之为诗，而不知常语亦诗也。欧阳公诗专以快意为主，苏端明诗专以刻意为工，李义山诗只知有金玉龙凤，杜牧之诗只知有绮罗脂粉，李长吉诗只知有花草蜂蝶，而不知世间一切皆诗也。惟杜子美则不然，在山林则山林，在廊庙则廊庙，遇巧则巧，遇拙则拙，遇奇则奇，遇俗则俗，或放或收，或新或旧，一切物，一切事，一切意，无非诗者。故曰"吟多意有余"，又曰"诗尽人间兴"，诚哉是言。

这段话，对王、黄、欧阳等人之批评未免太过，然语杜甫之数句，却极精辟。

所谓"诗尽人间兴"，所谓"世间一切皆诗"，其意义在于说明人间万象，不论其美丑奇常，经诗人之灵思巧构，皆可化为诗中之艺术符号，皆可化为诗中之意象。"诗尽人间兴，兼须入海求"，杜甫此二句虽非专为论诗而发，然于不经意间道出了诗歌创作实践的宝贵心得。

"兴"在我国古代诗论中常见的相关意义有三种：兴起，兴寄，兴象。此三者皆与诗歌意象密切相关。"兴起"，必须以意象出之，方能实现"起"的意图；"兴寄"，必须以意象见之，方能使"寄"有所依托；"兴象"，则几为"意象"之同义词。杜甫"诗尽人间兴"一语，实指诗歌可以意象尽现人间一切物象、一切事态、一切悲欢、一切情怀。"诗尽人间兴，兼须入海求"可视为杜甫对诗歌意象营构的主张与追求，可视为杜甫之诗歌意象论。

（二）

"诗尽人间兴"，从杜甫的诗歌创作实践看，其第一层含义当为：诗可融摄人间万象，人间万象皆可入诗。

以人而言：王侯君臣可入诗，平民布衣亦可入诗；飞黄腾达者可入诗，穷困潦倒者亦可入诗；倜傥才人可入诗，丑拙老迈者亦可入诗；勇武雄壮者可入诗，弱妇幼子亦可入诗……

以物而言：大者如山、水、龙、虎可入诗，小者如蚁、萤、鸡、鹅亦可入诗；美者如松、竹、梅、鹤可入诗，丑者如枯枬、瘦马、病橘亦可入诗……

一言以蔽之，诗无不可写之人，诗无不可写之事，诗无不可写之物。在中国诗歌发展史上，这不啻是诗歌艺术创作生产力之一大解放。

有的学者曾对杜甫诗中所使用的意象作了详尽统计：

鸟类意象：以"鸟"作总名（泛称意象）共出现160次。不同鸟类（具体意象）出现的则有雁、凤、鸥、鹤、燕、乌、鹰、雀、莺、凫、鹭、鹊、杜鹃、鹘、鸱鸮、鸦、鹦鹉、鹈鸪、孔雀、鹍鸡……共50种。

山类意象：以"山"作总名（泛称意象）出现共457次。不同山名（具体意象）出现的则有巫山、昆仑、崆峒、岷山、终南山、商山、衡山、骊山、华山、巴山、泰山、碣石、楚山、峨眉、岘山、玉山、赤甲山、峄山……共41种。

花类意象：以"花"为主名（泛称意象）出现共266次。不同花名（具体意象）出现的则有梅、菊、桃、荷、杨、芙蓉、芦……共12种。

兽类意象：马、龙、虎、猿、犬、狼、豺、鹿、熊、狐、貂、狄、猱猢、狻猊、猰……共35种。[①]

以上摘录已足可使人感受到杜甫诗歌意象的无比丰富，领略到"诗尽人间兴"的阔大气象和宏大气魄。一方面，杜甫善于融摄不同物象入诗，从而使诗歌意象在种类、范围、规模、多样性方面大大超越了前人。另一方面，对同一物象，杜甫又善于以其精细的观察、敏锐的感受、缜密的思考、入微的刻画、多变的切入角度，在诗歌中展现其在现实生活中的千姿百态，并在这千姿百态之中寄寓千差万别的意象。

以"雨"这一意象为例，杜甫写雨的诗有数十首，如《朝雨》《晨雨》《村雨》《梅雨》《大雨》，又如《春夜喜雨》《曲江对雨》《西阁雨望》，再如《风雨看舟前落花》《寒雨朝行视园树》《秋雨叹》……可谓写出了"雨"这一物象之百态。

---

① 陈植锷：《诗歌意象论》，中国社会科学出版社，1990年。

同为"喜雨",在杜甫笔下,其"象"其"意"亦迥然有异。《春夜喜雨》是一首名诗:

　　好雨知时节,当春乃发生。
　　随风潜入夜,润物细无声。
　　野径云俱黑,江船火独明。
　　晓看红湿处,花重锦官城。

杜甫还有一首《喜雨》:

　　南国旱无雨,今朝江出云。
　　入空才漠漠,洒迥已纷纷。
　　巢燕高飞尽,林花润色分。
　　晓来声不绝,应得夜深闻。

这两首诗的中心意象都是雨,表达的也都是喜悦之情,却各有千秋。

同为及时雨,前者突如其来,巧合人意,令人喜;后者突如其来,出人意料,令人喜。

同为滋润万物,前者"细无声",对万物充满关爱之情;后者"润色分",被润之物饱含生机,对万物广施无私之恩惠。

同写雨中之景,前者以"云俱黑",写出雨夜深阴之状;后者以"巢燕高飞尽",写出夏日昼雨天空之广漠。

同为期盼,前者期盼晓来雨停,大地花团锦簇;后者期盼入夜雨声不绝,以彻底缓解南国旱情。

通过这两首诗的对比,不难看出,杜甫诗歌以其善于展现同一物象在现实生活中的千姿百态,并在这同一物象的千变万化之中寄寓千差万别之意,使人们感受到"人间兴"的无穷魅力。

（三）

"诗尽人间兴"，一个"尽"字，笔力千钧。

"尽"，既是从广度方面对诗歌意象的选择、摄取、营构提出要求，又是从深度方面对诗歌意象的刻画、描绘、创造提出要求。在杜甫看来，诗歌意象的艺术创造，应在"尽"上执着追求，以达"尽象""尽意"。

在自己的诗歌中，杜甫曾多次从艺术创造和艺术鉴赏的角度，强调艺术形象的塑造必须惨淡经营，达于出神入化，即达于"尽象""尽意"。例如：

  元气淋漓障犹湿，真宰上诉天应泣。
      （《奉先刘少府新画山水障歌》）
  乃知画师妙，功刮造化窟。
      （《画鹘行》）
  诏谓将军拂绢素，意匠惨淡经营中。
  斯须九重真龙出，一洗万古凡马空。
      （《丹青引赠曹将军霸》）
  雕刻初谁料，纤毫欲自矜。
  神融蹑飞动，战胜洗侵凌。
      （《寄峡州刘伯华使君四十韵》）

最能说明杜甫此一"尽"字用意的，还是他自己的创作实践。

杜甫每作一诗，必通过曲尽极致的体察与描绘，使笔下物象的特征尽得展示，使其神情尽得显现。

例如《瘦马行》一诗，以"东郊瘦马使我伤"领起，以"骨骼硉兀如堵墙"写其瘦状，以"细看六印带官字"明其身份，叹"皮干剥落杂泥滓,毛暗萧条连雪霜"画其形象,以"去岁奔波"写其历史,以"当时历块误一蹶,委弃非汝能周防"写其遭遇之不测,以"见人惨淡若哀诉"状其哀伤,以"天寒远放雁为伴"状其孤独,最后更以"谁家且养愿终惠,更试明年春草长"写其不甘终老的热切愿望。一匹"瘦马",被诗人刻画得纤毫毕见、入木三分,正如前人所评:"虽是借题写意,而写病马寂寞狼狈光景亦尽。"(《杜诗镜铨》引)

长诗如此,短诗亦同。五律《房兵曹胡马》中间二联"竹批双耳峻,风入四蹄轻。所向无空阔,真堪托死生",只二十字,马之骨相,马之性情,均跃然纸上,可谓痛快淋漓,形神俱"尽"。

梁启超曾称杜甫为"情圣"。杜甫每作一诗,必将其心中至深至厚之感情,以全力投射、融汇于所写物象,从而达到"尽意"。叶嘉莹曾对此有精当的分析:

> 杜甫虽以写实著称,而其所写之现实正不仅只是平板客观的现实而已。杜甫无论对其所写之任何客体,都有着极深挚的感情的投射。因此杜甫所写的现实乃往往在其感情之投射笼罩下染上了极浓厚的意象化的色彩。因此杜甫的一些佳作,都往往一方面是写实,而另一方面又是感情与人格之意象化的表现,这是杜甫的一大特色。①

叶嘉莹这里说的"极深挚的感情的投射""感情与人格之意象化的表现",正是揭示了杜甫诗歌中意象之"意"的方面。感

---

① 叶嘉莹:《迦陵论诗丛稿》,中华书局,1984年,252页。

情与人格，见之于诗人的主观世界。正是以自己的感情投射，与物象达于水乳交融，物我无间，"象""意"一体，才使杜甫的诗歌具有异乎寻常的深厚思力。

还是以写马为例：

> 乘尔亦已久，天寒关塞深。
> 尘中老尽力，岁晚病伤心。
> 毛骨岂殊众，驯良犹至今。
> 物微意不浅，感动一沉吟。

这是杜甫的五律《病马》。岁寒时节，一匹身患重病的老马，陷入"伤心"的困境。它忠诚地为主人奔波一生，如今仅余生命之残烬；它骨相虽不出众，却勤劳、善良。杜甫此诗，体物察情，抒写病马穷途的悲凉之意。

"亦已久""老尽力""岂殊众""犹至今"，语气如此婉转，语意如此沉挚。加之"天寒关塞深"，病马之命运何如？病马之希望何在？诗中处处流露出杜甫那颗仁慈之心对病马的同情、关爱。

以平常之骨相，怀有忠诚、善良的内美之心；毕生"尽力"奉献，最后却因病弱之躯遭人冷落、抛弃。这岂止是在写马，多少忠臣志士不都有如此遭遇？杜甫自己岂不也是以"窃比稷与契"始，以成为"圣朝"之"弃物"终？"病马"这一意象的象喻之意，更令人感伤不已！

诗以"物微意不浅，感动一沉吟"收结，进一步把读者引入形而上的沉思境界。宇宙，人间，无非由万千微细之物组成。正是这些微细之物的生存、奋斗、发展、死亡，构成了生生不已的大千世界。对这些细微之物而言，生命的意义是什么？就在这"此在"之中，在这有限的、甚至令人感伤的生命之中，在这生生不息的感性世界之中，不正蕴含着生存的本体意义，蕴含着对有限生命的超越？一匹病马，生命有限，贡献有限，但它那"老尽力"的坚贞、忠诚，"驯良犹至今"的坚韧、执着，岂不已经升华为永恒、达到不朽？

一匹病马，意蕴深厚，给人以多方面、多层次的联想和启示。杜甫诗歌的这一特点，被清人赵翼概括为"他人不过说到七八分者，少陵必说到十分，甚至有十二三分者"。他在《瓯北诗话》中指出：

> （少陵诗）一题必尽题中之义，沉著至十分者，如《房兵曹胡马》，既言"竹批双耳""风入四蹄"矣，下又云："所向无空阔，真堪托死生。"《听许十一弹琴》诗，既云"应手锤钩，清心听镝"矣，下又云："精微穿溟涬，飞动摧霹雳。"以至称李白诗"笔落惊风雨，诗成泣鬼神"，称高、岑二公诗"意惬关飞动，篇终接混茫"……此皆题中应有之义，他人说不到，而少陵独到者也……有题中未必有此义，而铭心刻骨，奇险至十二三分者，如《望岳》之"荡胸生层云，决眦入归鸟"，《登慈恩寺塔》之"七星在北户，河汉声西流"，《三川观水涨》之"声吹鬼神下，势阅人代速"，《送韦评事》之"鸟惊出死树，龙怒拔老湫"……皆题中本无此意，而竭意摹写，宁过无不及，遂成此意外奇险之句，所谓十二三分者也。

这些论述虽非专就意象而发，但无疑适用于杜甫诗歌的意象营造。正是因为在艺术创造上刻意求工、铭心刻骨、竭意摹写，甚至"宁过无不及"，才能达到"尽象""尽意"。

（四）

"尽象""尽意"绝非一味直接外露、了无诗味。要在意象营造上达到"尽"，诗人必须对所咏对象由表及里、由浅至深、由形而神、由实入幻，使思力、笔力达至深至幽之处，见人之所未见，觉人之所未觉，感人之所未感，言人之所未言。"尽象""尽意"，或者说诗歌意象营构的最高境界，应是使"不可言之理，不可述之事，遇之于默会意象之表，而理与事无不灿然于前者也"（《原诗》卷二）。对杜甫诗歌在意象刻画上达到的这种境界，清人叶燮有独到分析：

> 如《玄元皇帝庙》作"碧瓦初寒外"句，逐字论之。言乎外，与内为界也，初寒何物，可以内外界乎？将碧瓦之外，无初寒乎？寒者，天地之气也，是气也，尽宇宙之内，无处不充塞，而碧瓦独居其外，寒气独盘踞于碧瓦之内乎？寒而曰初，将严寒或不如是乎？初寒无象无形，碧瓦有物有质，合虚实而分内外，吾不知其写碧瓦乎？写初寒乎？写近乎？写远乎？使必以理而实诸事以解之，虽稷下谈天之辨，恐至此亦穷矣。然设身而处当时之境会，觉此五字之情景，恍如天造地设，呈于象，感于目，会于心。意中之言，而口不能言；口能言之，而意又不可解。划然示我以默会想象之表，竟若有内有外，有寒有初寒，特借碧瓦一实相发之，有中间，有边际，虚实相成，有无互立，取之当前而自得，其理昭然，其事然也……要之：

> 作诗者，实写理、事、情，可以言，言可以解，解即为俗儒之作。惟不可名言之理，不可施见之事，不可径达之情，则幽渺以为理，想象以为事，惝恍以为情，方为理至、事至、情至之语。此岂俗儒耳目心思界分中所有哉？
>
> （《原诗》）

叶燮这段话，从意象营造的角度对杜甫"碧瓦初寒外"句作了深入分析。"碧瓦"这一物象与"初寒外"的巧妙结合，是诗人形象思维运用的一大飞跃，是艺术想象的奇特创造。从表象看，这一意象表现得似为不可见之事、不可达之理，而其实际效果则是"其理昭然，其事的然"。在诗歌创作中，只有这样"虚实相成，有无相立"，象借意而生辉，意因象而见奇，方可称为"尽象""尽意"。要达到此境界，诗人必须对生活、对外物有深入而精微的感受、体察、思考、领悟，不离常事而超越常事，不离常理而超越常理，进而达到"幽渺以为理，想象以为事，惝恍以为情"。这是杜甫诗歌意象营构的苦心所在、奥秘所在，是"诗尽人间兴"的精微所在，是杜甫艺术创造的巨大成功。

（五）

"诗尽人间兴，兼须入海求。"所谓"入海求"，不过是一句戏言，正如孔子当年所说"道不行，乘桴浮于海"。杜甫毕生热切关注、生死以立的正是"人间"。真挚、深厚的人间情怀，是杜甫身上最本质、最可贵的地方。杜甫那仁爱、敏锐的目光永远深沉地注视着"人间"，他那动情的歌喉永远执着地歌唱着

"人间"。

"人间兴",这是杜甫诗歌创作、诗歌意象取之不尽、用之不竭的源泉,是杜甫诗歌现实主义力量的不竭源泉。

田父野老,征人戍卒,村妇船工,山人寿僧,舞士歌人,弃妇逐臣,诗人画匠,武士将军,稚子老妪,羌胡花门,皇亲国戚,达官贵人;国家政事,家庭琐事,亲朋团聚,生离死别,和平,战乱,赋敛,征兵,定居,漂泊,扑枣,种禾,对立,不平,奋斗,忍耐;甚至鸡虫相争,舟前鹅儿……人间生活有多么五彩缤纷,杜甫诗歌的意象世界就有多么丰富多彩。

这里应该特别强调杜甫对弱小者、病残者、被侮辱者、被伤害者那种真诚、发自肺腑、毫不矫揉造作的同情。毫无疑问,这一点是杜甫伟大而不朽的人格的最光辉的表现,是杜甫那广施万物而又爱憎分明的人道主义精神最有力的明证。通过杜甫诗中鲜活的意象,那些早已被历史遗忘的小人物重新出现在我们眼前。

杜甫写弱丁、贫妇、垂老。"肥男有母送,瘦男独伶俜。白水暮东流,青山犹哭声。莫自使眼枯,收汝泪纵横。眼枯即见骨,天地终无情。"(《新安吏》)"暮婚晨告别,无乃太匆忙。君行虽不远,守边赴河阳。妾身未分明,何以拜姑嫜?"(《新婚别》)"老妻卧路啼,岁暮衣裳单。孰知是死别,且复伤其寒。此去必不归,还闻劝加餐。"(《垂老别》)这里,一个个真实得无以复加的意象,把穷苦人民在战乱中的生离死别,展现得淋漓尽致,令人刻骨铭心。

杜甫写征人,从告别故土,到转战军旅,最后埋骨荒外。"千金装马鞭,百金装刀头。闾里送我行,亲戚拥道周。斑白居上列,酒酣进庶羞。少年别有赠,含笑看吴钩。"(《后出塞五首》其一)"磨刀呜咽水,水赤刃伤手。欲轻肠断声,心绪乱已久。"(《前出塞九首》其三)"君不见,青海头,古来白骨无人收。新鬼烦冤旧鬼哭,天阴雨湿声啾啾。"(《兵车行》)这一组意象,使我们看到征人的命运多么悲惨。

杜甫写中世纪中国偏远地区的下层劳动妇女:"至老双鬟只垂颈,野花山叶银钗并。筋力登危集市门,死生射利兼盐井。"(《负薪行》)诗歌意象如此接近贫困、孤寂的弱势阶层,这在中国古代诗歌中几乎绝无仅有。

杜甫写普通人的真情。"昔别君未婚,儿女忽成行。怡然敬父执,问我来何方。问答乃未已,驱儿罗酒浆。夜雨剪春韭,新炊间黄粱。主称会面难,一举累十觞。"(《赠卫八处士》)这里,由一连串生活细节组成的一组意象,令人感到人与人之间如此亲切、温暖。

透过"诗尽人间兴",我们看到的是杜甫"对人际的诚恳关怀,对大众的深厚同情,对苦难的严重感受""完全执着于人间,关注于现实,不求个体解脱,不寻来世恩宠,而是把个体的心理沉浸融埋在苦难的人际关怀的情感交流中,沉浸在人对人的同情抚慰中,彼此'以沫相濡',认为这就是至高无上的人生真谛和创作使命"①。杜甫在这里高扬的是"仁者爱人"的人性自觉,是中华美学的人道主义精神。很显然,离开了"人间兴",我们既不可能正确理解杜甫诗歌的丰富意象,又不可能正确理解杜甫诗歌的根本和核心。

---

① 李泽厚:《李泽厚十年集》(第一卷),安徽文艺出版社,1994年,250页。

(六)

"诗尽人间兴",杜甫诗歌还有一个极其重要的维度——历史之维。

历史是现实的昨天和发展前提,现实是历史的继续和延伸。现实无法割断自己与历史千丝万缕的联系,历史也只能存在于现实之中,存在于生活在现实之中的人的记忆之中,存在于人们对它的继承和发扬之中。从这个意义上说,历史缺席的"人间兴",只能是不完全的、缺乏深度的"人间兴"。

杜甫在诗歌创作中喜欢且善于"用典",仅从诗歌修辞的角度来认识这一现象,未免过于肤浅。《律诗美学》一文的作者高友工对此提出了自己的看法:

> 他(少陵)有意通过用典来建造一个意象世界,因为事典可以引入简单意象无法表达的意义维度。他思考的对象是广义上的"历史"。对杜甫而言,在三个方面我们无法与历史分开。杜甫历史感的第一个方面是个人的、自传性的,涉及对自己过去的反思和对未来的设想。对杜甫来说,第一层写的历史是与第二层写的历史——当代历史或国家的历史,特别是755年安禄山叛乱后那一段动荡的历史——相互交织在一起的。第三层写的历史实际上很古老:文化传统的历史。但历史传统与诗人是直接相关的,因为通过受教育和对传统文本的学习,诗人已与过去建立了密切的联系。

如果说盛唐美学用自然符号表达个人情感,那么在杜甫的美学里,专有名词或其他符号形式则被用来表达历史文化内涵。这些符号形式被视为一个复杂的符号系统的组成要素；每一阅读此诗的人都应通过构建自己的符号系统——自然的、个人的、历史的、文化的等等——而与杜甫的系统靠近。①

这里我们尝试以《咏怀古迹五首·其一》来验证一下高友工的论述。

　　支离东北风尘际，漂泊西南天地间。
　　三峡楼台淹日月，五溪衣服共云山。
　　羯胡事主终无赖，词客哀时且未还。
　　庾信平生最萧瑟，暮年诗赋动江关。

在这首诗里，"词客""羯胡""庾信"组成一个符号系统，我们称其为第一符号系统；"东北风尘""西南天地""三峡楼台""五溪衣服"组成又一个符号系统，我们称其为第二符号系统。后者从属并服务于前者。下面我们着重分析由第一符号系统构成的诗歌意象世界。

"词客"是关于杜甫个人的，"支离""漂泊"展现"词客"的艰难命运，"哀时""未还"反映"词客"内心的伤痛、对故土的怀念、身居异乡的孤独以及对国家前途的失望。"羯胡"是关于国家命运的，七个字几乎浓缩了安史之乱从爆发到蔓延的八年，揭示了那场动乱发生的原因及灾难性后果。"庾信"则是关于历史和文化传统的。这一意象包含着丰富的历史文化内涵，给人以多方面的暗示。首先是关于"庾信"自己的：生当乱世，

---

① 乐黛云，陈珏：《北美中国古典文学研究名家十年文选》，江苏人民出版社，1996年，99—102页。

遭遇侯景之乱,"金陵瓦解",后流落至北朝,心向故国,悲苦而终。其次是关于文化的:身经丧乱、漂泊之苦,庾信后期的文学创作进入新的境界,家国之思,羁臣之痛,表现得淋漓尽致。再次是关于庾信生活的时代的:军阀争斗,战乱不息,百姓流离,生灵涂炭。最后是关于国家前途、民族命运的。庾信悲叹"天道周星,物极不反。傅燮之但悲身世,无处求生;袁安之每念王室,自然流涕"(《哀江南赋·序》)。面对山河分裂,面对动荡时局,"人间何世",国家何往!

"庾信"这一意象,作为历史文化符号,大大扩展、深化了这首七律抒写的思想感情。在广阔的时间、空间背景中,个人的苦难、民族的苦难成为一种历史的宿命,具有令人压抑万分的沉重感。"词客"的"哀时",庾信的暮年悲吟,同时被赋予了更深沉的内涵。

更使人赞叹不已的是,"词客""羯胡""庾信"这三者组成的意象世界在构思上近乎完美无缺。在这一符号系统中,现实与历史相互交织,"词客"与"庾信"水乳交融,安史之乱与侯景之乱前后呼应,"词客"的命运与庾信的命运相互映照。现实的苦难因历史的烘托而更显深重,对庾信的咏叹因"词客"的漂泊而更觉真诚。

杜甫诗歌用典之多、用典之当,人所共知。诚如高友工所言:"当代行为,不管是私人的还是公开的,只有通过历史的棱镜才能被理解。"(《律诗美学》)我们只有从建立独特的意象世界和符号系统,从"诗尽人间兴"的角度来认识"用典"这一现象,才能更清楚地理解杜甫独到的探索、苦心的经营和深刻的意图。正是由于构建了一个不仅有自然、个人,而且有历史、文化等多种艺术符号的意象世界，正是由于重视历史之维，杜甫诗歌才能在意象营造上显示出既继承前人又超越前人的"集大成"特点。

（七）

杜甫论诗，用语极简。对于"诗尽人间兴"这一诗学主张，我们只能用自己的语言展开其内涵。我们也只从杜甫诗歌中取例，使这演绎庶几合乎诗人的本心。

"诗尽人间兴"，既是杜甫诗歌创作实践经验的总结，又是杜甫关于诗歌意象的理论主张，更是杜甫毕生追求的诗歌美学理想。

"诗尽人间兴"，极大地拓展了诗歌王国的疆域，极大地丰富了诗歌的艺术表现力，并强化了诗歌与现实生活的联系。

"诗尽人间兴"，人间的舞台有多么广阔，诗歌的生存空间就有多么广阔。诗歌，应永远与人间万象同在，与人间悲欢同在，与人间苦难同在，与人间奋斗同在。

诗的贵族化，同诗的庸俗化一样，是诗的悲哀！

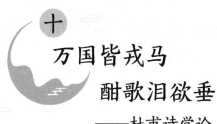

万国皆戎马
酣歌泪欲垂
——杜甫诗学论"诗歌功能"

"文章千古事。"《偶题》中的这句诗,虽由曹丕"盖文章,经国之大业,不朽之盛事"(《典论·论文》)一语演绎而来,但也是杜甫的心声。杜甫一生,以寸心写千古,倾毕生心血而成一部千古不朽之杜诗。他无疑是一位有着庄严使命感的诗人。对杜甫来说,诗歌创作就是他的全部生命意义之所在,是他的全部人生价值之所在。固然有人以写诗为茶余酒后的谈资,有人以写诗为炫耀才华的手段,有人以写诗为抒写性灵的工具。这些,都与杜甫无缘。

重视对诗歌功能的研究,本是中国古代诗论的一个突出特点。"《诗》可以兴,可以观,可以群,可以怨;迩之事父,远之事君;多识于鸟兽草木之名"(《论语·阳货》)是孔子的诗歌功能观。"经夫妇,成孝敬,厚人伦,美教化,移风俗"(《毛诗序》)表达的则是前期儒家的诗歌功能观。

我们反对以功利的观点看待文学艺术,但这绝不意味着否定或削弱诗歌的社会作用和现实意义。不食人间烟火的诗歌与人类有何关系?一首只会吟诵风月的诗歌又有多少价值可言?

诗人何为？诗歌何用？这无疑是关乎诗歌本身生死存亡的重大问题。杜甫在继承并发展前人理论的基础上，针对诗歌功能提出了自己的见解，具体可表述为十二个字：写胸臆，歌疮痍，赋别离，陶性灵。

·写胸臆

所谓"写胸臆"，即抒写心中之情志。此一意旨，杜甫在其诗中曾反复表述：

> 异县逢旧友，初忻写胸臆。
>
> （《别赞上人》）
>
> 有情且赋诗，事迹可两忘。
>
> （《四松》）
>
> 箧中有旧笔，情至时复援。
>
> （《客居》）
>
> 开文书帙中，检所遗忘，因得故高常侍适……人日相忆见寄诗……爱而不见，情见乎辞。
>
> （《追酬故高蜀州人日见寄并序》）

"写胸臆"，是对中国古代传统诗论的重要拓展。

"诗言志"（《尚书·尧典》）既是中国最古的诗论，又是中国最古的诗歌功能论。"诗缘情而绮靡"（陆机《文赋》）则是六朝人的诗歌功能观。"缘情"之于"言志"，实质上是一种深化，二者并无本质区别。到了唐代，出现了把"言志"与"缘情"明确统一起来的倾向。孔颖达《毛诗正义》指出：

> 诗者，人志意之所适也。虽有所适，犹未发口。蕴藏在心，谓之为志。发见于言，乃名为诗。言作诗者，所以舒心志愤懑，而卒成于歌咏。故《虞书》谓

之"诗言志"也。包管万虑,其名曰心;感物而动,乃呼为志。志之所适,外物感焉。言悦豫之志则和乐兴而颂声作,忧愁之志则哀伤起而怨刺生。《艺文志》云:"哀乐之情感,歌咏之声发。"此之谓也。

这里所说的"心志愤懑""悦豫之志""忧愁之志",非情而何?不过,孔颖达毕竟不是诗人,他只是从理论角度完成了"志""情"的统一;而杜甫之"写胸臆",则从理论与实践的结合上,打破了"言志"与"缘情"之间的壁垒,情志相一,一语了然。

一部杜诗,正是杜甫"写胸臆"这一主张的完美体现。在杜甫笔下,大而言之,《自京赴奉先县咏怀五百字》《秋日夔府咏怀奉寄郑监李宾客一百韵》是写胸臆;小而言之,《鹦鹉》《孤雁》《黄鱼》《白小》亦是写胸臆。以悲而言,《哀江头》《悲陈陶》是写胸臆;以乐而言,《春夜喜雨》《闻官军收河南河北》亦是写胸臆。从现实生活汲取灵感,《秋兴八首》《诸将五首》是写胸臆;以历史人物为咏歌对象,《咏怀古迹五首》《诸葛庙》亦是写胸臆。总而言之,一部杜诗,无处非写胸臆也。

这里不妨对《自京赴奉先县咏怀五百字》作点剖析。从"杜陵有布衣"至"放歌破愁绝",诗人抒写自己窃比稷、契,却不得重用,兀兀至今,忍为尘埃,矛盾委屈,痛苦万状之胸臆;从"岁暮百草零"至"惆怅难再述",诗人抒写自己目睹腐败、黑暗之政局,目睹"荣枯咫尺异"之社会危机,忧心如焚,悲愤不已,惆怅万端之胸臆;从"北辕就泾渭"至"颎洞不可掇",诗人抒写自己面对一己之贫穷难耐,幼子饿卒,痛不欲生,但更以"失业徒""远戍卒"为念,"忧端齐终南"之胸臆。正是因为诗人怀有至高、至深、至厚、至浓之胸臆,才写出如此感人之诗篇。全诗把诗歌"写胸臆"这一功能表现得淋漓尽致,用"披肝胆之至诚"①六字来评价此诗,十分精当。

下面我们再看杜甫的一首小诗《八阵图》。对这首仅二十字的五言绝句,《唐诗鉴赏辞典》在评析时认为:"这首诗与其说是在写诸葛亮的'遗恨',毋宁说是杜甫在为诸葛亮惋惜,并在这种惋惜之中渗透了杜甫'伤己垂暮无成'(清黄生《杜诗说》)的抑郁情怀。"②显然,这首小诗也是典型的"写胸臆"之作。

抒情性是诗歌最本质的特征。杜甫关于诗歌"写胸臆"的主张,从功能角度凸显了诗歌的本质,体现了本质与功能的统一。抒情性更是中国古代艺术最突出的特征。诚如李泽厚《华夏美学》一书所言:"中国艺术是时间的艺术、情感的艺术……诗文也常常是以情感化的时间或对时间中的情感的直接描写为特色。'线'则是时间在空间的展开,你看那充满情感的时间之流,那纸、布、物体上的音乐和舞蹈,无论是绘画中、书法中、诗文中、雕塑中、园林中、建筑中,它总在那里回旋行动,不断进行……你能掌握这音乐—线—情感的运动么?那就是华夏文艺的精神。"③"写胸臆"正是把胸中翻腾不已的、灼热的、复杂的情感之流见于诗。"写胸臆"以诗歌创作的形式鲜明地体现了中华美学的特色。

---

① 叶嘉莹:《诗馨篇》(上),中国青年出版社,1991年,244页。
② 俞伯平等:《唐诗鉴赏辞典》(新一版),上海辞书出版社,2013年,615页。
③ 李泽厚:《李泽厚十年集》(第一卷),安徽文艺出版社,1994年,263页。

更具体地说,"写胸臆"突出了杜甫诗歌的本色。令人万分感动的是,杜甫在诗中对国家、百姓、妻儿、友朋,对花、木、虫、鱼的仁爱之情,完全发自内心,真诚而自然,毫不矫揉造作,因而读来格外亲切。

胸中情,笔下诗,在杜甫的创作活动中,统一得极为完美,真诚而自然。杜甫诗歌堪称"写胸臆"的典范。

·歌疮痍

"疮痍",即人民的悲痛、社会的苦难;"疮痍",即山河破碎、民不聊生。

从最典型的意义上说,杜甫是为痛苦而生的诗人,是为痛苦所浸透、为痛苦所育成的诗人,是因痛苦而伟大的诗人。在中国历史上,没有一个诗人像他那样,将国家命运的兴衰、社会经历的战乱、人民遭受的不幸描摹得如此深挚、深情、深刻。在他的心目中,"歌疮痍"是诗人不可动摇的使命;身历乾坤疮痍而悲叹,目睹万国戎马而浩歌,是诗人不可推卸、不可逃避的庄严承担。

> 万国皆戎马,酣歌泪欲垂。
>
> (《云安九日郑十八携酒陪诸公宴》)
>
> 乾坤含疮痍,忧虞何时毕?
>
> (《北征》)
>
> 请为父老歌,艰难愧深情。
> 歌罢仰天叹,四座泪纵横。
>
> (《羌村三首》其三)
>
> 向来忧国泪,寂寞洒衣巾。
>
> (《谒先主庙》)

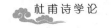

> 杖藜叹世者谁子,泣血迸空回白头。
>
> 　　　　　　　　　　《白帝城最高楼》
>
> 忧来藉草坐,浩歌泪盈把。
>
> 　　　　　　　　　　《玉华宫》
>
> 吁嗟公私病,税敛缺不补。
> 故老仰面啼,疮痍向谁数?
>
> 　　　　　　　　　　《雷》

中国古代诗歌,一向有关怀国难民瘼的传统。"彼黍离离,彼稷之苗。行迈靡靡,中心摇摇。"《诗经》中这首哀伤的《黍离》永远给人以感动。"长太息以掩涕兮,哀民生之多艰。"屈原的这些诗句,在历史上永放光辉。魏晋时期,曹操的《苦寒行》,王粲的《七哀诗》,蔡琰的《悲愤诗》,都成为时代苦难的忠实记录与真诚歌吟。杜甫关于诗应"歌疮痍"的主张,正是对这一传统的发扬光大。诚如陈毅元帅所赞:

> 吾读杜甫诗,喜其体裁备。
> 干戈离乱中,忧国忧民泪。

历史的前进,文明的发展,人类的命运,虽然就其总的方向,就其结果来说,是光明而辉煌的,但就其行进过程来说,却是悲剧性的。人类社会每前进一步,都要付出极其沉重的代价。正义与邪恶的冲突,善良者与凶残者的斗争,人道与反人道的矛盾,伦理道德与社会发展的悖谬,个体幸福与群体要求的摩擦……无时无刻不在发生。更不必说那在历史上曾多次出现的赤地千里、血流漂杵。这就使一切伟大的诗,一切伟大的诗人,和悲剧,和苦难,和人间"疮痍",有一种近乎宿命的深刻联系。纵观中外文学史上那些永垂不朽的作品,绝大多数抒写的都是人类生活、人类命运的悲剧。在法国大作家罗曼·罗兰与其好友梅森葆夫人的通信中，我们能读到这样的话：

> 伟大的诗永远是在深沉的痛苦中产生的。这是一种神秘，也许是所有的神秘中最动人的，正如塔索所说：人在剧烈的痛楚中沉默时，神就感召文字，倾诉悲思。①

文艺创作中的这种现象堪称"神秘"。当然，这里所说的"痛苦"包含人类可能经历的各种痛苦。但毫无疑问，国破家亡，生灵涂炭，亿万人民在战火、饥饿、流血、离乱中号呼奔走，是最震撼人心的痛苦。正因如此，杜甫那些最感人的诗篇，总是与"歌疮痍"联系在一起的。

在杜甫的诗作中，"三吏"、"三别"、《羌村三首》、《北征》都是"歌疮痍"的杰作。即使短小如《江南逢李龟年》，又何尝与"人间疮痍"没有深刻的联系？这里仅就《观公孙大娘弟子舞剑器行》作剖析。这次观舞，到了杜甫笔下，竟成了浓缩唐王朝五十年兴衰治乱的"史诗"。尤其是其后半部分：

> 先帝侍女八千人，公孙剑器初第一。
> 五十年间似反掌，风尘澒洞昏王室。
> 梨园弟子散如烟，女乐余姿映寒日。
> 金粟堆南木已拱，瞿唐石城草萧瑟。
> 玳筵急管曲复终，乐极哀来月东出。
> 老夫不知其所往，足茧荒山转愁疾。

表面上看，这里听不见哭声，看不见战火，但诗人通过"梨

---

① 莫里哀：《罗曼罗兰文钞》，人民文学出版社，1985年，387页。

园弟子散如烟"这一严酷史实,集中、含蓄而深刻地揭示出安史之乱给唐王朝带来的急剧衰落,给李隆基的统治带来的沉重打击,给黎民百姓带来的无穷灾难。"金粟堆南木已拱,瞿唐石城草萧瑟"更如一部电影中的蒙太奇镜头,向人们展示了一场历史大动乱给国家、给社会、给人民,以及给皇帝自己带来的悲惨后果。至于诗人自己的"不知其所往",这一痛苦心理足以折射出战乱、疮痍带来的创伤多么惨痛。明人王嗣奭评此诗时指出:"此诗见剑器而伤往事,所谓抚事慷慨也。故咏李氏,却思公孙;咏公孙,却思先帝;全是为开元天宝五十年治乱兴衰而发。"(《杜臆》)这话极有见地。从乐舞之今昔对比,竟能窥到五十年的兴衰治乱,根本原因在于杜甫心中念念不忘人间疮痍,他以罕见的艺术概括力,于尺幅之间展现历史的苦难和风云。

· **赋别离**

"不敢要佳句,愁来赋别离",这是《偶题》中的名句。

诗应"赋别离",这一点在杜诗中几乎随处可见:

故林归未得,排闷强裁诗。

(《江亭》)

他乡悦迟暮,不敢废诗篇。

(《归》)

对酒都疑梦,吟诗正忆渠。

(《远怀舍弟颖观等》)

他日访江楼,含凄述飘荡。

(《八哀诗·故著作郎贬台州司户荥阳郑公虔》)

此身未知归定处,呼儿觅纸一题诗。

(《立春》)

诚然，从某种意义上说，"赋别离"也可视作"写胸臆"。但因为"赋别离"的特殊性，有必要对诗歌的这一功能予以特别强调。

古今中外，"赋别离"的诗似乎特别多，尤其在战乱年代更是如此。别离的重要意义在于，它是人的一种生存状态和生存方式。人，就是生活在不断的别离之中。天下没有不散的筵席。如果说相聚是人生存的常态，那么别离也是人生存的常态。相聚与别离形影相随。没有别离的人生也是不可想象的，没有别离的人生也是单调无味的。尤其发人深思的是，相聚往往是偶然的，而别离却是必然的；相聚往往是短暂的，而别离却常常是漫长的。只是因为有别离，相聚才显示出它的可贵意义。正因如此，别离较之相聚，对人来说更为重要、更为根本；别离较之相聚，总是更能带来心灵的震撼，更是诗人吟哦的对象。告别故土，告别父母，告别亲朋，告别挚友，与心爱的人分手，与昨日之我永别，旅途上萍水相逢，转瞬各自东西，"同是天涯沦落人"，相逢固然感慨，相别更加伤怀……生活之路上，有千种万种别离。别离，是诗人永不枯竭的灵感源泉。

清朝学者陈祚明在其《采菽堂古诗选》中说过一段话：

> 《十九首》所以为千古至文者，以能言人同有之情也。人情莫不思得志，而得志者有几？虽处富贵，慊慊犹有不足，况贫贱乎？志不可得而年命如流，谁不感慨？人情于所爱，莫不欲终身相守，然谁不有别离？以我之怀思，猜彼之见弃，亦其常也。夫终身相守者，不知有愁，亦复不知其乐，乍一别离，则此愁难已。逐臣弃妻与朋友阔绝，皆同此旨。故《十九首》虽此

二意,而低回反复,人人读之皆若伤我心者,此诗所以为性情之物,而同有之情,人人各具,则人人本自有诗也。但人人有情而不能言,即能言而言不能尽,故特推《十九首》以为至极。

诗之何以要"赋别离",这段话作了很好的说明。

杜甫之诗,有写弃妇之怨者,有写逐臣之悲者,有写生离死别之痛者……其中尤以《赠卫八处士》最能见人之至性至情:

> 人生不相见,动如参与商。
> 今夕复何夕,共此灯烛光。
> 少壮能几时,鬓发各已苍。
> 访旧半为鬼,惊呼热中肠。
> 焉知二十载,重上君子堂。
> 昔别君未婚,儿女忽成行。
> 怡然敬父执,问我来何方。
> 问答乃未已,驱儿罗酒浆。
> 夜雨剪春韭,新炊间黄粱。
> 主称会面难,一举累十觞。
> 十觞亦不醉,感子故意长。
> 明日隔山岳,世事两茫茫!

起始两句即点出别离之于人生的必然、不可抗拒和无可奈何——这是人必须承受的命运。接着写团聚的惊喜。相逢如梦,相逢不过是别离与别离之间一支短小的插曲,是命运的一次意外馈赠,因而弥觉珍贵。别离改变了人的生活,短短十数年,鬓发苍苍,同辈之中,半数已成故人,这一切令人"惊呼",令人感慨万端。这就是人生!我们无法拒绝别离,更无法阻挡别离后生命的种种变化。能在二十年后"重上君子堂",这是多么偶然——这是悲中之喜,但这喜中又夹杂着太多的悲;这是现实,但这是梦一般的现实;这是梦,但这是已成为现实的梦。

"主称会面难。"的确,别离是如此必然、如此有力,一旦别离之后,能否再相会,这取决于命运的安排,我们自己几乎无能为力。多少人因欲相会而不能相会抱憾而终。既然如此,我们不妨"一举累十觞",寄情于酒。这举酒痛饮,是喜悦,更是悲伤;是欣悦,更是忧郁;是放纵开怀,更是无可奈何。人生岂不就是一杯酒?苦中有甜,甜中有苦。这短暂的相聚之后,又将是更长久,甚至永远的别离。"十觞亦不醉,感子故意长",这"故意"二字,包含着万语千言。友情是如此深挚而美好,漫长的别离使友谊更醇厚有力,短暂的相聚使我们进一步感受到友情的真诚与温暖。这友情将化为长久的思念,甚至在告别人世的最后时刻,还会在我们心中泛起一丝波澜。明日,我们又将天各一方,在这茫茫宇宙之中,在这茫茫人海之中,在这不息的战乱之中,我们的生命多么渺小,面前的道路又多么渺茫!归宿何在,命运何往?!

全诗写得朴实、真挚,看似写相聚,实则写别离。因为正是在相聚之时,我们才愈加深切地感受到由别离带给我们的生存的艰难、生存的困境、生存的难以把捉、生存的无可奈何。千百年来,这首"语不惊人"的诗以罕见的艺术力量,拨动了一代又一代读者的心弦。因为杜甫以无比浑厚的笔力,写出了人世之难、人性之真、人情之美。

杜甫的创作活动以"赋别离"绝笔。他在生命的最后时刻,写下《暮秋将归秦留别湖南幕府亲友》《风疾舟中伏枕书怀三十六韵奉呈湖南亲友》,其中抒发的依然是胸中绵绵无尽的羁旅行役之苦恨与离亲别友之悲怀。"书信中原阔,干戈北斗深。"别离本已可哀,战乱中之别离更为可哀;至于在流离中仰望故土,深知自己将客死异乡,此种别离,则可谓哀上加哀。

以诗"赋别离",是所有诗人应有的承担;而对杜甫,这几乎成为一种痛苦的宿命。

· **陶性灵**

"陶冶性灵"一语,见于杜甫《解闷十二首》之七:"陶冶性灵存底物,新诗改罢自长吟。"

所谓"陶冶性灵",即提高人的思维境界,净化人的精神节操,铸造人的人格品德,给人的内心世界以美好而深刻的影响。杜甫此诗,着重从诗人创作活动这一角度,强调诗"陶性灵"的功能。类似的意思,我们也可以从一些西方诗人的著作中读到。英国诗人赫列斯特认为:

> 诗是我们内心中的美好因素,它扩展、提炼、美化、提高我们的全身心;没有它,"人的生活与禽兽无异"。[1]

英国诗人科尔立治也认为:

> 激情本身被联想力所激发而模仿着和谐,这样达到的和谐又产生一种令人愉快的激情,就这样把它的情感变成为它回忆的对象,因而提高了心灵。[2]

在杜甫之前,运用"陶冶性情"一语的有南北朝颜之推的

---

[1] 王治明:《欧美诗论选》,青海人民出版社,1990年,155页。
[2] 刘若端:《十九世纪英国诗人论诗》,人民文学出版社,1984年,96页。

《颜氏家训·文章》：

> 夫文章者，原出五经：诏命策檄，生于《书》者也；序述论议，生于《易》者也；歌咏赋颂，生于《诗》者也；祭祀哀诔，生于《礼》者也；书奏箴铭，生于《春秋》者也。朝廷宪章，军旅誓诰，敷显仁义，发明功德，牧民建国，施用多途。至于陶冶性灵，从容讽谏，入其滋味，亦乐事也。

不难看出，杜甫正是承继了颜之推的这一观点，并将其扩展至诗人的创作活动之中。这样，诗歌所具有的陶冶性灵的功能，对鉴赏者、创作者都产生了不可忽视的重要意义。

既然诗歌创作的过程即陶冶性灵的过程，那么诗人显然应是诗的第一个受益者。在《诗论》中，艾青曾这样说：

> 给思想以翅膀，
>
> 给情感以衣裳，
>
> 给声音以彩色，给颜色以声音；
>
> 使流逝幻变者凝形，
>
> 顽木者有梦，
>
> 屈服者反抗，
>
> 咽泣者含笑，
>
> 绝望的重新有了理想。①

要达到这些，毫无疑问，诗人自己就应当拥有极其强大的精神力量。这种精神力量的产生和获取，不仅有赖于诗外功夫，也必然有赖于诗人在创作活动中对自身思想、灵魂、人格品质、

---

① 艾青：《诗论》，人民文学出版社，1980年，232页。

审美趣味、艺术追求等的勇敢而无情的锤炼。

对诗歌读者、鉴赏者来说，深入体味诗歌自然更是一个陶冶性灵的过程。朱光潜有一段话专论读诗的功用：

> 诗人的本领就在见出常人之所不能见，读诗的用处也就在随着诗人所指点的方向，见出我们所不能见；这就是说，觉得我们所素认为平凡的实在新鲜有趣。我们本来不觉得乡村生活中有诗，从读过陶渊明、华兹华斯诸人的作品之后，便觉得它有诗；我们本来不觉得城市生活和工商业文化之中有诗，从读过美国近代小说和俄国现代诗之后，便觉得它也有诗。莎士比亚教我们会在罪孽灾祸中见出庄严伟大，伦勃朗（Rambrandt）和罗丹（Rodin）教我们会在丑陋中见出新奇。……读诗的功用……在使人到处都可以觉到人生世相新鲜有趣，到处可以吸收维持生命和推展生命的活力。①

上面所说的"觉到人生世相新鲜有趣""吸收维持生命和扩展生命的活力"，即提高人的精神境界，充实人的内心情感，即陶冶性灵。换言之，诗给人以智慧，诗给人以爱心，诗给人以高尚的趣味，诗给人以生命的活力，诗给人以真、善、美。诗之于"性灵"，功用可谓大矣。

关于诗可"陶冶性灵"，我们还可以从更深远的背景上予以阐释。

---

① 朱光潜：《朱光潜美学文学论文选集》，湖南人民出版社，1980年，30—31页。

中国古代儒家的最高人格理想就是"圣贤"。"圣贤"一方面是人间的，与凡人一样有七情六欲；另一方面又超越了凡人，具有杰出的智慧和崇高的道德，甚至达到了超智慧、超道德的境界，即孔子所谓的"从心所欲不逾矩"。这样的心灵自由境界，即儒家心目中人生的最高理想和人格的最终实现。这一超智慧、超道德的人格、心理本体的建构，根据孔子指出的具体途径，就是"兴于诗，立于礼，成于乐"（《论语·泰伯》）。对孔子这句话，传统的解释是"兴，起也，言修身当先学诗""学礼可以立身，立身即修身也""乐以治性，故能成性，成性即修身也"；又谓"盖诗即乐章，而乐随礼以行，礼立而后乐可用也"。①这样解释的缺点在于过于笼统，但有两点应予以注意：一是明确指出诗、礼、乐皆用于修身；二是指出"诗即乐章"，说明在古代诗、乐之间的联系极为紧密。

对"兴于诗，立于礼，成于乐"，李泽厚作了新的阐释：

"诗"主要给人以语言智慧启迪感发（"兴"），"礼"给人以外在的规范的培育训练（"立"），那么，"乐"便是给人以内在心灵的完成。前者是有关智力结构（理性的内化）和意志结构（理性的凝聚）的构建，后者则是审美结构（理性的沉淀）的呈现。……最高（或最后）的人性成熟，只能在审美结构中。因为审美既纯是感性的，却积淀着理性的历史。它是自然的，却积淀着社会的成果。它是生理性的感情和官能，却渗

---

① 郭绍虞：《中国历代文论选》（第一册），上海古籍出版社，1979年，18页。

透了人类的智慧和道德。它不是所谓纯粹的超越,而是超越语言、智慧、德行、礼仪的最高的存在物,这存在物却又仍然是人的感性。它是自由的感性和感性的自由。这就是从个体完成角度来说的人性本体。①

李泽厚这一阐释新颖、独到、深刻,但对诗、礼、乐在功能划分上过于严格,似可商榷。

中国殷、周时代,诗与乐本是一体的。但由于春秋战国时期"礼崩乐坏",中国上古时期的礼乐传统自此基本中断。秦、汉以后所谓"礼""乐",已远非殷、周时代之"礼""乐",更难以担当起孔子所赋予的"立""成"大任。这样,昔日由"礼""乐"所承担的修身、立身功能,有相当一部分虽非有意识却是极为自然地由"诗"承担起来。正是基于这一深刻变化,由汉儒学者撰写的《毛诗序》认为:"情发于声,声成文谓之音。治世之音安以乐,其政和;乱世之音怨以怒,其政乖;亡国之音哀以思,其民困。故正得失,动天地,感鬼神,莫近于诗。先王以是经夫妇,成孝敬,厚人伦,美教化,移风俗。"这段话的前半部分全抄《礼记·乐记》,然后不假任何逻辑,就直接由"音"跳到了"诗"。这种对理性逻辑的乖离,事实上却是对历史逻辑的准确表达。它说明在汉儒心目中,许多原来属于礼、乐的功能,现已加之于诗了。

从风骚、汉魏乐府到唐诗,在长达数千年的过程中,诗歌在影响、塑造中华民族从个体到群体人格、心理方面所起的巨大作用,在建构中华民族的智力结构、意志结构、审美结构方

---

① 李泽厚:《李泽厚十年集》(第一卷),安徽文艺出版社,1994年,256页。

面所起的巨大作用,是一个不容怀疑的事实。杜甫关于诗可"陶冶性灵"的见解,历史地看,传承孔子的美学思想,以诗人的直觉,运用诗的语言,总结了诗歌发展的历史经验,凸显了诗对建构人格、心理本体的作用。同时,这一见解也完全切合诗歌自身的实际。"陶冶性灵"说明诗歌主要作用于人的情感世界、内心世界、精神世界,其方式和途径主要是审美的。诗歌对人"性灵"的"陶冶",借助感性,又渗透着理性;依靠语言,又超越语言;凝聚着智慧,已是情感化、形象化了的智慧;关联着道德,通过从整体上塑造人的心灵境界而作用于道德。总之,诗歌对人"性灵"的"陶冶",其目的和结果正是使人达到"最高(或最后)的人性成熟""成为在智慧和道德基础上的超智慧、超道德的心灵本体"①的塑造。

由于以诗论诗,杜甫没有(也不可能)对诗歌"陶冶性灵"这一功能做详尽阐述。但今天我们探究杜甫诗学,理应站在中华美学的高度,以中国古代诗、乐的发展变化为背景,对诗可"陶冶性灵"作出新的解读。"曾闻碧海掣鲸鱼,神力苍茫运太虚。间气古今三鼎足,杜诗韩笔与颜书。"(王文治《论书绝句》)唐以后的一千多年,杜甫诗歌对中华民族的群体精神、个体人格、审美意识产生了巨大而深远的影响。这一事实本身就是对诗可"陶冶性灵"这一理论的生动体现和有力证明。

综上所述,写胸臆、歌疮痍、赋别离、陶性灵构成了杜甫诗学的诗歌功能论。

杜甫的诗歌功能论是对中国古代诗歌理论继承和发展的统

---

① 李泽厚:《李泽厚十年集》(第一卷),安徽文艺出版社,1994年,256页。

一，是总结诗歌发展历史经验和适应时代现实要求的统一，是诗歌反映现实生活和审美启迪作用的统一，是诗歌个体抒情作用和社会教育作用的统一，也是诗歌对读者的感发、激励作用和对诗人自身的感发、激励作用的统一。

这一诗歌功能论是形成杜甫诗歌千汇万状、集前人之大成的重要原因之一。宋人胡铨认为：

> 少陵杜甫耽作诗，不事他业。讽刺、讥议、诋诃、箴规、姗骂、比兴、赋颂、感慨、忿懑、恐惧、好乐、忧患、怨怼、凌遽、悲歌、喜怒、哀乐、怡愉、闲适，凡感于中，一以诗发之。仰观天宇之大，俯察品汇之盛，见日月、霜露、丰隆、列缺、屏翳、沆瀣、烟云之变灭，云岩、邃谷、悲泉、哀壑、深山、大泽、龙蛇之所宫，茂林、修竹、翠筱、碧梧、鸾鹄之所家，天地之间，诙诡谲怪，苟可以动物悟人者举萃于诗。故甫之诗，短章大篇，纤余妍而卓荦杰，笔端若有鬼神，不可致诘。后之议者至谓：书至于颜，画至于吴，诗至于甫，极矣。

(《僧祖信诗》序)

此一评语，杜甫自可当之无愧。不过，说"诗至于甫，极矣"，这是不确切的。杜甫的伟大，不只在于他自己登上了中国古代诗歌艺术的"绝顶"，还在于他为后来者开辟了广阔的创作道路，使诗歌拥有了无涯无际的创作空间。他关于诗歌功能的理论，即使在今天也未失去现实意义。

诗人何为？诗歌何用？这是永远高悬在诗坛之上的问题。

一个民族，必须清醒地知道它能为人类贡献怎样的诗人，尤其是它应该为人类贡献怎样的诗人。解读杜甫的诗歌功能论，我们可以断言：一个失去了诗的民族，一个亵渎了诗的庄严的民族，必将陷于感情的荒芜、心灵的萎缩、人格的沉沦、道德的堕落。

  一个诗人，必须清醒地知道自己能够为人类贡献怎样的诗，尤其是自己应该为人类贡献怎样的诗。解读杜甫的诗歌功能论，我们可以断言：一个目光迷茫、心灵蒙昧的诗人，他的创作，必将是对诗歌庄严使命的背弃，必将是对诗人桂冠的玷污。

十一 或看翡翠兰苕上 未掣鲸鱼碧海中
——杜甫诗学论"诗歌风格"

（一）

"风格"对一个诗人来说，具有生死成败的意义。

有的人，写了很多"诗"，却没有形成自己的"风格"。这样的人，只能算一个"写诗的人"，无法进入"诗人"的行列。

有的人，诗作寥寥，但"风格"独到，当之无愧地被称为"诗人"。

法国作家布封有一段名言：

> 只有写得好的作品才是能够传世的：作品里面所包含的知识之多、事实之奇，乃至发现之新颖，都不能成为不朽的确实的保证；如果包含这些知识、事实与发现的作品只谈论些琐屑对象，如果它们写得无风致、无天才、毫不高雅，那么，它们就会是湮没无闻的。因为，知识、事实与发现……这些东西都是身外物，文笔却是人的本身。①

---

① 北京大学中文系文艺理论教研室：《文学理论学习资料》（上册），北京大学出版社，1982年，585页。

这段话中的"文笔"二字通常译作"风格",它明确地告诉人们,艺术作品中种种属于"身外物"的东西,无足珍惜,唯有"风格",才是艺术家自己——他的感情,他的脾性,他的气质,他的癖好,他的天赋,他的才华,他的生命……的表现,因而最为珍贵。诗人、作家在艺术作品中以"风格"来展现自己,而读者、批评家则根据"风格"来辨识诗人、作家。

一个没有"风格"或"风格"不鲜明的诗人、作家,不管他"写"了多少,他实际上仍是一穷二白、一无所有!

"风格"的重要,真是无论怎样强调都不过分。

然而,如果追究一下"风格"一词的创造者,大概还应归于杜甫。他在《苏端、薛复筵简薛华醉歌》一诗中写道:

> 座中薛华善醉歌,歌辞自作风格老。

这应该是"风格"一词最早见于中国古典诗文。当然,在杜甫之前就有人论述、研究过"风格"这种文学现象。实际上,曹丕在其《典论·论文》中就已经开始论述文学风格问题。后来,刘勰的《文心雕龙》、钟嵘的《诗品》又把风格研究大大地推向前进。但他们使用的术语大多比较艰深,不如"风格"二字自然、恰当。

至于运用诗歌形式、诗歌语言,把诗歌风格的特征精练地加以概括,以此进行文学批评,这也首推杜甫。其《戏为六绝句》之四写道:

> 才力应难夸数公,凡今谁是出群雄。
> 或看翡翠兰苕上,未掣鲸鱼碧海中。

杜甫在这里批评了与他同时代的一些平庸的诗歌作者。这些人的美学兴趣只是"兰苕"上的"翡翠",不愿意或不能追求那奋鳍于汪洋大海的长鲸的壮伟,更缺乏下海捕鲸的力量和勇气。也就是说,这些人不过是二流或三流的作者,谈不上杰出,更谈不上伟大。

不同的诗歌风格、美学追求,变成了生动活泼、鲜明贴切的艺术形象。对此,马茂元有精彩的阐述:

> 他(杜甫)认为,仅仅学习六朝,一味追求"清词丽句",象"翡翠戏兰苕,容色更相鲜",写出的只不过是词彩鲜艳、格律精研的诗篇,虽然也足以赏心悦目,然而风格毕竟是浅薄的。必须是恢宏气度,扩展心胸,纵其才力之所至,有如掣鲸鱼于碧海,创造出一种雄伟非常的意境。这样,于严整体格之中,见韵气飞动之妙,不为篇幅所窘,不为声律所限,从容于法度之中,而神明于规矩之外,自足以跨越前人,压倒当世了。杜甫所向,乃在于此。①

由此可见,"翡翠兰苕"实际象喻纤巧、柔弱、靡丽之风格,而"鲸鱼碧海"则象喻强劲、磅礴、伟岸之风格。"风格"本来就是一种精神现象,无形无状,可意会而难言传,贯注于诗文之中,确指却颇难。运用形象化比喻,遂使其成为可见、可感、可捉摸、可言传的对象。六朝人论诗,已极善运用比喻,如称谢灵运诗"如清水芙蓉",称颜延之诗"如错采镂金",但那时仅偶一为之。杜甫运用此法于论诗绝句,遂成创造,一发不可收拾,后世蔚然成风,影响极大。如司空图的《二十四诗品》显然也从这里受到启发,用诗的语言,用形形色

---

① 马茂元:《晚照楼论文集》,上海古籍出版社,1981年,133页。

色的象喻，展示不同的文学风格。这种直观式风格批评，使人"象"中见"道"、"象"中悟"理"，亲切、真切；而其缺点则是缺乏科学的分析和缜密的理论阐发。

（二）

最让我们感兴趣的是杜甫在诗句中揭示的艺术风格上的二元对立现象。对这种二元对立的重视，可以说是中国古代文学理论、文学批评的一种共识。

曹丕在《典论·论文》中指出："文以气为主，气之清浊有体，不可力强而致。""清"为刚劲，"浊"为柔丽。或者说，"清"指俊爽超迈的阳刚之气，"浊"指凝重郁结的阴柔之气。"气"见于诗文，即表现为"风格"。

刘勰的《文心雕龙》进一步发展了这种二元对立的文学风格观。《文心雕龙·体性》云：

> 夫情动而言形，理发而文见，盖沿隐以至显，因内而符外者也。然才有庸俊，气有刚柔……并情性所铄，陶染所凝……故辞理庸俊，莫能翻其才；风趣刚柔，宁或改其气……各师成心，其异如面。若总归其涂，则数穷八体：一曰典雅，二曰远奥，三曰精约，四曰显附，五曰繁缛，六曰壮丽，七曰新奇，八曰轻靡。……故雅与奇反，奥与显殊，繁与约舛，壮与轻乖，文辞根叶，苑囿其中矣。

这里，刘勰从"气之刚柔"这一二元对立，进一步推导出"雅、奥、繁、壮"与"奇、显、约、轻"这一系列对立，并总结出八种不同的诗文风格，进一步深化了关于"风格"的理论研究。

这种文学风格观,到了清代,更是发展到最高峰。姚鼐的一段话可视为代表:

> 其得于阳与刚之美者,则其文如霆,如电,如长风之出谷,如崇山峻崖,如决大川,如奔骐骥……其得于阴与柔之美者,则其文如升初日,如清风,如云,如霞,如烟,如幽林曲涧,如沦如漾,如珠玉之辉,如鸿鹄之鸣而入廖廓。
>
> (《复鲁絜非书》)

这一番话,就精神实质来说,几乎就是杜甫那两句诗的放大和展开。

这种文学风格观涵盖面广,包容量大。每个时代的文坛,不论风格如何千姿百态,要而言之,不外乎阳刚与阴柔之分。这种文学风格观源自中华民族古老的哲学传统与心理结构。《易·系辞传》明确指出"一阴一阳谓之道"。天地、日月、男女……这一系列对立,被概括为阳、阴两个范畴,用以说明自然现象、宇宙生成、万物运动以及人类世界。阳、阴又被视为"二气",即宇宙间存在的两种既相互对立又相互补充的"力":刚性的、向上的、亢进的、强壮的、动态的,皆为阳;柔性的、向内的、晦暗的、柔弱的、静态的,皆为阴。古代以二元对立为特征的文学风格观,正是古代哲学阴阳论的具体运用。

(三)

阳刚与阴柔,各有其美,也都有其存在的合理性,都可以成为一种鲜明的、令人心醉的风格。但杜甫所倾慕、所追求的,显然是"鲸鱼碧海"这种风格。王安石赞美杜甫云："吾观少陵诗，力与元气侔。"(《杜甫画像》)"力与元气侔"五个字，确切而精当地道出杜甫诗歌所具有的阳刚之美。

明人胡应麟有一段评杜诗的话，说得极好：

> 杜七言句，壮而阔大者："二仪清浊还高下，三伏炎蒸定有无。"壮而高拔者："蓝水远从千涧落，玉山高并两峰寒。"壮而豪宕者："五更鼓角声悲壮，三峡星河影动摇。"壮而沈婉者："三年笛里关山月，万国兵前草木风。"壮而飞动："含风翠壁孤云细，背日丹枫万木稠。"壮而整严者："江间波浪兼天涌，塞上风云接地阴。"壮而典硕者："紫气关临天地阔，黄金台贮俊贤多。"壮而秾丽者："香飘合殿春风转，花覆千官淑景移。"壮而奇峭者："窗含西岭千秋雪，门泊东吴万里船。"壮而精深者："织女机丝虚夜月，石鲸鳞甲动秋风。"壮而瘦劲者："万里悲秋常作客，百年多病独登台。"壮而古淡者："百年地僻柴门迥，五月江深草阁寒。"壮而感怆者："锦江春色来天地，玉垒浮云变古今。"壮而悲哀者："雪岭独看西日暮，剑门犹阻北人来。"……以上诸句，古今作者，无出范围也。
>
> (《诗薮》)

这段话突出了杜甫诗歌鲜明的风格特征。"壮"，即壮美，即阳刚之美，即"鲸鱼碧海"之美。虽就杜甫七言诗而言，但用于杜甫全部诗作，亦无不妥。

当然，说到杜甫诗歌的风格，人们最常用的是四个字：沉郁顿挫。此四字首见于杜甫之自述，后来为人们所公认。何谓

"沉郁顿挫"？明确的解释可见于清人陈廷焯的《白雨斋词话》："所谓沉郁者，意在笔先，神余言外。写怨夫思妇之怀，寓孽子孤臣之感……匪独体格之高，亦见情性之厚。"顿挫，表现为诗歌节奏上的波澜变化和音律上的抑扬起伏，"顿挫则有姿态"。杜甫诗歌所达到的深度、力度、高度、厚度均远超前人，因此其风格确乎以"沉郁顿挫"最为贴切。

但是必须强调，诗人是精神最"自由"的人，是精神世界最丰富的人，是最富有精神创造力的人，是最具探索精神的人。一个真正的诗人，特别是伟大的诗人，他们的诗绝不可能只有一副面孔、一种色彩。这就使"风格"具有了动态、变化、多彩的一面。就杜甫而言，他一生饱经战乱、流离之苦，其"流离"足迹覆盖了大半个中国，生活动荡不堪，人间百味备尝；加之诗作数量颇大，无"体"不备，无"题"不备，千汇万状，他的诗作色彩必然极为丰富。其诗作，有悲壮者，有绮丽者，有从容闲适者，有气象富贵者，有自然流丽者，有萧疏淡远者，有穷情尽理者，有势夺造化者……清人吴见思之《杜诗论文》言之曰：

> 即就唐人而论，杜公已掩有众长。如"不见李生久，佯狂真可哀。世人皆欲杀，吾意独怜才"，则元、白也；"客醉挥金椀，诗成得绣袍，麝香眠石竹，鹦鹉啄金桃"，则温、李也；"万壑树声满，千崖秋气高""眼穿当落日，心死著寒灰"，则贾岛也；"崩石欹山树，清涟曳水衣""红浸珊瑚短，青悬薜荔长"，则钱、刘也；"俱飞蛱蝶元相逐，并蒂荷花本自双"，则韩偓、杜牧也。"王郎拔剑斫地歌莫哀，我能拔尔抑塞磊落之

奇才,豫章翻风白日动,长鲸跋浪沧溟开",太白无此雄放;"太常楼船声嗷嘈,问兵刮寇趋下牢,牧出令奔飞百艘,猛蛟突兽纷腾逃",长吉无此奇杰。

杜甫之伟大,在于"集大成"。这种"集大成"在"风格"上无疑也有鲜明的体现。胡应麟在赞扬杜甫之五言律诗时说得十分透彻:

"飞星过水白,落月动沙虚",吴均、何逊之精思;"春色浮山外,天河宿殿阴",庾信、徐陵之妙境;"山河扶绣户,日月近雕梁""碧瓦初寒外,金茎一气旁",高华秀杰,杨、卢下风;"冠冕通南极,文章落上台。诏从三殿去,碑到百蛮开",典重冠裳,沈、宋退舍;"耕凿安时轮,衣冠与世同。在家常早起,忧国愿年丰",寄神奇于古澹,储、孟莫能为前;"片云天共远,永夜月同孤。落日心犹壮,秋风病欲苏",含阔大于沉深,高、岑瞠乎其后;"退朝花底散,归院柳边迷""花动朱楼雪,城凝碧树烟",王右丞失其秾丽;"地平江动蜀,天阔树浮秦","日月低秦树,乾坤绕汉宫",李太白逊其豪雄。至"岸花飞送客,樯燕语留人",则钱、刘圆畅之祖;"两行秦树直,万点蜀山尖",则元、白平易之宗;"两边山木合,终日子规啼",卢仝、马异之浑成;"山寒青兕叫,江晚白鸥饥",孟郊、李贺之瑰僻;"冻泉依细石,晴雪落长松",岛、可幽微所从出;"竹斋烧药灶,花屿读书床",籍、建浅显所自来;"雨抛金锁甲,苔卧绿沉枪",义山之组织纤新;"圆荷浮小叶,细麦落轻花",用晦之推敲密切。杜集

大成,五言律尤可见者。

(《诗薮》)

胡氏所言,虽只从一"体"着眼,从"句"着眼,但即此已不难窥见,杜甫诗歌的风格色彩是多么缤纷,多么丰富。一方面,是以"沉郁顿挫"为特征的鲜明、老到,是贯穿全部杜诗的基本风格;另一方面,是以"掩有众长"为特征,基于时、地、题、体、意等需要,风格表现多彩多姿。这二者在杜甫诗中水乳交融。在基本风格的不变之中,蕴含着种种变化之能事;万千变化之中,又始终贯穿着诗的基本风格。这是诗歌风格的辩证法。正是这种辩证法,成就了一部堪称"千汇万状"的杜诗,成就了一个"集大成"的诗人。

这种关于诗歌的"辩证法",是杜甫的创作实践留给我们的重要启示。

(四)

形成、影响一个诗人诗歌风格的,包括主观因素,如性格、喜好、学养、经历等;还包括客观因素,如社会风尚、时代氛围、环境变迁等。尤其是巨大的时代动荡和个人境遇的剧烈变迁,更会促使诗人作品的风格发生巨大变化。这里,我们以历史的视角观察杜甫诗歌风格的形成与变化,以印证他的"沉郁顿挫"和"掩有众长"。

长安困守十年和安史之乱爆发前后,是杜甫诗歌风格的形成时期。这一时期,杜甫被迫沦入社会底层,被抛进剧烈的战乱与动荡之中。目击黎民百姓的苦难,目击社会黑暗和朝政弊端,目击战火、流血、流离……这一切,有力地促成了杜甫诗歌的基本风格——沉郁顿挫。这一时期杜甫创作的《自京赴奉先县咏怀五百字》等,历来被认为是他最富"沉郁顿挫"色彩的代表作。诗中感情千回百折、起伏跌宕,极尽曲折吞吐之能事,感人至深。

乾元二年(759)七月,杜甫携全家离开长安,远赴秦州。从秦州的诸多作品中,透露出杜甫深深的孤寂、悲凉,以及深感国事之无望。尤其是在同谷,他几乎陷于绝境,徘徊在死亡边缘。诗中那种悲苦无助、惨痛欲绝的呼号,沉痛万分。这一时期,杜甫"沉郁顿挫"的风格进一步深化。

接着,杜甫携全家奔赴成都。令人感叹的是,这样一次死里求生、艰难困顿的旅程,却成为使杜甫诗歌创作风格更为丰富多彩的契机。途中杜甫所作山水诗,"刻划之中,元气浑沦,窈冥之内,光怪迸发"(转引自《杜诗详注》)。到达成都后,杜甫的生活获得了短暂的相对稳定。短短数年,杜甫的诗歌创作不仅数量大增,而且在风格多样化上进行了可贵且成功的探索。这一时期杜甫的诗作,有的潇洒飘逸,有的率真多趣,有的亲切自然,有的工巧天然,有的风媚可爱。"隔户杨柳弱袅袅,恰似十五女儿腰。谓谁朝来不作意,狂风挽断最长条。"(《绝句漫兴》)这样流畅自然、酷似民谣的七绝,谁能想到出自杜甫之手呢?难怪后人赞云:"此老是何等风致!"(转引自《杜诗镜铨》)显然,仅以"沉郁顿挫"已不足以涵盖杜甫此时的作品。

永泰二年(766),杜甫携家移居夔州(今四川奉节),本欲出峡东下,却被迫长期滞留。他贫困交加,年迈多病,对国事更为失望。因备受人事磨难,他的心理也更为丰富、练达,这一时期的作品更为多样:一方面,"沉郁顿挫"的风格更趋极致,悲凉、痛切、哀伤之情更为深沉;另一方面,作品更为多样,"掩有众长"的一面也更为突出。

杜甫诗歌风格"掩有重长"的一面,主要表现在其律诗诸作中。成都、夔州时期,正是杜甫律诗创作数量最多的时期。可以断言,杜甫诗歌风格的诸多探索和变化,主要集中于这两个时期。

关于杜甫律诗"掩有众长"这一特征,前人评论屡屡提及。

关于杜甫的五言律诗,明人胡应麟认为:"工部诸作,气象嵬峨,规模宏远,当其神来境诣,错综幻化,不可端倪。千古以还,一人而已。"(《诗薮》)清人沈德潜认为:"杜诗近体,气局阔大,使世典切,而人所不可及处,尤在错综任意,寓变化于严整之中,斯足凌轹千古。"(《唐诗别裁集》)

杜甫的七言律诗,更是备受后人赞赏。胡应麟云:"近体,盛唐至矣,充实辉光,种种备美,所少者曰大曰化耳。故能事必老杜而后极。杜公诸作,正所谓正中有变,变而能化者……变则标奇越险,不主故常;化则神动天随,从心所欲。七言近体诸作,所谓变也,如'锦江春色来天地,玉垒浮云变古今''织女机丝虚夜月,石鲸鳞甲动秋风'……字中化境也。'无边落木萧萧下,不尽长江滚滚来''二仪清浊还高下,三伏炎蒸定有无'……句中化境也。'昆明池水''风急天高'……篇中化境也。"(《诗薮》)

这些评语中的"错综幻化,不可端倪""错综任意,寓变化于严整之中""正中有变,变而能化""标奇越险""不主故常"等,毫无疑问,反映了杜甫在风格多样化方面所做的大胆探索。

"沉郁顿挫"与"掩有众长"的统一,对杜甫来说,极为自然。其实,"鲸鱼碧海"这一意象就包含两方面内涵:一为其伟岸磅礴,一为其神明变化。风格富于动态变化,追求多姿多彩,所谓"能所不能,无可不可"(元稹),正是"鲸鱼碧海"的应有之义。

当然,这里也应明确指出,把鲜明的基本风格与多彩多姿的风格变化完美地统一,这是只有极少数最伟大、最杰出的诗人才能做到的,绝非易事。这种统一,应该说是诗歌风格最高的理想境界。

(五)

"鲸鱼碧海"毕竟是一种喻指。杜甫善于以诗进行诗歌批评,包括风格批评。在杜甫诗集中,明确的风格品评用语有四个:老,清,新,秀。

先来看"老"。

> 坐中薛华善醉歌,歌辞自作风格老。
>
> (《苏端、薛复筵简薛华醉歌》)
>
> 枚乘文章老,河间礼乐存。
>
> (《奉汉中王手札》)

薛华的诗未见流传,枚乘则是西汉大赋家。从以上诗句看,"老"显然是极高的赞美之辞,意指一种厚重、沉着、郁深、从容的风格。达到这一境界,实为不易。"老"又常与"成"连用,如"庾信文章老更成",含义更为深广,"老成"遂成一常用语。李商隐有一首著名七绝:

> 十岁裁诗走马成,冷灰残烛动离情。
> 桐花万里丹山路,雏凤清于老凤声。

这首诗的题目有些古怪，极长，为"韩冬郎即席为诗相送，一座尽惊。他日余方追吟'连宵侍坐徘徊久'之句，有老成之风，因成二绝寄酬，兼呈畏之员外"。这里用"老成"一词盛赞韩偓之诗。后来清人陈维崧有《钞唐人七言律竟，辄取数断句楮尾》一诗，云："浣花翁死诗人少，商隐篇章剧老成。却怪后来多傅会，金荃那抵玉豀生。"竟以"老成"一词赞美李商隐的七言律诗。由此可见，"老成"一词极富赞美之意。"老"与"老成"，虽不能说完全同义，但用于概括风格特征，意义无疑极为相近。

再来看"清"。

    诗清立意新。

（《奉和严中丞西城晚眺十韵》）

    清诗近道要。

（《贻阮隐居》）

    不意清诗久零落。

（《追酬故高蜀州人日见寄》）

    阴何尚清省，沈宋欻联翩。

（《秋日夔府咏怀奉寄郑监李宾客一百韵》）

    清文动哀玉。

（《奉酬薛十二丈判官见赠》）

"清"，意指一种简洁、爽利、自然、劲健的风格。刘勰《文心雕龙·风骨》篇云："结言端直，则文骨成焉；意义骏爽，则文风清焉。"可见，"清"字用于风格品评由来已久。李白论诗，也有"清水出芙蓉，天然去雕饰"之句，虽非单用"清"字，但无疑极欣赏"清"这种风格特征。中国古典诗歌与艺术，历来对"清"有特殊感情,刻意追求清通简要、不枝不蔓、明快俊爽的风格。杜甫推崇"清",以之为诗歌艺术的一种理想境界,绝非偶然。

再来看"新"。

更得清新否?遥知对属忙。

(《寄彭州高三十五使君适、
虢州岑二十七长史参三十韵》)

清新庾开府,俊逸鲍参军。

(《春日怀李白》)

诗清立意新。

(《奉和严中丞西城晚眺十韵》)

"新"与"清"连用,二者含义极相近。但有时"新"也单独使用,意指一种超迈复绝、不落俗套、鲜活亲切的风格。从文学发展史看,一些杰出诗人个性独特、灵性独具,大有独来独往之势,因而其作品常以"新"见长。

最后再看"秀"。

题诗得秀句,札翰时相投。

(《送韦十六评事充同谷郡防御判官》)

诗家秀句传。

(《哭李尚书(之芳)》)

最传秀句寰区满,未绝风流相国能。

(《解闷十二首·其八》)

平公今诗伯,秀发吾所美。

(《石砚诗》)

"秀",意指一种工巧明丽、生气盎然、绮丽可人的风格。在中国古典美学认知系统中,"秀美"常与"壮美"相对应。秀美固然缺乏壮美那种气势,却有壮美所缺乏的妩媚——它婀娜多姿,但绝无庸俗之态;它柔和亲切,但又与靡丽有别。正因为如此,在中国文学史上,从李杜到苏辛,重壮美却并不排斥秀美。他们的诗词于壮阔的波澜之中,时不时透露出一二秀美,显得格外摇曳多姿。

"老""清""新""秀"固然是杜甫用于风格品评之语,但对杜甫本人及所有诗人都有不可轻视之意义。程千帆称此为"文家之瑰宝",其《少陵先生文心论》一文云:

> 吕本中《童蒙训》曰:"陆士衡《文赋》:'立片言以居要,乃一篇之警策。'此要论也。文章无警策,则不足以传世……子美诗曰:'语不惊人死不休。'所谓惊人语,即警策也。"(蔡梦弼《草堂诗笺》卷一引,《古逸丛书》本)余案公诗云"尚怜诗警策"(《戏题寄上汉中王三首》之二),则固已自道之。所谓警策,其亦致神、秀、清、新之道耳……神、秀、清、新,其文家之瑰宝乎![1]

"文家之瑰宝",由此五字不难见出,杜甫所崇尚的"老""清""新""秀"是何等重要。

---

[1] 程千帆,徐有富:《程千帆全集第8卷:唐代进士行卷与文学古诗考索》,河北教育出版社,2000年,460页。

（六）

由于时代、个人因素的特殊性，就风格而言，杜甫的"沉郁顿挫"和"掩有众长"已经成为难以企及的典范。后人可以追慕，甚至可以"模仿"，却绝对无法复制，遑论超越！在中国诗歌发展史上，杜甫以"范本"形式永放光芒！

杜甫对"翡翠兰苕"的批评和对"鲸鱼碧海"的盛赞，是一份关于诗歌风格理论的宝贵遗产，给后来者以深刻的启示。在新的时代条件下，诗人仍然应努力追求"鲸鱼碧海"的磅礴气势，以此作为诗歌创作的主流。这样才能不负民族的重托，不负人民的期望。

杜甫所提倡、所肯定的"老""清""新""秀"，则是更为具体的关于风格的美的指向，作为"文家之瑰宝"，应该成为一代又一代诗人不懈的追求！

十二 为人性僻耽佳句 语不惊人死不休
——杜甫诗学论"诗歌语言"

（一）

德国伟大诗人歌德认为：

> 人类美丽语言的价值，远超过歌的价值。没有什么可以和它相比，它底高低抑扬，对于表现情感是不可胜数的，就是歌也得回到单纯的语言，当它要达到情节和感性的极峰的时候。这一点，一切伟大的音乐家都知道。①

歌德的这一论述，是他作为天才诗人对人类语言之价值深有体会的见道之言。那些流传千古的诗，作为人类语言最纯洁、最美丽的结晶，毫无疑问，本身就是歌，就是动听的音乐。或者说，诗的音韵之美远远超过了歌，超过了一切动听的音乐。

当然，达到这一境界极为困难。但也正因为困难，诗歌王国才是天才们的角逐之地，真正伟大、杰出的诗人才寥若晨星。

诗——广义地说，整个文学创作——是语言的艺术。高尔

---

① 段宝林：《西方古典作家谈文艺创作》，春风文艺出版社，1980年，153页。

基就曾说过:"文学的第一要素是语言。"不能仅仅把语言视为表意的"工具"或"中介"。诗和语言,文学和语言,这是如同生命和血肉的关系。离开语言来谈诗,离开语言之美来谈诗之美,这是无意义的空话。一旦语言的运用达到那一特定的境界,就会自然地进入诗的王国。

为什么语言对诗如此重要?为什么不能把语言仅仅视为"工具"?

我们先从人类的劳动实践谈起。人类的生产劳动离不开工具。关于"工具"的意义,黑格尔曾指出:一部人类发展史,从特定的意义上说,就是一部"工具"(生活、生产工具,而首先是生产工具)的发展史。每一种"工具"的发明、创造、改进,都凝聚着人类的心血、聪明和智慧。黑格尔也认为,人为了自己的需要,通过实践和全部自然界发生关系,而问题在于,自然界作为对象是强有力的,它们进行种种反抗。为了征服它们,人在它们中间加进另外一些自然界的对象,以使自然界反对自然界本身,并为达到这个目的而发明工具。人类的这些发明是属于精神的,所以应当把人们发明的这些工具看成高于自然界的对象。黑格尔把工具划归为精神,这是非常深刻的思想。

生产工具尚且不能简单地以"工具"视之,更不用说语言,它更加特殊,也更加重要。人们常说,人"利用"语言来思想。这话如果仔细推敲,并不准确:人们一旦进行思想,就是在对语言进行运用;而人们一旦运用语言,也必然是在表达某种"思想"——深刻的或浮浅的,专业的或日常的。思想和语言是无法分离的,没有语言的"思想"或没有思想的"语言"都无法想象。

诗与语言,关系更是密切百倍。诗人艾青说得很中肯:"诗的创作上的问题,语言是最重要的问题之一。诗人必须为创造语言而有所冒险——一如采珠者之为了采摘珍珠而挣扎在海藻的纠缠里,深沉到万丈的海底。"①说诗歌创作是诗人抒发情感的过程与说其是诗人语言创造的过程,二者是一回事。

语言对人、对人的思想、对诗如此重要,因此现代哲学家把语言提升到人的本体存在的高度进行思考,并作出这样的论断:人在语言中存在,语言是人的存在的家园。

更进一步说,在对诗的语言之美的追求中,蕴含着极大的快乐和满足。著名美学家鲍桑葵在《美学三讲》中这样说:

> 任何艺人都对自己的媒介感到特殊的愉快,而且赏识自己媒介的特殊能力。这种愉快和能力感当然并不仅仅在他实际进行操作时才有的。他的受魅惑的想象就生活在他的媒介的能力里;他靠媒介来思索,来感受,媒介是他的审美想象的特殊身体,而他的审美想象则是媒介的唯一的特殊灵魂。②

这话说得很有力。在整个创作过程中,诗人就生活在语言的世界里。他和语言,一而二,二而一,一体生存。他固然会为语言创造的困难而焦灼苦恼,但更会为语言创造的成功而喜悦幸福。文思泉涌,纵意所如,语言的创造运用得心应手,这是多少诗人向往的境界啊!"两句三年得,一吟泪双流",这是激动的泪、兴奋的泪,更是幸福的泪。对诗人来说,语言竟有如此大的"魔力"!

---

① 艾青:《诗论》,人民文学出版社,1980年,202页。
② [英]鲍桑葵:《美学三讲》,周煦良译,上海译文出版社,31页。

"语不惊人死不休",与其说这表达了杜甫在诗歌创作上一种顽强的追求和高远的目标,还不如说这表达了一个天才的思想。它跨越千年之久,在现代哲人的理论中得到了有力的回应。

(二)

诗可以写得很多,荣膺"诗人"称号的人也可以很多,但称得上语言天才的诗人却并不常见;至于能洞悉语言与诗歌之间微妙关系的诗人,洞悉语言创造奥秘的诗人,更是罕见。

"语不惊人死不休",这表达了一个天才诗人高度的"语言的自觉"。什么叫"语言的自觉"?就是深深地理解了语言自身,尤其是语言对诗歌的极端重要性及价值,并且以毕生精力在语言的矿床上孜孜不倦地开掘,以至于把这种开掘当作自己的毕生使命,生死以之。

"语不惊人死不休",这是杜甫的自我"律令"。在诗歌创作中努力追求并完美展现语言的迷人魅力和动人光彩,几乎成为杜甫生命的意义所在。正是这一自我"律令",为他登上诗歌创作的"绝顶"提供了有力保证,并把他和唐代成千上万的诗人区分开来。

诚然,我们的古人早就知道语言的重要,"立言"就是古人追求的"三不朽"之一。但在这里,"言"的不朽是因为这"言"是见"道"之"言",是具有重大道德价值或重大社会作用的"言",语言还没有独立地分离出来。陆机的《文赋》对文学创作中语言运用的妙境和修辞的重要性已有极好的表述,但对语言的认识还远未达到"语必惊人"的高度,远未达到"语不惊人死不休"的高度。刘勰在《文心雕龙》中也多次论及语言在文学创作中的重要意义:"神居胸臆,而志气统其关键;物沿耳目,而辞令管其枢机。"刘勰已经认识到语言的"枢机"地位,离开语言,文学创作就是空谈。但刘勰毕竟是一个"理论家"。首先,他是在做论述;其次,在这里"辞令"与"物"仍不可分离,且是为"物"服务的。

在杜甫之前,中国并不缺少诗歌语言大师。屈原、陶渊明、李白都是诗歌语言大师,但他们并未在理论上对语言在诗歌创作中的地位作过表述。他们非常自然、贴切地运用语言表达思想和感情,并没有对语言运用做特别、刻意的追求。

杜甫却完全不同。不妨说,在中国诗歌发展史上,甚至在中国美学史上,对语言的意义和作用进行认识、研究、运用——杜甫开创了一个崭新的时代。

(三)

"为人性僻耽佳句。"

"僻",古怪,习性与众不同,异于常人。"耽",着迷,沉迷其中,特别迷恋,忘乎所以。在通常情况下,"僻""耽"都带有某种贬义,因为对某种事物表现出狂热的迷恋,显然是一种偏执。然而,有人曾经研究并得出结论:"怪癖""偏执"常常与天才为伴,因为在精神创造领域,"怪癖""偏执"能够创造奇迹。更值得注意的是"性"字。杜甫对语言创造的迷恋,不是出于某种理论的启迪,也不是由于外力的强迫,而是天性使然、与生俱来,出自个体生命本性的一种特殊习好。这实在是太不寻常了!

"语不惊人死不休。"

语必"惊人",这是极高的审美要求,也是难度极大的审美要求。自己的诗句,让读者一读,必须能使他们或眼前突然发亮,或如冷水浇背,或灵魂深处震颤,或泪流满面,或手舞足蹈……总之,精神立刻进入新境界,对人生有新的体味,对世界有新的情感。

"死不休",孜孜矻矻,梦寐以求,不达目的,绝不罢休。在"生命"与"语言"之间,宁舍弃前者,也要选择后者。

这两句诗,就是杜甫的诗歌语言观。

有人会说,把语言看得如此重要,那么感情、思想、意境等该置于何地呢?其实,在诗人的创作活动中,语言与情感、思想、意境等是不可分割地统一在一起的,"空洞"的诗歌语言是不存在的。这里,我们不妨听听清人赵翼的精到分析:

> 盖其思力沉厚,他人不过说到七八分者,少陵必说到十分,甚至有十二三分者。其笔力之豪劲,又足以副其才思之所至,故深人无浅语……一题必尽题中之义,沉着至十分者,如《房兵曹胡马》,既言"竹披双耳""风入四蹄"矣,下又云:"所向无空阔,真堪托死生。"《听许十一弹琴》诗,既云"应手锤钩""清心听镝"矣,下又云:"精微穿溟涬,飞动摧霹雳。"以至称李白诗"笔落惊风雨,诗成泣鬼神";称高岑二公诗"意惬关飞动,篇终接混茫"……此皆题中应有之义,他人说不到,而少陵独到者也。有题中未必有此义,而冥心刻骨,奇险至十二三分者,如《望岳》之"荡胸生层云,决眦入归鸟";《登慈恩寺塔》之"七星在北户,河汉声西流";《三水观涨》之"声吹鬼神

下,势阅人代速"……皆题中本无此义,而竭意摹写,宁过无不及,遂成此意外奇险之句,所谓十二三分者也。至于寻常写景,不必有意惊人,而体贴入微,亦复人不能到。如东坡所赏"四更山吐月,残夜水明楼""暗飞萤自照,水宿鸟相呼"等句,若不甚经意,而十分圆足,益可见其才力之独至也。

(《瓯北诗话》)

赵翼这里所说的"说到十分""有十二三分""体贴入微,亦复人不能到"等,正是杜甫刻意经营、刻意追求、"语不惊人死不休"的具体体现。

不过,赵翼所言之重点在于说明杜甫之"思力"与"才力",而从纯粹的语言运用角度对杜甫诗歌进行剖析,显示杜甫诗歌语言的"惊人"效果,当首推清人叶燮。叶燮在其《原诗》一书中精辟地指出,杜甫极善言"不可言之理",述"不可述之事"。所谓"言""述",都是语言的职能。显然,要言"不可言之理",述"不可述之事",必然要求语言运用上的大胆创造。叶燮连举四例,"碧瓦初寒外""月傍九霄多""晨钟云外湿""高城秋自落"。在剖析"碧瓦初寒外"(《冬日洛城北谒玄元皇帝庙》)这句诗时,叶燮曰:"言乎外,与内为界也,初寒何物,可以内外界乎?将碧瓦之外,无初寒乎?寒者,天地之气也,是气也,尽宇宙之内,无处不充塞,而碧瓦独居其外,寒气独盘踞于碧瓦之内乎?寒而曰初,将严寒或不如是乎?初寒无象无形,碧瓦有物有质,合虚实而分内外,吾不知其写碧瓦乎?写初寒乎?写近乎?写远乎?使必以理而实诸事以解之,虽稷下谈天之辨,恐至此亦穷矣。然设身而处当时之境会,觉此五字之情景,恍如天造地设,呈于象,感于目,会于心。意中之言,而口不能言;口能言之,而意又不可解。划然示我以默会相象之表,竟若有内有外,有寒有初寒,特借碧瓦一实相发之。有中间,有边际,虚实相成,有无互立,取之当前而自得,其理昭然,其事的然也。"

叶燮真不愧为著名诗评家,他的语言审美能力非同寻常,分析也透彻有力。他真不愧为杜甫的知音。

现代学者顾随对杜甫诗歌语言之功夫亦有精到分析。他指出:"杜诗'星垂平野阔,月涌大江流'(《旅夜书怀》)。'垂''阔'二字乃其用力得来……又如杜以'与人一心成大功'(《高都护骢马行》)写马之伟大;以'天地为之久低昂'(《观公孙大娘弟子舞剑器行》)写舞者之动人。老杜七字句之后三字,真是千锤百炼出来的。"[①]

"用力得来""千锤百炼"这些赞语,杜甫当之无愧。

一部杜甫诗集,就是杜甫对自己的诗歌语言观具体实践的结晶,是中华民族诗歌语言的一座宝库,其中的警策语、惊人语,以及可供学习、借鉴、研究的范例不胜枚举。说杜甫在中国诗歌史上开创了一个诗歌语言创造的新时代,绝非夸大其词,而是一个不争的事实。

(四)

"为人性僻耽佳句。"

杜甫对"佳句"格外垂青。在杜甫诗集中,"佳句"二字屡

[①] 顾随:《顾随文集》,上海古籍出版社,1986年,681页。

屡出现,如:

> 美名人不及,佳句法如何?
>
> （《寄高三十五书记》）
>
> 故人得佳句,独赠白头翁。
>
> （《奉答岑参补阙见赠》）
>
> 清谈慰老夫,开卷得佳句。
>
> （《送高司直寻封阆州》）
>
> 远游凌绝境,佳句染华笺。
>
> （《秋日夔府咏怀奉寄郑监李宾客一百韵》）
>
> 不敢要佳句,愁来赋别离。
>
> （《偶题》）

对"佳句"如此重视,如此追求,反映了杜甫对诗歌,特别是对诗歌语言艺术的深刻理解。

夸张地说,所谓诗歌艺术,就是构造"佳句"、捕捉"佳句"、书写"佳句"的艺术。当然,诗歌要讲究遣词用字,要讲究谋篇布局。但如果一首诗没有一二鲜活、朗朗上口,让人一读就喜爱、一读就刻入脑中的"佳句",这首诗肯定没有生命力。

唐诗为什么如此成功?为什么如此让人喜爱?为什么能广为传诵?根本原因之一,就是唐诗中的"佳句"实在太多了。活在人们心中的首先就是这些"佳句"!

"楼观沧海日,门对浙江潮"(宋之问《灵隐寺》),"海内存知己,天涯若比邻"(王勃《送杜少府之任蜀州》),"深林人不知,明月来相照"(王维《竹里馆》),"愿君多采撷,此物最相思"(王维《相思》),"欲穷千里目,更上一层楼"(王之涣《登鹳雀楼》),"羌笛何须怨杨柳,春风不度玉门关"(王之涣《凉州词》），"两岸猿声啼不住，轻舟已过万重山"（李白《早发白帝城》），"旧时王谢堂前燕，飞入寻常百姓家"（刘禹锡《乌衣巷》），"一骑红尘妃子笑，无人知是荔枝来"（杜牧《过华清宫》），"嫦娥应悔偷灵药，碧海青天夜夜心"（李商隐《嫦娥》）……这些摘录当然可以无尽延续，因为唐诗中的"佳句"数不胜数。正是凭借这些"佳句"，唐诗"活"在了我们中华民族的记忆里。不难想象：如果没有这些"佳句"，哪里还有璀璨夺目的唐诗王国？

在杜甫诗集中，"佳句"俯拾皆是。正因为深知"佳句"的重要性，杜甫在诗歌创作中总是呕心沥血、戛戛独造，以对"佳句"的惨淡经营，收到"语不惊人死不休"的效果。

那么，什么是"佳句"？如何构造"佳句"？

"佳句法如何。"在杜甫心中，"佳句"是有营造之"法"的。"陶冶性灵存底物，新诗改罢自长吟。""改"也罢，"吟"也罢，都是为了营造"佳句"。可见在杜甫心中，对"佳句"是有其审美原则和标准的。当然，这些原则、标准，杜甫并没有从理论上进行阐发，但杜甫诗歌本身，就是构思、营造、创造"佳句"的生动、鲜活的教材。

首先要提到的当然是"警策句"。自从陆机在《文赋》中提出"立片言而居要，乃一篇之警策"后，"警策句"一直就是诗文中最亮眼的"佳句"。杜甫诗集中的"警策句"可谓美不胜收。"所向无空阔，真堪托死生"（《房兵曹胡马》），这是赞马的；"何当击凡鸟，毛血洒平芜"（《画鹰》），这是赞鹰的；"随风潜入夜，润物细无声"（《春夜喜雨》），这是赞雨的；"细雨鱼儿出，微风燕子斜"（《水槛遣心二首》），这是赞水槛景色的……不妨说，杜甫自己就是一个盛产"警策句"的天才。

其次应提到的是"对偶句"。一首诗中若出现一联或两联出色的对偶句，全诗立即大为生色。构造"对偶句"，杜甫最为喜爱，也最为精通。如《绝句漫兴九首》，"对偶句"满眼皆是："即遣花开深造次，便教莺语太丁宁""莫思身外无穷事，且尽生前有限杯""癫狂柳絮随风舞，轻薄桃花逐水流""苍苔浊酒林中静，碧水春风野外昏""糁径杨花铺白毡，点溪荷叶叠青钱"……对杜甫来说，这些似乎就是信手拈来、"轻"而易举。有些对偶（仗）句更成千古名句，如"三顾频烦天下计，两朝开济老臣心""新松恨不高千尺，恶竹应须斩万竿""无边落木萧萧下，不尽长江滚滚来"……鉴于杜甫五、七言律之多，居唐人之冠，可以想见，杜甫营构排偶句的思力、才力，实在令人惊服不已！

然而，这些远不足以说明杜甫在构造"佳句"上杰出的独创能力。赵翼在《瓯北诗话》中指出：

> 杜诗又有独创句法，为前人所无者。如《何将军园》之"绿垂风折笋，红绽雨肥梅""雨抛金锁甲，苔卧绿沈枪"，《寄贾严二阁老》之"翠乾危栈竹，红腻小湖莲"，《江阁》之"野流行地日，江入度山云"，《南楚》之"无名江上草，随意岭头云"，《新晴》之"碧知湖外草，晴见海东云"，《秋兴》之"香稻啄余鹦鹉粒，碧梧栖老凤凰枝"。古诗内亦有创句者，如《宿赞公房》之"明燃林中薪，暗汲石底井"，《白县高斋》之"上有无心云，下有欲落石"，《郑典设自施州归》之"攀援悬根木，登顿入天石"，《阆山歌》之"松浮

欲尽不尽云,江动将崩未崩石",以及《石龛》之"熊
罴哮我东,虎豹号我西。我后鬼长啸,我前狨又啼",
皆是创体。

赵翼这段话对杜甫诗歌句法的独创性作了细致分析,并给予充分肯定。不过,这些独创句法的重要意义,他似乎尚未提及。简单地说,杜甫的这种独创句法,在中国语言发展史上,特别是在句式结构方面,堪称一场"革命",是对汉语惯用句式结构的大胆颠覆。本来汉语句式特重词序,而杜甫偏偏彻底打破了旧的词序格式,采用了崭新的排列和组合。类似"香稻啄余鹦鹉粒"的诗句,完全改变了人们对旧式句子格局的认识。更有意思的是,杜甫这种改变语言旧结构、创造新结构的探索,在一千多年后的今天,与西方结构主义语言学家提出的主张竟不谋而合。西方现代语言学家提出,诗歌就是"对普通语言有组织的悖反",在诗歌里,诗人要做的就是通过新的排列、新的组合,"使那些已变得惯常的或无意识的东西陌生化"。杜甫在诗歌句法方面的大胆实践,竟然成了现代理论的先声。这是多么不可思议!

不仅如此,杜甫诗歌中的"佳句"还极尽色彩、特色变化之能事,尽脱常态,每每出人意料。明人王世懋指出:

> 少陵故多变态,其诗有深句,有雄句,有老句,有秀句,有丽句,有险句,有拙句,有累句。后世别为大家,特高于盛唐者,以其有深句、雄句、老句也;而终不失为盛唐者,以其有秀句、丽句也。轻浅子弟,往往有薄之者,则以其有险句、拙句、累句也。不知其愈险愈老,正是此老独得处,故不足难之,独拙、

累之句，我不能为掩瑕。虽然，更千百世无能胜之者何？要曰无露句耳。

(《艺圃撷余》)

其实，险句、拙句亦有其独特之美。杜甫诗歌的险句突破了习常的格式，开辟了诗歌句法的新路。后来韩愈正是在这方面追随杜甫，追求诗歌的奇崛之美。至于拙句，更不可等闲视之。宋人罗大经在其《鹤林玉露》一书中盛赞杜甫之"拙"：

> 作诗必以巧进，以拙成。故作字唯拙笔最难，作诗唯拙句最难。至于拙，则浑然天全，工巧不足言矣……以杜陵言之，如"两边山木合，终日子规啼""野人时独往，云木晓相参""喜无多屋宇，幸不碍云山""在家长早起，忧国愿年丰""若无青嶂月，愁杀白头人""百年浑得醉，一月不梳头""一径野花落，孤村春水生"，此五言之拙者也。"春水船如天上坐，老年花似雾中看""迁转五州防御使，起居八座太夫人""竹叶于人既无分，菊花从此不须开""莫思身外无穷事，且尽生前有限杯""雷声忽送千峰雨，花气浑如百和香""秋水才深四五尺，野航恰受两三人""酒债寻常行处有，人生七十古来稀"，此七言之拙者也……杜陵云："用拙存吾道。"夫拙之所在，道之所在也，诗文独外是乎？

"大巧若拙"，拙与巧相反相成，以拙补巧，以拙衬巧，以拙为巧，以拙胜巧。拙之美，非巧所能替代，运用得当，反而可以超越巧之美。这里的奥妙，太引人入胜了！

"佳句"之"佳"，当然还应该表现在其对读者心理、情感具有巨大的冲击力、感染力。一千多年来，杜甫诗歌对中华民族精神世界的影响，其深刻性与丰富性可谓无与伦比。宋人张表臣的《珊瑚钩诗话》中有这样一段论述：

予读"江汉思归客，乾坤一腐儒""功业频看镜，行藏独倚楼"，叹其含蓄如此。及云"虎气必腾上，龙身宁久藏""蛟龙得云雨，雕鹗在秋天"，则又骇其奋迅也。"草深迷市井，地僻懒衣裳""经心石镜月，到面雪山风"，爱其清旷如此。及云"退朝花底散，归院柳边迷""君随丞相后，我往日华东"，则又怪其华艳也。"久客得无泪，故妻难及晨""囊空恐羞涩，留得一钱看"，嗟其穷愁如此。及云"香雾云鬟湿，清辉玉臂寒""笑时花近靥，舞罢锦缠头"，则又疑其侈丽也。至读"谶归龙凤质，威定虎狼都""风尘三尺剑，社稷一戎衣"，则又见其发扬而蹈厉矣。"五圣联龙衮，千官列雁行""圣图天广大，宗祀日光辉"，则又得其雄深而雅健矣。"许身一何愚，窃比稷与契""虽乏谏诤姿，恐君有遗失"，则又知其许国而爱君也。"对食不能餐，我心殊未谐""人生无家别，何以为蒸黎"，则知其伤时而忧民也……有能窥其一二者，便可名家，况深造而具体者乎。此予所以稚齿服膺，华颠未至也。

一部杜甫诗集，"佳句"真可谓琳琅满目、美不胜收。何为"佳句"？为什么要全力营造"佳句"？如何营造"佳句"？凡此，我们都可以在杜甫的诗歌创作实践中找到答案。最后，我们用著名学者叶嘉莹的一段论述作小结：

说到杜甫，一般人所认识的杜甫乃是一位写实的诗人，而殊不知这一位写实的诗人……在章法与句法方面，更有着极惊人的成就。……杜甫既有集大成的称号，因此他在章法句法方面的推陈出新的种种变化几乎是不可遍举的。……我以为杜甫最大的特色乃是其以感性掌握重点而跳出于文法之外的倒装或浓缩的句法，如其《游何氏山林》之"绿垂风折笋，红绽雨肥梅"……倒装起来才显得更为意象鲜明更为矫健有力。又如其《洗兵马》之"万国兵前草木风"，其"草木风"三字，旧注以为乃是用"风声鹤唳草木皆兵"一则故实。如果把此三字按字面解作被风吹之草木，则平日见风吹草木乃寻常景象而承接于上面的"兵前"二字之下，则风吹草木皆令人生疑惧之感矣。总之这五个字的匆促迷乱的结合，恰好造成了一种惶恐疑惧的感觉，乃是极为成功的一种句法。……杜甫自叙为诗的态度，曾有"语不惊人死不休"之言，句法的锻炼，正是他所致力的一点。①

读了这段话，杜甫在"佳句"营造方面的成就，追求"佳句"与达到"语必惊人"的关系，已是一目了然、清楚不过了。

（五）

为了使诗歌语言收到"惊人"的效果，杜甫呕心沥血，调动汉语的各种语言手段，不仅表现了罕有其匹的苦心，而且展现了惊人的创造力。这里略举数端。

---

① 叶嘉莹：《迦陵论诗丛稿》，中华书局，1984年，251—261页。

第一，善用重言。

重言古已有之，一般人通常不甚注意，以为其是"小技"，难登大雅之堂，但杜甫对此格外青睐。重言即两个相同的汉字（词）叠用，如摹声、摹状类的叠音词。这类词在杜甫诗集中有近四百例，这里且举两例：

"点水蜻蜓款款飞"（《曲江二首》）。"款"，本有"慢""缓"之意，但一经重叠，显得格外悠然自得，原有内涵得到充分释放，且韵味加倍美妙，较之单用，效果大为不同。

"自在娇莺恰恰啼"（《江畔独步寻花·其六》）。在一般辞书上，"恰恰"为"和谐、自然"之意。杜甫在这里仅取其声，就使黄莺歌唱的姿态之美、声音之美、韵味之美都得到完美的表现，读来极为亲切动人。

关于杜甫在叠音词的运用方面所取得的成功，前人多有论述，这里摘取明人杨慎的一段话：

> 诗中叠字最难下，唯少陵用之独工。今按：七律中，有用之句首者，如"娟娟戏蝶过闲幔，片片轻鸥下急湍""短短桃花临水岸，轻轻柳絮点人衣""青青竹笋迎船出，白白江鱼入馔来"，是也。有用之句尾者，如"信宿渔人还泛泛，清秋燕子故飞飞""小院回廊春寂寂，浴凫飞鹭晚悠悠""客子入门月皎皎，谁家捣练风凄凄"，是也。有用之上腰者，"宫草霏霏承委佩，炉烟细细驻游丝""江天漠漠鸟双去，风雨时时龙一吟""云石荧荧高叶晚，风江飒飒乱帆秋""山木苍苍落日曛，竹竿袅袅细泉分"，是也。有用之下腰者，如"穿花蛱蝶深深见，点水蜻蜓款款飞""风含翠篠娟

娟净，雨裛红蕖冉冉香""无边落木萧萧下，不尽长江滚滚来""碧窗宿雾蒙蒙湿，朱栱浮云细细轻"，是也。声谐意恰，句句带仙灵之气，真不可及矣。

（转引自《杜诗详注》）

"用之独工""声谐意恰""真不可及"，从杨慎这些评语中，可见杜甫在这一语言手段的运用方面取得了非凡的成功。

第二，善用双声、叠韵。

双声词、叠韵词均属联绵词。因杜甫对其运用不仅频繁，而且极为工巧，故这里须再加强调。著名学者刘师培在其《论文杂记》中有一段话对此评述极精当：

> 杜少陵之诗，尤善用双声叠韵：有二句皆双声而自相为对者，如少陵《赠鲜于京兆》云："奋飞起等级，容易失沉沦。""奋飞""容易"皆系双声。此双声之自相为对者，余证甚多。有二句皆叠韵而自相为对者，如少陵《寄卢参谋》云："流年疲蟋蟀，体物幸鹡鸰。""蟋蟀""鹡鸰"皆系叠韵。此叠韵之自相为对者，余证尚多。亦有双声叠韵互相为对者，如少陵《赠河南韦尹》云："牢落乾坤大，周流道术空。""牢落"为双声，"周流"为叠韵，此以上句双声对下句之叠韵者也。又少陵《赠汝阳王诗》云："寸长堪缱绻，一诺岂骄矜。""缱绻"为叠韵，"骄矜"为双声，此以上句叠韵对下句双声者也。余证甚多。……海宁周氏作《杜诗双声谱》，已发明此例，并旁采古今之诗以为证佐，可谓发前人之所未发矣。

嗟乎！杜甫诗歌之双声、叠韵，已成专门之学。杜甫于此，亦可谓登峰造极矣!

第三,善于吸收、运用民间口头语。

这一点,诗人元稹曾以绝句赞之:"杜甫天才颇绝伦,每寻诗卷似情亲。怜渠直道当时语,不着心源傍古人。"(《酬李甫见赠·其二》)所谓"当时语",即民间流行的口头语,如有名的《夔州歌十绝句》,不仅通体酷似"竹枝词",而且以大量民间口语入诗,新鲜活泼。如"中巴之东巴东山,江水开辟流其间""瀼东瀼西一万家,江北江南春冬花""东屯稻畦一百顷,北有涧水通青苗"等。宋人孙奕在其《履斋示儿编》中指出"子美善以方言俚语化入诗句,词人墨客口不绝谈",并举了"客睡何曾着,秋天不肯明""见耶背面啼,垢腻脚不袜"等例子。

"真情实话,不嫌其俗"(王嗣奭《杜臆》)。这些口头用语,到了杜甫笔下,均点铁成金。

第四,善于化俗为雅。

有些口头用语本力戒入诗,但杜甫偏不避忌,将其用入诗中,反觉新奇。如"喫"(吃),本为极俗之字,杜甫诗中却屡屡出现。"楼头喫酒楼下卧""但使残年喫饱饭""梅熟许同朱老喫""临岐意颇切,对酒不能喫"等,读来甚为自然。宋人吴可《藏海诗话》云:"老杜诗云:'一夜水高二尺强,数日不可更禁当。南市津头有船卖,无钱即买系篱傍。'与《竹枝词》相似,盖即俗为雅。"吴可所举诗例,几乎全为口语,"禁当"更是少见的方言词。这些出现在杜诗中,别有一番风味。

第五,善于设置"句眼"。

一篇之中,一个"佳句"即可使全篇生色。同样,一句之中,一个关键字用得好,则可使全句生色。前人称之为"句眼"。

黄庭坚曾称"拾遗句中有眼"。前人对此多有论述，如"飞星过水白，落月动沙虚"一联中的"过"与"动"，"地坼江帆隐，天清木叶闻"一联中的"稳"与"闻"，"红入桃花嫩，青归柳叶新"一联中的"入"与"归"，"星临万户动，月傍九霄多"一联中的"动"与"多"，"楼雪融城湿，宫云去殿低"一联中的"湿"与"低"，等等。

第六，善于"练字"。

诗人是精神产品的创造者，其写作是一个呕心沥血的艰难过程。古人作诗，尤讲句中下字之准、下字之稳、下字之巧、下字之工。这是一个语言锤炼的过程，称为"练字"。杜甫之善于"练字"、工于"练字"。这方面古人论述极多，这里选取二三例。

宋人孙奕《履斋示儿篇》指出：

> 诗人嘲弄万象，每句必须练字，子美工巧尤多。
>
> 杜诗只一字出奇，便有过人处。如"二月已破三月来""一片花飞减却春""朝罢香烟携满袖""生憎柳絮白于绵""何用浮名绊此身"，则下得"破"字、"减"字、"携"字、"于"字、"绊"字，皆不可及。

清人黄生云：

> 杜善炼字。竹稀而曰"影薄"，树多而曰"阴杂"，皆能涉笔成趣。
>
> （转引自《杜诗详注·舍弟占归草堂》）

宋人叶梦得《石林诗话》指出：

> 诗人以一字为工，世固知之，唯变化开阖，出奇无穷，殆不可以形迹捕诘。如"江山有巴蜀，栋宇自

齐梁",则其远近数千里,上下数百年,尽在"有""自"两字间,而吞吐山川之气,俯仰古今之怀,皆见于言外也。

窥一斑而见全豹。从前人的这几则评说不难看出,评论者对杜甫在锤炼词语上所下的功夫及取得的成就,可谓推崇备至。

第七,善于使用典故。

"用典"是古代诗人极常用的语言手段。杜甫之用典不仅数量多,而且贴切自然,如"水中着盐",不着痕迹。对杜甫诗中的"用典",明人胡应麟评述得十分精当:

> 杜诗用事,门目甚多,姑举人名一类。如"清新庾开府,俊逸鲍参军",正用者也;"聪明过管辂,尺牍倒陈遵",反用者也;"谢氏登山屐,陶公漉酒巾",明用者也;"伏柱闻周史,乘槎似汉臣",暗用者也;"举天悲富骆,近代惜卢王",并用者也;"高岑殊缓步,沈鲍得同行",单用者也;"汲黯匡君切,廉颇出将频",分用者也;"共传收庾信,不比得陈琳",串用者也。至"对棋陪谢傅,把剑觅徐君""侍臣双宋玉,战策两穰苴""飘零神女雨,断续楚王风""晋室丹阳尹,公孙白帝城",锻炼精奇,含蓄深远,迥出前代矣。

(《诗薮》)

变化如此多端,使用如此巧妙,"迥出前代",令人叹为观止。

第八,善于实词巧用。

实词是诗句的主要成分。但如果仅是平平写来,则全无活气。如何巧用实词,使诗句生气盎然,是诗家一大要事。杜甫诗中巧用实词的例证极多。如《重题郑氏东亭》一诗,清人顾

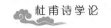

宸分析道：

> 此诗得力，全在诗腰数实字。着一欹字，如见巉岩参错。着一曳字，宛然藻荇交横。曰冲岸，则跳突排涌，惟恐堕岸。曰护巢，则疾飞急赴，唯恐失巢。并鱼鸟精神，俱为写出。
>
> （转引自《杜诗详注》）

第九，善于虚词巧用。

虚词看似"虚"，实则在诗人笔下，其意义与传神效果常常远超实词。杜甫在创造性地运用虚词方面尤为成功。还是顾宸，对《闻官军收河南河北》一诗中的虚词巧用赞不绝口：

> 此诗之忽传、初闻、却看、漫卷、即从、便下，于仓卒间写出欲歌欲哭之状，使人千载如见。
>
> （转引自《杜诗评注》）

清人仇兆鳌的分析更令人神往：

> 诗句中用虚字，贵乎逸而有致。谢朓诗"去矣方滞淫，怀哉罢欢宴"，不如老杜"去矣英雄事，荒哉割据心"，更有远神。又诗"古人称逝矣，吾道卜终焉"，说得韵趣。
>
> （《杜诗评注〈峡口二首〉注》）

把谢朓的诗句与杜甫对比，二者之差距，真不可以道里计！

第十，善于化"腐"为"新"。

人们常说，语言如同货币，在使用过程中不断磨损、不断贬值。但在杜甫笔下，许多已极为"陈腐"的词语，通过变换用法，就能焕然一"新"。写"红""青"等颜色的词，诗人用得太多，实在难以写出"新"意。杜甫却不然。清人仇兆鳌云：

> "柳青桃复红"，起于谢尚，袭用便成常语。梁简文诗云："水照柳初碧，烟含桃半红。"乃借烟水以形其红碧。杜云："红入桃花嫩，青归柳叶新。"用归入二字写出景色之新嫩，皆是化腐为新之法。
>
> （《杜诗评注·奉酬李都督表丈早春作》注）

王嗣奭在《杜臆》中提供了另一个案例："变烟花为花满烟，化腐为新。""花满烟"，有几个诗人敢这样写呢？

第十一，善于一词"多"用。

一个词，在诗人笔下反复出现，人们通常会觉得这是诗人词汇贫乏的表现。但杜甫似乎并无这种顾忌。方勺《泊宅编》云：

> 诗中用乾坤字最多且工，唯杜甫，记其十联："乾坤万里眼，时序百年心。""身世双蓬鬓，乾坤一草亭。""江汉思归客，乾坤一腐儒。""吴楚东南坼，乾坤日夜浮。""不眠忧战伐，无力正乾坤。""纳纳乾坤大，行行郡国遥。""日月笼中鸟，乾坤水上萍。""胡虏三年入，乾坤一战收。""日月低秦树，乾坤绕汉宫。""开辟乾坤正，荣枯雨露偏。"

这里的关键在于，要用得"工"。这些诗句中，"乾坤"一词出现得极为自然，可以说用在该处有确切不移之力。读了这些诗句，我们似乎觉得"乾坤"一词几乎专为杜甫而造。诗人胸怀阔大、视界悠远，"乾坤"被他用得无比娴熟。

还有一个"安得"，更是被杜甫用得出神入化。"安得壮士挽天河，净洗甲兵长不用！"（《洗兵马》）何等热切、有力的呼唤！"安得广厦千万间，大庇天下寒士俱欢颜！"（《茅屋为秋风所破歌》）多么迫切、仁厚的期望！"安得务农息战斗，普天无吏横索钱!"(《昼梦》)多么痛苦、深沉的呼喊!有人曾一一点检,杜甫诗集中有数十处"安得",都用得恰到好处。宋人孙奕指出,此一用法"盖切有望于天下后世者不浅也",其中大有深意。

第十二,善于把字用活。

字词本身并无生命,是人赋予其以生命。任何一个字词,如果出现在它恰恰应该出现的地方,其生命力就会立即显现出来,这就是人们常说的用得工、用得巧、用得活——正是杜甫本领之所在。

宋人罗大经《鹤林玉露》云:"作诗要健字撑住,要活字斡旋。如'红入桃花嫩,青归柳叶新''弟子贫原宪,诸生老伏虔','入'与'归'字,'贫'与'老'字,乃撑住也。'生理何颜面,忧端且岁时''名岂文章著,官应老病休','何'与'且'字,'岂'与'应'字,乃斡旋也。撑住如屋之有柱,斡旋如车之有轴。"这里的"健""活"是以作用论,实际上都是用得活的表现。

还有一种说法,是用得"响"则"活",用得"活"则"响"。《吕氏童蒙训》云:"潘邠老云:七言诗,第五字要响,如'返照入江翻石壁,归云拥树失山村','翻'字、'失'字,是响字也。五言诗,第三字要响,如'圆荷浮小叶,细麦落轻花','浮'字、'落'字,是响字也。所谓响者,致力处也。窃以为字字当活,活则字字自响。"

第十三,善于选择"习用"词语。

每个诗人往往都有自己偏爱的词。杜甫诗集中,也有一些词语似乎是他的"习用"词语。对这些词,杜甫格外喜用,且用得极为精彩。

杜甫习用"为"字。清人卢元昌云:"公诗中惯用为字作韵脚。如《赠毕曜》曰'颜状老翁为',此为字下得苦。《孟冬》诗曰'方冬便所为',此为字下得微。《送王侍御》曰'此赠怯轻为',此为字下得逸。《偶题》曰'余波绮丽为',此为字下得雅。《复至东屯》曰'一学楚人为',此为字下得傲。《和少府书斋》曰'书斋闻尔为',此为字下得蕴藉。此曰'乐任主人为',此为字下得跌宕。"(《杜诗详注·宴戎州杨使君东楼》注)

杜甫习用"清"字。清人黄生云:"杜诗善用'清'字,如'当暑著来清',则以清为凉;'关河霜雪清',则以清为寒;'天清木叶闻',则以清为静;'沙乱雪山清',则以清为明;'天清皇子陂',则以清为霁;'侍立小童清',则以清为秀;'衣干枕席清',则以清为爽;'投壶散帙有余清',则以清为闲,是也。"(《杜诗详注·江陵节度使阳城郡王新楼成王请严侍御判官赋七字句同作》注)

杜甫习用"自"字。元人赵汸云:"天地间景物,非有所厚薄于人,惟人当适意时,则情与景会,而景物之美,若为我设。一有不慊,则景物与我漠不相干。故公诗多用一'自'字,如'寒城菊自花''故园花自发''风月自清夜'之类甚多。"(转引自《杜诗详注》)

宋人洪迈《容斋四笔》云:"杜诗所用'受''觉'二字,皆绝奇……用之虽多,然每字命意不同,又杂于千五百篇中,学者读之,唯见其新工也。"

"每字命意不同""唯见其新工",道出了杜甫习用此类词语的成功奥秘。

杜甫在诗歌创作中所用的语言手段当然远不止这些。例如人们常提及的比喻、夸张之类的修辞手法，这里概未提及。仅从以上所言，就可窥见杜甫所运用的语言手段何等丰富，何等成熟老到！前人对此研究甚详甚精，此章多列前人语以为例证。

每一种语言手段都应有一定的理论为之支撑。如何进一步深化对杜甫语言运用成果的研究，仍是一个有待后来者完成的课题。

（六）

为达"语不惊人死不休"，杜甫特别重视诗歌创作过程中的加工与修改。《解闷十二首·其七》云：

> 陶冶性灵在底物，新诗改罢自长吟。
> 孰知二谢将能事，颇学阴何苦用心。

一句"新诗改罢自长吟"，将杜甫对诗歌修改的重视和修改时运用的方法表露无遗。

但是，修改与"陶冶性灵存底物"有什么关系？为什么杜甫要首先提及"陶冶性灵"？

中国现代诗人臧克家在谈自己的创作体会时有这样一段话：

> 对于锤炼字句，我一向是不放松的。为了一个字的推敲，总是付出许多时间和心血。我是这样想的，诗人对于自己的诗句绝不能像浪子手中的金钱，相反的，应该像一个悭吝的老妇人叮叮当当地敲着她不容易挣得来的一个铜元。
>
> 这种字句的推敲，如果被了解成为单纯的技巧问题，那是错误的。它是和内容有着血肉关系的。一个

人物的刻画，一个事件的描写，都不可避免地带着诗人的思想和情感，只有用了最恰当的字句才能够准确地表现出生活的真实，才能够最充分最真切地表达诗人对这些事物的思想和情感。达到了这样最高真实的诗才能成为真正的艺术品，才能对读者发生强烈的感染力量。诗歌的创作过程就是诗人在努力去逼近事物本质企图把它表现出来的过程。①

这段话几乎可以视为"陶冶性灵存底物"的一个注脚。英国诗人雪莱也指出：

诗是神圣的东西……假如诗不能高飞到筹画能力驾着枭翼所不敢翱翔的那些永恒的境界，从那儿把光明与火焰带下来，则道义、爱情、爱国、友谊又算得是什么？我们在此间此岸的安慰是什么？我们对世界彼岸的憧憬又是什么？②

"诗"要飞到"永恒的境界"，诗人的精神世界就必须先飞到"永恒的境界"。诗歌创作、加工、修改的过程，就是诗人向"永恒的境界"翱翔的过程，是诗人追求真、善、美的过程。这样一个过程，必然也是一个"陶冶性灵"的过程。

诗，作为一种精神产品，作为诗人的精神、情感的物态化存在，是诗人审美态度、审美经验、审美理想的凝聚和结晶。这一凝聚过程，这一结晶过程，不可能轻而易举地完成，不可

---

① 北京大学中文系文艺理论教研室：《文学理论学习资料·下》，北京大学出版社，1982年，71—72页。

② 刘若端：《十九世纪英国诗人论诗》，人民文学出版社，1984年，153页。

能一次完成，必然是一个艰难的、需要反复进行的复杂的心理—思维过程，必然是一个不断进行的"陶冶性灵"的过程。

诗，又是一种语言产品。诗人的审美理想要达到物态化，诗的意境、意象要达到物态化，必须借助语言这种物质手段。物质手段有声音、韵律、色彩。诗歌创作中的反复加工、反复修改，就是要千方百计找到最贴切、最富表现力的词语与句子。词语与句子是否贴切，是否富有表现力，又要求诗人反复吟诵，即"自长吟"。实际上在创作过程中，"陶冶性灵"、反复修改与"自长吟"，这三者是一体进行的。这是一个诗人向"美"的世界、向"永恒的境界""探险"的过程。随着新的自由境界，新的词语、句子的发现和形成，诗人自身的精神境界也在不断升华，并在心理上经历一种"高峰体验"。"苦用心"换来的是惊喜感、成功感、幸福感。

鲁迅先生曾经说过，诗人在情绪最激动的时候不宜作诗。这话告诉我们，诗人从最初精神产生激动，到意象的构思与诗化，到最终情感的倾吐与抒写，其间有一个"精神距离"。诗人必须不断调整自己与抒写对象的"精神距离"，即"陶冶性灵"，最终完全摆脱世俗的种种羁绊，步入精神自由的殿堂，步入真、善、美相统一的殿堂，最终完成艺术创造。

遗憾的是，杜甫当年究竟如何"新诗改罢自长吟"，我们已经无法详细得知。法国著名美学家雅克·马里坦曾指出，"艺术根本是建设性和创造性的"，艺术产生了"一个新的创造物"，"这个新的创造物是把艺术家的主动性和给定物质的被动性统一起来的精神婚姻的果实"。人的心灵"之所以会对美感到快乐，是因为在美中心灵可以发现它自己，认识它自己，并和它自己的光芒联系起来"。①读完这段话,诗人为什么必须重视语言,以至"语不惊人死不休",什么叫"陶冶性灵",为什么要"新诗改罢自长吟",这些问题都会迎刃而解。

诗人们,认真地修改自己的作品吧!在修改过程中反复地吟诵自己的作品吧!只有当你体会到自己的艺术产品是对"性灵"反复"陶冶"的结晶,是真、善、美统一的完美体现,是"永恒的境界"的完美体现,这时,你才可以放下手中的笔。

(七)

综上所述,"语不惊人死不休",是杜甫为诗歌语言设定的整体目标与要求;实现这一目标的核心环节,是构思、营造足以产生"惊人"效果的"佳句";而实现这一目标的具体途径是"陶冶性灵"、反复加工修改与"自长吟"的一体进行与完美结合。

刘勰在《文心雕龙·神思》中曾有这样的感叹:"方其搦翰,气倍辞前;暨乎篇成,半折心始。何则?意翻空而易奇,言征实而难巧也。"言、意之间的矛盾是人类面对的一大难题,过去如此,现在如此,将来亦如此。

"语不惊人死不休"是对言、意矛盾的大胆挑战,是对语言固有的局限性与保守性的巨大挑战,表现了一个天才诗人的伟大勇气和坚定意志。如果说艺术创作本身就意味着对"困难"的征服,那么,诗歌语言的创造性运用就更加如此。这也许就是"诗人"这项桂冠光彩熠熠的原因。

---

① 朱立元,张德兴:《现代西方美学流派评述》,上海人民出版社,1988年,122、113页。

十三 别裁伪体亲风雅 转益多师是汝师
——杜甫诗学论诗歌创作的继承与创新

（一）

唐诗从诞生之日起，就面对着已有两千年之久的丰富而深厚的中国古代诗歌传统，包括"诗三百"传统、楚骚传统、汉乐府传统、汉赋传统、建安文学传统、六朝文学传统等。

传统是一种强大的力量。传统可以哺育你，为你提供前进的方向、丰富的乳汁、明澈的借鉴，让你站在"前人的肩膀"上开始新的创造。但传统也可以成为一种桎梏，成为一种现成的模仿对象，让你满足于陈陈相因，从而完全丧失创造的欲望和能力。

遗憾的是，从唐初到开元年间，唐朝虽已是诗人千百，诗歌创作也取得了辉煌成就，但未能从实践和理论上解决继承传统、发展传统、突破传统，以至超越传统这一重大问题。

"初唐四杰"都是杰出的诗人。在他们身上，已经生发出全新的创造气象。但他们未能从根本上破除六朝余习。闻一多有一篇论"四杰"的文章，题目非常巧妙——《宫体诗的自赎》。"自赎"即"自我赎救"，说明旧的传统必须破除，但其眼界仍然受旧传统的局限。这一状况说明，"宫体诗"这一"瓶颈"仍然束缚着"四杰"的创造活力。

"国朝盛文章,子昂始高蹈。"(韩愈《荐士》)第一个向六朝文学传统发出挑战,并直追风骚传统的是则天朝的陈子昂。"文章道弊五百年矣。"(陈子昂《与东方左史虬修竹篇序》)这是一声石破天惊的呐喊,批判锋芒直指"五百年"来的整个文坛。"汉魏风骨,晋宋莫传",批判对象更为明确。"齐、梁间诗,彩丽竞繁,而兴寄都绝",批判内容和盘托出。毫无疑问,这一批判极为有力,也极为尖锐。但陈子昂对"传统"的理解又带有片面性,把五百年间的文坛用"道弊"一言蔽之,这显然是不客观、不科学、不全面的。

继陈子昂之后,向六朝文学传统发起挑战的是大诗人李白,这位诗歌创造的天才对六朝传统的批判更为有力。"大雅久不作,吾衰竟谁陈?"(李白《古风》)直溯"诗三百"这一最古老的源头,以此作为自己的旗帜,并以"久不作"表达了对"诗三百"传统未能发扬光大的极度不满。"自从建安来,绮丽不足珍"(同上),对六朝文学的鄙夷之情跃然纸上。

更可贵的是,李白在创作上的成就远远超过陈子昂。李白的诗歌是崭新的、典型的"唐诗",完全是唐人新精神、新风貌的表现。但是,从实质上看,李白的"新酒"还要借"旧瓶"来装。他的古体诗仍然延用乐府旧名称,如"将进酒""行路难""梁父吟"等。他以"绮丽不足珍"五个字,完全否定建安以来的文坛,显然有失公正。

无论是从实践的角度,还是从理论的角度,唐诗的进一步发展和繁荣都亟须解决正确对待传统,特别是六朝文学传统,以及进一步发展传统、超越传统,并最终形成新传统这一大难题。勇敢、及时地回应时代提出的重大课题,并从实践和理论两个方面及其结合上,全面解决继承、发展、突破传统这一课题的,恰恰是杜甫。《戏为六绝句》之六的四句诗,则是杜甫的总纲领:

> 未及前贤更勿疑,递相祖述复先谁。
> 别裁伪体亲风雅,转益多师是汝师。

(二)

正确对待传统,绝非易事。要继承并发扬传统,必须对传统心怀尊重、心怀敬畏,否则一切都无从谈起。

"未及前贤更勿疑。"杜甫此句点出要害。因为要否定"前贤",贬低"前贤",甚至蔑视"前贤"极为容易;而要尊重"前贤",虚心学习"前贤",特别是以科学分析的态度对待"前贤",却十分困难。

"未及前贤",这是客气话吗?当然不是。这是杜甫发自内心的真诚直白。这里的关键在于,看待"前贤",既要有开阔的胸怀,又要有历史的目光。在中国历代诗人中,如果要推举一位最具史家器识的,大概非杜甫莫属。他对诗歌传统的看法就极具历史学家的气质,毫无偏见和门户之见。其《偶题》一诗云:

> 文章千古事,得失寸心知。作者皆殊列,名声岂浪垂?
> 骚人嗟不见,汉道盛于斯。前辈飞腾入,余波绮丽为。
> 后贤兼旧列,历代各清规。

这十句诗从宏观上给我们构筑了一个认识中国古代诗歌发展历史的框架,同时提供了一个认识中国古代诗歌发展历史的方法。读这些诗句,会禁不住联想到德国哲学大师黑格尔关于

哲学史的一段讲话:

> 诚然,每一个哲学出现时,都自诩为:有了它,前此的一切哲学不仅是被驳倒了,而且它们的缺点也被补救了,正确的哲学最后被发现了。但根据以前的许多经验,倒足以表明《新约》里的另一些话同样地可以用来说这样的哲学——使徒彼得对安那尼亚说:"看吧,将要抬你出去的人的脚,已经站在门口。"……哲学系统的分歧和多样性,不仅对哲学本身或哲学的可能性没有妨碍,而且对于哲学这门科学的存在,在过去和现在都是绝对必要的,而且是本质的。①

在黑格尔看来,哲学发展历史上出现的每位哲学家,每种哲学思潮、哲学流派,都是哲学发展史这一链条上的一个环节,既有其自身不可避免的局限,又有其出现并存在的合理性。文学、诗歌的发展史又何尝不是如此?"文章千古事",文学本身是一种历史性的文化存在,也必须以"千古",即历史发展的目光去认识它。"得失寸心知",要真正理解一代文学或一位诗人,并非易事,这里需要的是以"寸心"——独具慧眼的文学批评去认识、评价。

"作者皆殊列,名声岂浪垂?"杜甫在这里明确肯定了历代作家对文学这一共同事业各有其特殊贡献,名垂后世绝非偶然。杜甫这一观点,一般来看,是针对唐以前的整个中国文学史而言的;特殊地说,则是针对六朝文学而言的。从初唐到盛唐,

---

① [德] 黑格尔:《哲学史讲演录》(第1卷),生活·读书·新知三联书店,1956年,22—24页。

责备六朝文学的人太多了，甚至连那些一时难以摆脱六朝遗习的初唐诗人也被牵连，成了被嘲讽、贬低的对象。"初唐四杰"的遭遇就是如此。杜甫不仅为"四杰"鸣不平，而且明确地告诉那些嘲笑"四杰"的人："尔曹身与名俱灭，不废江河万古流。"这是何等卓越的史识！至《偶题》，杜甫全面地申明自己的文学史观，这在当时不啻为极大胆的"反潮流"行动。

文学家用他们的创作活动谱写着文学的历史，文学的历史也在不断地筛选着文学家。"作者皆殊列，名声岂浪垂"，这两句诗也是杜甫进行诗歌批评时所遵循的原则。无论是对风骚、汉赋，还是对建安、六朝，抑或是初唐诗人，杜甫都爱护有加。他既善于观同——充分肯定这些诗人诗作都是文学发展史上的一个必要环节；又善于察异——深入分析这些不同时代的诗人诗作在历史作用和表现上的区别，从而对其做出客观、公允的评价。

"骚人嗟不见，汉道盛于斯。"这两句诗沿着前面的思路进一步展开。一个"嗟"字，可以看出杜甫对"骚人"的敬仰；"盛"则是对汉代乐府诗、古诗十九首等作品的热情赞扬。这里还未涉及魏晋南北朝文学，因为诗中稍后出现的"永怀江左逸，多谢邺中奇"就是对这一时期文学的评价。"奇""逸"二字，是对建安诗人、南朝诗人的创作特征高度而恰当的概括，是对他们历史地位的充分肯定。

文学发展的历史是波浪式地前进的，而每一个特定的文学时期，又显然可见"草创—繁荣—衰颓—销声匿迹"这样一个运行过程。"前辈飞腾入，余波绮丽为"就是对这一过程的诗化揭示。周振甫作出的解释是："从流传千古的作家作品来看，可以分为'前辈'和'余波'，'前辈'以飞腾而入于作家的行列，

'余波'以文采而有所成就。飞腾指有风骨,绮丽指文采……'前辈'以风骨著称,这就是陈子昂所推崇的'汉魏风骨';'余波'以文采照耀,这就是陈子昂所贬抑的'晋宋莫传''齐梁采丽',杜甫并不把他们贬斥。"①这样解释诚然很精彩,但仍有些拘泥于诗句本身。其实,杜甫以他深邃的历史目光,已经对历史上不同时期的文学潮流进行了全面观察,并发现了一个规律性现象,即每个时代的文学活动在其初创时期,或由于代表新兴的社会集团,或由于吸取民间文学营养,生命力饱满,气质刚健,气魄宏大,颇具"飞腾"之势;而到近于尾声之际,则往往步入对形式的追求,即"绮丽"之流,失去了昔日旺盛的活力。"诗三百"如此,"楚骚"如此,"汉乐府"亦如此。只不过杜甫对"绮丽"并非简单否定,因为"绮丽"的出现也是文学自身发展的必要一环。"绮丽"之辈对文学"形式"的讲求、钻研,是文学自身的一种提高,是文学前进所必需的。"绮丽"之作自身也有其特定的审美价值。尤其重要的是,这些"绮丽"之作从"形式"上为新一代文学的发展与繁荣提供了某种准备和前提。

"后贤兼旧制,历代各清规。"如果说"前辈"与"余波"是就一个时代的文学潮流而言,那么"后贤"与"旧制"就是指不同时代文学之间所表现的一种纵向的继承关系。"旧制"是历史上存在的文学积累,是传统。对"旧制"应该采取什么态度呢?杜甫的回答是"兼",即兼收并蓄,兼而取之,广泛地学习,广博地容纳。"飞腾"固应继承,"绮丽"亦可择取。一个

---

① 周振甫:《杜甫诗论》,《草堂》1984年第1期,2页。

"兼"字，充分体现了唐代文化博大、宽容的时代精神。

至关重要的是，"兼旧制"的目的在于形成新的"清规"，创造出一种新的文学潮流、文学范式、文学传统，从而开辟一个崭新的文学天地。在这方面，七言律诗的演进提供了一个绝好的例证。在齐梁时期，已经出现了接近七言律诗的诗歌形式，到唐初，沈佺期、宋之问、杜审言等人对这种诗歌体裁进行了探索，为后来者的继续前行开辟了道路。但直到杜甫，作为唐诗的"清规"，作为唐诗代表性的标志，七言律诗才取得最终的完全胜利。诚如叶嘉莹所言："由于他（杜甫）所禀赋的感性与知性并美的资质，而认识了这种体式的优点与价值……以其过人的感受力与思辨力，及其创作的精神与热诚，扩展了七律一体的境界，提高了七律一体的价值，而将他的高才健笔深情博学都纳入了这一向被人鄙视的、束缚极严的诗体之中，而得到了足以笼罩千古的成就。"[1]这是"旧制"的凤凰涅槃，这是"新规"的胜利诞生。

总而言之，《偶题》前半部分这十句诗是杜甫纲领性的文学史观，具有深刻的理论意义。这十句诗给人的突出感受是宽厚的态度和博大的胸怀，表现了杜甫对文学发展历史全面而清晰的认识，对历史及历史上出现的文学传统、文学潮流、文学人物的充分尊重，表现了一种极为清醒、理性、客观、公允的历史观念。

这十句诗也与"未及前贤更勿疑"形成了很好的呼应。至此，关于杜甫对"前贤"的态度，我们还有什么疑问呢？

---

[1] 叶嘉莹：《迦陵论诗丛稿》，中华书局，1984年，71—72页。

（三）

"未及前贤更勿疑"强调必须尊重前贤、追随前贤，"递相祖述复先谁"则提出了一个问题，即从前贤那里学什么，如何学习，实质上是如何正确地继承传统并将其发扬光大。

何谓"祖述"？《中庸》云："仲尼祖述尧舜，宪章文武。"显然，这是一个褒义词，即师法、学习、继承，对其加以陈说、提倡。"复先谁"则明显为发问的口气，即"以谁为先""以何为先"。杜甫为什么要提出"递相祖述复先谁"？这是因为当时诗坛的主要问题，并不是完全拒绝传统，或者完全因袭传统，而是对传统缺乏全面、科学的认识，尤其是没有解决如何正确继承、发扬传统的问题，这对唐诗的进一步繁荣形成巨大阻力。

传统有精华与糟粕之分。如"诗三百"中的郑、卫之风，历来颇多争议。由此可见，即使对"诗三百"也不能简单化对待。

传统有主流、支流之分。几千年的诗歌发展史，其中主流是什么，对人们影响最大、最深远的是什么，为大多数人所称道、所赞扬的是什么，必须十分明确。绝不能把主流和支流等量齐观。

传统中有些具有恒久的意义，有些则只具有短暂的意义；传统又有大、小之分。对这些，都必须慎重地加以区分。

至于文学传统、诗歌传统，更为复杂。文学、诗歌有不同的流派、不同的集团、不同的风格，其历史地位、贡献、影响各不相同，绝不能一概而论。以"建安文学"为例，"曹氏父子"与"建安七子"显然有别；在"曹氏父子"中，三人又各有不同的成就和影响。在学习、借鉴他们的成就和经验时，应该以谁为先，以谁为后；以谁为主，以谁为次……一旦在选择上出现错误，其后果不堪设想。一句"递相祖述复先谁"，提出的问题实在太重要了。

"复先谁"的"先"字，万勿轻看。这是诗歌语言，一语蕴含千言。有"先"必有"后"，有"主"必有"次"，有"重点"必有"一般"。"先"应有"先"的根据，"后"应有"后"的理由。至于从认识到实践，做到在具体学习途径、学习步骤、学习方法上把"先"落到实处，更非易事。

从全面认识"前贤"，到正确、全面地继承、发扬、超越传统，唐诗在走过一百多年的道路后，才由杜甫从理论到实践解决了这个问题。其付出的代价不可谓不大，其过程不可谓不曲折。

（四）

"别裁伪体亲风雅，转益多师是汝师。"这十四个字，是对"递相祖述复先谁"的明确回答。这一回答不仅准确有力，而且全面科学。

"别裁伪体亲风雅"明确指出了中国古代诗歌传统在"体"这一层面上存在的鲜明对立："风雅体"与"伪体"，有所"别"方有所"裁"，有所"裁"必有所去、取，有所"亲"必有所"恶"。传统是一条大河，鱼龙混杂，泥沙俱下。对传统必须有分析、有甄别、有选择，而选择又必须有根据、有标准。这牵涉到诗歌理论最根本的原则、诗歌创作最根本的导向。事关"根本"，意义重大！

"体"在中国古代，既是一种哲学概念，又是一个重要的文学理论概念。作为文学理论概念，"体"通常有三种含义：一是体裁;二是体制;三是体貌。曹丕的《典论·论文》最先提出"体"的问题,指出"夫文本同而末异……唯通才能备其体"。陆机的《文赋》进一步发展了"体"的用法:"体有万殊,物无一量……诗缘情而绮靡,赋体物而浏亮。"刘勰的《文心雕龙》一书则在多处、多种意义上使用了"体"这一概念,其中最值得我们注意的是这段话:

> 诗文弘奥,包韫六义,毛公述传,独标兴体,岂不以风通而赋同,比显而兴隐哉!

这里的"独标兴体"之"体",如解作"体裁",外延过小,不甚妥当;如以"体貌"解,又缺少必要的宽泛与朦胧,因此释为"体制"比较合宜。文学上的"体制",是指在某一特定时代形成的,从内容到形式有其独特要求、独特面貌的文学作品集群。例如"风"和"骚"这两个文学作品集群,仅用"体裁""体貌"来概括显然是不确切的。杜甫在《同元使君〈舂陵行〉序》中就明确称"比兴"为"体制"。不难看出,刘勰的"独标兴体",以及杜甫"别裁伪体"之"体",都是在"体制"这一意义上使用的。

就"体制"而言,"别裁伪体"就是要认真区别并无情摒弃文学发展史上曾经出现的以虚伪浮华为特征的文学作品和文学流派;"亲风雅"就是要继承并发扬中国古代由"风雅"发其端,由楚辞、汉魏乐府承其绪的正大、健康的诗风。"裁"与"亲",一否定,一肯定,明确提出学习前人、继承传统的正确取向,旗帜十分鲜明。"风雅"与"伪体",如冰火之不能相容,"亲"前者就必须"裁"后者,大是大非,不容含混。"伪体"由于具有极大的欺骗性,其危害性和诱惑力不容小觑。要真正

"裁伪体"，任务之艰巨，完成之困难，并不亚于"亲风雅"。

关键问题在于，杜甫在当时提出"别裁伪体亲风雅"有无现实的必要性与迫切性。六朝文风，早在隋朝就已有人对其不满。但在理论上反对是一回事，在文学实践上真正破旧立新则是另一回事。唐初，诗坛上盛行的是应制诗、宫体诗。李商隐的《漫成五章》就是对当年诗坛的巧妙讽刺。诗云："沈、宋裁辞矜变律，王、杨落笔得良朋；当时自谓宗师妙，今日惟见对属能。"沈、宋、王、杨都是当时著名的诗人，一句"惟见对属能"对其评价何等不屑。后来，陈子昂、李白都曾为端正诗坛风气呼喊过，并且取得了一定的实效。但是，他们都未能全面地从理论与实践的结合上完成"裁伪体"与"亲风雅"的任务。杜甫虽然提出并解决了这一唐诗发展的重大课题，但真正认识到杜甫诗歌的伟大成就，并把他的诗歌推崇为唐代诗坛"主流"，仍然要过许多年。直到韩愈"李杜文章在，光焰万丈长"一声呐喊，才真正确立了杜甫的历史地位。由此可见，无论是"亲风雅"，还是"裁伪体"，杜甫所言，绝非无的放矢。

难道诗歌非要继承"风雅"传统不可吗？对这个问题的回答必须斩钉截铁，确定无疑。首先，"风雅"传统是中国古典诗歌最古老的源头，也是光芒万丈的源头，是来自中华民族心灵深处的源头。忘掉或离开这个源头，中国诗歌发展就会迷失方向，丢掉自身的根本精神。其次，"风雅"传统就是扎根泥土、扎根人民、扎根现实生活的传统。守护这一传统，继承这一传统，就是保证诗歌始终同社会现实生活、同人民的欢乐与苦难保持最密切的联系，从而使诗歌永远具有强大的生命力。最后，从唐诗发展的实际看，尽管从初唐到盛唐，优秀诗人辈出，其至出现了李白、王维这样的天才。但是，面对巨大的时代变迁、社会动荡，诗坛迫切需要新的声音，需要来自社会现实生活深处的声音，否则就可能辜负历史的期待。正是因为"亲风雅"，杜甫以他一系列深沉的歌吟，回应了历史的呼唤，从而把唐诗的发展推向了新的高潮，使唐诗的发展获得了新的动力。

（五）

继承传统，是为了发扬传统、光大传统，超越旧传统，形成新传统。"别裁伪体亲风雅"正确地解决了传统继承的问题。但是，"亲风雅"如果变成拘于"风雅"、墨守"风雅"，就会走向反面。要使"风雅"传统保持旺盛的生命力，就必须勇于出新、勇于创造。要出新、创造，就必须多方面学习，多方面汲取营养：既要向前人学习，又要向同时代人学习；既要向前人之作学习，又要向生活、民间学习；既要向"正宗"学习，又要敢于向非"正宗"学习；既要向名家学习，又要放下身段，向非名家学习；既要向自己喜欢的诗歌流派、作者学习，又要向自己不喜欢、甚至反对的诗歌流派、作者学习……总之，破除一切门户之见，广泛摄取，融汇百家，最终形成具有崭新特色、极富创造力的一家。

"转益多师是汝师"是对如何超越旧传统、形成新传统的最好回答。不专一师，不守一师，以"多师"为师，正是最好的"求师"。这里以肯定的语气，强调诗人作为精神产品的创造者，要放开眼界、不拘一格，坚决防止学习上的狭隘态度或功利倾向，坚决防止文学上的"近亲繁殖"所带来的种种弊端，扩大眼界，敞大胸怀，成大事业。

既要立定脚跟，以"风雅"为"亲"；又要海纳百川，以"多师"为师。这二者之间存在着明显的矛盾。杜甫敢于直面这一矛盾，并使这二者实现了完美而巧妙的统一。这是杜甫的智慧所在，是杜甫作为伟大诗人成功的奥秘所在，也是杜甫诗学的魅力所在。正是因为二者完美而巧妙的统一，唐代诗坛向中华民族贡献了一位以"集大成"为特色的伟大诗人，贡献了一位被尊称为"诗圣"的伟大诗人。

在"体"的问题上"亲风雅"，这是杜甫的坚定性；在"师"的问题上"转益多师"，这又是杜甫的灵活性。因为"多师"，"亲风雅"才不是简单的"复古"；因为"多师"，"风雅"传统得到了空前的丰富和发展。相比之下，"转益多师"倒是更能体现杜甫诗学的特色，是杜甫对唐诗发展和中国古典诗歌发展最具个性的贡献。

"多师"开创了唐诗创作的新局面。在杜甫之前，唐代诗坛已是群星璀璨，然而这些诗人几乎各擅一体，或各有所囿。即便是李白，他的创作仍以"古风"为主流，体裁、题材都呈现出某种局限性。要使唐诗创作跃上新的高度，出现新的高潮，必须独辟蹊径，即变各擅一体为独善各体，变"有所囿"为"无所囿"。"转益多师"这一新观念的提出和实践，展现出杜甫过人的见识和魄力。元稹曾用"能所不能，无可无不可"来概括杜甫的创作。的确，唯其"多师"，才能"兼人人之所独专"，从而达到"集大成"。

说到"转益多师"，我们不禁联想到杜甫《戏为六绝句》之五的两句诗："不薄今人爱古人，清词丽句必为邻。"从某种意义上说，这两句诗使我们具体而形象地感受到杜甫是如何"转益多师"的。

"不薄今人爱古人",前人多解为"不薄/今人爱古人"。但我认为,以"不薄今人/爱古人"作解,也许更能体现杜甫虚心为怀、宽厚博大的品格。这就是说,无论是评诗还是学诗,既"爱古人",以古人为师;也"不薄今人",虚心撷取今人之长。只有这样,才能真正做到"转益多师"。

"清词丽句必为邻",此中"清词丽句"一般解为"清丽的词句"。我以为,此四字恐非如此简单。应该说,"清词丽句"应为互文,即"清的词句"和"丽的词句"。更具体地说,即"清新的词句"和"绮丽的词句"。"清新"与"绮丽"是两种截然不同的风格。在杜甫的时代,诗坛的倾向是扬"清新"而贬"绮丽"。但在杜甫眼中,"清新"固然可贵,"绮丽"亦有可取、可用之处,不应简单对待。这样理解,"为邻"才能落到实处。如果不是两种不同的风格,谈何"为邻"呢?

(六)

为了更好地理解"不薄今人爱古人,清词丽句必为邻",我们必须把目光放得更远一些。

在中国古代文学发展史上,历来有两种对立的态度:一为贵古贱今,一为厚今薄古。初唐诗坛上这两种倾向都有所表现。陈子昂和李白在诗歌理论上都主张"复古";而那些庸俗之辈却自以为是,嗤点前人庾信,哂笑前辈"四杰",发出种种轻薄的讥笑。杜甫旗帜鲜明地提出"不薄今人爱古人",立即占领了理论的制高点,既回答了时代提出的如何正确对待"古""今"的问题,又使自己超越了"古"与"今"孰优孰劣的无谓争论,同时有力地批判了当时诗坛上的庸俗之辈。就文学本身而言，关键不在于你打着的是"古"的旗号还是"今"的旗号，而在于你的作品是否属于真正的诗、真正的艺术。唐代诗坛要迎接新的繁荣，就必须挣脱"古""今"之争的束缚，使唐诗的"生产力"获得进一步解放。

在中国文学发展史上，六朝人经常以"清""丽"并举，代表两种不同的文风。《文心雕龙·明诗》认为："若夫四言正体，则雅润为本；五言流调，则清丽居宗。华实异用，唯才所安。故平子得其雅，叔夜含其润，茂先凝其清，景阳振其丽。兼善则子建、仲宣，偏美则太冲、公干。"显然，刘勰是扬"清"抑"丽"的。初唐时期，"丽词"成为批评对象。陈子昂的"采丽竞繁，而兴寄都绝"、李白的"自从建安来，绮丽不足珍"可作为代表；同时对"清词"又赞不绝口，如李白的"圣代复元古，垂衣贵清真""蓬莱文章建安骨，中间小谢又清发"等。只有从这一背景中，我们才能体会到杜甫"清词丽句必为邻"在当时是多么大胆的、具有革新意义的主张，体会到其振聋发聩的意义。

"不薄今人爱古人"侧重于纵向的博取，"清词丽句必为邻"侧重于横向的博取。二者结合，纵横交错，"转益多师"方能落到实处。最让我们惊异不已的是，杜甫的这些观念，在一千多年后的西方文坛上，居然不乏知音。文学大师托尔斯泰这样告诫有志于文学创作的人："正确的道路是这样：吸取你的前辈所做的一切，然后再往前走。"[①]著名小说大师莫泊桑坦言：

---

① 段宝林：《西方古典作家谈文艺创作》，春风文艺出版社，1989年，561页。

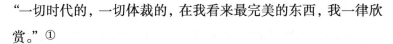

"一切时代的,一切体裁的,在我看来最完美的东西,我一律欣赏。"①

由此看来,一个真正的艺术天才是"百无禁忌"的。什么"古""今"之分,什么"清词""丽句"之分,扬此而贬彼,皆属无谓之举。一个真正的艺术家,一个善于学习的人,他的目光无所不届,凡对"我"有用者,凡"我"可借鉴者,凡有助于达到真、善、美境界者,皆可"拿来"。

(七)

"不薄今人爱古人",杜甫是这样说的,也是这样做的。

我们先来看看杜甫的"爱古人"。

"窃攀屈宋宜方驾"(《戏为六绝句·其五》),在古代诗人中,杜甫对屈宋怀有特别深厚的敬仰之情。敬仰屈原,人皆理解;敬仰宋玉,则须多说几句。杜甫有一首专门咏叹宋玉的诗,即脍炙人口的《咏怀古迹五首·其二》:

摇落深知宋玉悲,风流儒雅亦吾师。
怅望千秋一洒泪,萧条异代不同时。
江山故宅空文藻,云雨荒台岂梦思。
最是楚宫俱泯灭,舟人指点到今疑。

在中国古代文学家中,宋玉是一位长期被人误解的悲剧性人物。也许是因为屈原的光芒太强烈,宋玉总是被遮蔽于一角,对他进行批评的不乏其人,对他表示推崇的寥寥无几。杜甫则

---

① 段宝林:《西方古典作家谈文艺创作》,春风文艺出版社,1989年,614页。

旗帜鲜明地推崇宋玉，堪称宋玉真正的"知音"。

杜甫把"悲"和宋玉联系在一起，这当然不是偶然的。宋玉的代表作《九辩》共五首，每首皆言"悲"。第一首起句："悲哉！秋之为气也！萧瑟兮，草木摇落而变衰！"第二首起句："悲忧穷戚兮独处廓，有美一人兮心不绎。"第三首起句："皇天平分四时兮，窃独悲此凛秋。"第四句起句："窃悲夫蕙华之曾敷兮，纷旖旎乎都房。"第五首起句无"悲"字，但收尾处写道："独悲愁其伤人兮，冯郁郁其何极！"离开"悲"，则无以言《九辩》；离开"悲"，则无以言宋玉。

"风流儒雅"是杜甫给予宋玉的整体性评价，表现了杜甫对宋玉独到的理解。这四个字，本是当年庾信评价东晋名士兼志士殷仲文的用语，杜甫将其用于评宋玉，表明在杜甫心目中，宋玉不仅仅是杰出的文士，更是有抱负的志士。关于宋玉之志，《九辩》最后一首如此表述："何时俗之工巧兮，背绳墨而改错？却骐骥而不乘兮，策驽骀而取路。当世岂无骐骥兮，诚莫之能善御。见执辔者非其人兮，故骝跳而远去……变古易俗兮世衰，今之相者兮举肥。骐骥伏匿而不见兮，凤皇高飞而不下。"对世俗之不满，欲高飞而远翔之意，跃然纸上。

"亦吾师"一语尤有分寸。清人刘熙载《艺概·赋概》指出："屈子以后之作……情之绵邈，莫如宋玉'悲秋'。""'国风好色而不淫，小雅怨诽而不乱'，淮南以此传骚，而太史公引之。少陵咏宋玉宅云：'风流儒雅亦吾师。''亦'字下得有眼，盖对屈子之风雅而言也。"一个"亦"字，显示出杜甫艺术鉴赏之精细绵密，艺术批评之一字不苟。

"云雨荒台岂梦思"一句尤见杜甫目光之独到。《高唐赋》

《神女赋》一向被人们所喜爱,但大多以其为荒诞之思,甚至只欣赏此中风流韵事。这实在大大有悖宋玉的本意。杜甫断言,宋玉此二赋绝非荒唐之言、梦幻之思,而有其深刻的寓意与深远的寄托。试读赋中如下数语:"纤条悲鸣,声似竽籁。清浊相合,五变四会。感心动耳,回肠伤气。孤子寡妇,寒心酸鼻。长吏隳官,贤士失志。愁思无已,叹息垂泪。登高远望,使人心瘁。"这不是无病呻吟,而是那个悲剧时代的悲凉之音。此时的楚国,江河日下,风雨飘摇,宋玉的文句中,隐含着多么深沉的家国之哀啊!

杜甫对宋玉的评论,笔端充满深情。宋玉的"悲"即杜甫之悲,宋玉的被人误解亦是杜甫的被人误解。正因为如此,他才满怀感慨地写道:"最是楚宫俱泯灭,舟人指点到今疑。"岁月悠悠,昔日楚宫化为尘土,人们遗忘了当年的一切,只是热衷于寻找高唐遗迹、神女遗韵。至于历史留给人们的真正教训,宋玉辞赋中表达的真实意图,反而无人过问。这是宋玉的悲哀,更是杜甫的悲哀。作为一个诗人,作为一个有志之士,还有什么比死后千年仍不被人理解,甚至被人曲解更为不幸呢?

"骚人嗟不见,汉道盛于斯。"(《偶题》)杜甫诗中涉及汉魏诗人的评论甚多:

贾生恸哭后,寥落无其人。

(《别蔡十四著作》)

相如才调逸,银汉会双星。

(《奉酬薛十二丈判官见赠》)

文章曹植波澜阔。

(《追酬故高蜀州人日见寄》)

苍茫步兵哭，展转仲宣哀。

（《秋日荆南述怀三十韵》）

这里着重谈扬雄和嵇康。杜甫在诗中常以扬雄的文学成就比况自己：

赋料扬雄敌。

（《奉赠韦左丞丈二十二韵》）

草《玄》吾岂敢，赋或似相如。

（《酬高使君相赠》）

往昔十四五，出游翰墨场。斯文崔魏徒，以我似班扬。

（《壮游》）

旁人错比扬雄宅，懒惰无心作解嘲。

（《堂成》）

扬雄这个人有点"怪"。据《汉书·扬雄传》载，年轻时，扬雄喜欢"沉博艳丽之文"，崇拜司马相如，"常拟之以为式"；后来却来了个180度大转弯。扬雄的《法言》中有这样一段妙文："或问：吾子少而好赋？曰：然。童子雕虫篆刻。俄而曰：壮夫不为也。"对"少而好赋"进行了彻底否定。

话虽如此，扬雄自己毕竟是依靠赋立足文坛的。赋对于中国诗歌的发展有着极其巨大而深刻的影响。朱光潜认为，赋对诗的影响表现在以下几个方面。一是意义的排偶，赋先于诗。在中国文学史上，赋比诗更早地有意追求排偶。汉人之赋接二连三地用骈语；汉人的诗中，骈句却较为罕见。从文学发展的事实看，诗的排偶显然是从赋的排偶发展而来的。二是声音的对仗，赋也先于诗。曹丕在《典论·论文》中已指明声音分为

"清浊",陆机的《文赋》里也有"声音迭代"之说,而当时践行这一理论的是赋。诗歌讲平仄、讲对仗,是六朝由永明诗人开启端倪,到隋唐才趋于完成的。三是就律诗而言,其所走的道路正如赋的发展历程,是意义的排偶先于声音的排偶。

汉魏之后,赋作为一种文体日趋衰落,但在学习写作时,赋却是写诗的绝佳津梁,学赋是学习写诗的最好手段。赋的排偶、对仗、用典,深刻地显示出汉语的特点与优点;赋的语言繁缛、堆砌,词汇量极为惊人;赋中的事类、典故,更似一座文化博物宝库。正因如此,唐代诗人的人生第一课,几乎都是学赋。杜甫在这方面更是超过他人。每当述及自己的成长及走过的创作道路时,杜甫总把"赋"摆在异常醒目的位置。他的《进雕赋表》中有这样一段话:

>……臣之述作,虽不足以鼓吹《六经》,先鸣数子,至于沉郁顿挫,随时敏捷,而扬雄、枚皋之流,庶可跂及也。

扬雄竟然成了杜甫追慕的榜样。

赋之于杜甫,关系实莫大焉。扬雄毕竟是汉代与司马相如并肩驰骋文坛的辞赋大师。杜甫推崇他,实在是自然的事。

嵇康是魏晋时期著名的文学家。杜甫对嵇康的推崇是值得我们深思的。杜诗中提及嵇康处甚多,其中《入衡州》中的一段最值得注意:

>兵革自久远,兴衰看帝王。汉仪甚照耀,胡马何猖狂。……销魂避飞镝,累足穿豺狼。隐忍枳棘刺,迁延胝趼疮。远归儿侍侧,犹乳女在旁。久客幸脱免,暮年惭激昂。萧条向水陆,汩没随鱼商。报主身已老,

入朝病见妨。悠悠委薄俗,郁郁回刚肠。……我师嵇
叔夜,世贤张子房。柴荆寄乐土,鹏路观翱翔。

"我师嵇叔夜",这话出自杜甫之口,太非同寻常了。

"师"嵇康什么?

嵇康因不满司马氏专权,避居林下,并发表了大量讥讽当世、蔑弃礼法的激烈之言,引起当政者的嫉恨,被处以极刑。山涛曾劝嵇康向当政者妥协,出来做官,嵇康却以"必不堪者七,甚不可者二"坚决拒绝。所谓"不可者二",一为"每非汤武而薄周孔……世教所不容",二曰"刚肠疾恶,轻肆直言,遇事便发"(《与山巨源绝交书》)。这两者也就是杜甫诗中所言的"悠悠委薄俗,郁郁回刚肠"。一句"我师嵇叔夜",可以见出杜甫个性的棱角何等鲜明。在唐代诗人中,敢说"我师嵇叔夜"的人似乎不多。杜甫对嵇康的敬慕之情溢于言表,其晚年的思想倾向也由此可见一斑。

(八)

六朝是中国历史上文学自觉且繁荣的时代。但对六朝文学之评价,历来多贬抑之音,唐前期尤甚,"亡国之音""辞赋之罪人"不绝于耳。这种否定之风,至杜甫方起一绝大之变化。《戏为六绝句》一开始就这样热情赞扬庾信:"庾信文章老更成,凌云健笔意纵横。"《偶题》中一句"永怀江左逸",更表现出杜甫对六朝诗人的整体态度。

关于六朝文学,朱光潜论述道:

> 律诗极盛于唐朝,但是创始者是晋宋齐梁时代的
> 诗人。唐朝诗人许多都是六朝诗人的私淑弟子……不

过唐朝从陈子昂起，也有一种排斥六朝的运动……后来一般论诗者往往尾随陈子昂、李白，以"绮丽"二字看成六朝人的大罪状，一味推崇盛唐。他们好像以为唐诗是平地一声雷似的起来的……这种卑六朝而尊唐的传统的看法不但是对于六朝不公平，而且也没有认清历史的连续性……如果把六朝诗和唐诗摆在一条历史线上去纵看，唐人却是六朝人的承继者，六朝人创业，唐人只是守成……唐诗的格调都是从六朝诗的格调演化出来的。①

同时，朱光潜指出：

六朝是中国自然诗发轫的时期，也是中国诗脱离音乐而在文字本身求音乐的时期。从六朝起，中国诗才有音律的专门研究，才创新形式，才寻新情趣，才有较精研的意象，才吸哲理来扩大诗的内容。就这几层说，六朝可以说是中国诗的浪漫时期，它对于中国诗的重要性亦正不让予浪漫运动之于西方诗。②

如果说朱光潜这些话在今天读来仍有新意，那么一千多年前，杜甫为六朝诗人唱赞歌，是需要多么敏锐而健全的艺术感觉，多么公正的历史态度，多么坚定的自信，多么大胆的逆潮流而行的勇气啊！

在杜甫对六朝诗人所作的评论中，最引人注目的当是对庾信的评论。

---

① 朱光潜：《诗论》，三联书店，1984年，198—199页。
② 同上。

庾信的人生道路比较复杂。他初仕于南朝梁，后仕于西魏，历经种种人间巨变，这些深刻地影响了他的文学创作。庾信前期颇多清新之作，后期创作则趋于苍劲悲凉，其《哀江南赋》堪称传世之作。唐初历史学家令狐德棻在《周书·王褒庾信传论》中，对庾信几乎全盘否定。虽也承认他是个"奇才"，"牢笼于一代"，但又指责他"淫放""轻险"，是"词赋之罪人"。杜甫一反令狐等人的错误观点，在其《戏为六绝句》中，以"凌云健笔"的热情肯定了庾信的文学成就，并以"今人嗤点流传赋，不觉前贤畏后生"，批评了当时那些浅薄的文学评论者。清人刘熙载对杜甫此诗评价甚高："唐初四子源出子山。观少陵《戏为六绝句》专论四子，而第一首起句便云'庾信文章老更成'，有意无意之间，骊珠已得。"（《艺概·诗概》）事实上，无庾信即无初唐四杰，无初唐四杰即无盛唐诸位巨匠。庾信其人，岂可轻言！

杜甫的《咏怀古迹五首·其一》，几乎可视为咏叹庾信的绝唱：

支离东北风尘际，漂泊西南天地间。
三峡楼台淹日月，五溪衣服共云山。
羯胡事主终无赖，词客哀时且未还。
庾信平生最萧瑟，暮年诗赋动江关。

这当然不是单纯的评论文字。但唯其如此，才更显杜甫对庾信的深厚感情。诗的前六句写自己，但处处有庾信的影子；尾联写庾信，却字字与自己相关。相同的身世之痛，相同的家国之忧，把这两位诗人的心紧紧联系在一起。"平生最萧瑟"一语至为关键。对庾信来说，没有"平生最萧瑟"，没有人生途中的种种不幸变故，就没有"诗赋动江关"。但是，以"最萧瑟"

的生平来换取"动江关"的"诗赋",这究竟是命运的馈赠,还是命运的无情?

在自己的诗作中,杜甫对大诗人陶渊明也屡屡表达了仰慕之情。此外,杜甫诗作对六朝诸多著名诗人都有所涉及,并给予相应评价,如:

李侯有佳句,往往似阴铿。

(《与李十二白同寻范十隐居》)

阴何尚清省,沈宋欻联翩。

(《秋日夔府咏怀奉寄郑监李宾客一百韵》)

清新庾开府,俊逸鲍参军。

(《春日忆李白》)

何刘沈谢力未工,才兼鲍照愁绝倒。

(《苏端薛复筵简薛华醉歌》)

忍待江山丽,还披鲍谢文。

(《戏寄崔评事表侄苏五表弟韦大少府诸侄》)

新文生沈谢,异骨降松乔。

(《哭王彭州抡》)

爱酒晋山简,能诗何水曹。

(《北邻》)

东阁官梅动诗兴,还如何逊在扬州。

(《和裴迪登蜀州东亭送客逢早梅相忆见寄》)

谢朓每篇堪讽诵。

(《寄岑嘉州》)

礼加徐孺子,诗接谢宣城。

(《陪裴使君登岳阳楼》)

孰知二谢将能事,颇学阴何苦用心。

(《解闷十二首》)

综而观之,在唐代诗人中,杜甫可以说是最能深刻理解六朝诗人与唐诗之间关系的。在他的诗中,几乎找不到对六朝诗人的率意否定。朱光潜指出:"谢灵运、鲍照(意义的排偶)和何逊、阴铿(声音的对仗)是律诗的四大功臣。唐人讲究律诗,受他们的影响最大,所以杜甫有'熟知二谢将能事,颇学阴何苦用心'之句。"[1]其实,六朝诗人对唐诗的影响又何止律诗。李白对六朝诗是持否定态度的,但他的创作其实深受六朝诗人的影响,如刘熙载《艺概·诗概》所言:"太白诗以《庄》《骚》为大源,而于嗣宗之渊放,景纯之俊上,明远之驱迈,玄晖之奇秀,亦各有所取,无遗美焉。"

还应该特别指出的是,杜甫对六朝诗人绝非无区别地笼统肯定。他所赞扬的六朝诗人,都是确有成就、确有特色的;具体到每位诗人,也是着力肯定其独到的方面。这样,六朝文学中那些消极的部分就自然地被剔除了。

然而,历史的发展极为复杂、艰难。就在杜甫之后,白居易在《与元九书》中云:"至于梁、陈间,率不过嘲风雪,弄花草而已。"韩愈也认为:"逶迤抵晋宋,气象日凋耗。中间数鲍谢,比近最清奥。齐梁及陈隋,众作等蝉噪。"(《荐士》)诚然,白、韩之所以如此,有种种原因;但从整体上看,显然是一种倒退。这些后起者在创作上取得的成就逊于杜甫,也就不难理

---

[1] 朱光潜:《朱光潜美学文集》(第二卷),上海文艺出版社,1982年,194页。

解了。

历史自有公论。清人刘熙载认为:"少陵于鲍、庾、阴、何乐推不厌。昌黎云:'齐梁及陈隋,众作等蝉噪。'韩之论高而疏,不若杜之大而实也。"(《艺概·诗概》)当年唐代文坛上这一番不同取向之争,为后人留下了深刻的教训。"大而实"三字,要真正做到,谈何容易!"爱古人",尤其是正确地做到"爱古人",何等重要,何等艰难!更值得后来者深思!

(九)

"爱古人"已属难能,"不薄今人"更为可贵。自古及今,"厚古薄今""贵远贱近"已形成一种风气。更何况认识、评价今人,距离太近,缺乏参照系,没有正确、客观的态度,没有敏锐、细致的审美判断能力,是不敢也无力承担这一任务的。但杜甫在他的诗作中对"今人"作了极为广泛的评述,这些评述绝大多数都经受住了历史的检验,成为不刊之论。

杜甫对"初唐四杰"所作的评论,已成为诗歌评论的"经典",这里不再赘述。杜甫对一些初唐诗人,尤其是他的祖父杜审言所作的评述,展现了深远的历史目光。关于这一点,前人评述甚多。这里着重谈一下杜甫对陈子昂的评述。

陈子昂在文学史上的重要地位和重大贡献,在今天毋庸置疑。但是,在其生前、死后的一段时间里,他都是一位极有争议的人物。这只要看一看陈子昂的好友卢藏用写的《右拾遗陈子昂文集序》就可以知道。卢文写道:"惜乎!湮厄当世,道不偶时,委骨巴山,年志俱夭……"一片感慨万状之情。史书言"武后奇其才……擢麟台正字"(《新唐书·陈子昂传》),但从后来的解官到最终的惨死,都说明他极不得志。

卢藏用赞美自己的友人"崛起江汉,虎视函夏,卓立千古,横制颓波,天下翕然,质文一变",固然可谓真知灼见。但这毕竟是友朋之论,并不具备普遍意义。杜甫的评论则不同,属于完全意义上的文学、人物评论。

我们先来看看杜诗中有关陈子昂的诗句:

> 遇害陈公殒,于今蜀道怜。君行射洪县,为我一潸然。
>
> (《送梓州李使君之任》)

> 陈公读书堂,石柱仄青苔。悲风为我起,激烈伤雄才。
>
> (《冬到金华山观,因得故拾遗陈公学堂遗迹》)

> 位下曷足伤,所贵者圣贤。有才继《骚》《雅》,哲匠不比肩。公生扬马后,名与日月悬。……盛事会一时,此堂岂千年。终古立忠义,《感遇》有遗编。
>
> (《陈拾遗故宅》)

"雄才""继《骚》《雅》""哲匠不比肩""名与日月悬"……评价太不一般了!

为了验证这些评语的准确度,我们不妨读一读陈子昂的诗,下面是《感遇》诗中的一首:

兰若生春夏,芊蔚何青青?幽独空林色,朱蕤冒紫茎。
迟迟白日晚,袅袅秋风生。岁华尽摇落,芳意竟何成?

这里的每一句几乎都与楚骚有着或明或暗的联系,如《九歌·少司命》"秋兰兮青青,绿叶兮紫茎",《九章·悲回风》"兰茝幽而独芳",《九辩》"白日晼晚其将入兮",《九歌·湘夫人》"袅袅兮秋风",《离骚》"惟草木之零落兮,恐美人之迟暮",《九辩》"草木摇落而变衰"。由此可见,说陈子昂"继《骚》《雅》",较之单纯强调其作品与汉魏风骨的联系,更全面,更符合实际。

当然,陈子昂的诗歌蕴含着寥廓而浩茫的宇宙意识,蕴含着对人的命运的感伤,对人的生存价值的思考。就其境界而言,亦非"《骚》《雅》"所能局限,而完全是唐诗的风范。

至于杜甫如此推崇陈子昂在中国诗歌发展史上有何意义,清人陈沆《诗比兴笺》中的一段话值得一读:"射洪著述,斯文中兴。自李、杜推激于前,韩、柳服膺于后,于是高步三唐,横扫六代,莫不以为今古之升降,质文之轨辙焉。然逐响则同,知音罕见,寻其湮郁,亦有端由。自宋子京《唐书》谓明堂太学之疏,'荐圭璧于房闼';王士禛《笔记》谓《大周受命》之颂,甚剧秦而美新,又或訾《崇福观》之记,有孝明帝之称。于是末学随声,百喙一律。不有论世,曷由阐幽?请考子昂所立之朝与同朝之人,并考子昂立朝之节与去朝之日,而后质之以《感遇》之什,则心迹始终日月争光矣……是以杜甫《过陈拾遗故宅》诗云:'千古立忠义,《感遇》有遗篇。'其为党附不党附,可不言决矣。"这话告诉人们,陈子昂身后历代颇多非议之词,而杜甫对陈子昂的评价以不可动摇之力捍卫着陈子昂的声誉。陈沆竟情不自禁地感叹:"并世知音,实惟牙旷!"这"知音"二字,是对杜甫评说陈子昂的确切有力的褒扬。

杜甫对"初唐四杰"、陈子昂如此,那么对同辈诗人呢?在杜甫诗集中,涉及同辈诗人的评论实在太多了。王维、孟浩然、高适、岑参、贾至、薛据、张九龄、元结……可以列出一个很长很长的名单，这里仅略谈数人。

就年龄、入仕经历、诗坛名声各方面看，王维可以说是杜甫的"前辈"。对这位"前辈"，杜甫十分敬重，并以"最传秀句寰区满"（《解闷十二首》）盛赞王诗。清人杨伦认为"赞摩诘只一秀字，品评不苟"（《杜诗镜铨》）。但是，王维一生，有一件事一直"说不清"，这就是他在安史之乱中的政治表现。安史叛军占领长安后，把一批唐朝官员作为"俘虏"押解至洛阳，并授以伪职，王维就是其中一员。尽管王维实际上并未接受伪职，但仍构成罪案。唐肃宗返回长安后，王维成为审理对象，只是由于弟弟王缙的营救，才得以赦免。这可是事关人品的大事，且与朝廷密切相关。对此，杜甫持何看法呢？在《奉赠王中允维》一诗中，杜甫写道：

中允声名久，如今契阔深。共传收庾信，不比得陈琳。
一病缘明主，三年独此心。穷愁应有作，试诵白头吟。

第二联的意思是，正像当年传说庾信被侯景收用一样，如今人们也纷纷传说王维曾依附安禄山，昔日的陈琳，初事袁绍，后附曹操，王维可不是这样的人。第三联的意思是，被安史叛军俘虏后，王维佯装有病，以此避开叛军的纠缠，可见他始终忠于当朝的圣明君主，现在三年过去了，王维仍满怀忠诚之心。前人对此诗的评论是"直是王维辩冤疏"（《杜臆》）。

必须强调，在当时的形势下，替王维说话要冒很大的风险，甚至付出沉重的代价。从私交上看，王维与杜甫并非至交，杜甫为什么要替王维"辩冤"呢？理由只有二：一是对王维的敬重与深知，二是杜甫自身品格的正直。

"不薄今人"，竟然认真到这种程度！

高（适）岑（参）并称，从宋代起似乎已成惯例。严羽《沧浪诗话》云："高、岑之诗悲壮，读之使人感慨。"明人高棅《唐诗品汇·总叙》亦云："开元、天宝间，则有……高适、岑参之悲壮。"清人也不例外，方东树《昭昧詹言》云："高、岑奇峭，自是有气骨，非低平庸浅所及。"现代更是如此，今人认定他们二人同属"边塞诗派"。

那么，当年诗坛的实际情况如何呢？他们为什么会"走到一起"呢？

如果从人生道路、出仕经历来看，高适与岑参各有特征；从交往上看，二人似乎并没有多么密切的来往，也并非"至交"。但二人都是杜甫极好的朋友。最令人奇怪的是，杜甫几乎把二人当成一个人来看待，一次又一次地向二人"寄"诗，对二人说同样的话，而且动辄三十韵、五十韵，似乎有倾吐不完的话语。在杜甫眼里，他们二人就是当时诗坛的一对"双子星"，以至于在"寄"给他们的诗中，杜甫写下了这样的诗句：

高、岑殊缓步，沈、鲍得同行。

意惬关飞动，篇终接混茫。

（《寄彭州高三十五使君适、虢州岑二十七长史参三十韵》）

这可以说是中国诗歌发展史上最早出现的"高岑并称"。"意惬"二句，则是对二人诗歌艺术特征的精准概括。

首先，杜甫把高、岑二人与六朝诗人沈（约）、鲍（照）相提并论，是极有道理的。鲍照以古体诗创作最为有名，清人沈德潜在《古诗源》中这样评论："（明远诗）如五丁凿山，开人世所未有""抗音吐怀，每独成亮节。"沈约呢？钟嵘《诗品》

对其作这样的评价:"详其文体,察其余论,固知宪章鲍明远也。"由此可见,沈、鲍并提,绝非偶然。高、岑诗歌创作的突出成就是在古体诗领域。杜甫之评,确乎一丝不苟。

"意惬"二句,极精辟地概括了高、岑诗歌,尤其是古体诗的艺术特征与杰出成就。高、岑二人皆以好"奇"闻名于世。在他们的诗中,自有一种"奇崛"之气盘桓激荡,使诗歌显得格外气足神旺;又常出之以"奇"句,更增强了诗的灵感。由于气势充沛,临近终篇,反以振起之笔,给人以"混茫"之感。高适的《燕歌行》,岑参的《白雪歌送武判官归京》,都是极好的案例。

唐人殷璠对高适诗的评价是"多胸臆语,兼有气骨,故朝野通赏其文"(《河岳英灵集·卷上》)。明人徐献忠也认为高诗"直举胸臆,摹画景象,气骨琅然,而词峰华润,感赏之情,殆出常表"(《唐诗品》)。至于岑诗,为《嘉州集》作序的唐人杜确认为:"(岑)属辞尚清,用志尚切,其有所得,多入佳境,迥拔孤秀,出于常情。每篇绝笔,则人人传写,虽闾里士庶、戎夷蛮貊,莫不吟习焉。"《唐才子传》也称岑参"属辞清尚,用心良苦,诗调尤高,唐兴罕见此作。放情山水,故常怀逸念,奇造幽致,所得往往超拔孤秀,度越常情"。这些评价可以帮助我们进一步深化对高、岑的认识。相较之下,杜甫的十个字更精练、更形象、更直观地揭示了高、岑诗歌的突出特征,实则篇中意惬,饱含飞动之势,即刘勰所说的"意气骏爽";而片终"混茫",予人以无限之思,即刘勰所说的"结言端直"(《文心雕龙·风骨》)。这些都是有"气骨"的表现,是对高、岑极高的赞誉。

高、岑都是杜甫的"同辈"诗人,杜甫对他们都是诚心推崇。"美名人不及,佳句法如何?"(《寄高三十五书记》)何等谦逊!在推荐岑参出任拾遗时,杜甫写道:"(岑)识度清远,议论雅正,佳名早立,时辈所仰。"(《为遗补荐岑参状》)何等尊重!清人洪亮吉有言:"高常侍之于杜浣花,贺秘监之于李谪仙,张水部之于韩昌黎,始可谓之诗文知己。"(《北江诗话》)其实,何止"高长侍之于杜浣花",再加上"岑嘉州之于杜浣花"又何尝不可?当年曹丕曾感慨"文人相轻,自古而然",然而我们从杜甫身上,从杜甫和他的朋友高、岑身上,所感受到的却是纯真的友谊和崇高的品格,哪里有"文人相轻"的影子?

杜甫与每一位"同辈"诗人的交往,都是一段佳话。直到生命的晚年,杜甫还与一位当时不知名的诗人苏涣热切交流,对其热情提携。"不薄今人"在杜甫这里绝非空言,而是有血有肉的生命实践。

(十)

传统,是一种普遍的、无法抗拒的存在,任何人都生活在传统之中。因此,每一个时代的诗人、作家都必然面临着如何正确对待传统的问题。由于不能正确继承传统,以致丧失精神创造活力的诗人、作家,历史上屡见不鲜。今天,中华民族正在为文化复兴而奋斗。文化复兴,核心就是正确继承中华优秀传统文化,发扬光大并最终超越旧传统、创造新传统。在这样的历史时刻,重温杜甫《戏为六绝句》中的那些名言警句,重新审视杜甫成功的创作实践、创新道路,无疑具有深刻的启示意义。

十四 痛饮狂歌空度日 飞扬跋扈为谁雄
——杜甫诗学之"李白论"

（一）

唐代是一个诗歌创作天才"井喷"式出现的时代。

每隔十几年或几十年，诗国的天空就会升起一颗耀眼的新星。那种景象，实在太壮观了。

当然，唐代诗坛最杰出、最令人惊叹的天才，就是李白和杜甫。

"李杜文章在，光焰万丈长。不知群儿愚，那用故谤伤。蚍蜉撼大树，可笑不自量。"（《调张籍》）韩愈这几句话，就是历史的结论，具有不可撼动的力量。

天才总是最能理解天才的，因为他们的生命追求、精神能量、审美资质处在同一层次上。

毫无疑问，李白赏识杜甫，杜甫敬重李白。他们的相见、相识、相互理解，已成为中国文学史上一段永恒的佳话。

当然，由于年龄、性格、经历的差异，二人在交往中，态度表现存在某种差异。总体而论，杜甫对李白的敬重、赞赏是他们交往中最突出的方面。不要忘记，在他们最初相遇的时候，李白的声誉已是如日中天，而杜甫在诗坛上几乎没有什么名声。

当然，这在任何意义上都不是说李白对杜甫冷淡。恰恰相反，从杜甫叙述昔日与李白齐鲁相会的诗句看，他们是那样地融洽、亲密：

> 忆与高李辈，论交入酒垆。
> 两公壮藻思，得我色敷腴。
> 气酣登吹台，怀古视平芜。
> 芒砀云一去，雁鹜空相呼。

(《遣怀》)

正是在这段时期的相会中，杜甫通过近距离的观察、接触，对天才诗人李白逐渐加深了了解。不久，他们各奔西东，李白云游江东，杜甫西入长安。怀着深厚的思念之情，在长安，杜甫写下了著名的《春日忆李白》：

> 白也诗无敌，飘然思不群。
> 清新庾开府，俊逸鲍参军。
> 渭北春天树，江东日暮云。
> 何时一樽酒，重与细论文。

在对李白的评价上，就高度、深度、准确度而言，这首诗都是"空前"的。

"诗无敌"三字，极其精当地为李白在唐代诗坛乃至中国诗歌史上作了准确定位。

"飘然"，说到"诗仙"李白，还有比这两个字更传神的吗？

"思不群"精要地道出了李白作为"天才"的特征。

"清新""俊逸"四个字，尽显李白诗歌的风格特征与审美价值。这四个字一经杜甫道出，几成定论。

后四句道出了深厚的思念之情和急迫的再见之情，尤其是

"细论文"三个字,耐人寻味。只有两个等量级的天才,才能在"论文",即交流艺术心得时,如此亲密相通。

万分遗憾的是,这一愿望没能实现。两位天才,从此天各一方,各自艰难地走着自己的人生之路。

(二)

令人万分惊奇的是,就在写完《春日忆李白》之后不久,杜甫又写了一首七言绝句《赠李白》:

> 秋来相顾尚飘蓬,未就丹砂愧葛洪。
> 痛饮狂歌空度日,飞扬跋扈为谁雄?

杜甫为什么要写这首诗?是他突然之间得知了正在漂泊的好朋友的什么消息吗?是他觉得《春日忆李白》没能写出李白的精神深度吗?是他又一次对这位友人的灵魂深处进行了探索,觉得需要再次发声吗?

如果说《春日忆李白》为我们展现的是一个"快乐的李白",那么《赠李白》展现的就是一个"痛苦的李白"。然而,这是一个更为真实的李白。这首诗说明,杜甫对李白的认识和了解、敬仰与同情均达到了一个新的高度。

对于此诗,叶嘉莹曾写《说杜甫〈赠李白〉诗一首》予以解读。

叶嘉莹首先指出,从这首诗可以看出,李、杜二人堪称"千古知己":

> 我以为李、杜二家之足以并称千古者,其真正的意义与价值之所在,原来乃正在其充沛之生命与耀目之光彩的一线相同之处,因此李、杜二公,遂不仅成

为了千古并称的两大诗人,而且更成为了同时并世的一双知己……我以为千古以来,必当推杜甫为太白唯一之知己,因为太白诗的真正佳处所在,实在并不易为人所知,世之不能赏爱太白的人,固不免因太白之恣纵不羁为浮夸率意,而即使赏爱太白的人,也往往但能赏其飘逸,而不能赏其沉至。其实太白虽然常以其不羁之天才,表现为飞扬高举之一面的飘忽狂想;而在另一方面,太白却也有着不羁之天才所感受到的一份挫伤折辱的寂寞深悲,杜甫就是对太白此两方面都有着深知与深爱的一位知己的友人。①

接着她又指出,此二十八字,字字珠玑,堪称极为传神的"太白小像":

以太白的天才恣纵,生活之多彩,要想以寥寥几笔,为之勾勒出一幅速写的小像,其形象之捕捉与素材之选取,当然并不是一件简单容易的事,而杜甫却能以其另一天才之心灵,轻而易举地只用了短短二十八个字,便做到了这件事。在这首诗中,杜甫不仅淋漓尽致地写出了太白的一份不羁的绝世天才,以及属于此天才诗人所有的一种寂寥落拓的沉哀,更如此亲挚地写出了杜甫对此一天才所怀有的满心倾倒赏爱与深相惋惜的一份知己的情谊。②

然后她又对全诗作了深度解读,这一解读极具权威性,特

---

① 叶嘉莹:《迦陵论诗丛稿》,中华书局,1984年,111—112页。
② 叶嘉莹:《迦陵论诗丛稿》,中华书局,1984年,113—114页。

将其要点略作转述。

"秋来相顾尚飘蓬",这七个字以最精练的语言揭示出李白这位不羁之天才的悲剧命运。以李白那"想落天外,局自变生"的恣纵生活,他本能一施奇才、一展抱负。然而在现实世界中,他被当朝权贵一辱再辱,被最高统治者一弃再弃,人生道路充满坎坷,以至"欲渡黄河冰塞川,将登太行雪满山",只能发出"行路难,行路难"的感叹,落到无所皈依的境地。李白是"颇怀拯物情"的,他追求的不是如常人那般碌碌于仕进,而是如古代游侠、纵横的狂士一般,一朝风云际会,立卓然不世之功,然后拂衣而去,飘然归隐。这种富有浪漫色彩的狂想和当时黑暗腐败的现实差距太大了。在天宝年间的政治旋涡中,李白只能以满怀希望入长安,以满怀失望出长安。他本想成为"手把芙蓉朝玉京"的人,结果只能成为一株飘摇无依的蓬草。这是天才的深刻悲剧。杜甫以其洞察之力与深情之笔,一语道尽了李白所特有的一份落拓飘零的深沉悲哀。

如果说"尚飘蓬"写出了李白在现世追求中所遭遇的幻灭与失望,那么"愧葛洪"则写出了李白在仙界追求中所遭遇的幻灭与失望。在李白的狂想中,不甘生命之碌碌而向往致用求仕,又不甘世俗之平庸而向往隐居求仙。由于深感人生之短暂无常,李白便极其真挚、不计成败地追求着不朽与永恒。李白这一番狂想,固然可爱,亦复可伤。李白之歌咏神仙,本就包蕴着一种力图挣脱人生之坎坷、不幸的深沉哀痛,而他自己又何尝不知,对神仙之向往,较之对现世的追求,尤不可恃。失望于现世,却又不能弃世;执着于现世,又不得不怀神仙之向往;向往神仙,却又知其不可信、不可恃;虽知其不可信、不可恃,却又只能以此寄托对现世之失望,勉为慰藉……如此幽微曲折之深恨,如此无奈挣扎之态势,唯有杜甫才能以其高才深情知之、爱之。"未就丹砂"恰恰写出了李白之更大失望与更大失败。

　　既失望于现世之追求,又失望于世外之悬想;人世无可为,神仙无可恃;人间天上,两相茫茫。李白之天才竟无一可资栖托之所,最后不得不逃遁于饮酒狂歌,求得暂时之麻醉与舒泄。"饮"且"痛",正所谓不能不饮,不得不饮,其苦衷一言难尽;"歌"且"狂",正所谓不能不歌,不得不歌,其酸楚更为深沉。"抽刀断水水更流,举杯销愁愁更愁。""空度日"一语,遂使李白的"狂歌"之哀与"痛饮"之悲弥复可伤。杜甫对李白的一份同情、怜惜,其知之深,其爱之笃,于此句中益复可见。

　　"空度日"本属无望,但人何能无情,于是遂又有所恋、有所冀。"别君去兮何时还?且放白鹿青崖间,须行即骑访名山。"(《梦游天姥吟留别》)可见李白依然有所执着、有所追求。然而,等待他的是什么呢?难道不是更大的失望?杜甫似乎预感到,等待着这位友人、这位天才的,将是无情的贬谪、名誉的毁伤、悲伤的流放……李白是以"大鹏"自诩的,"飞扬跋扈"正是迥出流俗的"大鹏"的生动写照。然而,这"大鹏"的未来,是苦难,是失败,是寂寞——还有什么能比无望的人更悲哀呢?"为谁雄"之感叹,正写出了挣扎之无望、终生之蹉跎,展现出一代天才诗人的必然结局。[①]

　　叶嘉莹的精彩解读,把二十八个字的深刻、深情、深度解

[①] 叶嘉莹:《迦陵论诗丛稿》,中华书局,1984年,116—134页。

析得淋漓尽致。谁都知道，一个批评家在评论同时代的诗人时，面对的是双倍的困难：他没有历史可资凭依，他自己的评论却要接受历史的检验。更何况杜甫写这首诗时，他与李白相识、相处不过一年多时光，他的年龄又小于李白，生活阅历远远不如李白丰富、曲折。尽管如此，七绝《赠李白》所表现出的对李白的深刻理解和精当评论却令人惊叹。这首诗绝妙地显示出杜甫的善于知人、精于知人，显示出杜甫阅人、阅世目光的深邃与洞察力的深透。

（三）

对于七绝《赠李白》，上面已大段引述了叶嘉莹的解读，本无须画蛇添足，但由于这首诗写得太精彩了，这里禁不住再"补充"几句。

叶嘉莹紧扣《赠李白》，深刻地剖析了杜甫在这首诗中所表达的对李白悲剧命运的深度理解。但这似乎还不足以揭示这首诗的全部内涵。在某种程度上，杜甫这首诗写出了人类天才诗人的共同命运，具有极强的概括力和生命深度。

"尚飘蓬"，"飘蓬"是一个意象，这一意象最简单、最简洁的解释是"流浪""漂泊"。诗人（当然是指那些真正的诗人、天才的诗人），按照奥地利作家茨威格的话说，是"永恒的漂泊者"，或者说是永恒的精神流浪汉。天才的精神追求太丰富、太强烈了，他们绝不能也决不愿意老死在小块土地上，他们渴望的是漫游宇宙、漫游太空。没有人放逐，他们甚至会自我放逐。"飘蓬"并不仅仅是李白一个人的命运，这一意象用于形容现代诗人，甚至更为贴切。

这里我们简单地讲述一下二十世纪奥地利著名诗人赖内·马利亚·里尔克的人生际遇，以展示"飘蓬"这一意象多么富有生命力。

里尔克一生漂泊四海，在欧洲、在北非寻找自己"精神的故乡"。他是一个"离乡背井"的现代人，一生孤独。可以毫不夸张地说，没有"漂泊"，没有"孤独"，就没有里尔克。他为什么要不停地"漂泊"，为什么会永远感到"孤独"？从"诗人"的角度说，这是为了捍卫自己"灵魂"的"自由"。

里尔克在27岁时创作了享誉世界的诗篇——《豹》。这首诗借"豹"道出了现代人可悲又可怜的遭遇："它的目光因为经过这些铁栏，/变得这样疲倦，/什么也把握不住。/它觉得，好像有千条的铁栏，/千条的铁栏后便没有宇宙。"[1]这无疑就是生活在所谓发达国家的亿万现代人的生命困境。这种困境，无疑只有具备高尚而自由的灵魂的天才诗人，才能感受得如此深刻。

里尔克最著名的作品是《杜伊诺哀歌》，其第五首竟然出现了这样令人震撼的诗句："何处，呵，何处才是居处……？"

无情的事实是：在现代社会，诗人无居处，现代诗人"飘蓬"的命运，较之李白，有过之而无不及。

诗人无居处，诗人形同"飘蓬"；但社会又不能没有诗人，诗人也不甘于向命运屈服。这就决定了诗人独特的人生道路：一方面，他们必定是和社会格格不入的最孤独、最痛苦、最富恐惧感的灵魂；另一方面，他们又必定是最透彻地感知着社会本质秘密的最高尚、最自由的灵魂。实际上，纵观人类历史，

---

[1] 冯至等：《德国文学简史》（下卷），人民文学出版社，1958年，334页。

几乎在每一个时代、每一个国度,等待天才诗人的都是焦虑、孤独、穷困、痛苦,等待着天才诗人的都是"何处,呵,何处才是居处……?"

"飘蓬"这一意象是杜甫独特的创造。当年李白离开长安后,云游天下,尽访名山。在当时一般人的眼里,这位"谪仙人"生活得十分惬意,李白自己也"豪"气十足,写下"安能摧眉折腰事权贵,使我不得开心颜!"这样的诗句。然而所有这些,杜甫似乎都视而不见、听而不闻,而把李白以"飘蓬"视之,并用"痛饮狂歌空度日"来描绘李白当时的处境。这样,在我们面前就有了两个李白:一个快乐、"仙"气十足、豪放的李白,一个苦闷、孤独、"漂泊"不定的李白。哪一个李白才是"真实"的呢?答案是肯定的:后一个才是"真实"的李白。不是说前一种说法毫无道理,李白当然有其快乐豪纵的一面。但他的灵魂深处却是孤独、苦闷、痛苦的。这也正是李白作为一个天才诗人的根本特征。这种对李白精神和灵魂的深度把握与深度剖析,只有杜甫这样"天才之心灵"才能做到。这也就是《赠李白》这样的诗只有杜甫才能写出来的根本原因。

更令我们惊奇不已的是,《赠李白》一诗中的李白形象,不仅极度真实,而且极"美"。一句"未就丹砂愧葛洪",一下子彻底划清了天才诗人与庸俗鄙屑的道教术士的界限,捍卫了李白在信仰上的纯洁与高尚。"痛饮狂歌""飞扬跋扈",李白的生命力何等充沛,精神何等张扬!这不就是尼采所崇拜的那种狄俄尼索斯(酒神)精神吗?然而紧接着是"空度日",这三个字与前者形成了巨大的反差与跌宕。充沛的生命,张扬的精神,就这样被黑暗的现实吞噬着、消磨着、毁灭着。这就是天才诗人深刻的生命悲剧，也是鲁迅所说的"悲剧把美好的东西毁灭给人看"。"为谁雄"三个字蕴含着多么丰富的言外之意！它告诉人们，等待着天才诗人的，将是更加深刻的精神悲剧、生命悲剧。

读完《赠李白》，我们不仅更了解李白，更清楚地认识李白，更加热爱、珍惜天才诗人李白；而且我们自己也似乎经历了一场心灵的洗礼，我们的精神世界也被提到一个新的高度。

（四）

写下《赠李白》之后，两位天才诗人完全失去了联系。

许多年过去了。在这许多年中，发生了太多的事，太多惊天动地的事——大战乱，大血腥，大流离。但是，不管时局如何变化，不管分别多久，杜甫对李白那份真挚的热爱之情、关切之情，是永远不会改变的，且分离越久，思念越切。

唐肃宗乾元二年（759），杜甫携全家流落到几乎是唐王朝西部边陲的秦州。此时李白在哪里呢？杜甫无法知道，只是"传闻"很多，且都是"负面"的，如李白已成为"罪犯"，李白被流放夜郎，李白已被"赦免"……对这些"传闻"，杜甫自有判断。在他心中，李白永远是一位天才诗人，一位他所敬重、热爱的天才诗人。他渴望与李白会面，以证实那些"传闻"的虚假，洗去人们泼在李白身上的那些脏水。这种思念之情愈来愈深，苦思成"梦"，于是杜甫写下了感人至深的《梦李白》二首。先看第一首：

死别已吞声，生别常恻恻。江南瘴疠地，逐客无消息。
故人入我梦，明我长相忆。恐非平生魂，路远不可测。

魂来枫林青，魂返关塞黑。君今在罗网，何以有羽翼？

落月满屋梁，犹疑照颜色。水深波浪阔，无使蛟龙得。

"死别"也就无可奈何了，然而现在是"生别"，两位大诗人各自西东，长年分手，这是多么令人难耐！心中那一份刻骨的思念汹涌激荡。"夜郎"，那是传说中令人胆寒的"瘴疠"之地，可听说李白偏偏被流放到那里。一代天才诗人竟转眼之间成为"逐客"！命运为何这样无情，这样残酷！"无消息"，多么可怕！死生未卜，前程未知，这是何等令人心痛！

也许李白知道杜甫在想念自己，竟然出现在了杜甫的梦中。两位大诗人又站在了一起。然而，这在现实中怎么可能实现呢？

李白明明是在放逐之中，在严密的监视之中，他怎么可能脱身，怎么可能"飞"到千里之外的秦州呢？这一定不是真实的他。那么，出现在我梦中的又是谁？千里迢迢，世事难测，是不是发生了什么难测之事？……猜疑着，遐想着，杜甫忽然从"梦"中醒来。

李白站在眼前，身后是满山青翠的枫林，生命充满了喜悦；当李白离去之后，满布眼前的却是秦州黑魆魆的关塞，周边寂静、恐怖，只有月光照入屋中。在朦胧的月光下，杜甫仿佛看见李白仍站在自己面前。这是真的，还是假的？留下吧，不要远走了。但李白的身影却飘然而去，愈来愈模糊。"水深波浪阔，无使蛟龙得。"杜甫急忙大声叮嘱李白：千万千万小心，千万千万保重！他实在太担忧李白的命运了。

第二首写得更为感人：

浮云终日行，游子久不至。三夜频梦君，情亲见君意。

告归常局促，苦道来不易。江湖多风波，舟楫恐失坠。

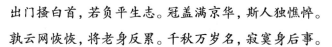

出门搔白首,若负平生志。冠盖满京华,斯人独憔悴。

孰云网恢恢,将老身反累。千秋万岁名,寂寞身后事。

"三夜频梦君",杜甫对李白的思念之情何等真挚!何等深切!何等迫急!然而,李白总是来也匆匆,去也匆匆,话刚开了个头,就急着要走;或话还没有说完,就站起身来告别。也许,这就是杜甫在"梦"中听到的李白的倾诉:"兄弟,我得赶快回去,不敢久留。兄弟,你绝对想不到,我来你这里,费尽了千辛万苦!千里迢迢,路途艰难,处处要小心,处处得留神。小人的眼睛都在盯着我,稍有不慎,后果难以设想!"说着,李白忙站起身,就要离去。突然,他转过身来,用手狠狠地搔着满头的白发,好像心中尚有无法倾吐的千言万语……留给杜甫的,是无限的感慨、无限的惋惜、无限的悲哀。

"斯人独憔悴",这就是李白在现实生活中的真实处境。长安已经收复,京城又恢复往日的繁华,官场也像以前那样熙熙攘攘。然而,曾经在长安轰动一时的天才诗人李白在哪里?谁还关心他呢?

一个年迈体弱的诗人,被无情地放逐,到远在天边的荒蛮之地去经受残酷的折磨。正义在哪里?公正在何方?谁为他洗清头上的冤名?

作为天才诗人,李白肯定会千秋万代青史留名,他的诗篇将被一代又一代人吟咏、传诵。但是,为什么晚年的他,竟是如此凄惨、悲伤、寂寞?

杜甫以诗写"梦"中所见,展现在人们眼前的两位天才诗人的情谊,却比现实更真切!

杜甫以诗写"梦"中所想,展现在人们眼前的天才诗人的生命困境,却比现实更真实、更悲惨!

感叹!愤慨!惋惜!思念!不平!……

世上有许许多多怀念友人的诗,但像《梦李白》这样真挚感人、深沉苦痛的,能有几首?

一位天才诗人以写"梦"中所见、"梦"中所想,表达对另一位天才诗人的手足之情。这是世界诗坛上的奇葩!

(五)

《梦李白》二首墨迹未干,杜甫心中对李白的思念之情却更加炽烈。于是,他又提笔写下一首更感人的诗——《天末怀李白》:

凉风起天末,君子意如何?鸿雁几时到,江湖秋水多。

文章憎命达,魑魅喜人过。应共冤魂语,投诗赠汨罗。

对这首诗,此处不作逐句解读,而是抄几段前人的评述。

仇兆鳌《杜诗详注》释此诗云:"风起天末,感秋托兴。鸿雁,想其音信。江湖,虑其风波。四句对景怀人。下则因其放逐,而重为悲悯之词,盖文章不遇,魑魅见侵,夜郎一窜,几与汨罗同冤。说到流离生死,千里关情,真堪声泪交下,此怀人之最惨怛者。"

清人邵子湘云:"如此诗可以怀李。"(转引自《杜诗镜铨》)

蒋金式(号弱六)云:"此等诗真得《风》《骚》之意。"(转引自《杜诗镜铨》)

由这些评述可见出此诗之不凡,但这里想着重谈及的,是杜甫在诗中提出的"文章憎命达"这一文学理念,因为这一理念关系对诗、对文学本质的理解,深刻而重要。杜甫提出了这一理念,但未就这一理念的内涵展开论述,而这则是我们应该做的。

"文章憎命达"明确地指出,天才诗人、天才作家与"命达"之间存在尖锐的矛盾和对立。要想成为一个天才诗人、天才作家,就必须接受苦难的命运,必须与痛苦、孤独、寂寞同行,不要指望"命达",不要指望地位、金钱、名利……相反,如果热衷于"命达",那么请你离开"诗人"的队伍,请你离开"文学"的行列,这里没有你的位置。

难道事实真的如此残酷吗?杜甫这一理念能够成立吗?即使能成立,又有什么启示意义呢?

苏联作家巴乌斯托夫斯基的《金蔷薇》中有一段感人肺腑的话:"作家的工作……是一种使命。"这种使命感源自作家"内心的召唤",源自"自己的时代和自己的人民的召唤,人类的召唤"。这种使命感,给诗人、作家以强大的力量,使他去"创造奇迹,经受最沉重的考验"。①他举了荷兰作家爱德华·德克尔的例子。这位作家的笔名叫"穆里塔图里",拉丁语的意思是"备尝辛酸的人"。正是凭借着一种强有力的使命感,穆里塔图里顽强地写作,揭露荷兰殖民主义者的罪行,描绘穷苦人的悲惨命运。然而他的作品无法得到出版,他本人也为贫穷所迫,四处漂泊,备受折磨。

我们再来看看这些实例:

俄罗斯诗人普希金无疑是一位少有的天才,但因权贵对其不满,在一次由对方预谋挑起的决斗中,普希金被杀害,年仅

---

① [俄] 巴乌斯托夫斯基:《金蔷薇》,李时译,上海译文出版社,1980年,15页。

三十八岁。

俄罗斯作家陀思妥耶夫斯基毕生贫困,因参加反对沙皇的活动被捕,先是接受"死刑"的折磨,后被流放到西伯利亚,服苦役八年;获释后,终其一生潦倒不堪,始终没有摆脱债务的重压。

法国作家巴尔扎克每天工作达十八小时,辛苦写作二十年,仍债务缠身。

法国诗人波德莱尔一生穷愁潦倒,四十六岁即病逝于巴黎。

十八世纪美国诗人爱德华·泰勒,生前得不到社会承认,没能发表一首诗。直到他死后近两百年,其作品才得以出版。他被公认为美国第一代诗人中的佼佼者。

美国作家爱伦·坡一生贫困,最后死于流氓的殴打,年仅四十岁。

最奇怪的是俄罗斯作家托尔斯泰。他家财万贯,生活富裕美满,可谓"命达"。但他总有一种"负罪"感,坚决拒绝"命达",一次又一次地从家庭出逃。最后一次才出逃成功,严冬之中病死在俄罗斯的一个小火车站上,终于完成其"赎罪"的愿望。

托尔斯泰深知,自己富足、闲适,自己就没有"资格"同俄罗斯人民说话,而自己在作品中揭露社会黑暗,抨击种种不公正现象,只不过是一种虚伪。

"文章憎命达",事实就是如此惊心。杜甫将此五字用于怀念李白,无疑是因为这集中、鲜明地显示了李白的生命悲剧。

马克思曾一针见血地指出:资本主义生产与诗歌是相敌对的。广义地说,人类自进入文明社会之日起,一切在非自由状态下进行的生产,一切人压迫人、人剥削人的制度,都是与诗歌、艺术相敌对的。整体而言，人类社会是在一种悲剧性的矛盾冲突中不断向前发展的。一方面，人类文明的巨大进步确实给人类自身带来巨大利益，生产水平不断提高，文明程度不断发展，生活条件不断改善；另一方面，人类为享受这一切成果，付出了巨大的代价。人类必须接受愈来愈强有力的"社会权力"的压迫，接受战争、暴力等带来的牺牲，接受精神自由的空间不断遭受挤压，等等。一方面，人的存在，人的发展，人的进步，都需要人的精神愈来愈"自由"。为"自由"而斗争，贯穿了一部人类文明史。另一方面，每一个社会的统治阶层总是要强化他们的权力，用一切办法剥夺人民应该享有的"自由"。到了资本主义社会，这种压迫终于发展到最高峰："金钱"作为一种最高权力，统治一切；而"人"在表面的自由状态下，彻底变成被"金钱"统治的一种"物"，从而完全失去了"自由"。

人类可以在被压迫、被强制的状态下从事物质生产，却绝不可能在被压迫、被强制的状态下从事精神生产，尤其是诗歌、艺术的"生产"。从本质上说，艺术创作要求艺术家的精神必须处于"自由"状态。愈是天才诗人，愈是有才华的艺术家，他们对"自由"的要求愈是迫切，他们在创作时达到的"自由"状态愈充分。"兴酣落笔摇五岳，诗成笑傲凌沧洲"(《江上吟》)，李白这两句诗正是对自己创作时的"自由"心态的绝妙写照。

也还是李白的诗"安能摧眉折腰事权贵，使我不得开心颜"。为什么不愿"摧眉折腰"？因为这就是接受奴役，充当奴才。为什么不愿"事权贵"？因为要"事权贵"，就必须交出自己的精神"自由"，交出自己抨击、揭露人间奴役、压迫的权利。也正因为诗歌创作、艺术创作的"自由"状态和人的精神被奴役的状态是不相容的,故诗歌和艺术、诗人和艺术家就在某种意义上成为权力占有者、精神奴役者的"天敌",几乎"天然"具有反对压迫、反抗奴役的要求和力量。人类在进入文明社会之后,在为物质生活条件的提高而交出种种"自由"的同时,也为自身保留了一种"自由"——诗歌创作、艺术创作的"自由"。那些才高志大的诗人、艺术家,对人类置身其中的种种奴役状态最为敏感,也最为憎恨。为了保持、捍卫自己的精神"自由",诗人、艺术家只能在"冠盖满京华"的世俗环境之中,以"斯人独憔悴"来与种种不公正现象进行顽强的抗争。诗人、艺术家一旦进入"权贵"行列,被名缰利锁禁锢;一旦"命达",失去了精神的"自由",就意味着他作为诗人、艺术家的死亡。

"文章憎命达",这是人类社会文明演进过程中产生的深刻的悲剧性矛盾,是权力与人性的矛盾。这一矛盾迫使诗人、艺术家付出了极其沉重的代价。然而,事情也有另外一面。那些"权贵",那些"命达"之辈,很快就化为不值一钱的粪土;而那些备受折磨、历经苦难的诗人、艺术家,却以"千秋万岁名",为人们所永远敬仰。不幸乎?幸乎?

(六)

"梦"李白,"怀"李白,这些诗产生的效果和力量已经够震撼了。但当时舆论的力量十分强大,对李白声誉的影响极为不利。鉴于此,写完《天末怀李白》不久,杜甫深感对李白这样的天才诗人,绝不能听任种种不实之词的玷污;对李白高尚的一生,必须"论定",虽尚未到"盖棺"之时。于是,杜甫又写了一首二十韵长诗《寄李十二白二十韵》。这是杜甫为李白写的一篇"小传",一篇堪称天才,最能见李白特点,也最能显示两位天才诗人情谊的"小传"。

昔年有狂客,号尔谪仙人。笔落惊风雨,诗成泣鬼神。

诗从李白在长安与"四明狂客"贺知章的相见写起。这次会面,是李白生命中最光彩的一瞬,也是他名满天下的开始。身为"狂客"的贺知章,当然不会轻易赞许他人。"谪仙人"三字能从他口中吐出,实在意义不凡。"惊风雨""泣鬼神",以这六字形容李白诗,可谓精当无比;李白诗对此六字,亦当之无愧。这六个字从此便与李白的诗歌相伴,也显示出杜甫卓越的审美判断能力。

声名从此大,汩没一朝伸。

由于贺知章的赞美,一个默默无闻的天才诗人,在整个长安城立即声名鹊起,并传出种种诗坛佳话,如玄宗召见、赐名翰林、为贵妃赋诗、高力士为其脱靴。然而,天才诗人李白,对这些竟然没有放在眼里,弃之如敝屣,他更珍惜自己高洁的志向。

乞归优诏许,遇我宿心亲。未负幽栖志,兼全宠辱身。

一代天才诗人对朝廷、对长安竟然毫无留恋之意,啸歌而去,漫游齐鲁,这样才有了两位天才诗人的相遇。

剧谈怜野逸,嗜酒见天真。醉舞梁园夜,行歌泗水春。

这是一段太美好、太幸福的时光。关于这次杜甫与李白的相逢,闻一多作了极富诗意的描绘:

> 写到这里,我们该当品三通画角,发三通擂鼓,然后提起笔来蘸饱了金墨,大书而特书。因为我们四千年的历史里,除了孔子见老子(假如他们是见过面

的),没有比这两人的会面,更重大,更神圣,更可纪念的。我们再逼紧我们的想象,譬如说,青天里太阳和月亮走碰了头,那么,尘世上不知要焚起多少香案,不知有多少人要望天遥拜,说是皇天的祥瑞。如今李白和杜甫——诗中的两曜,劈面走来了,我们看去,不比那天空的异瑞一样的神奇,一样的有重大的意义吗?①

(《唐诗杂论·杜甫》)

在中国诗歌史上,两位天才的这次相会,其意义可以说空前绝后!其神奇有如天造地设!

"剧谈"!他们"谈"得意气淋漓!

"嗜酒"!他们"喝"得痛快酣畅!

"醉舞"!他们"舞"得矫健豪放!

"行歌"!他们"歌"得神采飞扬!

历史上难道还有比这两位文坛巨匠相遇更美妙的吗?

世界上难道还有比这两位文坛天才巧会更幸运的吗?

齐鲁一别,悠悠十年。"才高心不展,道屈善无邻。"十个字,高度概括了李白这十年的悲惨处境;十个字,写尽了李白这十年精神的苦闷与孤独!

接着就是天崩地坼的国家剧变。安史乱起,李白随即被卷入政治旋涡,蒙上难以洗刷的罪名。

稻粱求未足,薏苡谤何频?五岭炎蒸地,三危放逐臣。

---

① 孔党伯,袁謇正:《闻一多全集:唐诗编上》,湖北人民出版社,1994年,82页。

几年遭鹏鸟,独泣向麒麟。苏武先还汉,黄公岂事秦?

在朝廷的眼里,在权贵的目中,李白是"罪臣""叛臣",他们给予李白空前严厉的刑罚——流放夜郎,罪名之重仅次于"杀头"!

杜甫对此看法如何呢?一言以蔽之,他认为加在李白头上的罪名只不过是"谤"。杜甫这一结论下得何等大胆!他还把李白的遭遇比作当年贾谊所遭受的奇冤,又以苏武忠于汉王朝来比拟李白忠于唐王朝,以黄公不事秦比拟李白不可能侍奉叛国之人。

杜甫对李白的信任,何等坚定!

历史的真相又如何呢?

这里必须区分两件不同的事情。一是安史乱起,作为王室子弟的李璘以"讨伐叛军"之名起兵,师出有名;而李白以"为君谈笑静胡沙"的报国之心,入李璘幕府,更无可非议。另一是后来事情发生变化,唐肃宗李亨认为李璘在与自己争夺皇位,是"叛乱",因而予以镇压,这属于唐王室内部的权力之争,与李白毫无关系。仅仅因为李白曾入李璘幕府,就任意牵连、横加罪名,这不是"谤"又是什么?

诗的结尾四句曰:

老吟秋月下,病起暮江滨。莫怪恩波隔,乘槎与问津。

对李白的悲惨晚年寄予无限同情,对李白的悲惨处境寄予深切安慰。杜甫此时与李白相隔千山万水,万千深情,除了用文字表达,还能如何?

后来为李白写传者不乏其人,而杜甫此诗堪称李白传记之首。其中为李白所作的政治辩白,更具历史档案的意义。在这个事关李白生死的问题上,杜甫坚决无畏地捍卫了李白的人格与声誉。

杜甫忠实于他和李白的友谊。事实证明,他不仅最了解李白,最怜惜李白,最热爱李白,而且能在最关键的时刻,起而保卫李白,保卫这位绝代天才!

(七)

写完《寄李十二白二十韵》不久,杜甫携全家从秦州流落到成都。

好几年过去了,杜甫再也没听到李白的消息,更无缘和李白见面。愈是听不到消息,愈是见不上面,就愈发地牵挂,于是杜甫干脆以"不见"为题,写诗表达怀念。

单是这"不见"二字,就给人以无限的感慨。两位天才诗人,本应亲密往来、频繁相见。但命运偏与人作对,不仅强行使他们分手多年,而且直到最终都未能再见一面。那种牵肠挂肚的心情,集中于"不见"二字,多么悲惨!

不见李生久,佯狂真可哀!

一个"久"字,充满怀念、忧伤之情。"佯狂"二字更是表达了对李白的真知,对一代天才的真知。你们不是都说他"狂"吗?唉,其实他是"佯狂",他是故意作"狂",他是不得已而作"狂"。面对如此黑暗的世界,面对如此恶劣的环境,他又何能不"狂"?他是天才,而"狂""佯狂"正是天才的命运。面对周围那些根本不理解他的人,他不"佯狂",又该如何?

世人皆欲杀,吾意独怜才!

一代天才在人间的境遇竟是如此!"世人皆欲杀",多么可怕！李白究竟犯了什么滔天大罪，以致"世人"对他如此仇视？他手中只有一支笔，他的本领不过是写"诗"。只不过他的"诗"写得太好，他是写"诗"的"天才"！然而，在这一片"杀"声中，杜甫却悍然表白："吾意独怜才！""吾"，即使只有我一个人，也要保卫李白。"独怜才！"杜甫在大声呐喊：你们绝不能这样对待精神创造的天才！对"天才"要珍惜，珍惜，再珍惜！宽容，宽容，再宽容！为什么？因为他的"才"是天生而来，他是天生之"才"，也许要再等几百年，世间才会出现一个他这样的"天才"。对这样的"天才"不珍惜、不爱护、不尊重，那是有违"天"意的，是要铸成大错的，是要让我们的民族付出沉重代价的！

"珍惜天才呵……"杜甫的呼声在太空震荡着，震荡着……

"珍惜天才呵……"杜甫的声音在时间的长河中震荡着，震荡着……

今天，当我们吟读李白的诗歌时，千万不要忘了当年那场扼杀天才与保卫天才的尖锐斗争！

> 敏捷诗千首，飘零酒一杯。

这就是李白——

一个诗国的绝代天才！

一个毕生精神孤独、苦闷、痛苦，"痛饮狂歌"的"飘零"者！

十个字，总结了李白的一生，精要、精当、精妙！

天才的伟大，天才的杰出，天才的悲剧，天才的孤独，十个字和盘托出。

只有像杜甫这样真知、深知李白的天才，才能写出如此诗句。

现在，李白已衰老了，在和命运搏斗一生之后，他疲惫不

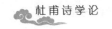

堪,须发皆白。暮年遭遇的一场政治打击,更使他心力交瘁!

杜甫对他发出了深情的呼唤:

> 匡山读书处,头白好归来。

这呼唤,李白听见了吗?

他肯定听见了!他不可能没有听见!

因为两位天才诗人在心灵深处是相通的!

《不见》落笔不久,唐代宗宝应元年(762),李白病逝。

(八)

纵观杜甫诗集,其中题赠李白的诗,竟有十篇之多。这样频繁地赋诗、赠诗,在杜甫,唯对李白如此;在古代诗人中,更属罕见。

这十首诗综合起来,就是一篇具有高度历史价值与审美价值的"李白论"。这样的"李白论",只有杜甫才能谱写出来;这样的"李白论",会给后人以诸多启迪;这样的"李白论",在中国文化发展史上将永放光芒。更令人惊叹的是,此后千年,还没有一部研究李白的专著,在思想高度、精神深度上超越杜甫所作的"李白论"。

这十首诗——

有对李白作为天才诗人的整体评价;

有对李白精神世界的深度分析;

有对李白人生悲剧的深刻揭示;

有对李白晚年遭遇斩钉截铁的辩白。

这十首诗,本身就是一个"宝库",具有永恒的文化意义,具有永恒的艺术魅力!

十五 法自儒家有 心从弱岁疲

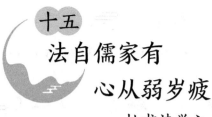

——杜甫诗学之"杜甫自我论"

（一）

杜甫晚年寓居夔州，对自己的生平进行了总结性反思。他用简洁的诗的语言概括了自己作为诗人所走过的崎岖道路：

> 法自儒家有，心从弱岁疲。永怀江左逸，多病邺中奇。
> 骕骦皆良马，骐骥带好儿。车轮徒已斫，堂构惜仍亏。
> 漫作潜夫论，虚传幼妇碑。缘情慰漂荡，抱疾屡迁移。
>
> （《偶题》）

"法自儒家有，心从弱岁疲"二句具有特殊的重要性，十个字概括了杜甫作为一个天才诗人所走过的道路，道出了杜甫之所以成为伟大诗人、成为"诗圣"的根本原因。

这里"法""心"对举。"心"指诗人应有的内在禀赋、艺术素质、艺术修养；"法"则指一个诗人应具备、应履行的立身准则、人生追求、伦理道德、道义担当。"心"与"法"结合，就道出了一个诗人的整体素质结构。显然，正是因为具备全面而完美的素质结构，杜甫才能成为一个有力应对时代挑战，回应时代呼唤，完成时代所提出的创作使命、创作课题、创作要求的"集大成"诗人。

（二）

叶嘉莹在其《诗馨篇》中，这样分析杜甫取得伟大成功的原因：

> 杜甫之所以能够集大成，首先是由于他具有集大成的胸襟和容量，他博观兼采古人和今人的长处，对各种诗体融会运用，开创变化，千汇万状，无所不工……
>
> 杜甫之所以能够集大成的第二个原因，是由于他具有一份博大均衡而且健全的才性。杜甫生活在唐王朝由盛而衰、急剧转变的时代，他所看到的和亲身经历的都是战乱流离和忧伤困苦。然而他既不像李白那样白云在天，飘逸绝尘；也不像王维那样逃隐于禅，消极淡漠；甚至他也不像屈原那样完全被悲苦所击倒而怀沙自沉。杜甫就是杜甫，他能够正视、担荷并且反映时代的苦难，就像大地上一座坚实难移的大山，任凭时代血与泪的冲洗侵袭，却能默默地把它们化为沃土，给后世留下满山生命的碧绿。
>
> 不过，杜甫之所以能够集大成还有第三个更主要的原因，那就是他在修养与人格上也凝成了集大成的境界——实现了一种诗人感情与儒家道德的自然而完美的融合……他的诗中所经常表现的那种忠爱仁厚之情乃是出于一种天性至情的流露，因此总是带着震撼人心的感发力量。这在诗人之中是极为难得的。①

---

① 叶嘉莹：《诗馨篇》(上)，中国青年出版社，1991年，245—246页。

这里,我想再摘抄顾随的一段话:

> 其在六代,翘然杰出,不随时运,得一人焉,曰陶元亮。其为诗篇,平实中庸,儒家正脉,于焉斯在,醇乎其醇,后难为继。其有见道未能及陶,而卓尔自立,截断众流,诗家则杜少陵,词人则辛稼轩。虽于世谛未能透彻,惟其强毅,一力担荷,不可谓非自奋乎百世之下,而砥柱乎狂澜之中者矣。①

叶嘉莹所说的"集大成的胸襟和容量""博大均衡而且健全的才性""诗人感情与儒家道德的自然而完美的融合",顾随所说的"卓尔自立,截断众流""自奋乎百世之下,而砥柱乎狂澜之中者",用杜甫自己的话来说,就是"法自儒家有"。

显然,杜甫之所以能成为第一流的伟大诗人,从世界观、人生观的角度看,是因为儒家思想、信仰、道德对他的熏陶,使他具有第一流的胸襟、第一流的抱负、第一流的道德、第一流的人格、第一流的意志与精神。

(三)

杜甫出身于一个具有深厚儒家士人传统、"奉儒守官"的家族。从少年时代起,他就接受了浓厚的儒家思想、学养、人格理想的熏陶。儒家学派由孔孟提出,其所构建"士志于道""以道自任"的精神和君子人格理想,在杜甫的人生实践和创作实践中随处可见,主要表现为:

"致君尧舜"的政治抱负

---

① 顾随:《顾随文集》,上海古籍出版社,1986年,43页。

"窃比稷契"的人生理想

"忧心黎元"的人生价值取向

"许身何愚"、知其不可而为之的入世情怀

民胞物与、万物一体的仁爱之心

与"民"同忧、与"国"同忧的忧患意识

"净洗甲兵"的反战思想与和平期盼

"济时以死"的悲剧精神……

这里应该强调的是,首先,杜甫这种儒者情怀,在他的一生中一以贯之,从青年时代到生命临终,信仰始终坚定、执着。其次,杜甫这种儒者情怀,已完全化为他的血肉,因而在他的生活、创作中表现得极为自然,毫无矫揉之态。最后,在时代的大风暴面前,在严酷的生死考验面前,在天昏地暗的战乱面前,杜甫的表现最为鲜明。他是非分明、善恶分明、忠奸分明、夷夏分明,行为光明磊落。

当然,杜甫毕竟是一个诗人。他的正义之气、仁爱之心、入世之情,总是以诗的语言、诗的气质贯穿他的作品之中,是他内在心灵声音的自然流露,无处不在。

《白小》是杜甫诗集中一首不大为人注意的小诗。杜甫写道:

白小群分命,天然二寸鱼。细微沾水族,风俗当园蔬。

入肆银花乱,倾箱雪片虚。生成犹拾卵,尽取义何如?

"白小"实在是一种微不足道的生物,"天然二寸",在辽阔的宇宙之中,在万物纷纭的大千世界,实在太渺小了。但杜甫以"群分命"明确道出"白小"之小是宇宙和大自然赋予它的一种天然属性、一种生存状态,和那些庞然大物一样,它们同样应该得到认同、得到尊重。从来自宇宙、发自"天然"这一点来说,"白小"和万物是平等的。

可惜,人们对"白小"的态度极不公正。一为对其用之甚贱("当园蔬"),二为对其取之不当("银花乱""倾箱")。一个"乱"字,一个"虚"字,凸显出在人们心目中"白小"的地位何等卑微。"风俗"使然,"白小"成为人们欺宰的对象。对这种暴殄天物、竭泽而渔的行为,杜甫极为痛心,极为不满,字里行间,分明可见。

尾联以"义"为根据,对这种毫无节制的"尽取"、伤害生灵的行为进行了有力的拷问。"义者,宜也",从这个意义上说,杜甫对人类这种做法的合理性提出了有力的质疑。"义者,善也",从这个意义上说,杜甫对人类这种做法的道德性提出了有力的质疑。"义者,情也",从这个意义上说,杜甫对人类这种残暴无情的做法进行了有力的抨击。

"民,吾胞也;物,吾与也。"宋代大儒张载的这句名言,尽人皆知。其实,张载这一思路,在早于其数百年的杜甫诗中,已有了明确无误的表达。杜甫对重要儒学观念的理解,无疑已达到哲学的高度。尤其应该引起我们深思的是,对"白小"这种二寸之鱼,杜甫竟如此关怀,这明确地告诉人们:儒家情怀在杜甫的心灵深处培育、蕴蓄得多么深厚!

(四)

如果只从思想、人格等角度观察"法自儒家有",显然是不全面的。还有另一个方面的内容,即杜甫终生对儒家诗学传统的忠实继承,对儒家诗学观念的持守和践行,对儒家美学思想的准确把握与认真贯彻。

"别裁伪体亲风雅"。所谓"亲风雅",就是以《诗经》为自己诗歌创作的榜样,使自己的诗歌具有贴近百姓、贴近现实的人道关怀,具有关心国事、关心民疾的忧患意识,具有揭露黑暗、讥刺恶政的批判精神。杜甫还特别把《诗经》的创作传统概括为"比兴体制""微婉顿挫之词"。这十个字是对《诗经》艺术创作经验、创作手法的精妙概括,也是儒家"诗言志""兴、观、群、怨""温柔敦厚""思无邪"等诗学主张的具体化。在中国诗歌史上,毫无疑问,对《诗经》传统的继承和发扬,杜甫是最全面、最成功的。没有这种继承和发扬,就不可能有"诗圣"。

　　杜甫"法自儒家有"的成功实践启示我们,对于儒家诗学丰富、深刻的内涵,必须思考再思考、探索再探索。关于儒家诗学,学者已经说了很多,但仍有很多等待人们去说。哲学家叶秀山有一篇文章《"思无邪"及其他》,对儒家诗学的阐释,别开生面,别具深度。此文甚长,这里择要摘录,略显其意。叶秀山认为:

　　　　孔子说"思无邪","诗"的本质在"思"。

　　　　"思""什么"?"思"和这个"什么"不可分。

　　　　诗人将包括"即将过去—现在"的"事","标志"出来,这个"事",就是他的"思",他的"志"的内容,那个"什么"。

　　　　诗人的作品,保存了"存在",不使"消失",使之"存在"。"诗"保存了"事",保存了"(历)史"。

　　　　"诗"就是使"存在(什么—事)""存在"的一种方式。

在古代儒家思想里，"天下——天道、天命之下"万物各自有"性"，这个"性"……是原始的、本源的"性"，类似于西方哲学的"事物自己—物自体—物自身"，但在古代儒家那里这个"自己"，被"天命"定了"位"。

"天""命——令"什么？其实，"天"是"命——令"一个"名"。"名"有"正"与"不正——邪"的问题。

"思无邪"乃是指，诗中所说，都是"名正言顺"的"事情"。

"命名"乃是一件神圣的事情。"名"如果"正"了，这个"名"也就具有"神圣性"。

"名"要符合事物的"本质"，才是"真正"的"名实相符"。"事物自身"随"名"而传诸久远。"语言是存在的家"，"存在"随"语言"而流传、延续。

"思无邪"意味着，所思之"名"，皆是"正名"，而不是普通的"名字"。

礼仪是保证—帮助"正名"的。"诗"作为"（正）名"的存在方式，也是礼仪的一个重要组成部分。

在古代，诗、书、礼、乐是完全相通的，都具有"传诸久远""子子孙孙永葆"的"神圣性"。

海德格尔在1943年为写于1929年的《什么是形而上学》一文所作的补充中说过："思者述说存在，诗人为神圣之物命名。"

"思"与"在"都"住在""语言"里。

"诗"的"语言",不随"交往"完成而被"消耗"掉。"诗"不"消耗""语言",而使"语言"成为"存在"的"家园"。

于是,"思—诗—史"成为一体。

"诗"与"思"已为一体,"无邪",必得其"正","正"必得其"仁"——"仁"者于人伦(群)关系中得其"正"位(天命之性),于是"正"必得其"传",必得其"寿","仁者寿"。"思无邪"乃是"思"之"正"位,亦是"诗"之"性命"。"思无邪",则"诗"必为史,有"过去""现在"和"未来",即在"时间"中,或"时间"中之"在"。

"思"这种思念(对过去),这种欲念(对未来)皆得其"正",是为"天真"。"无邪"即"天真","天然之真实","天命"之"性","自然而然"之"性",乃是"本性"。

于是,"思者述说存在,诗人命名神圣者",思者—诗人皆"无邪"。孔子以儒家宗师,为"诗""定性":"《诗》三百,一言以蔽之,曰:'思无邪'。"①

一句"思无邪",内涵竟如此深广!而杜甫之诗,恰是"思、诗、史的统一"、诗的"神圣性"的典范。杜甫所言儒家的"法",杜诗创作尊奉的儒家诗学,值得我们再三思之。

"窃攀屈宋宜方驾",对屈原、宋玉的追慕和继承,是杜甫诗歌成功的又一个重要原因。这里应强调,"屈宋"也是儒家诗

---

① 叶秀山:《美的哲学》,山东文艺出版社,2020年,301—316页。

学传统的重要方面,"风""骚"并称,已成惯例。前人早已指出"杜(甫)、黄(庭坚)之诗,灵均之乘桂舟、驾玉车也"(杨万里《江西宋派诗序》),明确肯定了杜甫与屈原的精神联系。对宋玉,杜甫的评价更是迥异于前人。"风流儒雅亦吾师"(《咏怀古迹五首·其二》),这里的"风流儒雅"四字,用于宋玉极为确切。在中国诗歌史上,宋玉首开"悲秋"先河,影响至巨;宋玉的诗赋极有文彩,虽逊于屈原,但自有其独到风格。尤其是宋玉的《高唐赋》,具有讥刺当政者、嘲讽现实的鲜明意义。杜甫称赞宋玉"亦吾师",意味深长。

在美学取向上,儒家主张充实、正大。孟子认为:"充实之谓美,充实而有光辉谓之大。"(《孟子·尽心下》)荀子则强调:"君子知夫不全不粹之不足以为美也。"(《荀子·劝学》)一部杜诗,堪称体现儒家美学准则的典范。前人早已指出杜诗"高、大、全俱不可及"。毫无疑问,没有对"充实""正大"的追求,没有对"精粹美"的追求,就绝不可能有杜甫诗歌的"高、大、全"。至于杜甫诗歌内容之"充实"、立意之"正大"、艺术工夫之"精粹",前面各章已多有涉及,此处不再详述。

总之,从思想、人格、诗学理论到美学取向,"少陵一生却只在儒家界内"(刘熙载《艺概·诗概》)。这里用了"只在"二字,一方面说明儒家思想、主张等对杜甫影响之大;另一方面则说明杜甫对儒家传统之忠诚、忠实。

"法自儒家有",这五个字发自杜甫肺腑,绝非空言!

（五）

　　一个人在政治、道德上不论如何伟大、如何高尚，他不一定具有"诗才"，不一定能成为诗人。诗毕竟有"别才""别趣"。显然，如果仅仅具备"法自儒家有"，未必能在诗歌创作领域创造辉煌。从艺术创造的角度看，要成为一个诗人，尤其是杰出的诗人、伟大的诗人，相较于成为一个士林佼佼者，要求更加严酷，磨炼更加艰难，成功更为困难。

　　"心从弱岁疲"，一个"疲"字，掷地有声。它告诉人们，在通往诗歌创作之巅的道路上，杜甫付出了常人所意想不到的艰苦的努力，经受了常人所意想不到的艰苦的磨炼，克服了常人所意想不到的巨大的困难。

　　"大器晚成"，把这四个字用于杜甫，十分贴切。现存杜诗中最早的一首《望岳》，是杜甫青年时代的作品，不会早于二十来岁。此后有相当长一段时间，杜甫处于半沉默状态，不仅诗作寥寥，而且鲜有成功之作。杜甫的绝大多数作品，尤其是那些具有独特风格、堪称不朽的成功之作，几乎都写于唐玄宗天宝十载以后。尤其是《兵车行》，在杜甫诗歌创作生涯中，几乎可视作具有"分水岭"意义的存在。此时的杜甫年届四十，饱经风霜，但正是在饱经风霜之后写成的《兵车行》等作品，奠定了他在唐代诗坛上不可撼动的地位。"四十"多岁，对一个"诗人"来说，确乎有些"老"了。毫无疑问，为了成为一个伟大的诗人，为了成为"诗圣"，杜甫用了不止一个"十年磨一剑"的功夫！

　　一个"疲"字，从杜甫口中道出，有千斤之重！

"心从弱岁疲",杜甫不停地刻苦学习、磨炼、奋斗,终于艰难玉成,他的一生就是勇于创造的一生。其人生道路,可以概括为十二个字:少年自负,中年自强,老年自放。

· 少年自负

一个伟大人物,或由于才华过人,或由于少年老成,或由于早年即有庄严的人生使命感,或由于时代风气的有力感染,青少年时代多怀有自命不凡的气概。"昨夜西风凋碧树,独上高楼,望尽天涯路。"(晏殊《蝶恋花》)王国维将此称为人生学问、事业的第一境界。没有这种远大目光,没有这种宏伟抱负,成就不了什么大事业。

杜甫这样评述自己的年轻时代:

甫昔少年日,早充观国宾。读书破万卷,下笔如有神。
赋料扬雄敌,诗看子建亲。李邕求识面,王翰愿卜邻。
自谓颇挺出,立登要路津。致君尧舜上,再使风俗淳。

(《奉赠韦左丞丈二十二韵》)

往昔十四五,出游翰墨场。斯文崔魏徒,以我似班扬。
七龄思即壮,开口咏凤凰。九龄书大字,有作成一囊。
性豪业嗜酒,嫉恶怀刚肠。脱略小时辈,结交皆老苍。
饮酣视八极,俗物都茫茫。

(《壮游》)

口气实在够大!

这里用以自比的全是前代第一流的诗人、文学家:贾谊、曹植、扬雄……

身为少年后生,杜甫此时所结交的全是祖辈、父辈中的佼佼者:李邕、王翰……

此时的杜甫,对自己的评语是"自谓颇挺出,立登要路津""饮酣视八极,俗物都茫茫"。

此时的杜甫,给自己的人生定位是"致君尧舜上,再使风俗淳"。

此时的杜甫,认为自己有回天之力,把建功立业视作探囊取物,唾手可得。

但是,不要忘记,此时的杜甫其实还没有写出什么伟大的诗篇。"咏凤凰"的诗未见流传,"成一囊"的作品一篇也未传世。幸亏如此,否则这些"少作"也许会成为他的累赘。二十岁前后,杜甫偶有一二精彩之作,但这在璀璨夺目的唐代诗坛上实在算不了什么。我们真有些担心:他那些伟大抱负,那些奔放狂想,能够全部兑现吗?"颇挺出"的不可一世的气概,能长久保持吗?"要路津",他能够登上吗?"俗物皆茫茫",随着时间的推移、岁月的磨蚀,他会不会也变成一个"俗物"呢?

未来的变数,实在太多了。

对一个人来说,可怕的不是"志大",而是"才疏"。杜甫"志大",但绝不"才疏"。他不仅有先天的优良禀赋,而且有后天的丰厚学养,尤其是有坚韧不拔、自强不息的毅力。少年"自负"在他,恰是克己向上的强大动力。他不是发出"会当凌绝顶,一览众山小"的豪言壮语吗?既然大志已定,那么无论路程多么漫长,多么艰险,他也一定要登上诗歌王国的"绝顶"。

·中年自强

"快意八九年,西归到咸阳。"(《壮游》)

唐玄宗天宝五载(746),杜甫离开故居洛阳,奔赴长安。他称此为"西归",视长安之行为"回家",意味深长。表层的原因是杜氏宗族的本根即在长安。更重要的是杜甫明白，他人生的"要路津"在长安，他事业的"要路津"在长安，他迈向诗歌王国"绝顶"的"要路津"也在长安。

然而，长安用来迎接他的，既非鲜花，又非掌声，而是遍地的荆棘。曾经满怀希望的他，到达长安后，收获的无非是失望，失望，更大的失望。说得更明白点，他在长安为美好人生所做的一切努力，换来的除了失败，还是失败。

第一个打击是应诏考试的失败。天宝六载（747），唐玄宗下诏行制举，以"招纳贤才"。然而，由于李林甫的操弄，此次制举竟无一人入选。李林甫竟报告玄宗"野无遗贤"。杜甫应试，落榜而归。这无疑是他进入长安后的当头一棒，失望之情可想而知。

接着，杜甫向皇帝亲设的延恩匦投"赋"，以求得皇帝的赏识。他想得太天真：自己的文章写得这么好，玄宗又是颇识文彩之人，肯定识"货"。没想到，费九牛二虎之力写的"赋"，投进匦后，泥牛入海，毫无消息。杜甫的第二次努力又以失败告终，这第二次打击更加难以承受。

但杜甫仍不死心。天宝十载（751），杜甫又向唐玄宗献三大礼赋，以求赏识。这三篇"赋"，较以前所献之"赋"，不仅篇幅大了许多倍，而且只要一看题目，就知道"赋"的内容事关重大：一篇名《朝献太清宫赋》，一篇名《朝享太庙赋》，一篇名《有事于南郊赋》。这次献"赋"总算有了回音，皇帝的安排是让他"待制集贤院"。"待制"，"待"而已，一个空名，无位无权，甚至无录"用"之意，收获的依然是失败。

此后的杜甫不得已而以请谒、投赠等方式，以求得"权贵"

对他的赏识和推荐。"朝扣富儿门,暮随肥马尘",他奔走于长安各个角落。然而,一个又一个请谒、投赠,都无果而终。除了失望,杜甫内心更增添了无尽的自卑和屈辱。

生活是严酷的。此时的杜甫,生活困窘,饥寒交迫,妻子儿女在饥饿线上挣扎——他被无情地挤压到了生活的最底层,他被无情地挤压到了社会最贫困的人群之中。生活折磨着他,但也教育着他,这时的他和贫困的黎民百姓一起煎熬,也和贫困的黎民百姓一样思考。于是杜甫看到了另一个"社会"、另一个"王朝"——黑暗的朝廷、腐败的国政、横行的权贵、严重的社会危机、生活于水深火热之中的万民……

一切希望都泯灭了,但仍有一件事他不能放弃,这就是诗。作为对新的人生道路的选择,作为与旧的人生道路的决裂,作为对种种失望、失败的反抗,杜甫呼喊出了唐代诗坛的最强音——《兵车行》。

《兵车行》的诞生,宣告了一个"新"诗人、一种"新"诗的诞生。此时的杜甫已经"脱胎换骨",他笔下的这首古体诗也完全不同于之前的"歌行"。从此,杜甫成为千万黎民百姓的喉舌,他以他的"即事名篇",为被压迫、被残害的黎民百姓高歌。

《兵车行》的诞生,宣告了唐代诗坛一个"新"时代的到来。一切粉饰太平,或为所谓国家繁荣、朝廷安定、百姓安居乐业而写的诗,已经一文不值。唐代诗坛的诗风、评价诗歌的价值观迎来了一个大转变,唐代诗坛开始了一个由杜甫引领风骚的新纪元。

至于杜甫如何创作《兵车行》,他为此如何思考了又思考,斗争了又斗争,内心如何经受巨大考验,甚至"兵车行"这个名称如何拟出，我们无论怎样想象都难以描摹。没有反抗、斗争的巨大勇气，没有坚强无畏的意志力量，就不可能写出这样划时代的名篇。

这是杜甫中年自强的第一个胜利。但是，严酷的考验才刚刚开始，杜甫自立自强的人生道路也才刚刚开始。坎坷的遭遇，令人断肠的辛酸，使杜甫与青少年时代的自己判若两人。在与命运的斗争中，《前出塞》《后出塞》《丽人行》等作品相继问世。这时，命运似乎要戏弄杜甫一番，他忽然被授予"右卫率府兵曹"这样一个不伦不类的官职。于是，杜甫万分感慨地写道："耽酒须微禄，狂歌托圣朝。故山归兴尽，回首向风飙。"（《官定后戏赠》）但是，这样一点"微禄"解决不了他和家人的生活之苦。万不得已，他只好把家人送往外县依靠亲戚为生。也正因为如此，才有了让他名满天下的《自京赴奉先县咏怀五百字》。在这首长诗的前半部分，杜甫写道：

> 杜陵有布衣，老大意转拙。许身一何愚，窃比稷与契。
> 居然成濩落，白首甘契阔。盖棺事则已，此志常觊豁。
> 穷年忧黎元，叹息肠内热。取笑同学翁，浩歌弥激烈。
> 非无江海志，潇洒送日月。生逢尧舜君，不忍便永诀。
> 当今廊庙具，构厦岂云缺。葵藿倾太阳，物性固难夺。
> 顾惟蝼蚁辈，但自求其穴。胡为慕大鲸，辄拟偃溟渤。
> 以兹悟生理，独耻事干谒。兀兀遂至今，忍为尘埃没。
> 终愧巢与由，未能易其节。沈饮聊自遣，放歌破愁绝。

这一大段诗，实质上可视为杜甫的"自我忏悔"。极尽吞吐曲折之能事的诗句，说明其内心无比沉痛。一切曾经有过的美好希望、热切期待、宏大构想……都已成为泡影，真实的只是

"忍为尘埃没"。"尘埃"——这就是杜甫对自己当时真实处境的定位。但是,即使身为"尘埃",他也决不退出人生的战场。"要路津"既已被堵死,剩下的出路就是"放歌"。绝不能小看这两个字。"放歌",无须再有什么"禁忌"了,无须再遵守什么"清规戒律"了,无须再看"权贵"的脸色了,纵情唱出心中一切愤怒和不平。诗歌王国的规则就这样被杜甫彻底改写,诗歌王国的天地就这样被杜甫拓展得无限广阔!

知道"放歌"的锋芒所向吗?

"彤庭所分帛,本自寒女出。鞭挞其夫家,聚敛贡城阙。圣人筐篚恩,实欲邦国活。臣如忽至理,君岂弃此物?"这是在指责最高统治者——皇帝啊!

"多士盈朝廷,仁者宜战栗。"这是在指责满朝文武的不仁啊!

"况闻内金盘,尽在卫霍室。"这是在揭露皇帝最宠信的一帮贵戚之辈啊!

"煖客貂鼠裘,悲管逐清瑟。劝客驼蹄羹,霜橙压香橘。"这是揭露整个朝廷、整个上层的奢靡腐化啊!

"朱门酒肉臭,路有冻死骨。荣枯咫尺异,惆怅难再述。"这更是一下子撕掉了整个王朝的遮羞布,将其暴露在光天化日之下!

如果说《兵车行》是杜甫中年自强的第一个胜利,那么,《自京赴奉先县咏怀五百字》就是杜甫中年自强的第二个胜利——更辉煌的胜利。这首划时代的杰作,一方面是杜甫十年长安困顿的总结,宣告自己终于登上诗歌王国的"绝顶";另一方面是向当时的统治集团发出的无情诅咒,同时准确预言了一场社会大动乱的到来。

《自京赴奉先县咏怀五百字》墨迹未干，安禄山就揭起了叛乱的大旗。自此，杜甫和他的全家加入了战乱流离者的行列。饥饿、寒冷、贫困、死亡时刻威胁着他们。麟州，长安，凤翔，华州，秦州……在不停的流离、逃亡之中，杜甫的歌喉始终没有停歇，他那些最脍炙人口、最具不朽意义的诗篇，几乎都诞生在颠沛流离的路上。

这中年自强的路行走得实在太艰辛了。在最困顿的日子里，杜甫竟写出这样的诗句：

> 有客有客字子美，白头乱发垂过耳。
> 岁拾橡栗随狙公，天寒日暮山谷里。
> 中原无书归不得，手脚冻皴皮肉死。
> 呜呼一歌兮歌已哀，悲风为我从天来。

（《乾元中寓居同谷县作歌七首·其一》）

死亡已在向他招手，死神已经来到他的身边。严谨地说，用"自强"两个字远不能完整概括杜甫中年艰难曲折、困顿万状的生命历程，用这两个字只是出于不得已。杜甫中年以极坚强的意志、极坚韧的毅力、极坚定的追求，走过了人生旅途中最困难、最艰苦也最重要的路程。"心从弱岁疲"，在杜甫看来，是与艰险、与死神、与种种折磨，以及与黑暗社会的无穷无尽的抗争。正是由于抗争的胜利，他才成了伟大的"诗圣"。

·晚年自放

唐肃宗上元元年（760）正月，杜甫携全家流落成都。

诗人是永恒的漂泊者，是永远"生活在别处"的人。这些话如果仅看字面，似乎动听而富有诗意，其真实内容却很严酷。尤其是杜甫，在长安漂泊中吃尽了苦头。在成都，他终于有了

一个暂时的家——草堂。虽然以后还要漂泊,但在这里终于可以稍事休憩。

一元复始,万象更新。然而岁月无情,来到成都的杜甫,已进入生命的"晚年"。晚年境遇如何,晚年心境如何,我们先听听杜甫自己的描述。

万里桥西一草堂,百花潭水即沧浪。
风含翠篠娟娟净,雨裛红蕖冉冉香。
厚禄故人书断绝,恒饥稚子色凄凉。
欲填沟壑唯疏放,自笑狂夫老更狂。

(《狂夫》)

即今倏忽已五十,坐卧只多少行立。
强将笑语供主人,悲见生涯百忧集。
入门依旧四壁空,老妻睹我颜色同。
痴儿不知父子礼,叫怒索饭啼门东。

(《百忧集行》)

垂白乱南翁,委身希北叟。
真成穷辙鲋,或似丧家狗。

(《奉赠李八丈判官》)

昔逢衰世皆晦迹,今幸乐国养微躯。
依止老宿亦未晚,富贵功名焉足图!
久为谢客寻幽惯,细学周顒免兴孤。
一重一掩吾肺腑,山鸟山花吾友于。
宋公放逐曾题壁,物色分留与老夫。

(《岳麓山道林二寺行》)

赢骸将何适，履险颜益厚。
庶与达者论，吞声混瑕垢。

（《上水遣怀》）

已经"穷"成这个样子，已经"病"成这个样子，"地位"也已经低成这个样子，还有什么话不能说？还有什么话不敢说？晚年的杜甫，心境与情绪，思想与创作，较之少年、中年时期，都发生了极深刻的变化。

一句"自笑老夫狂更狂"，为我们认识晚年的杜甫提供了一个导向。

思想上的"狂放"。杜甫晚年眼界更为开阔，思想更为活跃，精神更为"自由"，批判精神更为强劲，对人生、社会的思考也更为深刻。目光所向，思考所及，大至天地宇宙，小及虫草鸟鱼，历史与现实，过去与现在，社会与个人，揭露黑暗，抨击恶政，臧否人物，表露心声，回忆往事，描绘社会百态，抒写日常人生……晚年杜甫的诗歌创作，不仅数量远超少年与中年，而且在艺术上的探索更为多样、成熟，堪称"奇迹"。他甚至写出这样的诗句："胡为有结绳，陷此胶与漆。祸首燧人氏，厉阶董狐笔。"（《写怀二首》）这是多么严厉的指责与质问！人类社会文明的发展到底带来了什么？难道文明与进步就是为了阶级对立更为严酷，战争暴力更加残狠，百姓生活更为艰难，富豪权贵更加肆无忌惮？在这里，杜甫的批判所向已远远超越了眼前的现实，超越了单纯的封建王朝，成为对人类社会整个文明进程，对人类所陷入的不公正、不合理的社会制度的正当性的思考。进行这种思考的，前有中国的庄子，后有法国的卢梭。杜甫的拷问，从思想层面上看，与他们多么相似！

生活上的"疏放"。中国古代名士多以狂放、疏放著称。但杜甫与这些名士不同,他没有名士所拥有的优渥的生活条件——不仅没有王、谢的地位、名誉及财富,连陶渊明归去的"南亩"也没有。"昔如纵壑鱼,今如丧家狗。"(《将适吴楚留别章使君留后兼幕府诸公得柳字》)他的"疏放",是"野老""野人"的无拘无束,是作为"贫士"所拥有的一种精神自由,是作为"漂泊者"的达观、自慰,是作为穷困者的一种淡泊、安闲。他用幽默的态度对待晚年贫病交加的痛苦,或者说,这是贫病交加者在痛苦中所表现出的幽默。正是这种"疏放"、这种幽默,使杜甫可以在精神上有力地抗拒贫病的折磨,在艰难困苦之际依然保有乐观向上的力量,保有与命运抗争的力量。《江南逢李龟年》是尽人皆知的名篇,杜甫写这首诗时已届生命的尽头,流落吴楚,从个人遭遇看,几乎苦不堪言。然而这首诗却写得如此雅致、潇洒。"岐王宅里寻常见,崔九堂前几度闻。"回顾往事,种种辛酸、种种悲痛竟丝毫不见,因为此时的杜甫,其精神境界已经超越了简单的回忆。这十四个字"封存"了大唐昔日的繁荣强盛。"正是江南好风景",毕竟生命的潮流仍滚滚不息,任何力量都无法逆转、无法阻挡。"落花时节又逢君",故人相见,又恰逢"落花时节",每个人的心中都有万千感慨,但这些何必说破?既然我们都还活着,那就继续努力前行吧。化万千悲痛作潇洒飘逸,潇洒飘逸背后又孕育着万千悲痛。一首诗让人看到"疏放"给予杜甫的强大精神力量。

感情上的"奔放"。杜甫晚年,"五载客蜀郡"(《去蜀》)。在这五年中,杜甫创作了四百三十首诗,几乎占其诗集的三分之一。后来,杜甫又携全家流落至夔州,他的境况也更为悲惨。

然而，在夔州的两年中，他竟然又创作了四百余首诗。这太让人难以置信了。越到晚年，越是贫病交加，他的创作欲望就愈加旺盛，他的创作热情就愈发高涨。杜甫晚年的诗作精品连连，其艺术成就人所公认地超过了青壮年时代。此时的杜甫在诗歌创作上不拘一体、不拘一题，无日不写诗，无题不成诗，无事不成诗，无物不成诗，纵意所如。他的生命已完全"诗"化，"诗"已成了他生命的全部，他的生命与"诗"已浑然一体。"老去诗篇浑漫与"是他极为真实的自白。此时的杜甫已完全摆脱一切精神束缚，拥有无限广阔的精神空间，情感所向皆为美好的诗篇。神而明之之为圣，"诗圣"之称名至实归。

以下是摘自杜甫诗集的十五首诗的题目：《洞房》《宿昔》《能画》《斗鸡》《历历》《洛阳》《提封》《鹦鹉》《孤雁》《鸥》《猿》《鹿》《鸡》《黄鸟》《白小》。这十五首诗对我们有何启示？首先，感情跳跃跨度极大。前七首涉及开元、天宝年间与宫廷有关的往事，后八首则为由八种动物引起的联想、感触。其次，时空跳跃跨度极大。前七首所写为数十年前之往事，后八首所写则为眼前之所见所闻。最后，诗篇所写对象错综纷纭。前七首所写涉及宫廷内外、洛阳、长安，对象多样；后八首所写对象则布于空中、山中、水中，习性各异，巨细兼备。杜甫仿佛是一口气写出这十五首诗的。仅从构思的角度想，诗人心中的感情起伏该是何等变化万千！对此杜甫竟能从容落笔，真是精神创造的"奇迹"。

这里还需指出一个重要的现象，即随着生命的行将终结，杜甫胸中燃烧的感情不仅未现衰颓之势，反而愈来愈炽热。在

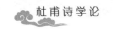

杜甫诗集的终结处,有三首歌行:《蚕谷行》《白凫行》《朱凤行》。我们读一读《蚕谷行》:

> 天下郡国向万城,无有一城无甲兵。
> 焉得铸甲作农器,一寸荒田牛得耕。
> 牛尽耕,蚕亦成。
> 不劳烈士泪滂沱,男谷女丝行复歌。

开篇两句沉痛地揭露了战乱所带来的苦难,特别凸显了这种苦难的普遍性,即"无有一城无甲兵"。天下郡国无一处得以幸免,这是何等可怕!三四句表达殷切的期盼:和平安定,万民乐业。"铸甲作农器",这是杜甫个人的期盼,也是亿万百姓的期盼,更是中华民族祖祖辈辈发自内心的期盼。"牛尽耕,蚕亦成",一幅多么令人向往、令人欣喜的画面!"男谷女丝行复歌",一幅多么美好的愿景!多么美好的未来!风雨残年,杜甫却在作这样的期盼,发出这样的呼唤,他的心胸多么宽广、多么善良!

纵观杜甫的一生——少年、中年、晚年,其间既有连续性、持久性、稳固性的一面,又有不断发展、不断变化、不断超越的一面。生活在一个风云突变的时代,从总体上看,杜甫一生坎坷、痛苦,饱经磨难,备受煎熬。一个曾经"性豪业嗜酒,嫉恶怀刚肠"的热血少年,被无情的现实打磨、塑造成一个饱经忧患、满怀家国之痛的"野老";又被无休无尽的流离、贫困折磨、塑造成一个心事浩茫、心忧万端的"狂夫"。"心从弱岁疲",一个"疲"字包含了太多太多、太深广、太痛苦的内涵。在这个不断磨炼、不断斗争、不断超越的过程中,杜甫失去了太多东西:功名,健康,幸福……但他获得的却更丰富,更有

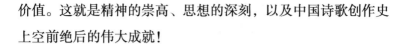

价值。这就是精神的崇高、思想的深刻,以及中国诗歌创作史上空前绝后的伟大成就!

(六)

现在,我们换一个角度来认识"心从弱岁疲"的丰富内涵。

"会当凌绝顶,一览众山小。"杜甫是一个诗人,对他而言,"凌绝顶"意味着登上诗歌王国的"绝顶",登上一个"空前绝后"的高度。从"横"的角度说,这意味着要超越同时代的所有诗人;从"纵"的角度说,这意味着不仅要超越所有前辈诗人,而且要使后来者难以企及。在源远流长、天才辈出的中国诗歌发展长河中,要实现这一宏伟愿望,其难度真是难以想象。

"心从弱岁疲。"这是奋力攀登诗歌王国"绝顶"的形象表达。

"心从弱岁疲。"经过艰苦卓绝、不知疲倦的努力,看起来几乎无法做到的事,杜甫做到了;看起来无法实现的愿望,杜甫实现了,而且非常圆满地实现了。

一个诗人一生中往往只有或只能获得一个黄金时期、一个巅峰状态。这个黄金时期或巅峰状态一过,诗人的歌喉就嘶哑了,诗人的精神创造状态就衰退了,诗人在艺术上就止步不前了。即使是人们公认的天才诗人,一生能实现一两次自我超越,已是十分难得。然而,杜甫在自己的一生中,创造了一个巅峰状态接着又一个巅峰状态的奇迹,一次又一次地实现了对自己的超越,以至于我们很难确定他人生长途中的哪个时期是他诗歌创作的"黄金时期"。"心从弱岁疲",这里的"从"字十分引人注目。也就是说,"从"青年时期开始,杜甫就不停地以其顽强的探索精神、永不停步的奋进姿态、永不满足的创造欲望,在诗歌创作道路上一次又一次地实现对自己的超越。

杜甫诗歌创作的第一个巅峰出现在天宝末年。十年困顿的长安生活，对民间苦难的深切体验，对时代危机的深刻观察，以及丰厚的艺术创造储备，使杜甫这一时期的诗歌创作出现了一个空前的飞跃。这一飞跃主要是在古体诗领域，实现了对《诗经》、汉乐府传统的忠实继承和巨大超越。其创作成果为"三行"（《兵车行》《丽人行》《洗兵马》）、前后《出塞》、两首长篇五古（《自京赴奉先县咏怀五百字》《北征》）、"二哀"（《哀江头》《哀王孙》）、"三吏"（《石壕吏》《新安吏》《潼关吏》）、"三别"（《新婚别》《无家别》《垂老别》）等。这一系列古体诗首开"即事名篇"先河，为唐代诗坛创造出一片崭新的天地，且在思想深度、艺术精度上都堪称中国诗歌之翘楚。

杜甫携全家离长安赴秦州，本意是寻找生路。然而，秦州是个贫瘠之地，在这里，杜甫不仅没找到生路，反而陷入更大的困顿。就在这生计无着落之际，杜甫的诗歌创作进入了又一个巅峰时期。在秦州，杜甫的五言律诗创作，从量到质，都实现了巨大飞跃。《秦州杂诗二十首》《遣兴五首》《月夜忆舍弟》《天末怀李白》……三十多首五言律诗，杜甫几乎是一口气写出来的，不愧为律诗写作的天才。前人评《秦州杂诗二十首》云："不拘一时，不拘一境，不拘一事。"（《杜诗镜铨》）这恰恰说明，在杜甫看来，目之所见，耳之所闻，心之所想，处处都可为诗。杜甫五言律诗的创作，堪称全唐之冠。顾随有如下断语："五言诗字少，其开合变化成功者仅杜工部一人。"[1]毫无疑问，

---

[1] 顾随：《顾随文集》，上海古籍出版社，1986年，701页。

这第二个巅峰为杜甫之后五言律诗的创作奠定了坚实的基础。

蜀中六年,杜甫的诗歌创作进入第三个巅峰时期。尽管在成都杜甫终于有了草堂这一栖身之所,但当时蜀中战乱频繁,杜甫全家经常处于流离状态。加之贫病交加,衣食皆仰仗于人,有时甚至处于赤贫状态。令人惊异不已的是,就是在这种极为恶劣的生活环境中,杜甫的诗歌创作创造了新的辉煌。

首先,杜甫七言律诗的创作此时达到了完全的成熟,达到了唐代七律创作的最高境界,名作迭出,脍炙人口。其次,在其他各体诗的创作上,杜甫也有新的探索、新的创造。七言古体(尤其是用于叙事的)本为杜甫所长,但他仍能在此领域开出新局面。如《观打鱼歌》和《又观打鱼》,诗中叙事可谓炉火纯青。"饔子左右挥霜刀,鲙飞金盘白雪高。""小鱼脱漏不可记,半死半生犹戢戢。大鱼伤损皆垂头,屈强泥沙有时立。"生动活泼的情景如在眼前。诗中感叹道:"君不见朝来割素鬐,咫尺波涛永相失。""吾徒胡为纵此乐,暴殄天物圣所哀。"深广的同情,深沉的慨叹,至为感人。

由于杜甫蜀中生活时间较长,创作数量惊人,严格地说,其创作巅峰状态绝不止一个。说成"一个",不过是为了叙述方便。这里应该特别强调,杜甫在七言绝句创作中进行了别开生面的探索。其七绝多为"组诗",真是不写则已,一写就不可遏制,鲜活生动,极贴近生活。著名的《绝句漫兴九首》《江畔独步寻花七绝句》,前人评云:"独创别调,颓然自放中,有不可一世之概。"(《杜诗镜铨》)尤其是他在蜀中创作的《戏为六绝句》,不仅在诗学理论上富有深意,而且首开以诗论文之先河,为七绝写作新开一法门,对后世影响极为深远。

唐代宗永泰元年（765）五月，杜甫携全家离蜀州南下，永泰二年（766）春末抵达四川夔州（今四川奉节），本欲出川，却被迫停居了两年。这两年是杜甫百病缠身、生活困顿的两年，却又是他诗歌创作空前活跃的两年，诗歌技艺探索收获空前的两年——杜甫到达了自己诗歌创作的第四个巅峰时期。

两年之中，杜甫竟创作了四百余首诗，登高、怀古、忆旧、写实……各个题材均取得了空前的成就。尤其是其七言律诗创作，精心锻造，构筑起一道后人无法逾越的七律"长城"。这里必须提及的是《秋兴八首》，因为这组七律成就实在辉煌。对此叶嘉莹有云：

> 在这八首诗中，无论以内容言，以技巧言，都显示出来，杜甫的七律，已经进入了一种更为精醇的艺术境界。先就内容来看，杜甫在这些诗中所表现的情意，已经不是一种单纯的现实之情意，而是一种经过艺术化了的情意……这种情意，已经不再被现实的一事一物所拘限……而是一种"意向化之感情"……
>
> 再就技巧来看，杜甫在这些诗中所表现的成就，有两点可注意之处：其一是句法的突破传统，其二是意象的超越现实。有了这两种运用的技巧，才真正挣脱了格律的压束，使格律完全成为驱使的工具……七言律诗才真正发展臻于极致，此种诗体才真正在诗坛上奠定了其地位与价值。①

毫无疑问，在中国律诗发展史上，《秋兴八首》如同一座无

---

① 叶嘉莹：《迦陵论诗丛稿》，中华书局，1984年，93—94页。

法逾越的高峰。其在艺术上的完美，是杜甫一生以全部心力探索诗歌技艺所形成的最璀璨的结晶。

"心从弱岁疲。"这一个又一个创作的黄金时代和巅峰时期，正是这五个字的真正内涵。"疲"者，劳累也，艺术创作必然是在万分"劳累"中实现的。真正的天才，真正的艺术家，并不是能不"劳累"即收获成果的人，而是经过万千"劳累"才收获成果的人。奋斗，劳累，再奋斗，再劳累……"心从弱岁疲"概括的正是这样一个过程。从实质上看，一个"疲"字让我们看到了杜甫在攀登诗歌创作"绝顶"过程中无惧苦难的献身精神。

（七）

美学家朱光潜在《从我怎样学国文说起》一文中这样说：

文学是人格的流露。一个文人必须是一个人，须有学问和经验所逐渐铸就的丰富的精神生活。有了这个基础，他让所见所闻所感所触藉文字很本色地流露出来，不装腔，不作势，水到渠成，他就成就了他的独到的风格，世间也只有这种文字才算是上品文字。除着这个基点以外，如果还另有什么资禀使文人成为文人的话，依我想，那就只有两种敏感。一种是对于人生世相的敏感。事事物物的哀乐可以变成自己的哀乐，事事物物的奥妙可以变成自己的奥妙。"一花一世界，一草一精神。"有了这种境界，自然也就有同情，就有想象，就有彻悟。其次是对于语言文字的敏感。语言文字是流通到光滑污滥的货币，可是每个字在每一个地位有它的特殊价值，丝毫增损不得，丝毫搬动不得。许多人在这上面苟且敷衍，得过且过；对于语言文字有敏感的人便觉得这是一重罪过，发生嫌憎。只有这种人才能有所谓"艺术上的良心"，也只有这种人才能真正创造文学，欣赏文学。①

朱光潜这段话很平实、很中肯，但也确实说得精彩。这里所说的"基点""两种敏感"，换成杜甫的诗句，就是"法自儒家有，心从弱岁疲"。前者是杜甫作为一个伟大诗人、天才诗人的"基点"，只是这个"基点"非常之高大、丰厚、充实、光辉。后者是杜甫作为一个诗人的"两种敏感"，即"对于人生世相"的深度体察和对于语言运用的自如驾驭。只是这"两种敏感"，杜甫以终生之不懈努力，不断磨炼，不断提高，不断超越，所达到的水平远超其他诗人。

杜甫当然是不世之天才，但天才绝非一切皆来自"天"生。天才绝不能拒绝学习和训练、奋斗和努力；恰恰相反，天才更懂得学习和训练、奋斗和努力的重要。天才也不能拒绝前人创造的法则和规矩，他们更懂得法则、规矩之重要，因而认真学习、继承这些法则和规矩，同时实现在其基础上的新的创造。无论是"法自儒家有"，还是"心从弱岁疲"，在杜甫看来，都绝非一味依恃"天"才，而应老老实实、认认真真地学习、持守，努力实践，包括"行万里路""读书破万卷""新诗改罢自长吟"等。杜甫明白，文学是"愚人"的事业，是"苦力"的事业。这两句诗既是杜甫进入诗歌王国的"入场券"，又是他在

---

① 朱光潜：《朱光潜美学文学论文选集》，湖南人民出版社，1980年，11—12页。

诗歌王国前进不已的"通行证",更是他最终登上诗歌王国"绝顶"的"护身符"。

说了这么多,也未能全部揭示"法自儒家有,心从弱岁疲"的生动内涵。杜甫走过的成功之路,取得成功的深刻原因和完整经验,是需要专门的著作来研究、总结的,本文只择其要者、挂一漏万地作些说明而已。

诚然,杜甫的诗人道路和成功模式无法模仿,更不可复制。但其基本精神、本质精义,只要我们不拘泥于字面含义,毫无疑义,具有极为重要的普遍意义和启示价值。

我们今天所处的时代、环境、条件,与杜甫相比,可谓天壤之别。文学总是文学,诗总是诗,诗人、文学家绝不能丧失应有的社会责任感和历史使命感,也绝不能没有"心从弱岁疲"的坚强决心和无畏勇气。在今天,当文学、当诗面对种种困境和世俗诱惑时,倾听杜甫"法自儒家有,心从弱岁疲"这一自白,才更觉心灵震撼。中华民族的诗歌文学,如果丢弃了在几千年历史长河中形成的以道自任、刚正弘毅、忧国忧民、民胞物与、知其不可为而为之等伟大精神和价值追求,那么,中华民族将成为文化的弃儿、文化的乞儿,世界文化之林中将不复有中华民族的立足之地。中华民族的诗人和文学家,如果没有勇气沉到生活的底层,没有勇气沉到人性的深处,没有勇气用一个、两个、多个"十年磨一剑"的功夫,去磨砺自己的艺术之剑,去创造艺术精品、佳品,去创立新的、超越前人的传统,那么,世界文化之林中将不复听到中华民族的声音。

"法自儒家有,心从弱岁疲。"每一个立志成为"诗人"的人都应该认真咀嚼这十个字。正是这十个字,成就了一位"诗

圣",成就了一位"集大成"的诗人,成就了一位光照千古的伟大诗人、天才诗人。让这十个字成为我们的指路明灯和座右铭吧!因为在这十个字中,蕴藏着成功的"法则"和"秘密"!

下篇 杜甫诗论汇编

说 明

一、有唐一代，以诗论诗（艺）数量之多、论述之当，无出杜甫之右者。为显示杜甫诗（艺）论全貌，编《杜甫诗论汇编》（以下简称《汇编》）。

二、《汇编》按年代先后，收录杜甫诗中有关诗歌（含艺术）创作理论、诗歌（含艺术）批评及诗人（含艺术家）评论之句、篇。

三、《汇编》选入诗篇采用编年顺序，以《杜甫年谱》（四川省文史研究馆编，四川人民出版社1958年出版）和《杜诗镜铨》（清杨伦笺注）为准。

四、根据杜甫一生行迹，《汇编》分为三部分：长安时期，蜀州时期，夔州以后时期。

五、杜甫诗注本甚多，《汇编》对选入诗篇不再作注释。

六、为显示杜甫诗论对后世之影响，了解前人对杜甫诗论之研究成果，《汇编》择要摘录历代学者评述杜甫诗论之言论，附于各诗之后。

七、作为对杜甫诗论的探索，编者对选入之句、篇作简要评述，仅供参考。

甲 编

长安时期

公元 745 年（唐玄宗天宝四载）
至公元 759 年（唐肃宗乾元二年）

这一时期，杜甫之诗歌创作历经艰苦而漫长的努力探索，跃上辉煌高峰。就诗歌创作理论、诗歌批评和诗人评论而言，此时期多为零星论述。然片言只语中，每每有天才思想之闪光。

公元 745 年（天宝四载）

赠李白

秋来相顾尚飘蓬，未就丹砂愧葛洪。

痛饮狂歌空度日，飞扬跋扈为谁雄！

【前人评论】

此岂"脱身幽讨"犹未遂耶？……去又不遂，住又极难。痛饮狂歌，聊作消遣。飞扬跋扈，谁当耐之？一片全是忧李侯将不免。

（清）金圣叹《杜诗解》

少陵称太白诗云"飞扬跋扈"，老泉称退之文云"猖狂恣睢"。若以此八字评今人诗文，必艴然而怒。不知此八字乃诗文神化处，惟太白、退之乃有此境……有志诗文者，亦宜参透此八字。

（清）贺贻孙《诗筏》

是白一生小像。公赠白诗最多，此首最简，而足以尽之。

（清）蒋弱六，转引自《杜诗镜铨》

杜自称"沉郁顿挫"，谓李"飞扬跋扈"，二语最善形容。后复称其"笔落惊风雨，诗成泣鬼神"，推许至矣。

（清）贺裳《载酒园诗话又编》

【简评】

中国古典诗歌研究学者叶嘉莹在《说杜诗〈赠李白诗〉一首》一文中，对此诗有很精到的评述。叶文认为："如果我们将李、杜二家的诗集仔细读过，就会发现李、杜二公之交谊，是有着何等亲挚深切的一份知己之情。""而且我以为千古以来，必当推杜甫为李白唯一知己……太白虽然常以其不羁之天才，表现为飞扬高举之一面的飘忽狂想，而在另一方面，太白却也有着不羁之天才所感受到的一份挫伤折辱的寂寞深悲，杜甫就是对太白此两方面都有着深知与深爱的一位知己的友人。"叶文还指出，在《赠李白》这首诗中，"杜甫不仅淋漓尽致地写出了太白的一份不羁的绝世天才，以及属于此天才诗人所有的一种寂寥落拓的沉哀，更如此亲挚地写出了杜甫对此一天才所怀有的满心倾倒赏爱与深相惋惜的一份知己的情谊"。[①]此论甚确。

李白的命运可谓充满悲剧性。"心雄万夫"，以"济苍生"为己任，却只能成为浪迹江湖的"飘蓬"。寻仙访道，欲以其为终极价值，却以"愧葛洪"而落空。痛饮狂歌，以酒浇愁，然而"抽刀断水"，岁月空度，其痛苦当铭心刻骨。心仪大鹏，飞

---

① 叶嘉莹：《迦陵论诗丛稿》，中华书局，1984年，111—114页。

扬跋扈,却每为斥鷃之辈所不容,只能仰天长叹:"行路难,归去来!"全诗仅以二十八字,把李白悲剧人生内在之张力、深沉之苦痛揭示得淋漓尽致。

与李十二白同寻范十隐居

李侯有佳句,往往似阴铿。余亦东蒙客,怜君如弟兄。
醉眠秋共被,携手日同行。更想幽期处,还寻北郭生。
入门高兴发,侍立小童清。落景闻寒杵,屯云对古城。
向来吟《橘颂》,谁欲讨莼羹?不愿论簪笏,悠悠沧海情。

【前人评论】

或曰:杜甫、李白同时以诗名相轧,不能无毁誉。甫赠白诗云:"李侯有佳句,往往似阴铿。"此句乃所以鄙李白也。观国按:子美《夔州咏怀寄郑监李宾客》诗曰:"郑李光时论,文章并我先。阴何尚清省,沈宋欻联翩。"盖谓阴铿、何逊、沈约、宋玉也。四人皆能诗文,为时所称者。而子美又以阴铿居四人之首,则知赠太白之诗,非鄙之也,乃深美之也。

(宋)王观国《学林》

老杜最善评诗。观其爱李白深矣,至称白则曰:"李侯有佳句,往往似阴铿。"又曰:"清新庾开府,俊逸鲍参军。"信斯言也而观阴铿、鲍照之诗,则知予所谓主优柔而不在豪放者,为不虚矣。

(宋)魏泰《临汉隐居诗话》

赞李侯诗,分寸极明。"有佳句",则不赞律诗,但赞绝句也。"似阴铿",则不赞七言,只赞五言也。"往往似",则虽有律与古诗,而其全篇不能尽佳也。此非文人相轻,盖古人月旦之法如此。

(清)金圣叹《杜诗解》

【简评】

杜甫与李白,这一对中国诗歌史上光照千秋的双子星,仅在天宝三载(744)、天宝四载(745)有过极为短暂的交往。就年龄而言,李白长杜甫一纪;就诗歌创作而言,二人会面时李白已名满天下,而杜甫真正的创作尚未开始;就性格而言,一个狂放不羁,一个深沉真挚。但是这些都没有妨碍这两位天才的一见相知、情同手足。李白有诗:"思君若汶水,浩荡寄南征!"(《沙丘城下寄杜甫》)足见其对杜甫感情之深厚。杜甫亦有诗:"醉眠秋共被,携手日同行。"足见其对李白感情之亲密。而且,"不愿论簪笏,悠悠沧海情",把李白的内心世界、人生追求评说得何等精当。一切关于这两位天才诗人相疑、相轻的说法,皆为多余。

公元747年(天宝六载)

春日忆李白

白也诗无敌,飘然思不群。清新庾开府,俊逸鲍参军。
渭北春天树,江东日暮云。何时一樽酒,重与细论文。

【前人评论】

或者又曰:评诗者谓甫期白太过,反为白所消。公曰:不然。甫赠白诗,则曰"清新庾开府,俊逸鲍参军",但比之庾信、鲍照而已。又曰:"李侯有佳句,往往似阴铿。"铿之诗又在庾、鲍下矣。饭颗之嘲，虽一时戏剧之谈，然二人者，名既相逼，亦不能无相忌也。

（宋）陈正敏《遁斋闲览》

杜工部称庾开府曰"清新"。清者，流丽而不浊滞；新者，创见而不陈腐也。

（明）杨慎《升庵诗话》

杜于李交契甚厚，至称其诗"无敌"，而止云"清新""俊逸"，语担斤两，且亦极肖。欲与论文，而加一"细"字，似欲规其所不足。……前四句真传神手，至今李白犹在。五六但即彼己所在之景，而怀自可想见；所以怀之者，欲与"论文"也。公向与白同行同卧论文旧矣，然于别后自有悟入，因忆向所与论犹粗也。白虽"不群"，而竿头尚有可进之步，欲其不以庾、鲍自限，而重与"细论"也。世俗之交，我胜则骄，胜我则妒，即对面无一衷论，有如公之笃友谊者哉？

（明）王嗣奭《杜臆》

公与太白之诗，皆学六朝，前以李侯佳句比之阴铿，此又比之庾、鲍，盖举生平所最慕者以相方也。王荆公谓少陵于太白，仅比以鲍、庾，阴铿则又下矣。或遂以"细论文"讥其才疏，此真瞽说。公诗云"颇学阴何苦用心"，又云"庾信文章老更成"，又云"流传江鲍体，相顾免无儿"。公之推服诸家甚至，则其推服太白为何如哉！荆公所云，必是俗子伪托耳。

（清）朱鹤龄，转引自《杜少陵集详注》

清新俊逸，杜老所重。要是气味神采，非可涂饰而至。然亦非以此立诗之标准。观其他日称李，又云："笔落惊风雨，诗成泣鬼神。"其自诩亦云："语不惊人死不休。"则其于庾、鲍诸贤，咸有分寸在。

（清）赵执信《谈龙录》

先生之爱李侯，乃至论文不敢一毫假借。但未脱身时，或得细论；既脱身后，遂不得细论，此所以思之不置也。岂谓李侯诗又"无敌"，思而"不群"耶？如是即岂复成语！盖是一纵一擒言之。言白也，人称其诗遂无敌，我谓其思则不群有之耳。下紧接"清新""俊逸"四字，皆是"思不群"边字。吾闻温柔敦厚，深于诗者也。"清新""俊逸"于诗且无与。此非文人相轻，实是前辈定论，不似后人一片犬吠也……看先生"细"字、"重"字，信知作文不易。

（清）金圣叹《杜诗解》

杜子美以"清新""俊逸"分称庾子山、鲍明远二人，可谓定评矣。但六朝人为清新易，为俊逸难。诗家清境最难，六朝虽有清才，未免字字求新，则清新尚兼人巧。而俊逸纯是天分，清新而不俊逸者有矣，未有俊逸而不清新者也。

（清）贺贻孙《诗筏》

青莲善用古乐府，昔人曾言之……世谓鲍照《白纻辞》，阴铿"柳色""梨花"语，白亦用之。杜甫云"俊逸鲍参军"，又云"重与细论文"，又云"李侯有佳句，往往似阴铿"，皆甫讥白：亦臆度之辞也。

（清）田雯《古欢堂集杂著》

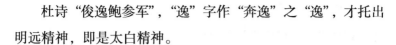

杜诗"俊逸鲍参军","逸"字作"奔逸"之"逸",才托出明远精神,即是太白精神。

(清)乔亿《剑溪说诗》

此篇纯于诗学结契上立意。方其聚首称诗,如逢庾、鲍,何其快也。一旦春云迢递,"细论"无期,有黯然神伤者矣。四十字一气贯注,神骏无匹。

(清)浦起龙《读杜心解》

笔落惊风雨,诗成泣鬼神",太白诗也。又有"兴酣落笔摇五岳,诗成笑傲凌沧洲"之句,此殆公自写照也。而杜少陵诗:"白也诗无敌,飘然思不群。清新庾开府,俊逸鲍参军。"又不似称白诗,亦直公自写照也。

(清)李调元《雨村诗话》

首句自是阅尽甘苦上下古今,甘心让一头地语。窃谓古今诗人,举不能出杜之范围;惟太白天才超逸绝尘,杜所不能压倒,故尤心服,往往形之篇什也。

(清)杨伦《杜诗镜铨》

【简评】

著名美学家王朝闻曾就此诗作精辟论说:"如果说'白也诗无敌'是杜甫对李白诗歌的美学判断,而这种判断的根据是'飘然思不群'的,那么,不妨认为杜甫首先拥有'飘然思不群'这样的感性认识,才可能产生'白也诗无敌'这样的理性判断。如果杜甫这首《春日忆李白》的前四句可以作为关于诗艺的美学观来读,那么,作为一种学风,它也有助于我们对脱离实际的教条主义方法的克服。"①这里不仅推崇杜甫的美学观念,而且极其推崇杜甫诗学批评的方法。

就杜甫对李白诗歌艺术的评论而言,此篇最为精彩。飘然不群之思,清新俊逸之品。千古评李,少有越此数语者。

饮中八仙歌(节选)

李白一斗诗百篇,长安市上酒家眠。

天子呼来不上船,自称臣是酒中仙。

张旭三杯草圣传,脱帽露顶王公前,挥毫落纸如云烟。

【前人评论】

描写八公,各极生平醉趣,而都带仙气。或两句,或三句四句,如云在晴空,卷舒自如,亦诗中之仙也。

(明)王嗣奭《杜臆》

似赞似颂,只一二语可得其人生平。妙是叙述,不涉议论,而八公身分自见,风雅中司马太史也。

(清)李子德,转引自《杜诗镜铨》

【简评】

李泽厚在《美的历程》一书中指出:"一种丰满的、具有青春活力的热情和想象,渗透在盛唐文艺中。即使是享乐、颓丧、忧郁、悲伤,也仍然闪灼青春、自由和欢乐。"②"饮中八仙"

---

① 文艺美学丛书编辑委员会:《美学向导》,北京大学出版社,1982年,7—8页。

② 李泽厚:《李泽厚十年集》(第一卷),安徽文艺出版社,1994,125页。

都是嗜酒如命者，但"嗜"得多么天真、多么可爱。他们就是盛唐精神的化身。杜甫以神来之笔，描绘出他们的风采。李之仙，张之颠，均跃然纸上，不加评论而胜似评论。

送孔巢父谢病归游江东兼呈李白（节选）
巢父掉头不肯住，东将入海随烟雾。
诗卷长留天地间，钓竿欲拂珊瑚树。

【前人评论】
子美送孔巢父云："若逢李白骑鲸鱼，道甫问讯今何如？"盖李杜与巢父一辈人也。又云："诗卷长留天地间，钓竿欲拂珊瑚树。"则巢父亦能诗者，偶失传耳。

（宋）刘克庄《后村诗话·前集》

【简评】
孔巢父，字弱翁，开元、天宝年间以喜游山水闻名，与李白、韩准、张叔明、陶沔、裴政结隐徂徕山，号称"竹溪六逸"。天宝乱后，孔巢父一改淡泊态度，积极从政。唐德宗兴元元年（784）以宣慰使的身份出使河中，被李怀光杀害，赠尚书左仆射，谥号"忠"。杜甫以"诗卷长留天地间"赞孔，惜其诗文俱失传。《万首唐人绝句》中有孔诗一首："三星在天银河回，人间曙色东方来。玉苗琼蕊亦宜夜，莫使一花冲晓开。"（《和茅盈〈赋上清神女催装〉》）从中可隐约窥见孔诗风貌。

奉赠韦左丞丈二十二韵（节选）
甫昔少年日，早充观国宾。读书破万卷，下笔如有神。
赋料扬雄敌，诗看子建亲。李邕求识面，王翰愿卜邻。

自谓颇挺出，立登要路津。致君尧舜上，再使风俗淳。
此意竟萧条，行歌非隐沦。骑驴十三载，旅食京华春。
朝扣富儿门，暮随肥马尘。残杯与冷炙，到处潜悲辛。
主上顷见征，欻然欲求伸。青冥却垂翅，蹭蹬无纵鳞。

【前人评论】

老杜高自称许，有乃祖之风。上书明皇云："臣之述作，沈郁顿挫，扬雄枚皋，可企及也。"《壮游》诗则自比于崔、魏、班、扬。又云："气劘屈贾垒，目短曹刘墙。"《赠韦左丞》则曰："赋料扬雄敌，诗看子建亲。"甫以诗雄于世，自比诸人，诚未为过。

（明）杨慎《升庵诗话》

杜子美云："读书破万卷，下笔如有神。"此子美自言其所得也。读书虽不为作诗设，然胸中有万卷书，则笔下自无一点尘矣。近日士夫，争学杜诗，不知读书果曾破万卷乎？如其未也，不过拾《离骚》之香草，丐杜陵之残膏而已。

（明）杨慎《升庵诗话》

"读书破万卷，下笔如有神"，本自眼前语，刘（辰翁）嫌其夸，注云"破字犹言近万"，非也。下"赋料扬雄敌，诗看子建亲"，言自料雄敌植亲耳。刘以为他人不能敌雄，惟有子建近之，皆求取太深，失其本意。

（明）胡应麟《诗薮》

历友答："严羽沧浪有云：'诗有别才，非关学也；诗有别趣，非关理也。'此得于先天者，才性也。'读书破万卷，下笔如有神''贯穿百万众，出入由咫尺'，此得于后天者，学力也。

非才无以广学,非学无以运才,两者均不可废。有才而无学,是绝代佳人唱《莲花落》也;有学而无才,是长安乞儿著宫锦袍也……"张萧亭答:"有问王荆公者,杜诗何以妙绝古今?"公曰:老杜固尝言之矣,'读书破万卷,下笔如有神'……夫曰'诗有别才,非关学也;诗有别趣,非关理也',为读书者言之,非为不读书者言之也。"

(清)王士禛《师友诗传录》

读书非为诗也,而学诗不可不读书。诗须识高,而非读书则识不高;诗须力厚,而非读书则力不厚;诗须学富,而非读书则学不富。昔人谓子美诗无一字无来处,由读书多也。故其诗曰:"读书破万卷,下笔如有神。"此老自言其得力处。

(清)李沂《秋星阁诗话》

万卷山积,一篇吟成。诗之与书,有情无情。钟鼓非乐,舍之何鸣?易牙善烹,先羞百牲。不从糟粕,安得精英?曰"不关学",终非正声。

(清)袁枚《续诗品·博习》

余尝谓鱼门云:"世人所以不如古人者,为其胸中书太少。我辈所以不如古人者,为其胸中书太多。昌黎云:'非三代、两汉之书不敢观。'亦即此意。东坡云:'孟襄阳诗非不佳,可惜作料少。'施愚山驳之云:'东坡诗非不佳,可惜作料多。诗如人之眸子,一道灵光,此中着不得金屑,作料岂可在诗中求乎?'予颇是其言。或问:'诗不贵典,何以少陵有读破万卷之说?'不知'破'字与'有神'三字,全是教人读书作文之法。盖破其卷,取其神,非囫囵用其糟粕也。蚕食桑而所吐者丝,非桑也；蜂采花而所酿者蜜，非花也。读书如吃饭，善吃者长精神，不善吃者生痰瘤。"

（清）袁枚《随园诗话·卷十三·七二》

诗文有神，方可行远。神者，吾身之生气也。老杜云："读书破万卷，下笔如有神。"吾身之神，与神相通，吾神既来，如有神助，岂必湘灵鼓瑟，乃为神助乎？老杜之诗，所以传者，其神传也……神者，灵变惝恍，妙万物而为言。读破万卷而胸无一字，则神来矣，一落滓秽，神已索然。

（清）贺贻孙《诗筏》

诗之妙处无他，清空而已。然不读万卷，岂易言清；不读破万卷，又岂易言空哉！杜诗云："读书破万卷，下笔如有神。""神"者，清空之谓也。而"清空"二字，正难理会。

（清）田同之《西圃诗说》

杜子美"读书破万卷，下笔如有神"。何谓"破"？涣然冰释也。如此则陈言之务去，精气入而粗秽除，是以"有神"。

（清）乔亿《剑溪说诗》

黄氏庭坚曰："子美诗作，退之作文，无一字无来处，后人读书少，故谓杜韩自作此语耳。古之能文章者，直能陶冶万物，虽取古人陈言入翰墨，如灵丹一粒，点铁成金也。"按《东皋杂录》云："或问荆公：杜诗何故妙绝古今？荆公云：老杜固尝言之：'读书破万卷，下笔如有神。'"予考"破"字之义，张氏𨓦求谓识破万卷之理，仇氏沧柱谓熟读则卷易磨。愚以张氏为近之，惟其识破万卷之理，故能无一字无来处，而又能陶冶点化也。元氏遗山云："子美之妙，元气淋漓，随物赋形，谓无一字无来处可，谓不从古人中来亦可。"遗山之说，尤兼赅无流弊。今人诗非空疏则饾饤，未尝不读杜也，亦考遗山此说耶？

（清）潘德舆《养一斋李杜诗话》

诗乃心声，心日进于三教百家之言，则诗思月异而岁不同，此子美之"读书破万卷"也。

（清）吴乔《围炉诗话》

沧浪主妙悟，谓"诗有别材，非关学也；诗有别趣，非关理也。然非多读书，多穷理，则不能极其至"是言诗中天籁，仍本人力，未尝教人废学也。竹垞谓"必储万卷于胸，始足以供驱使"。意主于学，正可与严说相参。何必执片语以诋古人，而不统观其全文哉？近代诗家，宗严说而误者，挟枯寂之胸，求渺冥之悟，流连光景，半吐半吞，自矜高格远韵，以为超超元著矣。不知其言无物，转堕肤廓空滑恶习，终无药可医也。其以学为主者，又贪多务博，淹塞灵机，饾饤书卷，如涂涂附，亦不免有类墨猪。不知学问之道，贵得其精英，弃其糟粕也。少陵云"读书破万卷"，非谓学乎？"下笔如有神"，非谓悟乎？昧此二句，学与悟可一贯矣。

（清）朱庭珍《筱园诗话》

"甫昔"一段，叙壮心也。志大言大，尤妙在"自谓"四句，横空盘郁。

（清）浦起龙《读杜心解》

【简评】

读杜甫此诗,使人不禁想到罗曼·罗兰在《贝多芬传》中说的话:"人生是艰苦的,在不甘于平庸凡俗的人,那是一场无日无止的斗争,往往是悲惨的,没有光华的,没有幸福的,在孤独与寂静中展开的斗争……他们永远过着磨难的日子;他们固然由于毅力而成为伟大,可是也由于灾患而成为伟大。"[①]

天宝年间的杜甫,正处于"悲惨的、没有光华的、没有幸福的"境地,在肉体与精神的苦难中,灵魂备受折磨。然而,正是这些痛苦和灾患,正是同痛苦和灾患进行的顽强斗争,使杜甫变得伟大。

诗中少年自负语,绝非自我炫耀,而是跌入贫困、失望深渊之后的"忏悔":从今日之"垂翅"看昔日之"挺出",多么可笑,多么无谓!诗中中年萧条语亦非故作苦状,而是生命苦难的冷静写实。面对"残杯""冷炙",人间苦辛,杜甫又是多么执着,多么坚毅!

公元750年(天宝九载)

进雕赋表(节选)

臣之述作,虽不能鼓吹六经,先鸣数子;至于沉郁顿挫,随时敏捷,扬雄、枚皋之徒,庶可企及也。

【前人评论】

子美不能为太白之飘逸,太白不能为子美之沉郁。

(宋)严羽《沧浪诗话》

[①] [法] 罗曼·罗兰:《名人传》,傅雷译,江苏凤凰文艺出版社,2021年,5—6页。

杜陵之诗，包括万有，空诸倚傍，纵横博大，千变万化之中，却极沉郁顿挫，忠厚和平。此子美所以横绝古今，无与为敌也。

（清）陈廷焯《白雨斋词话》

所谓"沉郁"者，意在笔先，神余言外。写怨夫思妇之怀，寓孽子孤臣之感。凡交情之冷淡，身世之飘零，皆可于一草一木发之。而发之又必若隐若现，欲露不露，反复缠绵，终不许一语道破。匪独体格之高，亦见性情之厚。

（清）陈廷焯《白雨斋词话》

【简评】

唐代诗坛上有一桩公案，即李白赠杜甫"饭颗山头"诗的真伪问题。这首诗中刻画的苦思诗人形象，并不完全符合杜甫的真实情况。

《文心雕龙·神思》说："人之秉才，迟速异分；文之制体，大小殊功。相如含笔而腐毫，扬雄辍翰而惊梦……虽有巨文，亦思之缓也。淮南崇朝而赋骚，枚皋应诏而成赋……虽有短篇，亦思之速也。"由此可见，扬雄是苦思为文的典型，而枚皋是文学速就的典型。杜甫在此表中扬、枚并举，说自己"庶可企及"，可见以"语不惊人死不休""沉郁顿挫"著称的杜甫又有才思敏捷、踔厉奋发的一面。杜甫诗集中的许多佳作，如《春夜喜雨》《闻官军收河南河北》等，能想象那是苦思、苦吟的产物吗？

公元753年(天宝十二载)

敬赠郑谏议十韵(节选)

谏官非不达,诗义早知名。破的由来事,先锋孰敢争。
思飘云物动,律中鬼神惊。毫发无遗恨,波澜独老成。

【前人评论】

诗人赞美同志诗篇之善,多比珠玑、碧玉、锦绣、花草之类,至杜子美则岂肯作此陈腐语邪?《寄岑参》诗云:"意惬关飞动,篇终接混茫。"《夜听许十一诵》诗云:"精微穿溟涬,飞动摧霹雳。"《赠卢琚》诗曰:"藻翰惟牵率,湖山合动摇。"《赠郑谏议》诗云:"毫发无遗恨,波澜独老成。"《寄李白》诗云:"笔落惊风雨,诗成泣鬼神。"《赠高适》诗云:"美名人不及,佳句法如何。"皆惊人语也。视余子,其神芝之与腐菌哉!

(宋)葛立方《韵语阳秋》

夫因事以陈辞,辞不迫切而意独至,初不为难;后世以不得不难为难耳。古律歌行,篇章操引,吟咏讴谣,词调怨叹,诗之目既广,而诗评、诗品、诗说、诗式亦不可胜读。大概以脱弃凡近、澡雪尘翳、驱驾声势、破碎阵敌、囚锁怪变、轩豁幽秘、笼络今古、移夺造化为工,钝滞僻涩、浅露浮躁、狂纵淫靡、诡诞、琐碎、陈腐为病。"毫发无遗恨""老去渐于诗律细""佳句法如何""新诗改罢自长吟""语不惊人死不休",杜少陵语也。……今就子美而下论之,后世果以诗为专门之学,求追配古人,欲不死生于诗,其可已乎?

(金)元好问《陶然集诗序》

"思飘云物"四句,乃诗家三昧,悟之可得诗诀。

(明)王嗣奭《杜臆》

(思飘云物动,律中鬼神惊)十字尽诗学之秘。

(清)王士禛,转引自《杜诗镜铨》

杜诗云:"毫发无遗恨,波澜独老成。"最为诗家传灯衣钵。大凡诗中好句,左瞻右顾,承前启后,不突不纤,不横溢于别句之外,不气尽于一句之中,是句法也。起须劈空,承宜开拓,一联蜿蜒,一联崒崔,景不雷同,事不疏忽;去则辞楼下殿,住则回龙顾祖;意外有余意,味后有余味;不落一路和平,自有随手虚实,是章法也。悟此句法章法,然后读此二句,盖信杜公"毫发"字、"波澜"字非泛写,而实是一片婆心,指点后人作诗之法。

(清)薛雪《一瓢诗话》

绮而有质,艳而有骨,清而不薄,新而弗尖;稗官野史,尽作雅音,马勃牛溲,尽收药笼;执画戟莫敢当前,张空弮犹堪转战。如是作法,方不愧老成。

(清)薛雪《一瓢诗话》

说诗处,言言警策。"思飘"矣,乃必期于"律中",而"鬼神惊"者正在此。"无憾"矣,方可语于"波澜",而"独老成"处正难言。韩子云:其皆醇也,然后肆焉。个中消息,非匠心不知也。

(清)浦起龙《读杜心解》

(毫发无遗憾,波澜独老成)杜老自谓。

(清)杨伦《杜诗镜铨》

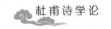

【简评】

钱锺书在《读〈拉奥孔〉》一文中有一段发人深省的话:"在考究中国古代美学的过程里,我们的注意力常给名牌的理论著作垄断去了。不用说,《乐记》、《诗品》、《文心雕龙》、诗文话、画说、曲论以及无数挂出牌子来讨论文艺的书信、序跋等等是研究的对象。同时,一个老实人得坦白承认,大量这类文献的探讨并无相应的大量收获。好多是陈言加空话,只能算作者礼节性地表了个态……倒是诗、词、随笔里,小说、戏曲里,乃至谣谚和训诂里,往往无意中三言两语,说出了精辟的见解,益人神智;把它们演绎出来,对文艺理论很有贡献。"①杜甫此诗中的"思飘云物动,律中鬼神惊。毫发无遗恨,波澜独老成",堪称精辟而"益人神智",抵得过许多长篇大论。

此二十字实为杜甫精心思考诗艺之结晶,以形象化的语言揭示出诗的本质和诗的法则,不愧为千古诗人之真知灼见。

什么叫诗?什么叫好诗?以至为严整的音律性语言表现至为飞动的意象,这就是诗。于毫发皆当的细密结构和语言安排之中见开阖起伏、变化万端的奇诡波澜,有不可言传之妙,有不见端倪之神,这就是好诗。

公元754年(天宝十三载)

寄高三十五书记(节选)

叹惜高生老,新诗日又多。美名人不及,佳句法如何?

---

① 钱锺书:《钱锺书作品集》,甘肃人民出版社,1997年,482页。

【前人评论】

老杜云:"美名人不及,佳句法如何?"盖诗欲气格完邃,终篇如一,然造句之法,亦贵峻洁不凡也。

(宋)魏泰《临汉隐居诗话》

此二篇(本诗和《春日忆李白》)非高、李不敢当,非子美不能道。

(宋)刘克庄《后村诗话》

杜公为诗家宗祖,然于前辈如陈拾遗、李北海,极其尊敬;于朋友如郑虔、李白、高适、岑参,尤所推让……于适则云:"美名人不及,佳句法如何?"又云:"独步诗名在。"……名重而能谦,才高服善,今古一人而已。

(宋)刘克庄《后村诗话》

古人之诗,必有古人之品量。其诗百代者,品量亦百代。古人之品量,见之古人之居心,其所居之心,即古盛世贤宰相之心也。……如高适、岑参之才,远逊于杜,观甫赠寄高、岑诸作,极其推崇赞叹。

(清)叶燮《原诗·外篇》

老杜登峰造极,诸法俱备。其《寄高三十五书记》句云:"美名人不及,佳句法如何?"分明自道其得力处。

(清)田雯《古欢堂集杂著》

观诗直有家人骨肉之爱,公于同时诸诗人,无不惓惓如此。

(清)杨伦《杜诗镜铨》

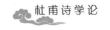

少陵寄高达夫诗云:"佳句法如何?"可见句之宜有法矣。

(清)刘熙载《艺概·诗概》

【简评】

唐诗多佳句,这是其脍炙人口的重要"秘诀"。纵观"五四"以来,新诗成功之作甚少的原因之一,即难见佳句。

佳句之成,以无法而有法。有法先于无法,致力于有法方能达到无法。无法,不是真的"无"法,而是将有法之"法"达于神明变化,即达于无法。很多人因昧于这个道理,否定了"有法"的重要,致使诗歌创作步入歧途。唐人的聪明就在于他们知道"无法"必须落实于"有法"。

在诗歌创作中,词语组合之法,整齐对偶之法,起伏转换之法,至神明变化之法,皆起于诗人之刻意追求。"佳句法如何"正表明了这种探索和追求的急切愿望。

醉歌行(节选)

(原注:别从侄勤落第归)

陆机二十作《文赋》,汝更少年能缀文。

总角草书又神速,世上儿子徒纷纷。

骅骝作驹已汗血,鸷鸟举翮连青云。

词源倒流三峡水,笔阵独扫千人军。

【前人评论】

少陵"词源倒流三峡水,笔阵独扫千人军"……此壮语也。

(清)叶矫然《龙性堂诗话初集》

【简评】

杜甫论诗颇重"气"。"倒流三峡水""独扫千人军",即为有"气"。

宋人苏辙有言:"太史公行天下,周览四海名山大川,与燕赵间豪俊交游,故其文疏荡,颇有奇气。"(《上枢密韩太尉书》)可见重视为文之"气"是中国古代文学家的优良传统。

"气"属于诗人、文学家的"内功"。欲"神旺"必先"气足"。练好"内功"非常重要。

"气"贵有"力"。"倒流三峡水"即显示出"气"之"力"度。

"气"贵有"势"。"独扫千人军"即显示出"气"之磅礴之"势"。

公元754年(天宝十三载)

桥陵诗三十韵因呈县内诸官(节选)

官属果称是,声华真可听。王刘美竹润,裴李春兰馨。
郑氏才振古,啖侯笔不停。遣辞必中律,利物常发硎。
绮绣相展转,琳琅愈青荧。

【简评】

"遣辞必中律,利物常发硎",这两句诗在精彩纷呈的杜甫诗卷中实在太不醒目了,然而它却蕴含着重要的诗的哲理。

杜甫是律诗写作的伟大天才。诗"必"中律,这要求多么高,多么严格!然而,为什么要求如此高,如此严格?诗与"律"的关系,为什么如此重要?这是每个诗人都应深刻思考的问题。

"律"是一种宇宙现象、宇宙"奥妙"。夸张地说,不理解"律",就无法理解宇宙;不认识"律",就无法透视宇宙"奥

秘"。诗,特别是好诗,作为"天才"的精神创造,当然必须"中律",必须与宇宙的内在节奏合拍。

"律"有广义、狭义之别。

广义的"律",即宇宙的节拍,天地的节拍,生命的节拍,万灵的节拍,是所有的诗,甚至所有艺术,都应具备的,都应"中"的。

狭义的"律",即"律诗"的律,是对宇宙、天地、生命节律的精彩提炼,是"律诗"作者必须严格遵循的。

"利物常发硎",此语原出自《庄子》。硎者,磨刀石也。经由磨刀石的砥砺,刀刃方锋利无比。"常发硎",刀刃才能永远保持锋利。诗人的艺术修养、艺术本领也必须不断锤炼,生命不息,锤炼不止。只有这样,艺术生命才能常青,诗作才能做到"必中律"。

杜甫在这里,对诗人,更是对自己,提出了极为严格的创作标准和创作要求。

奉先刘少府新画山水障歌
堂上不合生枫树,怪底江山起烟雾。
闻君扫却赤县图,乘兴遣画沧洲趣。
画师亦无数,好手不可遇。对此融心神,知君重毫素。
岂但祁岳与郑虔,笔迹远过杨契丹。
得非玄圃裂,无乃潇湘翻。
悄然坐我天姥下,耳边已似闻清猿。
反思前夜风雨急,乃是蒲城鬼神入。
元气淋漓障犹湿,真宰上诉天应泣。

野亭春还杂花远，渔翁暝踏孤舟立。

沧浪水深青溟阔，欹岸侧岛秋毫末。

不见湘妃鼓瑟时，至今斑竹临江活。

刘侯天机精，爱画入骨髓。自有两儿郎，挥洒亦莫比。

大儿聪明到，能添老树巅崖里。

小儿心孔开，貌得山僧及童子。

若耶溪，云门寺，吾独胡为在泥滓，青鞋布袜从此始。

【前人评论】

画山水诗，少陵数首，无人可继者。惟荆公《观燕公山水》诗前六句，东坡《烟江叠嶂图》一诗差近之。

（宋）许顗《彦周诗话》

诗有惊人句，杜《山水障》："堂上不合生枫树，怪底江山起烟雾"。

（宋）杨万里《诚斋诗话》

老杜《奉先刘少府新画山水障歌》云："反思前夜风雨急，乃是蒲城鬼神入；元气淋漓幛犹湿，真宰上诉天应泣。"……穷本探妙，超出准绳外，不特状写景物也。

（宋）黄彻《䂬溪诗话》

少陵题画山水数诗，其间古风二篇尤为超绝。

（宋）胡仔《苕溪渔隐丛话》

人之技巧，至于画而极，可谓夺天地之工，泄造化之秘，少陵所谓"真宰上诉天应泣"者，当不虚也。

（明）谢肇淛《五杂俎》

题画自杜诸篇外，唐无继者。王介甫《画虎图》、苏子瞻《烟江叠嶂夜游图》……皆有可观，而骨力变化，远非杜比。

（明）胡应麟《诗薮》

画有六法，"气韵生动"第一，"骨法用笔"次之。杜以画法为诗法，通篇字字跳跃，天机盎然，此其气韵也。乃"堂上不合生枫树"，突然而起，从天而下，已而忽入"前夜风雨急"，已而忽入"两儿挥洒"，突兀顿挫，不知所自来，见其骨法。至末因貌山僧，转云门、若耶，青鞋布袜，阒然而止，总得画法经营布置之妙。而篇中最得画家三昧，尤在"元气淋漓障犹湿"一语，试一想象，此画至今在目，真是下笔有神；而诗中之画，令顾、陆奔走笔端。

（明）王嗣奭《杜臆》

《奉先刘少府山水障子歌》，起手用突兀之笔，中段用翻腾之笔，收处用逸宕之笔。突兀则气势壮，翻腾则波澜阔，逸宕则神韵远，诸法备矣。

（清）施补华《岘佣说诗》

题画诗开出异境，后人往往宗之。

（清）沈德潜《唐诗别裁集》

字字飞腾跳跃，篇中无数山水境地人物，纵横出没，几莫测其端倪。

（清）杨伦《杜诗镜铨》

【简评】

此诗固系写画，然实亦为言诗。从理论上辨诗画之异固然重要,从艺术创作实践上悟诗画之同似乎更属必然。在中国人的心目中,诗与画可谓同趣、同心、同法、同境。一幅山水画,在杜甫眼中竟如此鲜活,极尽腾挪跌宕之能事,此亦杜甫目中之诗法。三尺丹青图,在杜甫心中竟引出万千遐思,"元气淋漓""真宰上诉",此亦杜甫目中之诗境。

前人评杜诗,有"云飞海涌,满眼迷离"(浦起龙)、"变化神妙"(叶燮)、"突兀横绝,跌宕悲凉"(卢世㴶)等语。杜甫笔下之山水图,宁非如是?

公元755年(天宝十四载)

夜听许十一诵诗爱而有作(节选)

诵诗浑游衍,四座皆辟易。应手看捶钩,清心听鸣镝。
精微穿溟涬,飞动摧霹雳。陶谢不枝梧,风骚共推激。

【前人评论】

公自谓"语不惊人死不休",又云"沉郁顿挫,随时捷给,杨枚可企"。平日自负如此,定应俯视一切。今听许诗,实心推服,不啻口出。其称他人诗,类此尚多,生平好善怀贤,诚求乐取,从来词人所少。

(明)王嗣奭《杜臆》

盖其思力沉厚,他人不过说到七八分者,少陵必说到十分,甚至有十二三分者。其笔力之豪劲,又足以副其才思之所至,故深人无浅语……《听许十一弹琴》诗,既云"应手锤钩""清心听镝"矣,下又云"精微穿溟涬,飞动摧霹雳"。……此皆题中应有之义,他人说不到,而少陵独到者也。

(清)赵翼《瓯北诗话》

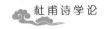

"应手"二句,诵者听者身段神情俱见。"精微"四句,诗之超诣处也。

(清)浦起龙《读杜心解》

杜集诸论诗处,即可悟诗法。

(清)杨伦《杜诗镜铨》

【简评】

著名美学家宗白华在《中国艺术意境之诞生》一文中有这样一段话:"诗人杜甫形容诗的最高境界说:'精微穿溟涬,飞动摧霹雳。'(《夜听许十一诵诗爱而有作》)前句是写沉冥中的探索,透进造化的精微的机缄,后句是指着大气盘旋的创造,具象而成飞舞。深沉的静照是飞动的活力的源泉。反过来说,也只有活跃的具体的生命舞姿、音乐的韵律、艺术的形象,才能使静照中的'道'具象化、肉身化。"①宗白华接着引用了德国诗人荷尔德林的两句诗"谁沉冥到那无边际的'深',将热爱着这最生动的'生'",以论证在中国艺术中"灿烂的'艺'赋予'道'以形象和生命,'道'给予'艺'以深度和灵魂"②。宗白华推崇杜甫这两句诗,是因为这两句诗极精当地揭示出中国诗歌、中国艺术的真精神。

每一个天才诗人都是造化的骄子,每一首伟大、不朽的诗都是来自宇宙、来自广漠天地、来自生命深处的声音。它揭示造化的秘密,因此总带有某种不可解释的神秘性。这也是那些

---

① 宗白华:《美学散步》,上海人民出版社,1981年,80页。
② 宗白华:《美学散步》,上海人民出版社,1981年,80页。

真正的好诗、真正不朽的诗永远无法说尽的原因。"精微穿溟涬"道出的正是诗的这一特征,也就是宗白华所说的"透进造化的精微的机缄"。

每一个天才诗人都是精神创造的巨匠,每一首伟大、不朽的诗都具有一种充沛的力量。这是一种感发生命、感动灵魂的力量,是一种"惊天地""泣鬼神"的力量,是一种超越时空的力量,是一种"大气盘旋的创造"。正因为如此,那些伟大、不朽的诗,才能常读常新,使一代又一代人为之长歌,为之愤怒,为之痛哭,为之欣悦。

自京赴奉先县咏怀五百字(节选)

杜陵有布衣,老大意转拙。许身一何愚,窃比稷与契。
居然成濩落,白首甘契阔。盖棺事则已,此志常觊豁。
穷年忧黎元,叹息肠内热。取笑同学翁,浩歌弥激烈。
非无江海志,潇洒送日月。生逢尧舜君,不忍便永诀。
当今廊庙具,构厦岂云缺?葵藿倾太阳,物性固难夺。
顾惟蝼蚁辈,但自求其穴。胡为慕大鲸,辄拟偃溟渤?
以兹悟生理,独耻事干谒。兀兀遂至今,忍为尘埃没!
终愧巢与由,未能易其节。沉饮聊自遣,放歌破愁绝。

【简评】

此诗为杜甫名篇,此处仅摘录其评论自我的部分。希望(窃比稷契)—失望(终成濩落)—不甘失望(不忍永诀)—更深的失望(忍为尘埃没)—呼号、崛起(放歌破愁绝)。杜甫的人生道路、艺术道路竟是如此之坎坷、如此之艰难、如此之曲折!这使我不禁想到凡·高的一句名言:艺术家的事业就是用全部

力量、用所有才干对抗苦难。

"沉饮聊自遣,放歌破愁绝。"一部杜甫诗集,可用此十字概括。这里点出"放歌"与"愁绝"的关系,道出诗歌创作的一个重要的规律性现象。纵观人类文学艺术创造的历史,那些堪称经典的伟大文艺作品,无不与人类精神、灵魂的痛苦有着千丝万缕的联系。没有深沉的生命之痛苦,又何来屈原的"赋"、杜甫的"诗"、李煜的"词"、曹雪芹的"小说"?经历痛苦,承受痛苦,体验痛苦,并在痛苦中完成独特的精神创造,这不是诗人、作家的"不幸",而是造化对其最大、最丰厚的"恩赐"!

公元757年(至德二载)

苏端、薛复筵简薛华醉歌(节选)
文章有神交有道,端复得之名誉早。
…………
坐中薛华善醉歌,歌辞自作风格老。
近来海内为长句,汝与山东李白好。
何刘沈谢力未工,才兼鲍照愁绝倒。

【前人评论】

入手时须讲一"清"字,成功则不外一"老"字,诗之初终略尽矣。即古文辞何独不然?

(清)吴雷发《说诗菅蒯》

七言排律,唐人断不多作,《杜集》止三四首。缘七字诗得四韵,于律法更无遗憾;增至几十韵,势须流走和软,方成片段……杜老云:"何刘沈谢力未工,才兼鲍照愁绝倒。"足知七字长篇,专尚沈雄排宕。

(清)李重华《贞一斋诗话》

《周易》曰:"同声相应,同气相求。"《毛诗》曰:"求其友声。"杜少陵曰:"文章有神交有道。"皆不期其然而然者也。

(清)袁枚《随园诗话补遗》

明远长句,慷慨任气,磊落使才,在当时不可无一,不能有二。杜少陵《简薛华醉歌》云:"近来海内为长句,汝与山东李白好。何刘沈谢力未工,才兼鲍照愁绝倒。"此虽意重推薛,然亦见鲍之长句,何、刘、沈、谢均莫及也。

(清)刘熙载《艺概·诗概》

【简评】

此诗首创以"风格"为文学批评用语,并极富创造性地以"老"字论风格。

艺术创造贵在从容,贵在不疾不徐,贵在自信。这种从容、不疾不徐和自信化为艺术作品本身,贯注于艺术作品的一词一句、一枝一叶之中,这种境界或可曰"老"。

司空图《二十四诗品》有"沉著"云:"绿杉野屋,落日气清。脱巾独步,时闻鸟声。鸿雁不来,之子远行。所思不远,若为平生。海风碧月,夜渚月明。如有佳语,大河前横。"此境界庶几与"老"接近。

奉赠严八阁老(节选)

新诗句句好,应任老夫传。

【简评】

严八，即严武。严武是理政、治军之才，是杜甫极好的朋友。从现存的《军城早秋》看，严亦善赋诗。"新诗句句好"既盛赞严的诗才，又是一种诚挚友情的表露。

独酌成诗

灯花何太喜？酒绿正相亲。醉里从为客，诗成觉有神。

【简评】

"神"是中国古典美学（包括诗学）极为重要的理论范畴。从《易·系辞》提出"阴阳不测之谓神"开始，"神思""神明变化""神与物游""神妙""神品""神韵"……种种理念，层出不穷。当然也可说得简单一些，即从主观方面说，"神"常用来形容、描摹、展现人的一种精神状态；从客观方面说，"神"往往是对人、对艺术作品、对艺术创作行为的一种审美评价。

"神"是杜甫论诗的重要用语，在杜诗中出现的频率极高。杜诗中的"神"具有丰富的含义：从艺术欣赏角度，意指一种陶然忘机的审美境界；从艺术创作角度，意指一种"精骛八极，心游万仞"的灵感体验；"诗成觉有神"（《独酌成诗》）则是从艺术心理学的角度，表达诗人在诗歌创作过程中，灵感处于高峰状态时特有的审美快感。

公元 758 年（乾元元年）

奉和贾至舍人早朝大明宫（节选）

朝罢香烟携满袖，诗成珠玉在挥毫。
欲知世掌丝纶美，池上于今有凤毛。

【简评】

贾至、王维、岑参和杜甫四人于大明宫早朝和诗,是当年唐代诗坛上的一则佳话。唱和的发起者为贾至。贾至的诗,现代人知之甚少,但贾至本人当年却极有名望,《唐才子传》就称他"工诗,俊逸之气,不减鲍照、庾信"。杜甫在这里用"珠玉"二字赞美贾诗,并非虚誉。贾至尤善文,为玄宗、肃宗朝知制诰,名闻一时。"丝纶"为帝王诏书的代称。贾至的父亲当年也曾任知制诰。唐玄宗就曾说:"两朝盛典,出卿家父子,可谓继美矣。"由此可见其难得。"世掌丝纶美"就是对此盛事的简要概括。

奉赠王中允维

中允声名久,如今契阔深。共传收庾信,不比得陈琳。
一病缘明主,三年独此心。穷愁应有作,试诵白头吟。

【前人评论】

此诗直是王维辩冤疏。

(明)王嗣奭《杜臆》

"共传收庾信",以侯景比禄山,以子山比中允也……当时从逆之臣,谤讪朝廷,如陈琳之为袁绍檄状曹公者多矣。维独痛愤赋诗,闻于行在,故曰"不比得陈琳"也。维一病三年,不当复责授中允。落句讥肃宗之失刑也。

(明)钱谦益《钱注杜诗》

言中允负才蒙难,今则人共传之曰:幸邀收录,不加责问矣。要其得此,岂倖致哉?惟其恋主寸心,足以一诚相感。试

索诵其哀吟,可灼知其不二。中允洵完士哉!吁!公之乐成人美有如此。

(清)浦起龙《读杜心解》

【简评】

安史之乱期间,王维的表现不仅比不上杜甫,甚至不如李白。叛军占领长安,王维当了俘虏。长安光复后,王维很自然成了被审查的对象。只是因为他未接受伪职,还写了"万户伤心生野烟,百僚何日更朝天?秋槐叶落空宫里,凝碧池头奏管弦"这首诗,才免受刑罚。

其实,当俘虏,又怎能只责怪王维?杜甫此诗的可贵之处,不在推崇王维之诗品,而在信任王维之人品。这在当时是极难得的。谁说"文人相轻,自古而然"呢?

题李尊师松树障子歌

老夫清晨梳白头,玄都道士来相访。
握发呼儿延入户,手提新画青松障。
障子松林静杳冥,凭轩忽若无丹青。
阴崖却承霜雪干,偃盖反走虬龙形。
老夫平生好奇古,对此兴与精灵聚。
已知仙客意相亲,更觉良工心独苦。
松下丈人巾屦同,偶坐似是商山翁。
怅望聊歌紫芝曲,时危惨澹来悲风。

【前人评论】

故人董传善论诗,予尝云:"杜子美诗不免有凡语。'已知仙客意相亲，更觉良工心独苦'，岂非凡语耶？"传笑曰："此句殆为君发。凡人用意深处，人罕能识，此所以为独苦，岂独画哉？"

（宋）苏轼《东坡题跋》

元祐五年十二月一日，游小灵隐，听林道人论琴棋，极通妙理。予虽不通此二技，然以理度之，知其言之信也。杜子美论画云："更觉良工心独苦。"用意之妙，有举世莫之知者，此其所以为独苦欤！

（宋）苏轼《东坡题跋》

管子曰："事无终始，无多事业。"此言学者贵能成就也。唐人为诗，量力致功，精思数十年，然后名家。杜工部云："更觉良工用心苦。"然岂独画手心苦耶！

（宋）刘攽《贡父诗话》

【简评】

艺术欣赏活动的极致在于进入艺术作品所创设的特定境界。"读者和作家的心境帖然无间的地方，有着生命的共鸣、共感的时候，于是艺术的鉴赏即成立。"（厨川白村《苦闷的象征》）

"凭轩忽若无丹青"是欣赏活动达于极致的精切表达，"更觉良工心独苦"是欣赏者对创作劳动之艰辛的真诚体认。

偪侧行赠毕四曜

偪侧何偪侧，我居巷南子巷北。
可恨邻里间，十日不一见颜色。
自从官马送还官，行路难行涩如棘。

>............
> 晓来急雨春风颠，睡美不闻钟鼓传。
> 东家寒驴许借我，泥滑不敢骑朝天。
> 已令请急会通籍，男儿性命绝可怜。
> 焉能终日心拳拳，忆君诵诗神凛然。
> 辛夷始花亦已落，况我与子非壮年。
> 街头酒价常苦贵，方外酒徒稀醉眠。
> 速宜相就饮一斗，恰有三百青铜钱。

【简评】

毕曜，杜甫同时代诗人，曾任监察御史，与杜甫、钱起交谊甚厚。

此诗描绘两个穷苦诗人的日常生活情景：如何度日，如何窘迫。格调沉痛，但又带着些许幽默。

诗为人们提供美的享受和满足，但这些"美的创造者"大多命运乖蹇。这是人类社会一个带有宿命色彩的事实，令人感叹不已。

赠毕四曜

> 才大今诗伯，家贫苦宦卑。饥寒奴仆贱，颜状老翁为。
> 同调嗟谁惜，论文笑自知。流传江鲍体，相顾免无儿。

【简评】

"同调嗟谁惜，论文笑自知。"引毕曜为"同调"，在同辈诗人面前，杜甫总是分外谦虚。"笑自知"则是深深的悲哀。叔本华认为，那些最伟大的文学天才是"属于全宇宙"的恒星，因为太高了，所以"他们的光辉要好多年后才照到世人的眼里"。

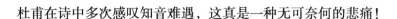

杜甫在诗中多次感叹知音难遇,这真是一种无可奈何的悲痛!

公元 759 年(乾元二年)

梦李白二首

其一

死别已吞声,生别常恻恻。江南瘴疠地,逐客无消息。
故人入我梦,明我长相忆。恐非平生魂,路远不可测。
魂来枫林青,魂返关塞黑。君今在罗网,何以有羽翼?
落月满屋梁,犹疑照颜色。水深波浪阔,无使蛟龙得。

其二

浮云终日行,游子久不至。三夜频梦君,情亲见君意。
告归常局促,苦道来不易。江湖多风波,舟楫恐失坠。
出门搔白首,若负平生志。冠盖满京华,斯人独憔悴。
孰云网恢恢,将老身反累。千秋万岁名,寂寞身后事。

【前人评论】

李、杜诗垂名千古,至今无人不知,然当其时则未也。惟少陵则及身预知之。其《赠王维》不过曰"中允声名久",赠高适不过曰"美名人不及"而已,独至李白,则云"千秋万岁名,寂寞身后事"。其自负亦云"丈夫垂名动万年,记忆细故非高贤"。似已预识二人之必传千秋万岁者……此外更无有许以不朽者。盖其探源溯流,自《风》《骚》以及汉、魏、六朝诸才人,无不悉其才力而默相比较,自觉己与白之才,实属前无古人,后无来者。是以一语吐露,而不以为嫌。所谓"文章千古事,得失寸心知"也。

(清)赵翼《瓯北诗话》

老杜《梦李白》云:"冠盖满京华,斯人独憔悴。"昌黎《答孟郊》诗:"人皆余酒肉,子独不得饱。"同一慨然,而古人之交情,于此可见。

(清)马位《秋窗随笔》

千古交情,惟此为至。然非公至性,不能有此至情;非公至文,亦不能写此至性。

(清)仇兆鳌《杜诗详注》

人之相知,贵相知心。公当日文章契交,太白一人而已。二诗传出形离精感心事,笔笔神来。……次章,纯是迁谪之慨。为彼耶?为我耶?同声一哭。

(清)浦起龙《读杜心解》

【简评】

此二诗为至情之作。诗中倾吐怀念之情、不平之情,堪称"知人论世"之杰作,是对李白最好的评价。"冠盖满京华,斯人独憔悴""千秋万岁名,寂寞身后事",历史上又有几个天才诗人能逃脱这样的命运?

遣兴五首·其三

陶潜避俗翁,未必能达道。观其著诗集,颇亦恨枯槁。
达生岂是足,默识盖不早。有子贤与愚,何其挂怀抱?

【前人评论】

杜子美诗:"陶潜避俗翁……何其挂怀抱?"子美困顿于山川,盖为不知者诟病,以为拙于生事;又往往讥议宗文、宗武失学,故聊解嘲耳。其诗名曰《遣兴》,可解也。俗人便为讥病渊明,所谓痴人前不得说梦也。

(宋)黄庭坚,转引自《苕溪渔隐丛话前集·卷三》

陶潜之枯槁,公最似之,然犹苦达生之未足,以子之贤愚,不能无挂于怀抱也。束语自谓。

(明)王嗣奭《杜臆》

仆性喜陶、杜诗,谓文章之极至,即二公之为人,亦不可仅以诗人目之也。然每以杜陵老不识栗里翁为恨。杜陵讥栗里"有子贤与愚,何其挂怀抱",未免过矣。

(清)阙名《静居绪言》

【简评】

"颇亦恨枯槁"一语道出渊明并非完全超然物外、忘情于世,而是对现实生活有着内在的执着。

李泽厚在《美的历程》中说:"终唐之世,陶诗并不显赫,甚至也未遭李、杜重视。直到苏轼这里,才被抬高到独一无二的地步。并从此之后,地位便巩固下来了。苏轼发现了陶诗在极平淡朴质的形象意境中,所表达出来的美,把它看作是人生的真谛,艺术的极峰。千年以来,陶诗就一直以这种苏化的面目流传着。"①

杜甫评陶,代表唐人之观点;苏轼评陶,代表宋人之观点。二者孰是孰非,不可简单论定。

---

① 李泽厚:《李泽厚十年集》(第一卷),安徽文艺出版社,1994年,157页。

遣兴五首·其四

贺公雅吴语，在位常清狂。上疏乞骸骨，黄冠归故乡。
爽气不可致，斯人今则亡。山阴一茅宇，江海日清凉。

【简评】

贺公，即自号"四明狂客"的贺知章。贺之友人陆象先有言："季真清谈风韵，吾一日不见，则鄙吝生矣。"陆象先道出了贺"清"的一面，而忽视了贺"狂"的一面。

"知章骑马似乘船，眼花落井水底眠。"昔日在长安，贺公之"狂"，传为美谈。

但贺的一生也是悲剧性的：晚年寂寞，身后凄凉。对这位诗界前辈，杜甫既极敬服，又极感慨。

遣兴五首·其五

吾怜孟浩然，短褐即长夜。赋诗何必多，往往凌鲍谢。
清江空旧鱼，春雨馀甘蔗。每望东南云，令人几悲咤。

【前人评论】

又云：人生作诗不必多，只要传远。如柳子厚，能几首诗？万世不能磨灭。仆曰：老杜《遣兴》诗谓孟浩然云："赋诗不必多，往往凌鲍谢。"正为此也。

（宋）范季随，《诗人玉屑》卷五引《陵阳先生室中语》

孟浩然、王摩诘诗，自李杜而下，当为第一。老杜诗云"不见高人王右丞"，又云"吾怜孟浩然"，皆公论也。

（宋）许顗《彦周诗话》

浩然之穷，公亦似之。怜孟正以自怜也。

（明）王嗣奭《杜臆》

【简评】

杜甫论诗多创举。以诗论诗,固属创举。"赋诗何必多,往往凌鲍谢",引孟之诗以评孟,亦属创举。

天末怀李白

凉风起天末,君子意如何?鸿雁几时到?江湖秋水多。
文章憎命达,魑魅喜人过。应共冤魂语,投诗赠汨罗。

【前人评论】

太白仙才,公诗起四句,亦便有仙气,竟似太白语。五、六,直隐括《天问》《招魂》两篇。七、八,顾云"冤魂指屈原"。白得罪之枉,其心事惟原得以知之而语之,故欲白投诗以问之也。

(清)浦起龙《读杜心解》

(文章憎命达,魑魅喜人过)千古伤心语。

(清)杨伦《杜诗镜铨》

【简评】

杜甫赠李白诗,此首尤沉郁婉转,尺幅之中含无限深情。

"文章憎命达"是极真实语,亦是极伤心语。作为社会现象,诗人少达而多穷,伟大作品偏与苦难结伴,这是人的存在被异化的必然结果,是天才的宿命。

寄彭州高三十五使君适、虢州岑二十七长史参三十韵(节选)

故人何寂寞,今我独凄凉。老去才难尽,秋来兴甚长。
物情尤可见,词客未能忘。海内知名士,云端各异方。

高岑殊缓步,沈鲍得同行。意惬关飞动,篇终接混茫。
举天悲富骆,近代惜卢王。似尔官仍贵,前贤命可伤。
诸侯非弃掷,半刺已翱翔。诗好几时见,书成无信将。
……更得清新否?遥知对属忙。
……会待袄氛静,论文暂裹粮。

【前人评论】

诗人赞美同志诗篇之善,多比珠玑、碧玉、锦绣、花草之类,至杜子美则岂肯作此陈腐语邪?《寄岑参诗》云:"意惬关飞动,篇终接混茫。"《夜听许十诵诗》云:"精微穿溟涬,飞动摧霹雳。"《赠卢琚诗》曰:"藻翰惟牵率,湖山合动摇。"《赠陈(《历代诗话》本作"郑")谏议诗》云:"毫发无遗憾,波澜独老成。"《寄李白诗》云:"笔落惊风雨,诗成泣鬼神。"《赠高适诗》云:"美名人不及,佳句法如何。"皆惊人语也。视余子,其神芝之与腐菌哉!

(宋)葛立方《韵语阳秋》

用意惬当,则机神飞动,此诗思之妙。篇势将终,而元气混茫,此诗力之厚。二句极推高、岑,实少陵自道也。

(清)仇兆鳌《杜诗详注》

"意惬关飞动,篇终接混茫",论诗妙诀。

(清)张谦宜《絸斋诗谈》

("意惬"二句)杜诗实有此境地,他人不能到。

(清)邵子湘,转引自《杜诗镜铨》

"意惬关飞动,篇终接混茫",刘须溪谓即子美自道,良是。

高、岑不足以当之。

（清）乔亿《剑溪说诗》

客有过余，论五七言律诗，何以为妙境，余曰："细按自来语论，无过杜陵'意惬关飞动，篇终接混茫'二语，包罗殆尽。"

（清）阙名《静居绪言》

识得"意惬关飞动，篇终接混茫"二语，方许读杜。

（清）浦起龙《读杜心解》

杜陵云"篇终接混茫"。夫"篇终"而"接混茫"，则全诗亦可知矣。且有混茫之人，而后有混茫之诗，故庄子云"古之人在混茫之中"。

（清）刘熙载《艺概·诗概》

【简评】

"意惬""更得"数句，堪称论诗隽语。

作诗须"意惬"，一气挥洒，尽情尽意，字字皆立，举篇飞动。诗歌创作当然需要有艰苦的"酝酿"阶段，但灵感一旦成熟，则必然呈现出一种"千言立就"的狂泻状态。

但"意惬"绝不意味着直露，故"篇终"反须接以"混茫"，留下无尽的余意、余韵，让人味思无穷。"篇终接混茫"，对杜甫此论，后人又作众多发挥。宋人姜夔云："句中有余味，篇终有余意，善之善者也。"又云："一篇全在尾句，如截奔马。"影响甚为深远。

诗当然应追求"清新"。"清新"是极高的审美要求，几乎可视为"独创"的同义词。没有艰苦、独到的精神创造，何来诗之"清"？何来诗之"新"？"更得清新否？"杜甫此语极有分寸，十分明白地道出"清新"之难。

诗歌创作又必须讲"属对"。中国古典诗歌发展到唐代，"属对"已成为诗歌艺术的重要属性。几乎可以说，不讲"属对"即无以为诗。而高适、岑参显然都是"属对"的能手。"遥知属对忙"生动地道出这些大诗人对诗歌创作的一种刻意追求。

"意惬关飞动，篇终接混茫。""更得清新否？遥知属对忙。"这些精辟的诗句，包含着极丰富、极深刻的诗歌创作哲理。

寄岳州贾司马六丈、巴州严八使君两阁老五十韵（节选）
衡岳啼猿里，巴州鸟道边。故人俱不利，谪宦两悠然。
…………
贾笔论孤愤，严诗赋几篇。定知深意苦，莫使众人传。

【简评】

贾至、严武二人，是杜甫政治上的"难友"，同因"房琯事件"仕途受挫。"谪宦两悠然"，杜甫怀念他们，心情是极悲痛的。

贾至诗文传世不多，然在唐代评价甚高。李舟称其"宪宗六艺，能探古人述作之旨"（《孤独常州集序》）。皇甫湜誉其文"如高冠华簪，曳裾鸣玉，立于廊庙，非法不言，可以望为羽仪，资以道义。"相较于诗，贾至更长于文，杜甫"贾笔"二字，用得极有分寸。

病马
乘尔亦已久，天寒关塞深。尘中老尽力，岁晚病伤心。
毛骨岂殊众，驯良犹至今。物微意不浅，感动一沉吟。

【简评】

此诗咏物,结尾二句道出咏物诗创作的关键。"物""意"之间既应有和谐的统一,又应具必要之张力。"微"与"不浅"恰是如此。于细微之"物"中见"不浅"之意,这样咏物诗才既具可理解性,又具新鲜性和独创性。

寄张十二山人彪三十韵(节选)

静者心多妙,先生艺绝伦。草书何太苦,诗兴不无神。
曹植休前辈,张芝更后身。数篇吟可老,一字买堪贫。

【前人评论】

"数篇吟可老,一字买堪贫",赞得工妙。

(明)王嗣奭《杜臆》

【简评】

张彪,生平事迹不详。《唐诗纪事》载:"彪盖颍、洛间静者,天宝末,将母避乱。"《唐才子传》称其"工古调诗""性高简,善草书,志在轻举"。

此诗"静者心多妙"一句,殊可注意。"静者"方能"心多妙",方能"艺绝伦",其间有何因果联系?现代艺术心理学认为,人的审美知觉、审美情感是一种与日常知觉、情感既有联系又有明显区别的知觉与情感。一个人要进入对生活、艺术的审美状态,首要条件是与"日常意识的垂直切断"(今道友信《关于美》)。用中国古代美学语言讲,即进入"虚静"状态。

遗憾的是,现代人要进入"虚静"是越来越难了。

乙 编

蜀州时期
公元760年（唐肃宗上元元年）至
公元764年（唐代宗广德二年）

这一时期，杜甫的个人生活相对稳定，他在诗歌创作上进行了多方面的新探索，其诗学理论也日臻成熟。成熟的标志是《戏为六绝句》的诞生。

公元760年（上元元年）

酬高使君相赠（节选）

古寺僧牢落，空房客寓居。
…………
草《玄》吾岂敢，赋或似相如。

【简评】

"草《玄》"二句，固属戏谑语，然亦透露出杜甫清醒的自我认识。

如果要在中国古代各种文体中选出一种最具汉语特色的，大概非"赋"莫属。"赋"正是杜甫成功的"奥秘"之一。

首先，学习写"赋"的过程，是对汉语特点逐渐熟悉、掌握的过程。其次，学习写"赋"的过程，是一个艰辛积累语言材料（词汇、典故等）的过程。最后，学习写"赋"的过程，是一个掌握语言锤炼技巧的过程。正是由于经历了这一过程，并在这一过程中付出了巨大努力,杜甫才登上"语言大师"的宝座,才能在语言艺术上显示出惊人的才华。

戏题王宰画山水图歌

十日画一水,五日画一石。
能事不受相促迫,王宰始肯留真迹。
壮哉昆仑方壶图,挂君高堂之素壁。
巴陵洞庭日本东,赤岸水与银河通,中有云气随飞龙。
舟人渔子入浦溆,山木尽亚洪涛风。
尤工远势古莫比,咫尺应须论万里。
焉得并州快剪刀,剪取吴淞半江水。

【前人评论】

予按《画断》云:唐王宰者,家于西蜀。贞元中,韦皋以客礼待之。画山水树石,出于象外……山水松石,并为上上品。

(宋)吴曾《能改斋漫录》

苕溪渔隐曰:"予读《益州画记》云:王宰,大历中家于蜀州,能画山水,意出象外。老杜与宰同时,此歌又居成都时作,其许与益知不妄发矣。"

(宋)胡仔《苕溪渔隐丛话》

余谓王之画,只"咫尺""万里"尽之。题云"山水图",而诗换以"昆仑方壶图",方壶东极,昆仑西极,盖就图中远景极言之,非真画昆仑方壶也……中举"巴陵洞庭",而东极于日本之东,西极于赤水之西,而直与银河通,广远如此,正根"昆仑方壶"来;而后面收之以咫尺万里,尽之矣。中间"云""龙"

"风""木""舟人""渔子""浦溆""洪涛",又变出许多花草来,笔端之画,妙已入神矣。……收语斩截,妙极。状其远,则东西极于天际,吴淞江亦不小,而咫尺中欲剪其半,故云"戏题"。

(明)王嗣奭《杜臆》

读老杜入峡诗,奇思百出,便是吴生、王宰山水图。自来题画诗,亦惟此老使笔如画。

(清)方薰《山静居画论》

天下妙士,必有妙眼。渠见妙景,便会将妙手写出来。有时或立地便写出来,有时或迟五日、十日方写出来,有时或迟乃至于一年、三年、十年后方写出来,有时或终其身竟不曾写出来。无他,只因他妙手所写,纯是妙眼所见。若眼未有见,他决不肯放手便写,此良工之所以永异于俗工也!凡写山水、写花鸟、写真、写字、作文、作诗,无不皆然。惟与之一样能事者,方得知之……盖守之以十日,仅得一水;又守之以五日,借得一石。然则毕此大幅,时日何限?不难在王宰经营心苦,正难在贤主人死心塌地,到底不敢促迫。终竟时到功成,妙画入手,高堂素壁,俨然独挂……约此图,满幅是浉洞大水,天风翻卷,其势震荡,而于一角略作山坡、树木,更点缀数船,避风小港。画者既无笔墨相着,题者如何反着笔墨?于是万不得已,作此眼光历乱、猜测不得之语,以描写满幅大水。然后承势补完渔舟、山木,悉遭大风之所刮荡也。而又有"中有云气随飞龙"七字者,原来王宰此图,满幅纯画大水,却于中间连水亦不复画,只用烘染法,留取一片空白绢素。此是王宰异样心力画出来,是先生异样心力看出来,是圣叹异样心力解出来……看他不着笔墨处,便将太史公一篇《封禅书》无数妙句妙字,一一渲染尽情,更无毫发遗憾……夫看画至于此极,亦乃前无古人,后无作者。

(清)金圣叹《杜诗解》

【简评】

王宰,唐代名画家,善画山水。张彦远《历代名画记》称其"多画蜀水,玲珑嵌空,巉嵯巧峭"。

此诗为杜甫评画之名作,诗中多论艺警语。"能事不受相促迫"为深知创作甘苦之真言,"咫尺应须论万里"为深得艺术三昧之妙语。

诗歌(及一切艺术)创作的必要前提在于获得超越日常心态的自由(审美)心态。在此心态中,诗人以审美眼光观照生活、驰骋想象、建构意境、构思作品。这种自由(审美)心态的获得万不可强求。正因为如此,只能"十日画一水,五日画一石";也正因为如此,真正的艺术创作与各类商业行为、政治行为必然不能相容相兼。

"咫尺"者,少也,小也;"万里"者,多也,大也。

广义地说,一切文学艺术作品都是以"少"现"多","以少少许胜多多许",以"小"见"大",寓"大"于"小"。人类的社会生活和人类社会的历史运动无限广阔、无限复杂、无限丰富。文学艺术作品只能从这种种"无限"之中摄取一二镜头、一二点滴,构成自己的创作。长篇小说可以长到数百万字,但这数百万字在生活、历史面前,仍是极其微不足道的"小"。

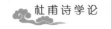

狭义地说,诗歌与绘画,只能以"少"胜"多"、以"小"见"大"。

一首诗,几行、几十行;一幅画,画面极为有限。"少"与"小"是诗、画天然的局限。

但是,劣势可以转化成优势。"咫尺应须论万里",这"应须"二字实在太重要了。以"咫尺"之小,充分、有力、完美地再现"万里",这正是艺术天才大有作为之处!

戏韦偃为双松图歌

天下几人画古松,毕宏已老韦偃少。
绝笔长风起纤末,满堂动色嗟神妙。
两株惨裂苔藓皮,屈铁交错回高枝。
白摧朽骨龙虎死,黑入太阴雷雨垂。
松根胡僧憩寂寞,庞眉皓首无住著。
偏袒右肩露双脚,叶里松子僧前落。
韦侯韦侯数相见,我有一匹好东绢。
重之不减锦绣段,已令拂拭光凌乱。
请公放笔为直干。

【前人评论】

起来二句极宽静,而忽接以"绝笔长风起纤末",何等笔力!至于描写双松止四句,而冥思玄构,幽事深情,更无剩语。后入"胡僧",窅冥灵超,更有神气。然韦之画松,以屈曲见奇,直便难工。一匹东绢,长可二丈,汝能"放笔为直干"乎?所以戏之也。

(明)王嗣奭《杜臆》

老笔奇气,足排万人。

(清)李子德,转引自《杜诗镜铨》

【简评】

此诗评画,造语奇崛。"请公放笔为直干",可用之言画,亦可用之言诗。"放"即精神的自由。一方面,这道出了艺术欣赏者对艺术创造者的审美期待,是深通艺术三昧的欣赏者对创作者的引导与激励;另一方面,这又是对艺术创造所必需的自由境界的形象揭示。只有"放笔",只有如天马行空、鸢飞戾天,才能产生艺术杰作,才能创作出"满堂动色嗟神妙"的作品。

奉简高三十五使君

当代论才子,如公复几人。骅骝开道路,鹰隼出风尘。
行色秋将晚,交情老更亲。天涯喜相见,披豁对吾真。

【前人评论】

倾倒几同李白。

(清)杨伦《杜诗镜铨》

【简评】

关于高适,历来有一种说法,即他"五十始能诗"。杜甫却赞高适为"才子",而且强调"如公复几人",倾倒之情,无以复加。这是对"五十始能诗"的有力否定。

"披豁对吾真",杜甫喜"真",为人"真",作诗"真",对友人亦"真"。他眼中的高适亦复如此。杜甫与高适的友谊,自青年时代同游梁宋开始,后历经数十年政治风雨,正是建立在"真"的基础之上。

赠蜀僧闾丘师兄（节选）

惟昔武皇后，临轩御乾坤。多士尽儒冠，墨客蔼云屯。
当时上紫殿，不独卿相尊。世传闾丘笔，峻极逾昆仑。
凤藏丹霄暮，龙去白水浑。青荧雪岭东，碑碣旧制存。
斯文散都邑，高价越玙璠。晚看作者意，妙绝与谁论。
吾祖诗冠古，同年蒙主恩。豫章夹日月，岁久空深根。

【前人评论】

看人文字，必推本其家世，尚论其师友。《史记》、杜诗固高妙，然子长世掌太史，如董相、东方先生，皆同时相颉颃；子美自谓吾祖诗冠古人，又与子昂、太白、岑参、高适诸诗人倡和，故能洗空万古，自成一家。

（宋）刘克庄《跋李光子诗卷》

抑少陵有云"吾祖师冠古"，有云"诗是吾家事"，其尊祖至矣。然少陵实兼风、雅、骚、选、隋唐众体，非不欲放他姓人。

（宋）刘克庄《跋李光子诗卷》

黄鲁直云：杜之诗法出审言，句法出庾信，但过之尔。

（宋）陈师道《后山诗话》

杜审言，子美祖父也，则天时以诗擅名，与宋之问倡和，有"雾绾青条弱，风牵紫蔓长"，又"寄语洛城风与月，明年春色倍还人"。子美"林花著雨胭脂落，水荇牵风翠带长"，又云"传语风光共流转，暂时相赏莫相违"，虽不袭取其意，而语脉盖有家风矣。

（宋）王得臣《麈史》

唐初沈、宋以来，律诗始盛行，然未以平仄失眼为忌；审言诗虽不多，句律极严，无一失粘者，甫之家传有自来矣。

（宋）陈振孙《直斋书录解题》

【简评】

此诗所赠之闾丘师兄，事迹不详。诗评述其先祖闾丘均，兼及杜甫的祖父杜审言。"诗冠古"一语似有过誉之嫌，然陈子昂盛赞杜审言："徐、陈、应、刘，不得劘其垒；何、王、沈、谢，适足靡其旗。"用语亦可谓无以复加矣。

杜甫师承先祖，前人多有论及。中国古代多文化世家，长安杜氏、襄阳杜氏皆为显例。文化的发展离不开积累，一个家族如此，一个民族更如此。

公元761年（上元二年）

游修觉寺（节选）

野寺江天豁，山扉花竹幽。诗应有神助，吾得及春游。

【简评】

"诗应有神助"是一种极重要的艺术创作心理现象。英国诗人雪莱有一段话，可与杜甫此语相互佐证："在创作时，人们的心境宛若一团行将熄灭的炭火，有些不可见的势力，像变化无常的风，煽起它一瞬间的火焰；这种势力是内发的，有如花朵的颜色随着花开花谢而逐渐褪落，逐渐变化，并且我们天赋的感觉能力也不能预测它的来去。假如这种势力能保持它原来的纯真和力量，谁也不能预告其结果将是如何伟大……"①（《为

---

① 刘若端：《十九世纪英国诗人论诗》，人民文学出版社，1984年，153页。

诗辩护》)这不正是"有神助"吗?

江上值水如海势聊短述

为人性僻耽佳句,语不惊人死不休。
老去诗篇浑漫与,春来花鸟莫深愁。
新添水槛供垂钓,故着浮槎替入舟。
焉得思如陶谢手,令渠述作与同游。

【前人评论】

老夫久不观陶、谢诗,觉胸次愊塞。因学书尽此卷,觉沉瀣生于牙颊间也。杜子美云:"安得思如陶谢手,令渠述作与同游。"真知言哉!

(宋)黄庭坚《跋与张载熙书卷尾》

杜子美云:"为人性僻耽佳句,语不惊人死不休。"则是凡子美胸中流出者,无非惊人之语矣。

(宋)葛立方《韵语阳秋》

《江上值水》云:"为人性僻耽佳句,语不惊人死不休。焉得思如陶谢手,令渠述作与同游。"前二句自负不浅,卒章乃推崇陶、谢,可见前贤服善不争名之意。

(宋)刘克庄《后村诗话》

诗要苦思,诗之不工,只是不精思耳。不思而作,虽多亦奚以为?古人苦心终身,日炼月煅,不曰"语不惊人死不休",则曰"一生精力尽于诗"。今人未尝学诗,往往便称能诗,诗岂不学而能哉?

(元)杨载《诗法家数》

此一节乃先生彻底销算之文，不必于江上有涉，而实从江上悟出也。观乎江之于海，则我之一生为人如是，多生为人亦只如是。今日纵是春来，他年定当老去；今日既已老去，他年还许春来。去者听之去，何必刻意诗篇；来者任其来，但可陶情花鸟。兴言及此，觉得少年佳句之癖，不攻自破矣。

（清）金圣叹《杜诗解》

"敏捷诗千卷"，不过一时推许之辞，如"安得思如陶谢手，令渠述作与同游""李侯有佳句，往往似阴铿"之类，非直以敏捷为美事也。若以敏捷为美，则"晚岁渐于诗律细""语不惊人死不休"，又何谓乎？大凡人具敏捷之才，断不可有敏捷之作。

（清）薛雪《一瓢诗话》

少陵《江上值水如海势》诗……申凫盟《说杜》甚谯让之，谓"与题无涉，此老故作矜夸语，抑又陋矣"。余初学诗，亦以为然。后官楚入黄州，泊舟港口，约叶井叔登赤鼻绝顶，纵目千里，命酒豪饮。俄而潮平月上，风露苍凉，有白鹳数百只，鸣于树间。井叔顾余曰："望水天之一色，呼周郎而欲出，子不可无诗。"余瞠目不答。井叔又曰："子陶、谢手也，何逊谢焉？"余静默久之，因悟少陵此诗，盖目触江上光景，思成佳句，以吟咏其奔涛骇浪之势，而不可得，废然长叹。曰"性癖"，曰"惊人"，言平生所笃嗜在诗也。曰"老去""漫与"，与"晚节渐与诗律细"，似不相属，谦辞也。曰"花鸟莫深愁"，言诗人刻毒，遇一花一鸟，摹写无余，能令花鸟愁也。今老无佳句，不必"深愁"矣。花鸟尚然，况值此江势之大，闭口束手，能复有惊人篇章耶？故只可添水槛以垂钓，著浮槎以闲游而已。

若述作之手，非陶、谢不可，吾则何敢？悠悠千载，犹思慕陶、谢不置焉。少陵殆抑然自下者，全无矜夸语气。言在题外，神合题中，而江如海势之奇观，隐跃纸上矣。

（清）田雯《古欢堂集杂著》

大抵名士耄年，不耐应接，不暇雕刻，精神有限，率尔泛应……然细玩少陵夔府、秦州诸诗，皆非少年之作，而凌云掣海，掷地金声，略无一毫颓放习气。其自道云"晚节渐于诗律细""语不惊人死不休"；称人云"庾信文章老更成""暮年诗赋动江关"，洵千古宗匠也。

（清）叶矫然《龙性堂诗话初集》

宋子京《唐书·杜甫传赞》，谓其诗"浑涵汪茫，千汇万状，兼古今而有之"，大概就其气体而言。此外，如荆公、东坡、山谷等，各就一首一句，叹以为不可及，皆未说着少陵之真本领也。其真本领仍在少陵诗中"语不惊人死不休"一句。盖其思力沉厚，他人不过说到七八分者，少陵必说到十分，甚至有十二三分者。其笔力之豪劲，又足以副其才思之所至，故深入无浅语。

（清）赵翼《瓯北诗话》

所谓"语不惊人死不休"者，非奇险怪诞之谓也，或至理名言，或真情实景，应手称心，得未曾有，便可震惊一世。子美集中，在在皆是，固无论矣。

（清）方南堂《辍锻录》

作诗先要能下死工夫，如甘茂谓城不下，当以宜阳之郭为墓,示必死也。工部之"语不惊人死不休"……可证脱稿后,又当细细推敲,隔日再视,隔数日隔年余再视,事过情迁,阅之尚如冷水浇背,陡然以惊,是一团精诚之气结于纸上,便永远不可磨灭。订全集时,当虚心与朋友商其去取,妙能割爱。工部之"晚节渐于诗律细"可证。历观古人所云,此是何等郑重事,可轻心掉弄。如只是掠影浮光,天下何者不可为,必要作诗。

(清)延君寿《老生常谈》

老杜有句曰:"为人性僻耽佳句,语不惊人死不休。老去诗篇浑漫与,春来花鸟莫深愁。"固是实论,非谦退之词。惟七言律,则失官流徙之后,日益精工,反不似拾遗时曲江诸作,有老人衰飒之气。在蜀时犹仅风流潇洒,夔州后更沉雄温丽。如咏诸葛"伯仲之间见伊吕,指挥若定失萧曹",言简而尽,胜读一篇史论。明妃"一去紫台连朔漠,独留青冢向黄昏。画图省识春风面,环佩空归月夜魂"。生前寥落,死后悲凉,一一在目。言戎马之害,则如"昨日玉鱼蒙葬地,早时金碗出人间"。写景则如"高江急峡雷霆斗,古树苍藤日月昏""返照入江翻石壁,归云拥树失山村"。咏物则如角鹰曰"一生自猎知无敌,百中争能耻下韝"。感慨则如"织女机丝虚夜月,石鲸鳞甲动秋风。"真一代冠冕。

(清)贺裳《载酒园诗话》

杜云"语不惊人死不休",陆云"诗到无人爱处工",执彼非此,皆成胶柱之瑟。盖少陵自言往境,故其下接云"老去诗篇浑漫与";放翁自叙成家,故他处复云"剪裁妙处非刀尺"。

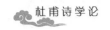

汇而观之,壮年都宜刻炼,老成乃得浑然。盖兵贵拙速,不贵巧迟,作诗一道,正与相反。

(清)潘德舆《养一斋诗话》

王若虚谓"古之诗人,词达理顺,未有以句法绳人者。鲁直开口论句法,便是不及古人处"。然老杜不尝云"为人兴僻耽佳句""佳句法如何"乎?"未有以句法绳人者",亦矫枉过正之论也。大抵句法非诗之全体,亦不可废,即若虚所谓"词达理顺"者,不研句法,又何以能之?

(清)潘德舆《养一斋诗话》

【简评】

高尔基认为,文学的第一要素是语言。诗更当如是观。语言不仅是诗歌意象、意境的载体,而且诗歌本身即可定义为对语言的一种奇妙组合和特殊运用。离开语言即无以言诗,离开对语言的精妙运用即无以言诗。

性耽佳句,语必惊人,不仅表现出杜甫在诗歌创作上对语言之完美的刻意追求,也表现出他对诗歌本质的深切领悟。

然而,"语"又并非单纯的"语言"功夫。"语"是否"惊人",实在是对诗人全部本领的总考验。"深人"方能无"浅语"。

暮登四安寺钟楼寄裴十迪(节选)

知君苦思缘诗瘦,太向交游万事慵。

【简评】

唐诗之精妙,尽人皆知;而唐人之"苦思",人多忽略。世传李白逸诗"饭颗山头逢杜甫",人多以为有嘲弄之意,实则未必。且不说此诗真伪,"为问因何太瘦生,只为从来作诗苦"二句,与杜甫寄予裴迪的此诗参看,即可知因"苦思"作诗而"瘦生",对唐人来说绝非不光彩之事。

二十世纪著名诗人瓦莱里说:"一百次产生绝妙灵感的瞬间也构不成一首诗,因为诗是一种连续性的发展,如同随时间变化的容貌……倘若我们想写一部由一系列成功之笔组成的作品,并使其首尾连贯,就必须有相当大的耐心、韧性和高超的技艺。"①不愿意为诗而"瘦生",岂能成为诗人?

江亭

坦腹江亭暖,长吟野望时。水流心不竞,云在意俱迟。
寂寂春将晚,欣欣物自私。故林归未得,排闷强裁诗。

【简评】

何谓"闷"?"闷"即心灵的痛苦、忧伤、疑虑、追寻。杜甫一生之"闷"可谓多矣:为国事而"闷",为民生而"闷",为生计而"闷",为病痛而"闷",为颠沛流离而"闷",为故土难归而"闷"……

杜甫的绝大本领在于他的一切"闷"皆可借助诗歌创作而得到宣泄,一切"闷"皆可转化为不朽的诗篇。这正是杜甫具有强大精神力量的绝好证明。

"强裁诗",一个"强"字蕴含着丰富的意义。杜甫一生备受磨难,不停地在苦难中挣扎。杜甫的诗歌创作是一个天才诗人同生活斗争、同命运斗争、同苦难斗争的完整记录。环境再

---

① 王治明:《欧美诗论选》,青海人民出版社,1990年,319页。

恶劣，再不利于创作，也要"强裁诗"；生活再贫苦，心情再苦闷，也要"强裁诗"；老病交加，前程无望，也要"强裁诗"。对杜甫来说，诗歌创作即生命，诗歌创作甚至重于生命、高于生命。一种崇高的使命感，一种内在的无声命令，督促着他"强裁诗"，推动着他"强裁诗"。

顾随论述杜诗云："中西大诗人比较，老杜……其深厚不下于莎氏之伟大。其深厚由'生'而来，'生'即生命、生活，其实二者不可分。无生命何有生活？但无生活又何必要生命？"①

充满苦难而不屈的生命，以不屈的斗争战胜苦难的生活，这就是杜甫的一生。"强裁诗"，即苦难中的不屈，即以不屈战胜苦难。

可惜（节选）
宽心应是酒，遣兴莫过诗。
此意陶潜解，吾生后汝期。

【简评】

"兴"是中国古代诗学的重要概念，也是杜甫诗学的重要概念。

从《诗经》的"比兴说"开始，"兴"这一概念不断发酵、衍生、扩展。有"诗可以兴"的"兴"，有"兴趣说"的"兴"，有"兴寄说"的"兴"，有"意兴说"的"兴"，有"兴象说"的"兴"，有"兴味说"的"兴"……从某种意义上说，不知"兴"，不懂得"兴"，对"兴"没有深刻的理解和感受，就无

---

① 顾随：《驼庵诗话》，三联书店，2018年，131页。

法读懂中国古诗。

既然"遣兴莫过诗",那就可以说无"兴"即无诗。

"遣兴"之"兴",当是指生活事件或外来物象对诗人内心、情怀的一种感发、一种触动。这是诗人灵感的受孕,是诗人创作冲动的萌生,是诗人诗歌创作活动的萌芽。"受孕""萌芽"距离诗的成形还有很长的路,但如果没有这种"受孕""萌芽",就不会有诗。因此,"兴"对于诗人极为重要。而且,正是因为"受孕""萌芽",才需万分珍惜、细心呵护。

进一步说,没有"兴"的光顾,将是诗人最大的痛苦。

不见

（原注：近无李白消息）

不见李生久,佯狂真可哀。世人皆欲杀,吾意独怜才。

敏捷诗千首,飘零酒一杯。匡山读书处,头白好归来。

【前人评论】

少陵与太白,独厚于诸公,诗中凡言太白十四处,至谓"世人皆欲杀,吾意独怜才""醉眠秋共被,携手日同行""三夜频梦君,情亲见君意"。其情好可想。《遁斋闲览》谓二人名既相逼,不能无相忌,是以庸俗之见而度贤哲之心也。

（宋）严羽《沧浪诗话》

"不见""可哀"四字,八句之骨……公忆李诗,首首着痛痒。

（清）浦起龙《读杜新解》

【简评】

清人浦起龙认为："公忆李诗,首首着痛痒。"其实岂止"首首着痛痒",每一首诗都蕴含着杜甫对李白的深刻观察和独到理解。这种理解的高度,从某种意义上说,只有杜甫这样本身也是诗歌创作天才的人才能达到,万不可等闲视之。

李白"狂",难道李白是天生的"狂"吗?不!杜甫指出,李白的"狂"是"佯狂",是"真可哀"的"狂"。这真是一针见血。李白的"狂",是面对令人窒息、令人深感"行路难"的世界,一种不得不、不能不"狂"的"狂",是对那个世界的不合作,是对那个世界的抗议,是"佯狂"。不必说李白的同时代人,就是后来的李白研究者,有几个能达到这种理解深度呢?

"世人皆欲杀",李白的处境竟是如此险恶、如此困窘。"吾意独怜才",这里的"才"字太重要了。杜甫是在大声疾呼,是在告诉世人:李白是一个"天才"啊!"天才"与常人,本就无法同日而语。"天才",一般人根本无法理解,对"天才"一定要宽容、宽容、再宽容,否则就会犯下不可饶恕的历史错误。"独怜才",只有天才能真正理解天才,只有像杜甫这样与李白站在同一精神高度的人,才能真正理解李白。"独怜才",多么恳切,多么悲痛!

那么,李白到底是一个什么样的"天才"?"敏捷诗千首",这不是"天才"的明证吗?一部中国诗歌史,谁能达到这样的水平?然而,李白的命运又是那样多灾多难,以至于他所过的生活竟是"飘零酒一杯"!

飘零,飘零,永远飘零……

痛饮,痛饮,不断痛饮……

一个"天才"竟被折磨成这样!

面对此情此景,杜甫发出了痛彻肺腑的呼唤:

匡山读书处，头白好归来！

回来啊，太白兄！你已经漂零得太久了，你已经白发苍苍了！回来啊，太白兄！在生命的最后一程，你应该获得幸福、获得喜悦、获得宁静。

这呼唤，是对李白最深挚的关切，也蕴含着对李白最深刻的理解。

公元762年（唐代宗宝应元年）

奉和严中丞西城晚眺十韵（节选）

汲黯匡君切，廉颇出将频。直词才不世，雄略动如神。
政简移风速，诗清立意新。……

【前人评论】

老杜"诗清立意新"，最是作诗用力处，盖不可循习陈言，只规摹旧作也。鲁直云："随人作计终后人。"又云："文章切忌随人后。"此自鲁直见处也。近世人学老杜多矣，左规右矩，不能稍出新意，终成屋下架屋，无所取长。

（宋）无名氏《修辞鉴衡》

少陵云"诗清立意新"，又云"赋诗分气象"。作者本取"意"与"气象"相兼，而学者往往奉一以为宗派焉。

（清）刘熙载《艺概·诗概》

【简评】

为政以"简"著称的严武，为诗却以"清"见长，确乎诗如其人。

"清"和"新"，二者难解难分。喜"清"者，其立意必全

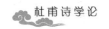

力求"新";重"新"者,其诗必给人以"清"的美感。"清新"是诗文的极高境界,是富有民族特色的审美追求。

戏为六绝句

庾信文章老更成,凌云健笔意纵横。
今人嗤点流传赋,不觉前贤畏后生。

王杨卢骆当时体,轻薄为文哂未休。
尔曹身与名俱灭,不废江河万古流。

纵使卢王操翰墨,劣于汉魏近风骚。
龙文虎脊皆君驭,历块过都见尔曹。

才力应难夸数公,凡今谁是出群雄。
或看翡翠兰苕上,未掣鲸鱼碧海中。

不薄今人爱古人,清词丽句必为邻。
窃攀屈宋宜方驾,恐与齐梁作后尘。

未及前贤更勿疑,递相祖述复先谁。
别裁伪体亲风雅,转益多师是汝师。

【前人评论】

此诗非为庾信、王、杨、卢、骆而作,乃子美自谓也。方子美在时,虽名满天下,人犹有议论其诗者,故有"嗤点""哂未休"之句。夫子美诗超今冠古,一人而已,然而其生也,人犹笑之,殁而后人敬之,况其下者乎!子美忿之,故云"尔曹身与名俱灭,不废江河万古流""龙文虎脊皆君驭,历块过都见尔曹"也。然子美岂其忿者,戏之而已。其云:"或看翡翠兰苕上,未掣鲸鱼碧海中。"若子美真所谓掣鲸鱼碧海中者也,而嫌于自许,故皆题为戏句。

(宋)张戒《岁寒堂诗话》

王勃等四子之文,皆精切有本原,其用骈俪作记序碑碣,盖一时体格如此,而后来颇议之。杜诗云:"王杨卢骆当时体,轻薄为文哂未休。尔曹身与名俱灭,不废江河万古流。"正谓此耳。"身名俱灭",以责轻薄子;"江河万古流",指四子也。

(宋)洪迈《容斋随笔》

《北史》:"庾信,字子山,有盛才,文章绮艳,为世取尚,谓之庾体。宿学后生,竞相模范,每有一文出,京师莫不传诵。作《哀江南赋》,尤为美绝……"杜工部诗云:"庾信文章老更成,凌云健笔意纵横。"盖取其文也。

(宋)吕祖谦《诗律武库》

老杜《戏为》诗曰:"未及前贤更勿疑,递相祖述复先谁?"所谓夫子自道也。

(宋)孙奕《履斋示儿编》

杜诗"不及前人更勿疑,递相祖述竟先谁?别裁伪体亲风雅,转益多师是女师。"此杜示后人以学诗之法。前二句,戒人之愈趋愈下;后二句,勉后人之学乎其上也。盖谓后人不及前人者,以递相祖述,日趋日下也。必也区别裁正浮伪之体,而上亲风雅,则诸公之上,转益多师,而汝师端在是矣。

(宋)刘辰翁《须溪集·语罗履泰》

荆公云:诗人各有所得……"或看翡翠兰苕上,未掣鲸鱼碧海中",此老杜所得也。

(宋)胡仔《苕溪渔隐丛话》

庾信之诗,为梁之冠绝,启唐之先鞭。史评其诗曰绮艳,杜子美称之曰清新,又曰老成。绮艳、清新,人皆知之;而其老成,独子美能发其妙。余尝合而言之曰:绮多伤质,艳多无骨;清易近薄,新易近尖。子山之诗,绮而有质,艳而有骨,清而不薄,新而不尖,所以为老成也。若元人之诗,非不绮艳,非不清新,而乏老成。宋人诗则强作老成态度,而绮艳、清新概未之有。若子山者,可谓兼之矣。不然,则子美何以服之如此。

(明)杨慎《升庵诗话》

大有意思人,必不轻薄前辈;盖名下无虚士,必有独到处。老杜文章冠古今,其推尊前辈如此。"庾信文章"不曰老始成,而曰"更成",其意可思。但看翡翠于兰苕,未掣鲸鱼于碧海,撩春华而忘秋实,此文人通病,其轻薄前人以此。其五:谓我不薄今人之爱古人,而辞句必与为邻也。但学古人者在神不在貌,今优孟屈、宋自谓可与方驾,恐不免作齐梁之后尘耳。其六:谓今之轻薄前贤者,其不及前贤更勿疑矣;盖此辈优孟古人皆伪体也,必须区别裁正其伪体,而直与风雅为亲,始知前贤皆渊源于风雅。"转盖多师",而汝师在是矣。

(明)王嗣奭《杜臆》

老杜《论诗绝句》："或看翡翠兰苕上，未掣鲸鱼碧海中。"犀月曰："此词家大家之分也。"

（清）顾嗣立《寒厅诗话》

青莲推阮公、二谢，少陵亲陈王，称陶、谢、庾、鲍、阴、何，不薄杨、王、卢、骆，彼岂有门户声气之见而然，惟深知甘苦耳。

（清）赵执信《谈龙录》

以昌黎之崛强，宜鄙俳体矣，而《滕王阁序》曰："得附三王之末，有荣耀焉。"以杜少陵之博大，宜薄初唐矣，而诗曰："王、杨、卢、骆当时体""不废江河万古流"。……今人未窥韩、柳门户，而先扫六朝；未得李、杜皮毛，而已轻温、李，何蜉蝣之多也！

（清）袁枚《随园诗话》

初唐格体，王、杨、卢、骆汗漫长篇。李商隐云："沈宋裁词矜变律，王杨落笔得良朋。当时自谓宗师妙，今日惟观对属能。"大旨可见。少陵曰："王杨卢骆当时体，轻薄为文哂未休。尔曹身与名俱灭，不废江河万古流。"别有寓意。

（清）田雯《古欢堂集杂著》

古来论诗者，子美《戏为六绝句》，义山《漫成五章》，东坡《次韵孔毅父五首》，又《读孟郊诗二首》，遗山"汉魏谣什"云云三十首，又《济南杂诗》十首，议论阐发，皆有妙理。

（清）田雯《古欢堂集杂著》

北周庾信，史评其诗曰"绮艳"，杜甫称曰"清新"，又曰"老成"。绮而有质，艳而有骨，清而不薄，新而不尖，所以为"老成"也。

（清）田雯《古欢堂集杂著》

王氏士禛曰：唐五言古诗，"李白、韦应物超然复古"。按左司五古，高步三唐，然持较青莲，色味不欠，形神顿踬，似难连类而及。且左司割秀于六朝者也。渔洋以太白、左司并言，疑所谓复古者，复《选》体之古焉耳。太白胸次高阔，直将汉、魏、六朝一气铸出，自成一家，拔出建安以来仰承《三百》之绪，所谓"志在删述""垂辉千春"者也，岂专主《选》体哉！……总之，李、杜无所不学，而《文选》又唐人之所重，自宜尽心而学之，所谓"转益多师是汝师"也。若其志向之始，成功之终，则非《选》诗所得而囿。

（清）潘德舆《养一斋诗话》

诗之为道，穷则变，变则通。《风》《雅》之不得不为楚骚，楚骚之不能不为苏、李，皆天也。诗之古与不古，视其天与不天而已矣。今必以初唐为古，不知初唐已变江左；必以太白为蔑古，不知苏、李已变《风》《骚》。余最笑何大复《明月篇》舍李、杜而师卢、骆，以为劣於汉魏而近《风》《骚》欤；不知"劣於汉魏近风骚"句，乃言劣于汉魏之近《风》《骚》耳！不解句义，既堪哈噱，况当时之体，老杜已明断之。

（清）潘德舆《养一斋诗话》

张燕公谓"曲江诗如轻缣素练，实济时用，微狭边幅"，意似有不足。然曲江为伯玉之殿,时辈不足当其毫末。少陵云:"诗罢地有余,篇终语清省。自成一家则,未缺只字警。"要为定论。少陵评,不爽铢黍,其自得可知。于薛嗣通则云:"少保有古风,得之《陕郊篇》。"于郭元振则云:"长歌《宝剑篇》,神交赴溟漠。"于孟云卿则云:"孟子论文更不疑。"其虚衷即物,亦见于此,所谓"不薄今人爱古人"者有焉。

(清)阙名《静居绪言》

杜集《戏为六绝》,乃公论诗之诗,而人多不明其句法。如首章云:"今人嗤点流传赋,不觉前贤畏后生。"乃诘问之言,今人诋毁庾信之赋,岂前贤如庾者,反畏尔曹后生耶?次章云:"杨王卢骆当时体,轻薄为文哂未休。"轻薄为文四字,乃后生哂四家之语,非指后生辈为轻薄人也。三章云:"纵使卢王操翰墨,劣于汉魏近《风》《骚》。""汉魏近《风》《骚》",五字相连,言卢、王亦近《风》《骚》,但劣于汉、魏之近《风》《骚》耳。又一解:卢、王操翰墨劣于汉、魏,九字相连,言卢、王之比汉、魏则劣,然其于《风》《骚》之旨则近矣。五章云:"不薄今人爱古人,清词丽句必为邻。"今人爱古人,五字相连,言古人之清词丽句今人爱之,其意原不可薄,但其根柢浅陋,齐、梁且不能及,又安知所谓屈、宋哉?六章云:"递相祖述复先谁?"言后生所祖述者伪体也,伪体不知所自来,故曰复先谁。末句云:"转益多师是汝师。"多师指卢、王,言如卢、王之近《风》《骚》,乃汝所当师者也。此解盖闻之茶陵彭阁老。

(清)汪师韩《诗学纂闻》

作诗以论文,而题曰"戏为六绝句",盖寓言以自况也。韩退之诗曰:"李杜文章在,光焰万丈长。不知群儿愚,那用故谤伤。蚍蜉撼大树,可笑不自量。"然则当公之世,群儿之谤伤者或不少矣,故借庾信、四子以发其意。嗤点流传,轻薄为文,皆指并时之人。一则曰尔曹,再则曰尔曹,正退之所谓"群儿"也。卢、王之文,劣于汉、魏,而能江河万古者,以其近于《风》《骚》也,况其上薄《风》《骚》而又不劣于汉魏者乎!"凡今谁是出群雄",公自命也。兰苕翡翠,指当时研揣声病、寻摘章句之徒。鲸鱼碧海,则退之所谓"横空盘硬,妥帖排奡,垠崖崩豁,乾坤雷硠"者也。此非李杜谁足以当之?而他人有不怃然自失者乎?"不薄今人"以下,惜时人之是古非今,不知别裁而正告之也。不薄今而爱古,期于清辞丽句,与古为邻可耳。今人侈言屈、宋,而转作齐、梁之后尘,不亦伤乎?又曰:今人之未及前贤,无怪其然也,以及递相祖述,沿流失源,而不知谁为之先也。自《风》《雅》,而汉魏、齐梁、唐初,莫不有真面目,舍是则皆伪体也。果能区别而裁而去之,则自《风》《雅》而下,至于庾信、四子,孰非汝师?呼之曰"汝",所谓尔曹也。哀其身与名俱灭,谆谆然呼而寤之也。题之曰"戏",亦见通怀商榷,不欲自以为是。后人知此意者鲜矣。

(清)钱谦益《杜诗笺注》

杜子美诗所以高出千古者,"不薄今人爱古人"也。王、杨、卢、骆之体,子美能为而不屑为;然犹护惜之,不欲人訾议。且曰:"汝曹身与名俱灭,不废江河万古流。"其推挹如此。以视诗未有刘长卿一句,已呼阮籍为老兵;语未有骆宾王一字,已骂宋玉为罪人者,犹鲲鹏之与蚍蜉矣。

(清)钱大昕《十驾斋养新录》

元遗山《论诗绝句》,效少陵"庾信文章老更成"诸篇而作也。王贻上仿其体,一时争效之。厥后宋牧仲、朱锡鬯之论画,厉太鸿之论词、论印,递相祖述,而七绝中又别启一户牖矣。

(清)钱大昕《十驾斋养新录》

尝读杜集《戏为六绝句》,此便是老杜诗话。其一绝云:"才力应难夸数公,凡今谁是出群雄。或看翡翠兰苕上,未掣鲸鱼碧海中。"盖云前辈之不易贬,又言其不易效也。

(清)吴景旭《历代诗话》

太白仙才,然其持论,不鄙齐、梁;子美诗圣,然其持论,尚推卢、骆。譬之沧海,百川细流,无不容纳,所谓"不薄今人爱古人"也。虚心怜才,殊为可师。

(清)贺贻孙《诗筏》

龙门之于文,少陵之于诗,夫人知之,夫人能言之也。《五帝赞》云:"择其言尤雅者,著之于篇。"又"非好学深思,心知其意,固难为浅见寡闻道也。"此史公自赞其百三十篇之《史记》也。《绝句》云:"未及前贤更勿疑,递相祖述复先谁。别裁伪体亲风雅,转益多师是汝师。"此子美自道其千四百首之杜诗也。细味此诗,与赞语字字吻合,句句相通。"不及前贤",则好学宜亟矣。学贵心知其意,彼"递相祖述"者,规规于古人字句之间,毫不能自抒其心得,终寄篱下,故曰"复先谁"也。"别裁伪体亲风雅"者,即赞云"其文不雅驯""择其言尤

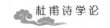

雅者"是也。"择"字即"别"字、"裁"字注脚。"转益多师是汝师",分明是"难为浅见寡闻"句转语。故知诗文一致,两公早已言之矣。

(清)叶矫然《龙性堂诗话初集》

"不觉前贤畏后生",此反语也。言今人嗤点昔人,则前贤应畏后生矣。嬉笑之间,以此辈不必与庄论耳。《六绝句》皆戒后生之沿流而忘源也。其曰"今人嗤点",曰"尔曹轻薄",曰"今谁出群",曰"未及前贤",不惜痛诋今人者,欲盖俾之考求古人源流,知以古人为师耳。六首俱以师古为主。卢、王较之近代,则卢、王为今人之师矣;汉、魏则又卢、王之师矣也;《风》《骚》则又汉、魏之师也。此所谓"转益多师",言其层累而上,师又有师,直到极顶,必须《风》《雅》是亲矣。此乃汝师,汝知之乎?盖深嫉今人之依墙靠壁,目不见方隅者,而以此儆觉之也。卢、王亦且必祖述汉、魏,汉、魏亦且必祖述《风》《骚》,知此中之谁先,则知今人之所以不古若矣。故曰"未及前贤更勿疑"也。第五首"不薄今人爱古人"句,皆作不肯薄待今人说,愚窃以为不然。使如此说,则下三句俱接不去矣。其曰"轻薄为文哂未休",即指今人之好嗤点古人者。此句之"今人",亦犹是也。"薄"乎云者,即上"轻薄"之"薄",言今无出群之雄,而翻多嗤点前辈,则此风乃今时之薄也。故反言以醒之,曰:若不此之薄,而不古之爱,则必逐逐于词句之巧丽而已。吾知其不深求古人立言之意,而但惟是一词之美,一联之丽,必依附为邻而已耳。揣其意,亦岂不谓从此可以方驾屈、宋哉!然自我观之,恐与齐、梁作后尘也。如此则不流于伪体不止,与下章"未及"句亦复针锋相接也。"别裁伪体",正是薄之也;"亲风雅",正是爱之也。杜陵薄今人嗤点之辈,至于如此。与尔曹身名俱灭之言,未免太刺骨矣,故题之曰"戏"也。

(清)翁方纲《石洲诗话》

作诗之法,少陵尝自言之矣。曰"别裁伪体亲风雅",言正其即从入也。曰"熟精《文选》理",言有根柢也。曰"前辈飞腾入,余波绮丽为",曰"篇终接混茫",言有收束也。曰"新诗改罢自长吟",曰"老去渐于诗律细",夫以太白之才,雄奇跌荡,而犹欲与"细论文"。然则"细"之一字,其诗学之金针乎!

(清)李调元《雨村诗话》

所谓"不薄今人爱古人"者,此须活看。古之中亦有今在,不必尽取今人也。如汉、魏以逮陈、隋,汉、魏、晋、宋是古,齐、梁、陈、隋是今。全唐之诗,初盛是古,中晚是今。学古体诗者,就古之古学之;学近体诗者,就古之今学之。自兹以下,亦竟非无可取法者,但间有可取法者,仍是从古之古、古之今来也。

(清)厉志《白华山人诗说》

昌黎诗"李杜文章在,光焰万丈长。不知群儿愚,那用故谤伤。蚍蜉撼大树,可笑不自量"。当公之世,其排诋者亦不少矣。故偶借庾信、四子以发其意,皆属自寓意多,非如遗山《论诗绝句》通论古今人之诗也。然别裁伪体,转益多师,学诗之

道,实不出此。

(清)杨伦《杜诗镜铨》

六诗便为诗学指南。趋今议古,世世相同,惟大家持论极平,著眼极正。

(清)张上若,转引自《杜诗镜铨》

后生轻薄,附远而谩近。盖远者论定既久,不敢置喙。至于近人,则哆口诋诃,以高自夸诩。剽窃古人影响,博其谈资。究于古人所谓师承派别之源流,茫乎未有闻也。少陵病焉,而作是诗。故前三章,错举近代诗人以立案。

首章提出"老更成"三字,便为后生顶门一针。末句,谓听其嗤点无忌惮之言,"不觉前贤"且生畏矣。为前辈称屈,正使后生知警也。

此(次章)与首章同旨。逗出"轻薄为文"四字,则于文之所谓体者,不足与言。宜于一时成体之文而哂之矣。首章下二,反言以警醒之。此则正言以点破之。

(三章)四杰于时尤近,必嗤点更多,故此章申言之。举卢、王而杨、骆可知。

风骚为韵语之祖。后来格调变移,造端于汉之苏、李,继轨于魏之建安。至唐初诸子出,而体裁又变。要之皆同祖风骚也。故言"纵使卢、王翰墨""劣于汉、魏之近风骚"者,要亦国初之风骚也。譬犹天闲上驷,顿足云霄,吾见驽马之竭蹶而不副矣。上抑下扬,极有分寸。

(四章)此总前三章而与为等量之。见小家大家,判若霄壤。下二,与前章相似。但前章意在表暴四杰,此章意在针砭凡今。语气各有归重。

江左以还，辞条丰硕，取多而用弘。唐初不改风尚。虽或结体浮靡，然未有以轻材虚器，滥竽述作者。迨乎景光摹揣之诗作，近于后人别趣别肠之旨。弊且流为束书蔑古，叩寂张空，而风雅道沦矣。想少陵之世，俗学已开。读此诗下二，知其有深惧也。

（五章）此与末章，乃推广而正告之。意重在"不薄今人"边。统言今人，则齐、梁而下，四杰而外皆是。统言古人，则汉、魏以上，风骚以还皆是。"窃攀""恐后"，直指附远谩近之病根而药之也。

（六章）"前贤"所包者广。跻近代作家于风雅之班，而统谓之"前贤"也。"风雅"亦非颛指三百，凡往近作者皆是。"递相祖述"，前贤各有师承，如宗支之代嬗也。"祖述"字本《曲台记》，是好字眼。钱氏解为沿流而失源，误矣。以齐、梁以下为沿流，正是后生附远谩近之张本。不且自相矛盾耶？"复先谁"者，诘其轻嗤轻哂，妄分先后也。此三字，正笼起"多师"二字。下乃开示法门，"别裁"其"翡翠兰苕"，窃"屈、宋"、后"齐、梁"之伪体。而惟降心易气，"多师汝师"。不独风、骚、汉、魏，遥溯渊源；即齐、梁、国初，悉皆宗仰。此中灼见"祖述"源流，而后为能得师，而后为"亲风雅"。倾倒至此，其诱掖后进，一片婆心，千古为昭矣。

齐、梁体制，少陵亟称之。乃其自为诗，不闻有好滥燕女，趋数敖辟之音。宋人力黜之，而诗反纤薄。然则古人所为风雅者，有本领焉，有原委焉。孔子删诗，不废郑卫。宜昆山顾氏论真氏《正宗》，有执理太甚，使徐、庾不得为人，陈、隋不得为代之叹也。

金源元好问《论诗》三十首,托体于此。

(清)浦起龙《读杜心解》

唐初四子,源出子山。观少陵《戏为六绝句》专论四子,而第一首起句便云"庾信文章老更成",有意无意之间,骊珠已得。

(清)刘熙载《艺概·诗概》

【简评】

题曰"戏为",实系杜甫诗论的纲领性"大"作,沾溉后人,影响至巨至远。前人评论此诗者甚多,鱼龙混杂,要在独具只眼。

此组诗以诗为"文",有"评"有"论",开出诗论新体,后人纷纷仿效,蔚为大观。

前三首为诗人论,侧重于"评","评"中有"论",旨在倡导诗歌批评上的历史主义态度和宽容、与人为善之风。后三首为创作论,侧重于"论","论"中有"评",旨在指出正确的诗歌创作方向和创作发展途径。

第一章评论诗人庾信。"老更成"三字对庾信的文学成就给予了高度赞扬。"凌云健笔"充分肯定了庾信诗文内在思想感情上的充沛、深刻,具有历史的高度,足以不朽。"意纵横"则充分肯定了庾信诗文艺术上的成熟,笔随意转,纵心所如。后两句则批评那些轻率"嗤点"庾信的"今人",明确指出他们对前人的苛责既无美学意义,又无历史价值。

庾信是六朝最后一位诗人,也是六朝最有成就的文学家之一。杜甫对庾信的肯定与赞扬,实际上是对六朝文学成就的坚定捍卫。他明确指出,对六朝文学绝不能简单地一笔抹煞。

第二章评论初唐四杰。对于王(勃)、杨(炯)、卢(照邻)、骆(宾王),那些文坛上的"轻薄"儿多有不敬之辞。杜甫义正词严地指出,他们是一个时代文学成就的代表,是一个时代在文学上的标志和荣耀;而那些不负责任的讥笑他们的庸俗之辈,则是文坛上匆匆来去的过客,其"身与名"将很快为历史所淘汰。

事实证明,杜甫的论断极为准确。王、杨、卢、骆的名字,如今已成为初唐文学杰出成就的标志,广为人知。那些轻率嘲笑王、杨、卢、骆的人,他们的姓名、事迹早被埋入历史的陈迹。

第三首评论文坛风气。文坛本应是百花齐放的精神园地,但有的人手持刀斧,在这里肆意砍伐;还有一些人手握棍棒,在这里扫荡一切。杜甫充满激情地指出:即使("纵使")庾信及王、杨、卢、骆的作品有这样或那样的不足,又怎样呢?你们这些手握棍棒的人,请拿出你们的作品来吧!"龙文"也好,"虎脊"也好,你们都可以选作题材,表现你们的文学才华。最重要的是,让社会、让时代、让历史来检验你们的作品。文坛不能只有破坏,文坛更需要的是建设,是过硬的文学作品!

对于文学艺术来说,评论固然重要,创作却更为根本。

从第四首开始,杜甫展开了自己的诗歌创作理念。

诚然,就创作"才力"而言,要超越前人,如庾信以及王、杨、卢、骆,都绝非易事。但是,社会要前进,文学也要前进。谁是今天文坛的"风流人物"?谁是今天文坛的"领军人物"?相对于"翡翠兰苕",我们的时代更需要"鲸鱼碧海",更需要大气磅礴、激昂奋发、黄钟大吕式的作品！杜甫在第四首中，面向文坛展现出热切的期望，发出急切的召唤。

怎样才能创作出"鲸鱼碧海"式的伟大作品？杜甫提出四点主张。

首先，要有融汇古今、广纳百川的雄伟气度。"不薄今人爱古人，清词丽句必为邻。"今人可敬，古人亦可敬；"清词"可爱，"丽句"亦可爱。虚心地学习，广博地采纳，让眼界"站"得更高，让才力"积"得更厚。只有这样，才能超越前辈、超越古人。

其次，要有正确的创作方向和高尚的创作追求。文学创作是崇高的精神创造，不是娱乐，不是儿戏。我们的祖辈，如屈原、宋玉，已经为我们树立了极好的榜样，树起了极高的标尺。努力学习他们、赶上他们，以至于超越他们，即使难以做到，我们也应有这样的雄心。我们的祖辈，齐、梁时期的文学宠儿，也从反面为我们提供了沉重的教训。我们万勿步他们的后尘！

再次，在文学创作上，一定要有创新的勇气，有创造的力量，反对模拟、因袭，反对亦步亦趋。诚然，创新、创造不仅困难，而且要冒极大的风险；而模仿、因袭既省力，又可名利保收。但是，那些走因袭、模仿之路的人，他们最多只能成为第三流、第四流的诗人，甚至被人讥为文坛的"乞儿"。人类真正需要的，历史真正需要的，那些被戴上"天才"桂冠的诗人，只能是敢于创新、勇于创造的文学劳动者。"递相祖述复先谁？"如果只是跟在前辈后面学步，那文坛还有什么希望呢？我们的民族如何诞生伟大的诗人呢？

最后，要树立正确的文学传统观和诗歌传统观。我们生活在传统之中,只有正确地继承传统、发扬传统、推进传统,才能有所前进。传统是"伪体"和"风雅"的综合体,泥沙俱下,洪流滚滚。我们必须头脑清醒,"亲风雅","裁伪体"。传统伟大而丰富,未免鱼龙混杂。但是,我们切不可拘泥、偏执。"龙"固然可师,"鱼"又何尝不可师?对一个善于学习的人来说,从"敌人"身上都可以学到东西,更何况朋友?"转益多师"才是真的"师"。

《戏为六绝句》产生于杜甫诗歌创作生涯的中后期,绝非偶然。它是杜甫自身创作实践的经验总结,也是杜甫长期对诸多文学现象、文学问题思考的结晶。

《戏为六绝句》精练、精辟、精警,内涵丰富,值得一代又一代文学之士学习、思考,值得一代又一代文学之士认真去发掘它的意义。

寄李十二白二十韵

昔年有狂客,号尔谪仙人。笔落惊风雨,诗成泣鬼神。
声名从此大,汩没一朝伸。文彩承殊渥,流传必绝伦。
龙舟移棹晚,兽锦夺袍新。白日来深殿,青云满后尘。
乞归优诏许,遇我宿心亲。未负幽栖志,兼全宠辱身。
剧谈怜野逸,嗜酒见天真。醉舞梁园夜,行歌泗水春。
才高心不展,道屈善无邻。处士祢衡俊,诸生原宪贫。
稻粱求未足,薏苡谤何频!五岭炎蒸地,三危放逐臣。
几年遭鹏鸟,独泣向麒麟。苏武先还汉,黄公岂事秦。
楚筵辞醴日,梁狱上书辰。已用当时法,谁将此义陈。
老吟秋月下,病起暮江滨。莫怪恩波隔,乘槎与问津。

【前人评论】

杜所赠二十韵,备叙其事。读其文,尽得其故迹。

(唐)孟棨《本事诗·高逸第三》

杜《赠李》豪爽逸宕,便类青莲。如"笔落惊风雨,诗成泣鬼神"等语,犹司马子长作《相如传》。

(明)胡应麟《诗薮》

太白一生俱见于此。"未负幽栖""楚筵辞醴",极辨其不受永王璘之污矣。

(清)沈德潜《唐诗别裁》

前十韵,叙其才名宠渥,以及去官之后,文酒相从。后十韵,伤其蒙汗被放,为之力雪其诬,诉天称枉……语语见肝膈。

(清)浦起龙《读杜心解》

【简评】

此诗为李白立传。

"谪仙人"三字,一笔勾勒李白其人。

"惊风雨""泣鬼神"六字为李白诗歌之总评,亦为定评。后人论李白诗,千言万语,不能出此六字。

叙李白行踪,分三个时期:长安时期,梁、宋时期,流放时期。以流放时期为重点。

"稻粱求未足,薏苡谤何频!"此十字道出李白一生之最大悲剧。一代诗坛天才,既为贫困所苦,又为谤讪所辱,使人为之长叹、为之长哭!

太史公替李陵辩冤,杜甫替李白辩诬。此等胸襟,此等人

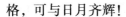

格,可与日月齐辉!

全诗叙中有情,叙中有赞。杜甫对李白的崇敬之心、关怀之情,理解之深、信任之诚,皆于诗中可见。

寄高适(节选)

楚隔乾坤远,难招病客魂。
诗名惟我共,世事与谁论?

【简评】

《旧唐书·高适传》称高适"工诗,好事者辄传布,又具王霸大略,慷慨善谈论"。前句可作"诗名惟我共"的注脚,后句可作为"世事与谁论"的注脚。

宗武生日(节选)

小子何时见?高秋此日生。自从都邑语,已伴老夫名。
诗是吾家事,人传世上情。熟精《文选》理,休觅彩衣轻。

【前人评论】

杜子美云"课儿诵《文选》",又云"熟精《文选》理"。然则子美教子以《文选》欤?近时士大夫以苏子瞻讥《文选》去取之谬,遂不复留意。殊不知《文选》虽昭明所集,非昭明所作。秦汉魏晋奇丽之文尽在,所失虽多,所得不少。作诗赋四六,此其大法,安可以昭明去取一失而忽之……《文选》中求议论则无,求奇丽之文则多矣。子美不独教子,其作诗乃自《文选》中来,大抵宏丽语也。

(宋)张戒《岁寒堂诗话》

子美教其子曰"熟兹《文选》理"。《文选》之尚,不爱奇乎! 今人不为诗则已,苟为诗,则《文选》不可不熟也。《文选》是文章祖宗,自两汉而下,至魏、晋、宋、齐,精者斯采,萃而成编,则为文章者焉得不尚《文选》也! 唐时文弊,尚《文选》太甚。李卫公德裕云:家不蓄《文选》。此盖有激而说也。老杜于诗学,世以谓前无古人,后无来者。然观其诗,大率宗法《文选》,摭其华髓,旁罗曲探,咀嚼为我。语至老杜,体格无所不备,斯周诗以来,老杜所以为独步也。

(宋)郭思《瑶溪集》

《雪浪斋日记》云:昔人有言:《文选》烂,秀才半。正为《文选》中事多,可作本领尔。余谓欲知文章之要,当熟看《文选》,盖《选》中自三代涉战国、秦、汉、晋、魏、六朝以来文字皆有,在古则浑厚,在近则华丽也。苕溪渔隐曰:少陵《宗武生日》诗:"熟精《文选》理",盖为是也。

(宋)胡仔《苕溪渔隐丛话》

问:"萧《选》一书,唐人奉为鸿宝,杜诗云'熟精《文选》理',请问其理安在?"

阮亭答:"唐人尚《文选》学,李善注《文选》最善,其学本于曹宪,此其昉也。杜诗云云,亦是尔时风气。至韩退之出,则风气大变矣……然《文选》学终不可废,而五言诗尤为正始,犹方圆之规矩也。'理'字似不必深求其解。"

历友答:"文之有选,自萧维摩始也。彼其括综百家,驰骋千载,弥纶天地,缠络万品;撮道艺之英华,搜群言之隐赜。义以汇举,事以群分,所谓略其芜秽,撷其精英;事出于沉思,义归于翰藻。观其自序，思过半矣。少陵所云熟精其理者，亦约略言之。盖唐人犹有六朝余习，故以《文选》为论衡枕秘，举世咸尚此编，非必如宋人所云理也。"

萧亭答："夫《文选》一书，数逾千祀，时更七朝。楚国词人，御兰芬于绝代；汉朝才子，综鞶帨于遥年。虚元流正始之音，气质驰建安之体。长离北度，腾雅咏于圭阴；化马东骞，煽风流于江左。诚中叶之词林，前修之笔海也。然而声音之道，莫不有理，阐理敷词，成于意兴。严沧浪云：'南朝人尚词而病于理，宋人尚理而病于意兴，唐人尚意兴而理在其中。'善读者三复厥词，周知秘旨，目无全牛，心无留义，体各不同，理实一致，采其精华，皆成本领。故杨载曰：'取材于《选》，效法于唐。'马伯庸曰：'枕藉《骚》《选》，死生李、杜。'又昔人曰：'《文选》烂，秀才半。'皆少陵'熟精《文选》理'之义也。"

（清）王士禛等《师友诗传录》

杜子美诗云"熟精《文选》理"，而子瞻独不喜《文选》。盖子瞻文人也，其源出于《国策》《庄》《孟》，而助以晁、贾诸公之波澜，所浸灌于古者深矣。《文选》之文，自秦、汉诸篇外，其余皆不脱六朝浮靡，其为子瞻唾弃，无足怪者。若子美则诗人也，诗以《骚》为祖，以赋为祢，以汉、魏诸古诗，苏、李、《十九首》，陶、谢、庾、鲍诸人为嫡裔。子美诗中沉郁顿挫，皆出于屈、宋，而助以汉、魏、六朝诗赋之波澜。《文选》诸体悉备，纵选未尽善，而大略具矣。子美少年时，烂熟此书，而以清矫之才、雄迈之气鞭策之，渐老渐熟，范我驰驱，遂尔独成一体。虽未尝袭《文选》语句，然其出脱变化，无非《文选》者。生平苦心在此一书，不忍弃其所自，故言之有味耳。今人以子美誉《文选》而亦誉之，以子瞻毁《文选》而亦毁之，毁誉皆在子美、子瞻，与己何与？又与《文选》何与哉？

（清）贺贻孙《诗筏》

唐以前，未有不"熟精《文选》理"者，不独杜少陵也。韩、柳两家文字，其浓厚处，俱从此出。宋人以八代为衰，遂一笔抹杀，而诗文从此平弱矣。

（清）袁枚《随园诗话》

昭明材本平庸，诗亦暗劣，观其选本，多所未协。如机、云兄弟，休文、安仁之徒，警策者绝少，而採录几无遗漏；若文姬《悲愤》、太冲《娇女》诸篇，反弃而不取。具识力者，自必有定论。故子美云："熟精《文选》理。""精"者，明察之谓；"理"有是是非非之别；其意盖教人熟察而去就其是非也。苟无异同，曷不曰"《文选》句"而曰"《文选》理"乎？

（清）黄子云《野鸿诗的》

子美家学相传，自谓"熟精《文选》理"。由唐以诗赋取士，得力《文选》，便典雅宏丽；犹今日习八股业，先须熟复五经耳。昭明虽词章之学，识力不甚高，所选却自一律，无俗下文字。子美天才既雄，学力又破万卷，所得岂直《文选》？持此教儿子，自是应举捷径也。

（清）李重华《贞一斋诗说》

按公祖审言《和韦承庆过义阳公主山池》五首，乃杜连章律诗之祖；《和李大夫嗣真奉使存抚河东四十韵》，乃杜诗长排律之祖,所谓"诗是吾家事"也。

(清)杨伦《杜诗镜铨》

【简评】

"诗是吾家事"道出了杜甫诗歌创作的家学渊源,并表达了一种忠诚的使命感——以诗为祖传之业,全身心为之奉献。

"熟精《文选》理"五字,大有深意。一方面,唐代科举重进士科,士人特重《文选》,杜甫教子,自不例外;另一方面,道出学诗的重要门径。《文选》广收古代诗赋,熟读这些作品,不仅可以体认作诗之法门,而且可以积累大量的诗作"材料"。反复诵读,潜心采撷,含英咀华,积久不断,较之学一些空头创作理论,实在高明得多。

冬到金华山观因得故拾遗陈公学堂遗迹(节选)

陈公读书堂,石柱仄青苔。悲风为我起,激烈伤雄才。

【简评】

"拾遗陈公"即唐代著名诗人陈子昂。杜甫以"雄才"誉之,表现出对陈子昂的倾心。

陈拾遗故宅(节选)

拾遗平昔居,大屋尚修椽。悠扬荒山日,惨澹故园烟。
位下曷足伤?所贵者圣贤。有才继骚雅,哲匠不比肩。
公生扬马后,名与日月悬。……
盛事会一时,此堂岂千年?终古立忠义,感遇有遗篇。

【前人评论】

唐陈子昂,射洪人,苦节读书,尤善属文。初为《感遇诗》

三十首，王适见之，曰："此子必为天下文宗。"后诣阙上书，天后奇其对，拜为麟台正字。文词宏丽，天下所重。故杜公咏公读书堂诗有云："陈公读书堂，石柱仄青苔。悲风为我起，激烈伤雄才。"又题其故宅云："有才继骚雅，哲匠不比肩。公生扬马后，名与日月悬。"盖美其才也。

（宋）吕祖谦《诗律武库》

会止已使用时，堂不千古，独《感遇》之遗篇尚存，此立言而垂不朽者也。称文章而归之"忠义"，才是真本领，亦公自道。"位下曷足伤"二语，亦公自道。

（明）王嗣奭《杜臆》

伯玉《岘山怀古》云："丘陵徒自出，贤圣几凋枯。"《感遇》诸作，亦多慨慕古圣贤语。杜公《陈拾遗故宅》诗云："位下何足伤？所贵者圣贤。"正谓此也。今之解杜者，乃谓以"圣贤"指伯玉，或又怪"圣贤"字太过，何欤？

（清）翁方纲《石洲诗话》

尝考杜子美诗曰："千古立忠义，感遇有遗篇。"并世知音，实惟牙旷。

（清）陈沆《诗比兴笺》

严氏羽曰："少陵诗，宪章汉、魏，而取材于六朝。至其自得之妙，则前辈所谓'集大成'者也。"按言宪章，必当言祖述，少陵所祖述者，其《风》《骚》乎？沧浪不言，何也？且少陵取材，奚啻六朝？观其《过宋之问旧庄》云："枉道祇从入，吟诗许更过。"《陈拾遗故宅》云："公生扬马后，名与日月悬。"《郭代公故宅》云："高咏《宝剑篇》，神交付冥漠。"《观薛稷书画壁》云："少保有古风，得之《陕郊篇》。"《赠蜀僧闾丘师叙闾丘均》云："晚看作者意，妙绝与谁论？"《哀故国相张公九龄》云："自我一家则，未缺只字警。"则知少陵于本朝诸巨公，靡不息心研玩，安得以其"熟精《文选》理""续儿诵《文选》"之句，遂谓其取资于六朝哉？

（清）潘德舆《养一斋诗话》

人与诗有宜分别观者，人品小小缪戾，诗固不妨节取耳。若其人犯天下之大恶，则并其诗不得而恕之。故以诗而论，则阮籍之《咏怀》，未离于古；陈子昂之《感遇》，且居然能复古也。以人而论，则籍之党司马昭而作《劝晋王笺》，子昂之诣武曌而上书请立武氏九庙，皆小人也……唐之复古者，始于张曲江，大于李太白，子昂与曲江先后不远。子昂《感遇》之诗，按之无实理；曲江《感遇》之诗，皆性情之中也。安得以复古之功归子昂哉！或谓昌黎称唐之文章，子昂、李、杜并列，而杜公于子昂尤三致意。《送梓州李使君》云："遇害陈公殒，于今蜀道怜。君行射洪县，为我一潸然。"《冬到金华山观》云："陈公读书堂，石柱仄青苔。悲风为我起，激烈伤雄才。"《陈拾遗故宅》云："位下曷足伤？所贵者圣贤。有才继骚雅，哲匠不比肩。公生扬马后，名与日月悬。终古立忠义，《感遇》有遗篇。"杜公尊子昂诗，至以《骚》《雅》忠义目之，子乌得异议？曰：子昂之忠义，忠义于武氏者也，其为唐之小人无疑也。其诗虽能扫江左之遗习，而讽谏施诸篡逆，乌得与曲江例观之？杜、韩之推许，许其才耳。吾不谓其才之劣也。若为千秋诗教定衡，吾不妨与杜、韩异。

（清）潘德舆《养一斋诗话》

【简评】

陈子昂是唐代诗坛上一位极重要、极值得推崇的诗人。但他生前极不得意,死后又因与武则天的瓜葛而颇受非议。杜甫一扫俗见,对陈子昂作出自己独到的审美评价,而历史的发展愈来愈证明杜甫评价的正确与可贵。

"位下曷足伤?"陈子昂一生的确"位下",即使是赏识他的武则天,给他的待遇也只是一个"麟台正字"。后随武攸宜出征的他,只是个随军参谋,后来被贬为军曹。最后解官归蜀,竟无端死在狱中。

但是,天才是"位"所无法限制的。"何足伤"表明,陈子昂的伟大之处在于他最终战胜了"位下",创作出了不朽的诗篇。单是一首《登幽州台歌》就足以让他流传千古。

陈子昂"有才",但是"继骚雅"这样高的评价,却只有杜甫才能够也才敢于给出。"哲匠不比肩"五字更是非同一般。《登幽州台歌》中的思通造化,突破了一切时空限制的诗篇,除了"哲匠",还有谁能写出来呢?

"公生扬马后,名与日月悬。"这一评价更为大胆,说陈子昂身后之"名"将与日月齐光。这个评价是要经受千年历史检验的。令人惊叹的是,一千多年过去了,人们对陈子昂诗歌的评价似乎越来越高。这里引用今人鲍鹏山的几句评价:在无边无际、无始无终的宇宙面前,"只余他一人独立广漠,他的背后已无世俗支撑,他只有自己的心灵与意志——苍茫的时空与独立的人影,其巨大的反差,本来就是一幅英雄主义的画面"①。

---

① 鲍鹏山:《中国文学史品读》,复旦大学出版社,2007年,149页。

观薛稷少保书画壁（节选）

少保有古风，得之陕郊篇。

惜哉功名忤，但见书画传。

【前人评论】

杜甫善评诗，其称薛稷云"驱车越陕郊，北顾临大河"，美矣。

（宋）魏泰《临汉隐居诗话》

薛稷不特以书名，而画亦居神品。老杜所谓"我游梓州东，遗迹涪江边。画藏青莲界，书入金榜悬"是也。

（宋）葛立方《韵语阳秋》

杜甫诗谓薛少保"惜哉功名忤，但见书画传"。甫老儒，汲汲于功名，岂不知固有时命。殆是平生寂寞所慕。嗟乎！

（宋）米芾《画史》

薛少保"驱车越陕郊"一篇，即杜诗所谓"少保有古风，得之陕郊篇"者也。"古风"，盖指拟古咏怀之体。今观此诗，依然阮公遗意也……此可见少陵之于唐贤，处处寻求古人门户。

（清）翁方纲《石洲诗话》

【简评】

薛稷，唐代著名书画家，官至太子少保。后人把他与欧阳询、虞世南、褚遂良并称为初唐四大书法家。薛稷在政治上颇不得意，因附太平公主事而被赐死。其"陕郊篇"（《秋日还京陕西十里作》）一诗阔大苍老，颇有汉魏古调的遗响。杜甫赞薛稷此诗，表现出他对唐初诗歌创作特有的敬重。

公元764年（广德二年）

四松（节选）

我生无根蒂，配尔亦茫茫。

有情且赋诗，事迹可两忘。

【简评】

"有情且赋诗"，杜甫在这里提出"情"和诗的关系问题。

"情"对于诗的重要性，"情"与诗关系的复杂性，"情"在诗中表现的丰富性……这些都是需要深入研究的大问题。

我们的古人早就认识到诗始于感情的勃发。《毛诗序》中的这段话很经典："诗者，志之所之也，在心为志，发言为诗。情动于中而形于言，言之不足，故嗟叹之；嗟叹之不足，故咏歌之；咏歌之不足，不知手之舞之，足之蹈之也。"

现代人也在不断强调"情"的重要。顾随的《驼庵诗话》即指出："诗中最要紧的是情，直觉直感的情，无委曲相。一切有情，若无情便无诗了。河无水曰干河、枯河，实不成其为河……诗中之情亦犹河中之水。"[1]

诗人，即感情最丰富、最热烈的人。

"情"必须"真"。虚伪之情，是对诗的亵渎。

"情"必须"重"。轻浮、琐屑、无谓之情，与诗无缘。

"情"必须"有力"。如果"力"不能"透纸背"，又如何能打动他人？

"情"又必须"物态化"，即用美的形式，充沛地予以表达。

---

[1] 顾随：《驼庵诗话》，三联书店，2018年，39页。

丹青引赠曹将军霸

将军魏武之子孙，于今为庶为清门。
英雄割据虽已矣，文采风流今尚存。
学书初学卫夫人，但恨无过王右军。
丹青不知老将至，富贵于我如浮云。
开元之中常引见，承恩数上南薰殿。
凌烟功臣少颜色，将军下笔开生面。
良相头上进贤冠，猛将腰间大羽箭。
褒公鄂公毛发动，英姿飒爽犹酣战。
先帝御马玉花骢，画工如山貌不同。
是日牵来赤墀下，迥立阊阖生长风。
诏谓将军拂绢素，意匠惨淡经营中。
斯须九重真龙出，一洗万古凡马空。
玉花却在御榻上，榻上庭前屹相向。
至尊含笑催赐金，圉人太仆皆惆怅。
弟子韩干早入室，亦能画马穷殊相。
干惟画肉不画骨，忍使骅骝气凋丧。
将军画善盖有神，偶逢佳士亦写真。
即今漂泊干戈际，屡貌寻常行路人。
途穷反遭俗眼白，世上未有如公贫。
但看古来盛名下，终日坎壈缠其身。

【前人评论】

杜工部称韩干马能穷殊相，而画肉不画骨，独曹将军为尽善。予观二人遗迹，信然。

（宋）慕容彦逢《摘文堂集》

老杜作《曹将军丹青引》云:"一洗万古凡马空。"东坡《观吴道子画壁诗》云:"笔所未到气已吞。"吾不得见其画矣,此两句,二公之诗,各可以当之。

(宋)许顗《彦周诗话》

起来四句便清超婉畅……"学书"四句,只是同能不如独胜,故舍学书而专精于画,然下语之妙,真是行空天马……至"先帝天马"以下,真神化所至,只"迥立闾阖生长风"七字,已夺天马之神,而"惨淡经营"貌出良工用心苦……至韩之画肉,非失于肥,盖取姿媚以悦人者,于马非不婉肖,而骨非千里,则"骅骝丧气"矣。此又孔子闻达之辨,刚毅木讷之近仁,而巧言令色之鲜仁者也;虽谓老杜以马论学可也……余谓此诗公借曹霸以自状,与渊明之记桃源相似。

(明)王嗣奭《杜臆》

杜甫七言长篇,变化神妙,极惨淡经营之奇。就赠《曹将军丹青引》一篇论之:起手"将军魏武之子孙"四句,如天半奇峰,拔地陡起。他人于此下便欲接丹青等语,用转韵矣。忽接"学书"二句,又接"老至""浮云"二句,却不转韵,诵之殊觉缓而无谓,然一起奇峰高插,使又连一峰,将来如何撒手?故即跌下陂陀,沙泺石确,使人褰裳委步,无可盘桓,故作画蛇添足,拖沓迤逦,是遥望中峰地步。接"开元""引见"二句,方转入曹将军正面。他人于此下,又便写御马玉花骢矣。接"凌烟""下笔"二句,盖将军丹青是主,先以学书作宾;转韵画马是主,又先以画功臣作宾,章法经营,极奇而整。此下似宜急转韵入画马,又不转韵,接"良相""猛士"四句,宾中之宾，益觉无谓，不知其层次养局，故纡折其途，以渐升极高极峻处，令人目前忽划然天开也。至此方入画马正面，一韵八句，连峰互映，万笏凌霄，是中峰绝顶处。转韵接"玉花""御榻"四句，峰势稍平，蜿蟺游衍出之，忽接"弟子韩干"四句。他人于此必转韵，更将韩干作排场。仍不转韵，以韩干作找足语，盖此处不当更以宾作排场，重复掩主，便失体段，然后永叹将军善画，包罗收拾，以感慨系之篇终焉。章法如此，极森严，极整暇。余论作诗者不必言法，而言此篇之法如是，何也？不知杜此等篇，得之于心，应之于手，有化工而无人力，如夫子从心不逾之矩，可得以教人否乎？

（清）叶燮《原诗》

诗人构思之功，用心最苦，始则于熟中求生，继则于生中求熟，游于寥廓逍遥之区，归于虚明自在之域，工部所谓"意匠惨淡经营中"也。

（清）朱庭珍《筱园诗话》

画人画马，宾主相形，纵横跌宕，此得之于心，应之于手，有化工而无人力，观止矣。

（清）沈德潜《唐诗别裁》

张惕庵云：此太史公列传也。多少事实，多少议论，多少顿挫，俱在尺幅中。章法跌宕纵横，如神龙在霄，变化不可方物。

（清）杨伦《杜诗镜铨》

邵沧来云：写画人却状其画功臣，写画马却状其画玉花骢，难貌者已有神，而常人凡马更不待言。乃前画功臣御马，能令至尊含笑，后画行路常人，反遭俗子白眼，有无限感慨！然曹惟浮云富贵，则虽贫贱终身，亦足以自慰耳。

（清）杨伦《杜诗镜铨》

【简评】

此诗赞画艺，亦谈诗艺。

"意匠惨淡经营中。"作画如此，作诗又何尝不是如此？

"意匠经营"，这四个字的内涵实在太丰富了，其实践难度又实在太大了。

无生活即无艺术，但绝不能反过来说有生活即有艺术。从生活到艺术，是一个质的飞跃——艰难的飞跃、伟大的飞跃。这是一个"美"的创造过程，而创造能否成功，一是取决于能否"惨淡经营"，二是取决于是否善于"惨淡经营"。

最乐于也最善于"惨淡经营"的人，就是艺术天才。

从诗的角度看，杜甫此诗法度之森严、擒纵之自如、起伏之有序，堪称"惨淡经营"的典范。

怀旧（节选）

地下苏司业，情亲独有君。

…………

自从失词伯，不复更论文。

【简评】

苏司业，即苏源明，《新唐书》有传，称其"工文辞，有名天宝间……（肃宗朝）宰相王玙以祈禬进，禁中祷祀穷日夜，中官用事，给养繁靡，群臣莫敢切诤……源明数陈政治得失"。

杜甫以"词伯"赞苏,对其敬重有加。

"失词伯"而不复"论文",可反观昔日之喜"论文"。勤奋探索,精进不已,正是杜甫本色。

哭台州郑司户苏少监(节选)
流恸嗟何及,衔冤有是夫。
道消诗发兴,心息酒为徒。

【简评】

"郑司户"即被誉为诗、书、画三绝的郑虔,"苏少监"即苏源明,二人皆为杜甫好友。

"道消"一语源自《易》:"君子道长,小人道消也。""道消诗发兴"是牢骚语,亦是真实语。从诗人命运与诗歌创作的关系看,诗"工"于诗人运蹇途穷之际;从理论思维与艺术思维的关系看,诗歌创作始于艺术思维取代理论思维,即"道消"之处。

至后(节选)
冬至至后日初长,远在剑南思洛阳。
············
愁极本凭诗遣兴,诗成吟咏转凄凉。

【简评】

诗是抒发忧思、宣泄悲愁的工具,却不是摆脱穷愁的手段。历史上似乎还没有哪个诗人因写诗而摆脱穷愁的例子。"抽刀断水水更流,举杯消愁愁更愁。"李白吟出这两句诗,表达的是与杜甫同样的心境。

从精神创造的角度看,诗人是人类的骄子。但诗人常常过着最贫困的生活,经历着最沉重的苦难。甚至从特定角度看,诗人是苦难的同义词。

这是人类社会最重大而又最深刻的悖论之一。

这一悖论是无法消除的,唯一办法是勇敢面对。

正因如此,可以说,谁害怕苦难,谁拒绝苦难,谁不愿经历苦难,并把苦难的体验转化为卓越的精神创造,谁就不能成为真正的诗人,尤其是伟大的诗人。

公元765年(唐代宗永泰元年)

弊庐遣兴奉寄严公(节选)

野水平桥路,春沙映竹村。

风轻粉蝶喜,花暖蜜蜂喧。

把酒宜深酌,题诗好细论。

【简评】

"题诗好细论",平平道来,却耐人寻味。

"好细论"是一种严肃、一丝不苟的态度。文学创作、文学批评是人类崇高的精神活动、崇高的精神事业。以粗枝大叶或游戏的态度对待这种精神活动、精神事业,绝对无法产生伟大的文学和伟大的文学家。

"好细论"又是创作文学作品、建构文学批评的一种方法。一字不轻下,一句不轻吐,精雕细刻,精心琢磨,以刻意的匠心成就一首诗、一部作品。那些文学精品就是这样被打造出来的。

丙 编

夔州、潭州时期
公元 765 年（唐代宗永泰元年）至
公元 770 年（唐代宗大历五年）

夔州时期，杜甫的诗歌创作出现了一个新的飞跃，尤其是七言律诗的创作达炉火纯青。终其一生，杜甫始终保持着旺盛的创作激情，始终没有停止在艺术王国中的顽强探索。这一时期，杜甫对自己走过的艺术创作道路进行了回顾性总结，如《偶题》就是从理论上对自己的创作进行总结性思考的结晶。

公元 765 年（唐代宗永泰元年）

长吟（节选）

已拔形骸累，真为烂漫深。

赋诗歌句稳，不免自长吟。

【前人评论】

束语"新""稳"二字，却是诗文之诀。

（明）王嗣奭《杜臆》

余尝觉文格前一代高一代，文心后一代进一代。香山云："诗到元和体变新。"岂元和前腐臭耶？但日益求新耳。老杜自喜有云："每于百僚上，猥诵佳句新。"然又云："赋诗新句稳，不觉自长吟。"则新必须稳。宜田册子中有言：不可求冷僻事，

不可用作态句。此便隐射著求新而不稳者。

（清）方世举《兰丛诗话》

【简评】

赋诗而求"句稳"，是杜甫颇富独创性的诗歌创作主张。"句稳"应包括字词"稳"、音律"稳"、情意"稳"。"稳"即妥帖精当，不可移易。"稳"有赖于千锤百炼之功，"稳"体现严肃不苟。"稳"也是一种审美追求。

闻高常侍亡

归朝不相见，蜀使忽传亡。虚历金华省，何殊地下郎！
致君丹槛折，哭友白云长。独步诗名在，只令故旧伤。

【简评】

765年，高适辞世。杜甫闻信，悲不自胜。"致君丹槛折""独步诗名在"，从人品和诗品两方面盛赞高适，几近盖棺定论。

寄岑嘉州（节选）

不见故人十年余，不道故人无素书。
愿逢颜色关塞远，岂意出守江城居。
外江三峡且相接，斗酒新诗终日疏。
谢朓每篇堪讽诵，冯唐已老听吹嘘。

【简评】

谢朓的诗，钟嵘称其"奇章秀句，往往警遒，足使叔源失步，明远变色"。岑参的诗，唐人殷璠称其"语奇体俊，意亦造奇"，杜确称其"属辞尚清，用意尚切，其有所得，多入佳境，迥拔孤秀,出于常情"。

杜甫以谢朓喻赞岑参,凸显岑诗"奇""秀"的风格特征,与殷、杜二人对岑的评价异曲同工。

峡中览物

曾为掾吏趋三辅,忆在潼关诗兴多。
巫峡忽如瞻华岳,蜀江犹似见黄河。
舟中得病移衾枕,洞口经春长薜萝。
形胜有馀风土恶,几时回首一高歌。

【简评】

此诗描写面对峡中景物而思乡。所谓"潼关诗兴多",当指昔年以"三吏""三别"为代表的诗歌创作高峰。时过境迁,"灵感"何寻?这是命运对天才诗人的挑战,是天才诗人面对命运的感喟和思索。杜甫的伟大在于他并未因"风土恶"而搁笔,而是在诗国中开拓出新的世界。

贻华阳柳少府(节选)

吾衰卧江汉,但愧识玙璠。
文章一小技,于道未为尊。

【前人评论】

"文章一小伎,于道未为尊。"虽杜子美有激而云,然要为失言,不可以训。文章岂小事哉!《易·贲》之象言:"刚柔交错,天文也;文明以止,人文也。观乎天文,以察时变;观乎人文,以化成天下。"孔子称帝尧焕乎有文章。子贡曰:"夫子之文章,可得而闻。"《诗》美卫武公,亦云有文章……彼后世为词章者，逐其末而忘其本，玩其华而落其实，流宕自远，非文章过也。杜老所云"文章千古事""已似爱文章""文章日自负""文章实致身""文章开奥""文章憎命达""名岂文章著""枚乘文章老""文章敢自诬""海内文章伯""文章曹植波澜阔""庾信文章老更成""岂有文章惊海内""每语见许文章伯""文章有神交有道"，如此之类，多指诗而言，所见狭矣。

（宋）洪迈《容斋随笔》

【简评】

贬文章为"一小技"。这里的问题是：以诗歌创作为毕生使命的杜甫，难道真的视文章为不足道的"小技"吗？

其实，这是对黑暗社会现实的揭露和讽刺。曹丕固然说过"文章者经国之大业"这样的话，但在漫长的封建专制体制下，真正尊重文章、尊重文学创作的统治者又有几人？

这又是杜甫对个人实际遭遇的深沉慨叹。杜甫创作了那么多不朽的诗篇，但这些能使他苦难的命运有丝毫改善吗？不能，不能，最后还是不能。

同元使君《舂陵行》并序

览道州元使君结《舂陵行》兼《贼退后示官吏作》二首，志之曰：当天子分忧之地，效汉官良吏之目。今盗贼未息，知民疾苦，得结辈十数公，落落然参错天下为邦伯，万物吐气，天下少安可待矣！不意复见比兴体制；微婉顿挫之词，感而有诗，增诸卷轴。简知我者，不必寄元。

遭乱发尽白，转衰病相婴。沉绵盗贼际，狼狈江汉行。

叹时药力薄，为客赢瘵成。吾人诗家秀，博采世上名。
粲粲元道州，前圣畏后生。观乎舂陵作，欻见俊哲情。
复览贼退篇，结也实国桢。贾谊昔流恸，匡衡常引经。
道州忧黎庶，词气浩纵横。两章对秋月，一字偕华星。
致君唐虞际，纯朴忆大庭。何时降玺书，用尔为丹青。
讼狱永衰息，岂惟偃甲兵。凄恻念诛求，薄敛近休明。
乃知正人意，不苟飞长缨。凉飙振南岳，之子宠若惊。
色沮金印大，兴含沧溟清。我多长卿病，日夕思朝廷。
肺枯渴太甚，漂泊公孙城。呼儿具纸笔，隐几临轩楹。
作诗呻吟内，墨淡字欹倾。感彼危苦词，庶几知者听。

【前人评论】

杜子美褒称元结《舂陵行》兼《贼退后示官吏》二诗云："两章对秋水，一字偕华星，致君唐虞际，淳朴忆大庭。"又云："今盗贼未息，得结辈数十公，落落然参错为天下邦伯，天下少安，可立待矣。"盖非专称其文也。

（宋）葛立方《韵语阳秋》

余谓：漫叟所以能然者，先民后己，轻官爵、重人命故也。观其赋《石鱼》诗云："金鱼吾不须，轩冕吾不爱。"此所以能不徇权势而尚务爱民也。杜云："乃知正人意，不苟飞长缨。"可谓相知深矣。

（宋）黄彻《䂬溪诗话》

次山《舂陵》五言，真稷契口中语，杜陵"粲粲元道州"之篇，即此二诗之跋尾也。

（宋）刘克庄《后村诗话》

公作此诗，盖同声之应也。《诗序》云："今盗贼未息，知民疾苦，云云，天下少安可待矣！"肝膈之言，一字一泪。……"叹时药力薄"，奇语，盖公之叹时，亦以救世，而药力浅薄，无济于事，但自成其羸瘵而已。即作此诗，亦欲救世，诗人闻而兴起，故《诗序》云："知我者，不必寄元。""乃知正人意，不苟飞长缨。"此篇中吃紧语，公与元之相契在此。使居官者人人有此念，天下治矣。

（明）王嗣奭《杜臆》

【简评】

"比兴"，人们历来以诗歌创作手法观之，而杜甫在此称之为"比兴体制"。这提法很特别。显然，在杜甫心目中，"比兴"就是对《诗经》的一种含蓄称呼。隆重地冠以"体制"之名，强调的是《诗经》所开创、代表的是一种创作方向和创作传统。

杜甫盛赞元结的《舂陵行》等诗，是因为元诗"忧黎庶"，属于"危苦词"，又特意把元诗与"比兴体制"联系起来。不难看出，《诗经》传统""比兴体制""忧黎庶"，这三者在杜甫诗学的话语系统中几近同义。杜甫认为，真正的诗人应以"微婉顿挫之词"、浩气纵横之句，忧黎庶之苦难，歌黎庶之命运。

遗憾的是，对诗歌究竟要表达什么、歌唱什么，历来充满争论。

诗歌创作是高度个性化的精神创造活动。但是，越是伟大的诗歌创作天才，对人类社会的动向、对历史发展的潮流就越敏感。所以，他们在灵魂最深处，在精神最深处，伟大诗人与社会、历史、亿万黎庶必然是息息相通的。

当然，"忧黎庶"如何转化为美的形式、美的创造，转化为

"微婉顿挫之词",这是一个绝不能简单化的问题。是否善于转化以及转化所达到的审美高度,常常会把伟大的诗人与第二流、第三流的诗人区别开来。

但无论如何,一旦诗歌完全忘记"黎庶",或者拒绝"忧黎庶",那将是诗歌的悲剧。

八哀诗·赠秘书监江夏李公邕(节选)

忆昔李公存,词林有根柢。声华当健笔,洒落富清制。
风流散金石,追琢山岳锐。情穷造化理,学贯天人际。
…………
伊昔临淄亭,酒酣托末契。重叙东都别,朝阴改轩砌。
论文到崔苏,指尽流水逝。近伏盈川雄,未甘特进丽。
是非张相国,相扼一危脆。争名古岂然,关键欻不闭。
例及吾家诗,旷怀扫氛翳。慷慨嗣真作,咨嗟玉山桂。
钟律俨高悬,鲲鲸喷迢递。

【前人评论】

论文以下,论其文也。杨、李、崔、苏,邕同时文笔之士。邕之论文也,叹崔、苏之已逝,伏盈川而夷特进,与燕公之论相合。燕公上推盈川,次及崔、李,世皆叹其是非之当,何至邕则相扼不少贷?盖崔、李已皆殁,而邕独与说争名。说虽忌刻,亦邕之忌才扬己,有以取之。卢藏用所以致戒于干将莫邪也。"关键欻不闭",用老子道经之言也。"例及"以下,论其诗也。邕之诗,可以接踵我祖。《六公》之篇,所以追配嗣真之作,所谓"钟律俨高悬,鲲鲸喷迢递"也。

(清)钱谦益《杜诗笺注》

"论文"以下,概论当世之文;"例及"以下,专论一家之诗。

(清)仇兆鳌《杜诗详注》

【简评】

李邕不是诗人,但其书法、文章极负盛名。他为人颇骨鲠:先是触怒武后,后被李林甫杖杀。因此,杜甫对李邕极为敬慕。

此诗生动地追述了杜甫青年时代与李邕的交往,以及与李邕纵论诗文的情景。

首先,此诗对李邕的人格、文章作了极高的评价——"风流散金石"。李邕的文章多为碑版文字,宋人赵明诚在《金石录》中赞其"文辞高古",可见其重要价值。

其次,此诗记述了李邕对初唐几位重要诗人的评价,倾向是抑苏(味道)、李(峤)而扬杨(炯)、杜(审言)。

此诗中的许多诗句虽然表达的是对李邕的赞扬,或叙述李邕诗评,但实际上是阐述杜甫自身对文学创作的审美取向,如"情穷造化理,学贯天人际""近伏盈川雄,未甘特进丽""钟律俨高悬,鲲鲸喷迢递"等。

八哀诗·故秘书少监武功苏公源明(节选)

前后百卷文,枕藉皆禁脔。篆刻扬雄流,溟涨本末浅。
青荧芙蓉剑,犀兕岂独剸?反为后辈褻,予实苦怀缅。

【简评】

苏源明的名字现已知之者甚少,但在当年唐代文坛上,此人颇负盛名。韩愈在《送孟东野序》中称"唐之有天下,陈子昂、苏源明、元结、李白、杜甫、李观皆以其所能鸣",即是明

证。杜甫在此诗中也盛赞苏之文章："前后百卷文,枕藉皆禁脔。篆刻扬雄流,溟涨本末浅。青荧芙蓉剑,犀咒岂独剸？"

然而,苏源明一生中只有在唐肃宗朝做知制诰时处境略佳,而在青年和晚年时则为穷苦所困。"长安米万钱,凋丧尽馀喘",死于饥饿,何等悲惨！

杜甫和苏源明为终生好友,命运相近,才学相仿,志向相同,这使他们成为莫逆之交。"结交三十载,吾与谁游衍？"缅怀老友,充满哀伤。

八哀诗·故著作郎贬台州司户荥阳郑公虔（节选）
天然生知姿,学立游夏上。神农极阙漏,黄石愧师长。
药纂西极名,兵流指诸掌。贯穿无遗恨,荟蕞何技痒？
圭臬星经奥,虫篆丹青广。子云窥未遍,方朔谐太枉。
神翰顾不一,体变钟兼两。文传天下口,大字犹在榜。
昔献书画图,新诗亦俱往。沧洲动玉陛,宣鹤误一响。
三绝自御题,四方尤所仰。

【简评】

在唐代文坛上,郑虔是个悲剧性人物。他精通天文、兵书、医术,尤其以诗、书、画闻名,号称"三绝",可惜无一流传。也许只有天才能真正赏识天才、同情天才。杜甫与郑虔情同手足,不止一次以诗为其绘像,其穷蹇、旷达、悲苦、狂放,无不见于杜甫之诗,终使这位命运坎坷的艺术家得以在历史长卷中留下身影。

八哀诗·故右仆射相国曲江张公九龄（节选）

宾客引调同，讽咏在务屏。诗罢地有余，篇终语清省。
一阳发阴管，淑气含公鼎。乃知君子心，用才文章境。
散帙起翠螭，倚薄巫庐并。绮丽玄晖拥，笺诔任昉骋。
自我一家则，未缺只字警。千秋沧海南，名系朱鸟影。

【前人评论】

《八哀诗》如张曲江云："仙鹤下人间，独立霜毛整。""上君白玉堂，倚君金华省。"如李北海云："古人不可见，前辈复谁继？"又云："碑板照四裔。"又云："丰屋珊瑚钩，骐骥织成罽。紫骝随剑几，义取无虚岁。"又云："独步四十年，风听九皋唳。"子美惟于此二公尤尊敬。

（宋）刘克庄《后山诗话》

"诗罢地有余，篇终语清省"二语，妙得诗诀；但老杜自作又不尽然。"用才文章境"，亦公自道；然古来以文章名世者无不然。

（明）王嗣奭《杜臆》

此篇为八哀之殿，须融合老杜一生心迹看。识更卓，意更微……专以忧谗寄兴，为一篇宗旨。此又寓怀之微意也。太史公作《史记》，杜公作诗，都是借题抒写。彼曰"成一家之言"，此曰"自我一家则"，意在斯乎！

（清）浦起龙《读杜心解》

"诗罢地有余，篇终语清省。"观《曲江公》集，益叹老杜评泊之妙。

（清）乔亿《剑溪说诗》

【简评】

张九龄其人,不仅为一代名相,而且极善诗文。其《感遇诗》十二首脍炙人口,名句"海上生明月,天涯共此时"在中国几乎家喻户晓。

张九龄有治国理政之才,其诗却格外缠绵旖旎。

杜甫此诗指出张九龄诗歌创作的特点:含蓄("诗罢地有余")、爽洁("篇终语清省"),这是对张九龄诗最早、最中肯的评价。"自我一家则"更有力地褒扬了张九龄的独创性。

明人高棅认为张九龄诗"雅正冲澹"(《唐诗品汇》)。胡震亨认为张九龄"首创清澹之派"(《唐音癸签》)。这些都与杜甫对张诗的评价高度一致。这里应该特别指出,"诗罢地有余"五个字是极为重要的诗歌创作原则。中国古代的诗歌理论家,几乎众口一词地反对诗歌"直露",反对"一览无余"。司空图《诗品》专立"含蓄"一章,语云:"不著一字,尽得风流。语不涉己,若不堪忧。是有真宰,与之沉浮。如渌满酒,花时返秋。悠悠空尘,忽忽海沤。浅深聚散,万取一收。""不著一字,尽得风流"被历代诗人推崇为诗歌创作的最高境界,可见"诗罢地有余"的理论分量。

"自我一家则"固然是在表扬张九龄,但对诗人来说尤具普遍意义。诗歌创作作为精神创造活动,最重要的是在审美创造上的独特性,最忌讳、最为人厌恶的是拾人牙慧、因袭模仿,甚至一个比喻都反对与别人雷同。在诗歌创作上能达到"自我一家则",是极高的审美标准,也是极为困难的境界。

当然,"自我一家则"有一定的层次。也就是说,只有极少数天才才能做到开一代新诗风,在诗歌领域树立新的审美观念、审美规范。对大多数诗人来说，只在某一角度、某一方面，甚至某一首诗的创作上不袭前人、有所创新，就难能可贵了。

不管"自我一家则"多么难以达到，但要想成为"诗人"，要想使自己的诗在诗坛流传久远，就应该把"自我一家则"当作座右铭，不懈地追求。

西阁二首

巫山小摇落，碧色见松林。百鸟各相命，孤云无自心。
层轩俯江壁，要路亦高深。朱绂犹纱帽，新诗近玉琴。
功名不早立，衰病谢知音。哀世非王粲，终然学楚吟。

懒心似江水，日夜向沧洲。不道含香贱，其如镊白休。
经过调碧柳，萧索倚朱楼。毕娶何时竟，消中得自由。
豪华看古往，服食寄冥搜。诗尽人间兴，兼须入海求。

【前人评论】

王介甫只知巧语之为诗，而不知拙语亦诗也。山谷只知奇语之为诗，而不知常语亦诗也……杜牧之诗只知有绮罗脂粉，李长吉诗只知有花草蜂蝶，而不知世间一切皆诗也。惟杜子美则不然，在山林则山林，在廊庙则廊庙，遇巧则巧，遇拙则拙，遇奇则奇，遇俗则俗，或放或收，或新或旧。一切物、一切事、一切意，无非诗者。故曰"吟多意有馀"，又曰"诗尽人间兴"，诚哉是言。

（宋）张戒《岁寒堂诗话》

人心思究经术，往不能致精，唯诗冥搜造极，所谓"应须入海求"。

（宋）陈辅《陈辅之诗话》

"玉琴"，其声清而悲也。"哀世非王粲"，言以粲之哀，世为非也。粲赋越吟，盖如庄舄之思归，而予岂终然学越吟乎？然公实哀世，公实思归，反言而悲更甚……求长年须服食，我之服食，寄之"冥搜"。吟诗得趣，与游仙何异，且骨易朽而诗不朽也；故人间情景凡可入诗者，搜剔已尽，兼须入海以求之耳。公之好诗，真与尼师之志学无异，其为诗圣，非偶然也。末句有蹈海之思，公诗屡见。

（明）王嗣奭《杜臆》

【简评】

此二诗初见与"论诗"无涉，细加琢磨则大不然。

夔州时期的杜甫穷困交加，衰病缠身，心境极为颓废。然在此困境中，他的诗歌创作奇迹般地出现了新的飞跃。此二诗即道出了杜甫在这一时期新的创作倾向与审美追求：

"新诗近玉琴"道出了自己所作夔州诗的基本风格：格高韵畅，气雄词华。

"终然学越吟"道出了自己所作夔州诗的整体主题：故园之思，怀乡之情。

"诗尽人间兴"道出了自己在夔州时期的创作所达到的新高度，举凡人间情思，几被尽纳诗中。

"兼须入海求"则表达出自己在人生和诗歌创作道路上热切的探索欲望和不懈的执着追求。

关于唐诗，人们已经说了许多许多。值得我们思考的一个问题是：唐代为什么会涌现出那么多的诗人（尽管这些诗人等级不同）？为什么会留下那么多诗歌作品且其中大量诗歌能让每一个时代（这些时代之间的差别常常大得惊人）的人读来都感到极为亲切？

这里想提供一个答案：对唐人来说，诗和生活几乎达到完全的一致，生活即是诗，诗即是生活。在唐人那里，眼前物、身边事、耳边声、心中思，无不是诗。极其平凡的生活，极其平凡的事物，经他们吟出，立即成了诗。

这种把生活诗化的能力，是唐人的绝大本领。

"春眠不觉晓，处处闻啼鸟。夜来风雨声，花落知多少。"这不就是生活本身吗？这些有什么惊人或奇妙之处？没有。然而一经唐人吟出，就成了流传千古的好诗。

"君问归期未有期，巴山夜雨涨秋池。何当共剪西窗烛，却话巴山夜雨时。""巴山夜雨"有什么特殊性、重要性、神秘性可言？"共剪西窗烛"更是琐碎的生活小事。然而，这些正是生活本身。生活就是由这些平凡的事物、平凡的镜头组成的。这些一经唐人吟出，就成了绝妙的好诗。

"日暮苍山远。天寒白屋贫。柴门闻犬吠，风雪夜归人。"苍山、白屋、犬吠、夜归，这些都平常得不能再平常了。这就是日常生活，就是生活本身。在唐人笔下，这些都成了诗的元素。

诗化的生活源自生活的诗化。为什么唐人能使生活诗化，这正是我们应该追思的问题，也是唐诗成功的秘密之一。

因此，千万不要小看"诗尽人间兴"这句诗。也许这句诗是杜甫很自然地吟出的，但里面蕴含着需要我们深思的问题。

"诗"为什么要"尽人间兴"？"诗"又为什么能够"尽人

间兴"？如何把"人间兴"转化为"诗"？

现代人离"诗"已越来越远了。这是现代人的悲剧。

现代人的生活要不要"诗化"？能不能"诗化"？如何"诗化"？这是我们应该认真思考的问题。

壮游（节选）

往昔十四五，出游翰墨场。
斯文崔魏徒，以我似班扬。
七龄思即壮，开口咏凤凰。
九龄书大字，有作成一囊。
性豪业嗜酒，嫉恶怀刚肠。
脱略小时辈，结交皆老苍。
饮酣视八极，俗物多茫茫。

【前人评论】

此诗可续《八哀》，是自为列传也……第一段，写得目空一世，自少而然。

（清）浦起龙《读杜心解》

或谓前半不免有意夸张，是文人大言。要须看其反面，有血泪十斗也。

（清）蒋弱六，转引自《杜诗镜铨》

【简评】

《壮游》为杜甫的自传性长诗。此数句叙述杜甫少年时代的性格、学习和诗作。

令人惊异的不是杜甫的"七龄思即壮，开口咏凤凰"，而是

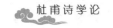

"性豪业嗜酒,嫉恶怀刚肠"。

长期经受贫困、苦难、战乱、流离生活的折磨,杜甫诗歌中充满了"哀""叹"。他也常常叹老嗟卑,甚至偶尔为人捧场。这与他少年时代的"性豪""嫉恶"形成了鲜明的反差。对于此情此景,我们不能不感叹:人生的苦难,会多么深刻、多么有力地改变个体的性格和命运!

但这只是问题的一个方面。毕竟"性豪""嫉恶"才是杜甫的本来面目,也是我们认识杜甫、认识杜诗的门径。

没有"性豪",没有"嫉恶",就不可能有杜甫那充满浩然之气、对社会黑暗势力充满批判锋芒的诗篇。

"脱略小时辈,结交皆老苍。"这是一个强有力的灵魂的早熟所体现的深沉与孤独。这种深沉,这种孤独,是杜甫始终不变的人生取向。

"饮酣视八极,俗物多茫茫。"没有这种雄视千古的胸怀和气魄,又怎么会有后来的集诗歌创作之大成、开诗国一代新局面的"诗圣"?

遣怀(节选)

忆与高李辈,论交入酒垆。
两公壮藻思,得我色敷腴。
气酣登吹台,怀古视平芜。
芒砀云一去,雁鹜空相呼。

【简评】

《昔游》《壮游》《遣怀》三首诗,贯通一气,组合为杜甫的自我剖白,对于了解杜甫的人生历程极为重要。

南游吴越，北游齐赵，是杜甫青年时代的两件大事，对他的成长极为关键。从历史、社会、习俗、自然山川的任何一面看，吴越与齐赵都鲜明相对、各成一体，又都是中华文化的重要部分。这两次游历不仅大大丰富了杜甫的人生阅历，开阔了杜甫的知识眼界，而且提升了他的思想境界，为他日后的创作奠定了坚实基础。

在游历齐赵时，杜甫与李白、高适的交往，更是中国诗史上的一段佳话，值得大书特书。

"论交入酒垆"，这是一见即相许终生的天才诗人之间的深厚友谊。

"两公壮藻思，得我色敷腴"，对三位诗人来说，在交往中每个人的创作都出现了新的飞跃。

"气酣"，"怀古"，苍茫壮阔的宇宙意识，怀古惜今的豪迈情怀，建功立业的宏伟愿望，磅礴激荡的创作欲望，使这次"偶然"的相会成为中国诗史上永远光辉灿烂的一页。

咏怀古迹五首·其一

支离东北风尘际，漂泊西南天地间。
三峡楼台淹日月，五溪衣服共云山。
羯胡事主终无赖，词客哀时且未还。
庾信平生最萧瑟，暮年诗赋动江关。

【前人评论】

公自萧瑟，借诗以陶冶性灵，而借信而自咏己怀也。

（明）王嗣奭《杜臆》

此章以庾信自况，非专咏庾也。

（清）沈德潜《唐诗别裁》

此"咏怀"也，与"古迹"无涉……末以庾信之怀况己怀也。

（清）浦起龙《读杜心解》

此五章乃借古迹以咏怀也。庾信避难，由建康至江陵，虽非蜀地，然曾居宋玉之宅，公之漂泊类是，故借以发端。

（清）杨伦《杜诗镜铨》

【简评】

在杜甫之前，庾信是被"嗤点"的对象。杜甫给庾信以全新的评价，堪称庾信的千古知音。

杜甫对庾信的评价全面、客观、公正。

庾信的文学成就包括诗、文两方面，包括前期和后期。杜甫的评价涵盖了这两个不同的方面。

"清新庾开府"，这是杜甫对庾信诗歌的评价，"清新"二字极有见地。

庾信的后期创作，思想感情深度远逾前期。"庾信文章老更成""暮年诗赋动江关"，用于庾信，极为确切。

庾信晚年在赋的创作上的独到成就，与其流离生涯密切相关。"庾信生平最萧瑟""支离""漂泊""哀时且未还"，这些都是解读庾信的重要密码。

咏怀古迹五首·其二

摇落深知宋玉悲，风流儒雅亦吾师。
怅望千秋一洒泪，萧条异代不同时。

江山故宅空文藻，云雨荒台岂梦思。

最是楚宫俱泯灭，舟人指点到今疑。

【前人评论】

玉悲摇落，而公云"深知"，则悲与之同也。故"怅望千秋"，为之"洒泪"；谓玉萧条于前代，公萧条于今代，但不同时耳。不同时而同悲也。今故宅无主，空存文藻；楚台亦荒，谁为梦思？最是楚宫既灭，而舟人过此，到今有行云行雨之疑；知玉所存虽止文藻，而有一段灵气行乎其间，其风流儒雅不曾死也，故君愿以为师也。

（明）王嗣奭《杜臆》

少陵诗有不可解之句，如《咏怀》宋玉一首曰："怅望千秋一洒泪，萧条异代不同时。"夫"异代"即"不同时"，乃作此语何耶？盖身虽异代，摇落之悲，却似同时人耳。此为深知宋玉也。

（清）李调元《雨村诗话》

怀宋玉亦所以自伤，言斯人虽往，文藻犹存，不与楚宫同其泯灭，其寄慨深矣。

（清）沈德潜《唐诗别裁》

因宅而咏宋玉，亲"风雅"也。四人中，独宋玉文章，与公相似，通古今为气类，故以"摇落知悲"起兴，而以"风雅吾师"推之。

（清）浦起龙《读杜心解》

蒋绍孟曰：此因宋玉而有感于平生著述之情也。盖谓自古

作者用意之深,类非俗人所解;今思宋玉摇落之感,具有深悲,惜未得与同时一为倾写耳。乃云雨荒台,本为讽谏,而至今行舟指点,徒结念于神女襄王,玉之心将有不白于千秋异代者。公诗凡若此者多矣,故特于宋玉三致意焉。

(清)杨伦《杜诗镜铨》

【简评】

在中国诗歌史上,屈原、宋玉的名字往往连在一起,但宋玉的地位、名气显然要比屈原低得多。名字与屈原连在一起,是宋玉的幸运,也是不幸。就像历史上许多同时出现的天才一样,优势较少的一位总会被优势较多的一位所掩盖。

宋玉不仅生不逢时,而且死后多遭误解,作品亦多散佚。直到现代,郭沫若在他创作的历史剧《屈原》中,还让婵娟指着宋玉的鼻子骂道:"你这没有骨气的小人!"呜呼!宋玉的命运纯然是个悲剧。

杜甫不唯以"深知"亲宋,以"吾师"尊宋,他还提醒人们,所谓"云雨荒台",寄托遥深,绝非仅属"梦思"。千秋评宋玉,杜甫当为其第一知音。

解闷十二首·其四

(原注:水部郎中薛据)

沈范早知何水部,曹刘不待薛郎中。

独当省署开文苑,兼泛沧浪学钓翁。

【简评】

薛据在天宝年间的诗坛上颇有名气。殷璠编选《河岳英灵集》不仅收录了他的诗,而且称赞他"为人骨鲠有气魄,其文亦尔"。杜甫此诗评薛，用语虽简，但从中亦可看出薛之隽才、薛之骨鲠、薛之不遇和薛之超脱凡俗。

解闷十二首·其五

（原注：校书郎孟云卿）

李陵苏武是吾师，孟子论文更不疑。

一饭未曾留俗客，数篇今见古人诗。

【前人评论】

苏、李数篇，老杜奉为吾师，不朽之作，不必务多也。

（清）沈德潜《说诗晬语》

少陵云："李陵、苏武是吾师。"少陵沉雄顿挫，与苏、李淡宕一派，殊不相类。乃知古人师资，不在形声相似，但以气味相取。

（清）贺贻孙《诗筏》

"李陵苏武是吾师"，此七字，乃孟云卿平日论诗之语，观下句可见。

（清）翁方纲《石洲诗话》

黄生云"苏、李吾师"，即"孟子论文"语，此说最合。"数篇今见"，乃孟子自为诗。服其议论，而美其风雅也。

（清）浦起龙《读杜心解》

【简评】

孟云卿为杜甫同时代的诗人，官至校书郎。诗人元结编《箧中集》，收其诗五首，数量居全集之冠，并称他"正直而无禄

位""忠信而久贫贱"。《唐才子传》也说他"禀通济之才,沦吞噬之俗,栖栖南北,苦无所遇"。杜甫以"数篇今见古人诗"赞孟云卿,准确地道出其诗的风格特征。

解闷十二首·其六
复忆襄阳孟浩然,清诗句句尽堪传。
即今耆旧无新语,漫钓槎头缩颈鳊。

【前人评论】

大抵浩然四十字诗,后四句率觉气索,如《洞庭寄阎九》《岁暮归南山》之类皆然。杜少陵评浩然诗云"新诗句句尽堪传",岂当时已有此论,故少陵为掩之耶?

(宋)陆游《跋〈孟浩然诗集〉》

【简评】

关于孟浩然,有一则颇有名的故事:开元年间,四十岁的孟浩然来到长安。有一天,多位名士云集于秘书省参加联句活动,即几个人共同作一首诗,一人吟一句或数句,联结成诗。轮到孟浩然,他吟出的两句诗是"微云淡河汉,疏雨滴梧桐"。大家一听,齐表叹服。

这两句诗的确有独到之处,简直有点"不食人间烟火"的意味。不说境界,单看用词,就极尽疏淡之能事。"微云""疏雨",又少,又稀,又轻;"淡""滴"皆在似有似无之间;"河汉"远到不能再远;"梧桐"干直叶大,树中少有。孟浩然的遣词真是超绝凡近。

杜甫以"清诗"评孟,精到而有分寸。无独有偶,李白在写孟浩然时,吟出的是"吾爱孟夫子,风流天下闻""高山安可仰,徒此揖清芬"。两位大诗人对孟诗的看法惊人地一致。

"清",是极可贵的审美境界。《诗品·清奇》云:"娟娟翠松,下有漪流。晴雪满汀,隔溪渔舟。可人如玉,步屧寻幽。载行载止,空碧悠悠。神出古异,淡不可收。如月之曙,如气之秋。"或可帮助我们体会此境界。

但"清"也有缺点,即容易陷入"贫"。孟诗的缺陷和不足亦与此有关。所以,在唐代诗坛上,孟诗的审美价值无法与李杜比肩。

解闷十二首·其七

陶冶性灵存底物,新诗改罢自长吟。
孰知二谢将能事,颇学阴何苦用心。

【前人评论】

老杜云:"新诗改罢自长吟。"文字频改,工夫自出。近世欧公作文,先贴于壁,时加窜定,有终篇不留一字者。鲁直长年多改定前作,此可见大略。

(宋)吕本中《吕氏童蒙训》

赋诗十首,不若改诗一首。少陵有"新诗改罢自长吟"之句,虽少陵之才,亦须改定。

(宋)范季随《陵阳先生室中语》

梁钟嵘评阮嗣宗诗无雕虫之工,而咏怀之作,可以陶性灵、发幽思。故杜公"陶冶性灵存底物,新诗改罢自长吟",是也。

(宋)吕祖谦《诗律武库》

或曰:"诗,适情之具。染翰成章,自然高妙,何必苦思以凿其真?"予曰:"'新诗改罢自长吟',此少陵苦思处。使不深入溟渤,焉得骊颔之珠哉!"

(明)谢榛《四溟诗话》

"陶冶性灵"乃此公实得语,然非"用心"不可。尼师深戒"无所用心",亦为性灵计耳。"改罢长吟",此用心之所得;得诗之趣,斯得诗之益矣。公谓李白佳句"似阴铿",论者谓公有不满白之意,试读此诗,岂其然乎?

(明)王嗣奭《杜臆》

杜诗云:"新诗改罢自长吟"。改则弊病去,长吟则神味出。

(清)沈德潜《说诗晬语》

虞帝谓"诗言志",又曰"劝之以九歌"。至孔子存录,正则歌咏盛德,变则讽喻末流,立教盖如此其大也。杜子美云:"陶冶性灵存底物,新诗改罢复长吟。"是就言志中专指一端为言。须知古人诵诗以冶性情,将致诸实用,原非欲能自作诗。今既藉风雅一道,自附立言,则美刺二端,断不得轻易著手。大致陶冶性灵为先,果得性灵和粹,即间有美刺,定能敦厚温柔,不谬古人宗指;否则于己既导欲增悲,于世必指斥招尤,或谀人求悦,取戾自不小也。

(清)李重华《贞一斋诗说》

"孰知二谢将能事,颇学阴何苦用心。"言欲以大小谢之性灵,而兼学阴、何之苦诣也。"二谢"只作性灵一边人看,"阴何"只作苦心锻炼一边人看,似乎公之自命,乃欲兼而有之,亦初非真欲学阴、何,亦初非真自许为二谢也。正须善会。

(清)翁方纲《石洲诗话》

钟嵘谓阮步兵诗"可以陶写性灵",此为以性灵论诗者所本。杜诗亦云:"陶冶性灵存底物,新诗改罢自长吟。"

(清)刘熙载《艺概·诗概》

【简评】

诗可"陶冶性灵",此为杜甫的独到见解。"苦用心""自长吟"皆深有体会之言。灵感和苦思的统一,才气和"用心"的统一,这既是杜甫的"诗学"主张,也是其成功的重要原因。

尤其值得我们注意的是杜甫所揭示的"改"诗与"陶冶性灵"之间的关系,诗的修改过程就是"陶冶性灵"的过程。

何为"性灵"?简单一点说,就是"性情"。在《颜氏家训》中,"性情"与"性灵"为同义词。"性情"有雅有俗,有文有野,有高有下,有细有粗。诗人的"性情"应是人类之中最敏感、最精细、最复杂、最高尚的。但诗人毕竟也是"人",高尚"性情"不可能天生而就,因此诗人的"性情"也需要"陶冶"。

"陶冶性灵"的过程是诗人提高自身精神境界、升华自身感情的过程,也是提高诗歌审美价值的过程。杜甫把改诗与"陶冶性灵"联系起来,不仅道出了"改"的重要性,而且揭示了"改"诗的美学本质。

有人反对"改"诗,认为这会戕害性灵。这显然是一种片面理解。

也有人把"改"诗仅视为字斟句酌。这也是一种片面理解。

解闷十二首·其八

(原注：右丞弟，今相国缙)

不见高人王右丞，蓝田丘壑漫寒藤。

最传秀句寰区满，未绝风流相国能。

【前人评论】

孟浩然、王摩诘诗，自李杜而下，当为第一。老杜诗云："不见高人王右丞"，又云"吾怜孟浩然"，皆公论也。

（宋）许顗《彦周诗话》

古人服善，往往推尊于前辈。如杜少陵"不见高人王右丞，蓝田邱壑蔓寒藤"。

（明）俞弁《逸老堂诗话》

唐诗李杜外，孟浩然、王摩诘足称大家。王诗丰缛而不华糜，孟却专心古澹，而悠远深厚，自无寒俭枯瘠之病。由此言之，则孟为尤胜。储光羲有孟之古，而深远不及；岑参有王之缛，而又以华糜掩之。故杜子美称"吾怜孟浩然"，称"高人王右丞"，而不及储岑，有以也夫。

（明）李东阳《怀麓堂诗话》

赞襄阳只一"清"字，赞摩诘只一"秀"字，品评不苟。

（清）杨伦《杜诗镜铨》

【简评】

以"秀句"评王维诗，是极高的赞许。

《文心雕龙·隐秀》一篇如此阐述"秀句"："秀也者，篇中之独拔者也。""自然会妙，譬卉木之耀英华；润色取美，譬缯帛之染朱绿。朱绿染缯，深而繁鲜；英华曜树，浅而炜烨：隐篇所以照文苑，秀句所以侈翰林，盖以此也。"由此可见，"秀句"的主要特征即警拔而自然。

观王维诗，符合这一审美标准的诗句可谓俯拾皆是："劝君更尽一杯酒，西出阳关无故人""独在异乡为异客，每逢佳节倍思亲""春草年年绿，王孙归不归""劝君多采撷，此物最相思""谷静泉逾响，山深日易斜""九天阊阖开宫殿，万国衣冠拜冕旒""暮云空碛时驱马，秋日平原好射雕"……

"秀句"之难，不在警拔，而在自然，实在是极难之事，是诗人语言运用极成熟的一个标志。

偶题

文章千古事，得失寸心知。作者皆殊列，名声岂浪垂。
骚人嗟不见，汉道盛于斯。前辈飞腾入，余波绮丽为。
后贤兼旧制，历代各清规。法自儒家有，心从弱岁疲。
永怀江左逸，多病邺中奇。騄骥皆良马，骐驎带好儿。
车轮徒已斫，堂构惜仍亏。漫作潜夫论，虚传幼妇碑。
缘情慰漂荡，抱疾屡迁移。经济惭长策，飞栖假一枝。
尘沙傍蜂虿，江峡绕蛟螭。萧瑟唐虞远，联翩楚汉危。
圣朝兼盗贼，异俗更喧卑。郁郁星辰剑，苍苍云雨池。
两都开幕府，万宇插军麾。南海残铜柱，东风避月支。
音书恨乌鹊，号怒怪熊罴。稼穑分诗兴，柴荆学士宜。
故山迷白阁，秋水忆黄陂。不敢要佳句，愁来赋别离。

【前人评论】

此少陵论文章也。夫"文章千古事，得失寸心知。作者皆

殊列，名声岂浪垂"，乌可以轻议哉！

（宋）张戒《岁寒堂诗话》

李太白、杜子美诗皆掣鲸手也。余观太白《古风》、子美《偶题》之篇，然后知二子之源流远矣……杜云："文章千古事，得失寸心知。骚人嗟不见，汉道盛于斯。"则知杜之所得在《骚》。

（宋）葛立方《韵语阳秋》

文章得失寸心知，千古朱弦属子期。恨杀溪南辛老子，相从何止十年迟。

（金）元好问《自题中州集后五首》之四

少陵一生精力，用之文章，始成一部诗集。此篇乃一部杜诗总序，而起二句，乃一部杜诗所托胎者。"文章千古事"，便须有千古识力；"得失寸心知"，则寸心具有千古。此文章家秘密藏，为古今立言之标准也。从此悟入，而后其言立，可与立德、立功称三不朽，初无轩轾者也……作者殊列，而名不浪垂，此二句又千古诗人之总括，谓其寸心皆有独知在也。《三百篇》乃诗之鼻祖，而《骚》乃其裔孙。《骚》既不见，则《雅》《颂》可知，不能无慨。自苏、李辈倡为五言，而汉道于斯为盛，此又诗之大宗也。前辈如建安、黄初诸公，飞腾而入；至六朝尚绮丽，乃其余波，不可少也。后贤继作，前代义例，兼而有之；然历代各有清规，非必一途之拘也。旧例、清规皆法也，儒家谁不有之？而妙繇心悟。余从弱岁，已极力于此，则永怀江左之逸，而不能无病于邺中之奇。病犹歉也，盖江左诸公，犹之骎骎，无非良马；乃曹家父子，如麒麟又带好儿，此其独擅之奇也。予之疲心于此，自信车轮已斫；而儿懒失学，堂构仍亏，能如曹家父子乎？虽"潜夫"有论，幼妇有碑，莫为继述，皆虚邈耳，此予所病于邺中者也。"缘情"用陆机语，谓作诗也。诗缘情生，止以自慰其漂荡；而抱疾屡迁，不自疏其漂荡也。自"经济渐长策"至"秋水忆皇陂"，皆叙其漂荡之实与其漂落之故，而徒以"不敢要佳句，愁来赋别离"，别离乃漂荡之异名。而"缘情慰漂荡"乃后半篇之总括也。

（明）王嗣奭《杜臆》

谢安石见阮光禄《白马论》，不即解，重相咨尽。阮叹曰："非唯能言人不可得，正索解人亦不可得。"杜公有云："文章千古事，得失寸心知。"亦谓此耳。夫刳钵心腑，指摘造化，如探大海出珊瑚，奈何令逐臭吠声之士轻读之也。至于有美必赏，如响之应，连城隐璞，卞生动容，流水离弦，钟子抌心，古人所以重知己而薄感恩，夫岂欺我？

（明）王世贞《艺苑卮言》

少陵故多变态，其诗有深句，有雄句，有老句，有秀句，有丽句，有险句，有拙句，有累句……虽然，更千百世无能胜之者何？要曰无露句耳。其意何尝不自高自任？然其诗曰："文章千古事，得失寸心知。"曰："新诗句句好，应任老夫传。"温然其辞，而隐然言外，何尝有所谓吾道主盟代兴哉？

（明）王世懋《艺圃撷余》

少陵诗云："前辈飞腾入，馀波绮丽为。"盖谓前辈时有绮丽之句，不过馀波及之耳。若其入手，则如良马奔腾，不可控驭也。

（明）贺贻孙《诗筏》

少陵《偶题》云:"前辈飞腾入,馀波绮丽为。"自汉魏至齐梁,千余年间,文章升降,评骘尽此二语。其曰:"车轮徒已斫,堂构惜仍亏。"伤己之无贤嗣也。"漫作《潜夫论》,虚传幼妇碑。"慨时之无知音也。此为微词隽旨最多,读者当心知其意。

(清)叶矫然《龙性堂诗话初集》

李、杜诗垂名千古,至今无人不知,然当其时则未也。惟少陵则及身预知之。其《赠王维》不过曰"中允声名久",赠高适不过曰"美名人不及"而已,独至李白则云:"千秋万岁名,寂寞身后事。"其自负亦云:"丈夫垂名动万年,记忆细故非高贤。"似已预识二人之必传千秋万岁者……盖其探源溯流,自《风》《骚》以及汉魏六朝诸才人,无不悉其才力而默相比较,自觉己与白之才,实属前无古人,后无来者。是以一语吐露,而不以为嫌。所谓"文章千古事,得失寸心知"也。

(清)赵翼《瓯北诗话》

杜公之学,所见直是峻绝。其自命稷、契,欲因文扶树道教,全见于《偶题》一篇,所谓"法自儒家有"也。此乃羽翼经训,为《风》《骚》之本,不但如后人第为绮丽而已。无如飞腾而入者,已让过前一辈人,不得不怀江左之逸、谢邺中之奇;而缘情绮靡,斯已降一格以相从矣。又无奈所遇不偶,迁流羁泊,并所谓缘情者,只用以慰漂荡,尤可慨也。故山不见,只作愁赋,别离之用,更何堪说!远想《风》《骚》,低徊堂构,牵连缀述,缕缕及之,岂仅以诗人自许者乎!

(清)翁方纲《石洲诗话》

蒋弱六云：前半说文章，后半说境遇，得失甘苦，皆寸心知者。前语少而意括，后语详而情绵，公一生心迹尽是矣。

（清）杨伦《杜诗镜铨》

唐诗自以李、杜、韩、白为四大家。李诗不可不读，而不可遽学……惟《古风》五十九首，语多着实，不徒为神仙缥缈之谈，则后学当熟复之。第一首开口便说大雅不作，骚人斯起，然词多哀怨，已非正声；至杨、马之流宕，建安之绮丽，亦不足为法；迨有唐文运肇兴，而己适当其时，即思以删述继获麟之后。此与少陵"文章千古事"同一抱负。

（清）梁章钜《退庵随笔》

如此钜篇，中间只用"缘情慰飘荡"一语，为全幅缩结。前二十句，极论诗学。虽或继体失传，而毅然必以自任。所谓"缘情"之具也。后二十句，言寓夔厌乱，靖寇难期，还乡无日，所谓"飘荡"之迹也。仍以"佳句""赋别"作结，则诗篇陶冶，正所用以自慰也。

（清）浦起龙《读杜心解》

首叙诗学源流，兼收中自有区别，当与《戏为六绝句》"别裁伪体""转益多师"语参看。

（清）杨伦《杜诗镜铨》

杜诗有不可解及看不出好处之句。"文章千古事，得失寸心知。"少陵尝自言之。作者本不求知，读者非身当其境，亦何容强臆耶！

（清）刘熙载《艺概·诗概》

"不敢要佳句,愁来赋别离"二句是杜诗全旨。凡其云"念阙劳肝肺""弟妹悲歌里""穷年忧黎元",无非离愁而已矣。

(清)刘熙载《艺概·诗概》

【简评】

《偶题》虽不及《戏为六绝句》精练,然其内容更丰富,思想更成熟。与《戏为》一起,为杜甫"以诗论诗"最主要的代表作。

《偶题》全诗从理论高度总结了杜甫自己毕生的创作历程与对诗学的不停探索,阐明了自己最重要的诗学观点。"文章千古事,得失寸心知"是杜甫对诗歌创作艺术乃至文学创作艺术最重要的整体性认知,精妙地道出了诗乃至文学的社会效应与二者在创作上高度的个体性之间的关系。

究竟如何认识"诗"?有人强调诗歌要为社会、为政治服务;有人强调诗完全是抒发个人性灵之作。对于这二者,杜甫都给予了有力的否定。"文章千古事",真正的诗歌必须超越一己的私利和种种狭隘的需要。

究竟如何创作"诗"?"得失寸心知"。诗歌是高度个性化的精神创造。"诗"不可能由群体来创造;"诗"最忌雷同、模仿、抄袭;"诗"尤具"超越"性,超越一时、一地、一己、一集团,超越平庸,超越"众"识……因此,对"诗"作评价,必须慎之又慎,宽容宽容再宽容。

"作者皆殊列""江山代有才人出"……每个时代都会有自己的诗与诗人。他们有出现的条件与背景,他们有自己独特的声音。绝不能用一种平均、凝固、永远不变的观点与审美价值去衡量、去评价、去要求。

"骚人"数句,可视为杜甫的诗歌史观。

从诗骚到汉魏乐府,诗歌创作既有延续性,又有阶段性。这是一个不争的事实。

每个诗歌创作的黄金时代,都有盛有衰,有创造有沿袭,既不可能持续兴盛,又不可能持续低迷。

每个时代的诗人对诗歌创作都有着自己独到的认识和探索。但任何新的认识、新的探索,都不可能从天而降,而是从传统中脱颖而出,与传统有着千丝万缕的联系。

"法自儒家有"数语,总结了杜甫走过的创作道路,表现出坚定、明确的基本价值取向与兼容并蓄名家之长的统一。

诗的后半部分道出杜甫自己于晚年困境之中所持的生活态度与创作主张。杜甫融个体命运于国家、黎元遭遇之中,"慰飘荡""赋别离"既折射出时代之变迁、百姓之痛苦,又表现出自己晚年创作的动力与主题。

《偶题》"偶"乎?"偶题"实为精心构思之作,值得细加品味。

公元767年(大历二年)

遣闷戏呈路十九曹长

江浦雷声喧昨夜,春城雨色动微寒。
黄鹂并坐交愁湿,白鹭群飞太剧干。
晚节渐于诗律细,谁家数去酒杯宽?
惟君最爱清狂客,百遍相看意未阑。

【前人评论】

杜浣花云:"晚岁渐于诗律细。"又云:"语不惊人死不休。"……可见古人作诗不易。

(清)薛雪《一瓢诗话》

孔子论诗,但云"兴观群怨",又云"温柔敦厚",足矣。孟子论诗,但云"以意逆志",又云"言近而指远",足矣。不料今之诗流,有三病焉:其一,填书塞典,满纸死气,自矜淹博。其一,全无蕴藉,矢口而道,自夸真率。近又有讲声调而圈平点仄以为谱者,戒蜂腰、鹤膝、叠韵、双声以为严者,栩栩然矜独得之秘。不知少陵所谓"老去渐于诗律细",其何以谓之律?何以谓之细?少陵不言。元微之云:"欲得人人服,须教面面全。"其作何全法,微之亦不言。盖诗境甚宽,诗情甚活,总在乎好学深思,心知其意,以不失孔、孟论诗之旨而已。必欲繁其例,狭其径,苛其条规,桎梏其性灵,使无生人之乐,不已惧乎!唐齐已有《风骚旨格》,宋吴潜溪有《诗眼》,皆非大家真知诗者。

(清)袁枚《随园诗话》

诗必言律。律也者,非语句承接,义意贯串之谓也。凡体裁之轻重,章法之短长,波澜之广狭,句法之曲直,音节之高下,词藻之浓淡,于此一篇略不相称,便是不谐于律。故有时宁割文雅,收取俚直,欲其相称也。杜子美云:"老去渐于诗律细。"呜乎!难言之矣。

(清)方南堂《辍锻录》

杜五言二百七十余篇，精警之什，皆少壮时作。入蜀后律诗则更精，而古、《选》不逮矣。至七言歌行，合前后无不佳者。"晚节渐于诗律细"，只自言其律细耳，亦不及古、《选》。

（清）乔亿《剑溪说诗》

"晚节渐于诗律细"，"细"之为义，诗话所从来也。予夺可否，次第高下，诗于是乎有选；平章风雅，推敲字句，诗于是乎有话。

（清）吴琇《龙性堂诗话序》

大抵名士耄年，不耐应接，不暇雕刻，精神有限，率尔泛应，故香山、放翁动为老人藉口，即献吉、元美诸公，桑榆类然，予固不能独为能始解嘲。然细玩少陵夔府、秦州诸诗，皆非少年之作，而凌云掣海，掷地金声，略无一毫颓放习气。其自道云"晚节渐于诗律细""语不惊人死不休"；称人云"庾信文章老更成""暮年诗赋动江关"，洵千古宗匠也。

（清）叶矫然《龙性堂诗话初集》

公尝言"老去诗篇浑漫与"，此言"晚节渐于诗律细"，何也？律细，言用心精密；漫与，言出于纯熟。熟从精处得来，两意未尝不合。

（清）仇兆鳌《杜诗详注》

五，六，递下之词，言晚年失路，琐事成吟，渐觉细碎矣。而杯酒往来，人情疏散，殊多冷淡也。

（清）浦起龙《读杜心解》

文有文律,陆机《文赋》所谓"普辞条与文律"是也。杜诗云"晚节渐于诗律细",使将诗律"律"字解作五律七律之律,对文律又何解乎?大抵只是以法为律耳。

(清)刘熙载《艺概·诗概》

【简评】

"律"是杜甫诗学的核心概念之一。强调"律"、重视"律"是杜甫诗学的突出特征。

"诗律细"可从两个不同的角度理解。

宽泛地说,"诗律细"指从整体上对诗歌创作的一种"精""严"的要求,即整体的和谐、剪裁的合度、用词的精审、句法的严密等。

精确地说,"诗律细"特别指从律诗创作角度提出的一种"精""严"的要求。有人曾作过统计,夔州之后的五年内,杜甫创作了四百首律诗,几乎占杜甫一生律诗创作总数的一半。由此可见,愈到晚年,杜甫愈追求"诗律细"。

杜甫重视"律",他对诗歌本质有着深刻的理解——无"律"即无"诗"。

"断竹,续竹,飞土,逐肉。"这里既没有什么深刻的思想,也没有什么美妙的境界,只不过是对古代狩猎生活的一种如实叙述,为什么被当成"诗"?

因为它有"律"。

由此可见,除了语言,"律"是诗的第一要素。

"律",最简单地说,即节奏。从繁复的角度说,"律"的内容十分丰富,形式极为多样。中国古代诗歌发展至五律、七律,

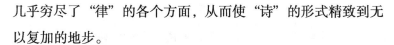

几乎穷尽了"律"的各个方面,从而使"诗"的形式精致到无以复加的地步。

这是中国古代诗歌的骄人成就,是最值得珍惜的成就。

"诗律细"要求诗人首先知"律",其次喜"律",最后还要熟练地用"律"。做到这些,谈何容易!

寄薛三郎中据(节选)

赋诗宾客间,挥洒动八垠。

乃知盖代手,才力老益神。

【前人评论】

此即《解闷》诗所云"曹刘不待薛郎中"者,盖以比何水部云。此诗又称其"盖代手""才力老益神",知其诗定不后人,而无一字传于世,列唐诗人,亦无其名,知唐之能诗而遗佚者多矣,为之一慨!

(明)王嗣奭《杜臆》

【简评】

王嗣奭说薛"无一字传于世",此不确切。《河岳英灵集》收薛诗十首,并盛赞其"为人骨鲠有气魄",赞其"寒风吹长林,白日原上没""孟冬时短暑,日尽西南天"为"旷代之佳句"。杜甫对薛的评价与殷璠颇合,推崇之意,洋溢纸上。

"才力老益神",杜甫在这里又提出一个对诗极为重要的诗歌美学概念——"神"。

中国传统美学对"神"实在是太重视了,同时对"神"这一审美范畴所作的论述也实在太丰富了。

这里首先想强调的是"神"的重要性。

西方文学理论有一种说法,即诗人在创作诗歌时处于一种"迷狂"状态。这种"迷狂"状态,用中文表述,大概就是"神"。没有某种程度上的如"神"、入"神",似乎就没有诗。

其次应该强调的是"神"的多义性。

"才力老益神",这里的"神"应指才力的高度成熟,以至于这种才力在表现和运用时达到得心应手的境界,神妙无比。

遗憾的是,并非所有诗人都能做到这一点。有的人,随着年岁增长,"才力"却在退化,最后"江郎才尽"。

要真正做到"老益神",诗人必须不断学习、不断自我更新、不断自我锤炼,除此别无他途。

归(节选)

虚白高人静,喧卑俗累牵。

他乡阅迟暮,不敢废诗篇。

【前人评论】

此诗本为爱静厌喧而作,乃结以不废诗篇……公盖以诗为生平要事,直欲藉以垂训千古,非但作惊人语也。今其诗具在,有名世语,有经世语,有维世语,有醒世语,有超世语,又有涉世语。至于事系纲常,情关伦序,则刳心沥血,写出良心之所必不容已而古今词人所必不能到,直踵三百之遗躅,宛然孔氏家法也。孔子周流而道不行,始删述六经以垂宪;公则衰谢不忘报主,迟暮不废诗篇,济世训世,悾悾意中。

(明)王嗣奭《杜臆》

【简评】

以垂老之年而居"他乡",以多病之身而"阅迟暮",该是何等心灰意懒!然杜甫于万千艰难之际,偏"不敢废诗篇",不能忘怀诗歌创作。是什么力量在支撑着他?是对艺术的虔诚,对诗神的忠贞!

如同其他伟大的历史人物一样,杜甫身上有一种清醒、坚定、自觉的人生使命意识。从青年时代立下"会当凌绝顶,一览众山小"的宏愿开始,诗歌创作就成了他的第一生命,永不停息地攀登诗歌高峰,就成了他人生至高无上的追求。

秋日夔府咏怀奉寄郑监李宾客一百韵(节选)

绝塞乌蛮北,孤城白帝边。飘零仍百里,消渴已三年。
雄剑鸣开匣,群书满系船。乱离心不展,衰谢日萧然。
筋力妻孥问,菁华岁月迁。登临多物色,陶冶赖诗篇。
…………
郑李光时论,文章并我先。阴何尚清省,沈宋欻联翩。
律比昆仑竹,音知燥湿弦。风流俱善价,慊当久忘筌。

【简评】

"登临"则触景生情,"登临"则长吟放歌,这是中国古典诗歌创作中极为典型的现象。

必须为艺术观察、艺术体验创设相宜的境界。"登临"就是创设这一境界的极佳手段。

"登临"固易生情,有"情"未必有"诗"。艺术创造要求把"情"升华到美的境界,此则有赖于"陶冶"。对诗人来说,诗歌创作过程就是感情不断孕育、不断陶冶、不断升华的过程。

美国现代诗人艾伦·金斯伯格认为:"在某种意义上,诗歌是诗人了解、洞察自己心灵的一种方式。诗人应该深入其中,去感受并且探寻心灵的奥秘。"①此言与"陶冶赖诗篇"颇有相通之处。

寄刘峡州伯华使君四十韵(节选)

近有风流作,聊从月继征。放蹄知青骥,捩翅服苍鹰。
卷轴来何晚?襟怀庶可凭。会期吟讽数,益破旅愁凝。
雕刻初谁料,纤毫欲自矜。神融蹑飞动,战胜洗侵陵。
妙取筌蹄弃,高宜百万层。白头遗恨在,青竹几人登?

【前人评论】

"雕刻初谁料",言其文初实雕刻,而雕刻之妙,已入自然,人不能料也。"纤毫欲自矜",言用心之细,虽纤毫不肯放过也。此二句乃作文之诀。"神融"句谓文有生气,"战胜"句谓文无敌手。其妙只取"筌蹄"之弃,而其高出人上已"百万层"矣。称刘到此,不审果能无愧否?然公实身有之,故写得淋漓爽澈如此。

(明)王嗣奭《杜臆》

此数句当与《文赋》参看。"雕刻初谁料",即"笼天地于形内,挫万物于笔端"也;"纤毫欲自矜",即"考殿最于锱铢,定去留于毫芒"也;"神融蹑飞动",即"精骛八极,心游万仞"也;"战胜洗侵凌",即"方天机之骏利,夫何纷而不理"也;"妙取筌蹄弃,高宜百万层",即"形不可逐,响难为系,块孤

---

① 沈奇:《西方诗论精华》,花城出版社,1991年,225页。

立而特峙,非常言之所纬"也。

（清）朱鹤龄,转引自《杜诗镜铨》

【简评】

"雕刻"数句,表达了杜甫理想中的艺术创造三境界:初则旁求远搜,刻意苦思,"雕刻初谁料",欲绘万象,欲尽万形,创作冲动,起于胸中;继而神思飞动,灵感磅礴,文如泉涌,笔如御风,进入"神融蹑飞动"的创作境界;终则筌蹄尽弃,四顾踌躇,灵感宣泄,形成浑然天成的艺术结晶。

这三个境界是苦思冥想与云飘物动的统一,是惨淡经营与出神入化的统一,是精微纤细与磅礴流泻的统一,是流动与凝重的统一,是刻意追求与妙思纷纭的统一。

用现代心理学的话说,这是一种"高峰体验"。诗人、艺术家的最大幸福即在这种体验之中。

复愁十二首·其十二

病减诗仍拙,吟多意有余。
莫看江总老,犹被赏时鱼。

【简评】

病虽"减"而诗仍"拙",吟虽"多"而意"有余"。这是杜甫对自己诗歌创作成绩的不满。杜甫一生,总在不断地审视自身,寻找自己创作上的不足,并提出新的努力目标。

观公孙大娘弟子舞剑器行并序

大历二年十月十九日,夔府别驾元持宅见临颍李十二娘舞剑器，壮其蔚跂，问其所师，曰："余公孙大娘弟子也。"开元五载，余尚童稚，记于郾城，观公孙氏舞剑器浑脱，浏漓顿挫，独出冠时。自高头宜春、梨园二伎坊内人，洎外供奉舞女，晓是舞者，圣文神武皇帝初，公孙一人而已。玉貌锦衣，况余白首，今兹弟子，亦匪盛颜。既辨其由来，知波澜莫二。抚事慷慨，聊为《剑器行》。昔者吴人张旭善草书书帖，数尝于邺县见公孙大娘舞西河剑器，自此草书长进，豪荡感激，即公孙可知矣。

　　昔有佳人公孙氏，一舞剑器动四方。
　　观者如山色沮丧，天地为之久低昂。
　　㸌如羿射九日落，矫如群帝骖龙翔。
　　来如雷霆收震怒，罢如江海凝清光。
　　绛唇珠袖两寂寞，晚有弟子传芬芳。
　　临颍美人在白帝，妙舞此曲神扬扬。
　　与余问答既有以，感时抚事增惋伤。
　　先帝侍女八千人，公孙剑器初第一。
　　五十年间似反掌，风尘澒洞昏王室。
　　梨园弟子散如烟，女乐余姿映寒日。
　　金粟堆南木已拱，瞿唐石城草萧瑟。
　　玳筵急管曲复终，乐极哀来月东出。
　　老夫不知其所往，足茧荒山转愁疾。

【前人评论】

　　《舞剑器行》，世所脍炙，绝妙好辞也……余谓此篇与《琵琶行》，一如壮士轩昂赴敌场，一如儿女恩怨相尔汝。

　　　　　　　　　　　　　　（宋）刘克庄《后村诗话》

咏李氏思及公孙，咏公孙念及先帝，身世之戚，兴亡之感，交赴腕下。若就题还题，有何兴会？

（清）沈德潜《唐诗别裁》

【简评】

此诗盛赞公孙氏之舞蹈艺术，其神韵实与诗意相通。

所谓"浏漓顿挫"，实即"毫发无遗憾，波澜独老成"；试看舞者之"㸌"，恰如"精微穿溟滓"；"矫"恰如"飞动摧霹雳"；"来"令人"思飘云物动"；"罢"逼似"律中鬼神惊"。

全诗虽非言诗，但处处使人联想到诗；全诗虽非谈诗歌创作，但处处助人领悟诗歌创作之奥秘。

公元768年（大历三年）

又示宗武

觅句新知律，摊书解满床。试吟青玉案，莫羡紫罗囊。
暇日从时饮，明年共我长。应须饱经术，已似爱文章。
十五男儿志，三千弟子行。曾参与游夏，达者得升堂。

【简评】

此诗为教育子女而作，其中无疑融入了杜甫自己学诗的经验。

诗中希望儿子宗武"饱经术""爱文章"。这实际也提出了一个问题，即"经术""文章"与诗歌创作的关系。

在某些人看来，诗歌创作是一种精神创造，需要的是"灵感"，是个人"性灵"，是天马行空的想象，因此重视"经术""文章"对诗人而言是一种桎梏。

其实，这种认识并不全面。从中国传统诗论的视角看，愈是伟大的诗人，愈需要全面、深厚的文化修养。"经术""文章"是文化修养的重要内容。"经术"给诗人以高远的眼界和博大的胸襟，"文章"给诗人以广博的才学和丰富的语言素养。

杜甫的成功就是一个典范。

反观那些二流、三流的诗人，或失之"经术"的欠缺，或失之"文章"的缺失。

只有在丰沃的文化土壤中，才能产生伟大的诗人和伟大的诗篇。

公元769年（大历四年）

奉赠卢五丈参谋琚（节选）

（原注：时丈人使自江陵，在长沙待恩旨，支率钱米）

素发干垂领，银章破在腰。说诗能累夜，醉酒或连朝。
藻翰惟牵率，湖山合动摇。时清非造次，兴尽却萧条。

【简评】

读此数句，令人感慨万千。杜甫老了，他的生命之火快要熄灭了。然而不论生活多么贫穷、多么艰难，他创作的激情仍不减往昔，他切磋诗艺的热情仍如同当年。

苏大侍御访江浦赋八韵记异并序

苏大侍御涣，静者也，旅于江侧，不交州府之客，人事都绝久矣。肩舆江浦，忽访老夫舟楫。已而茶酒内，余请诵近诗，肯吟数首，才力素壮，词句动人。接对明日，忆其涌思雷动，书篋几杖之外，殷殷留金石声。赋八韵记异，亦见老夫倾倒于苏至矣。

庞公不浪出,苏氏今有之。再闻诵新作,突过黄初诗。
乾坤几反覆,扬马宜同时。今晨清镜中,胜食斋房芝。
余发喜却变,白间生黑丝。昨夜舟接天,湘娥帘外悲。
百灵未敢散,风破寒江迟。

【前人评论】

从来文人多忌,而公之乐道人善,不啻口出。遇此奇人,遂发奇兴,如此诗亦从来所少,未尝不受贤友之益也。

(明)王嗣奭《杜臆》

【简评】

苏大侍御即苏涣,生卒年不详,广德二年(764)举进士,迁侍御史,后因从哥舒晃造反被杀。

苏涣的诗现存数量很少,艺术质量亦不甚高。但这些诗在一定程度上反映了民间疾苦,揭露了黑暗势力,还是有价值的。

由于苏诗大量散失,因此杜甫所说"数首"的具体内容如何已不得而知。但从杜甫喜爱苏诗的程度,倒可以看出杜甫评诗的倾向性以及奖掖后进的不遗余力。

公元770年(大历五年)

追酬故高蜀州人日见寄并序

开文书帙中,检所遗忘,因得故高常侍适往居在成都时,高任蜀州刺史,人日相忆见寄诗。泪洒行间,读终篇末。自枉诗已十余年,莫记存殁又六七年矣。老病怀旧,生意可知。今海内忘形故人,独汉中王瑀与昭州敬使君超先在。爱而不见,情见于词。大历五年正月二十一日,却追酬高公此作,因寄王

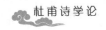

及敬弟。

自枉蜀州人日作,不意清诗久零落。
今晨散帙眼忽开,迸泪幽吟事如昨。
呜呼壮士多慷慨,合沓高名动寥廓。
叹我凄凄求友篇,感时郁郁匡君略。
锦里春光空烂漫,瑶墀侍臣已冥寞。
潇湘水国傍鼋鼍,鄠杜秋天失雕鹗。
东西南北更谁论?白首扁舟病独存。
遥拱北辰缠寇盗,欲倾东海洗乾坤。
边塞西蕃最充斥,衣冠南渡多崩奔。
鼓瑟至今悲帝子,曳裾何处觅王门。
文章曹植波澜阔,服食刘安德业尊。
长笛邻家乱愁思,昭州词翰与招魂。

【简评】

　　大历五年(770),漂泊湘江的杜甫,孤独寂寞,万般凄凉。昔日好友,俱成故人。"论文",已无文可论;评诗,已无诗可评。这里所提到的汉中王李瑀与敬使君超先,其诗文成就,自难与李白、高适相提并论。杜甫只能用"追酬"来表达对故友的刻骨思念。

　　诗中赞高适,以"清诗""慷慨"四字誉其诗与人,为杜甫评高及评诗的最后一言。